ŒUVRES DE JACQUES FERNAND

L'AMOUR INFINI!

DIEU! PATRIE! HUMANITÉ!

POÈME

**FOSSES COMMUNES, TEMPORAIRES, EXHUMATIONS
PAS DE CRÉMATION!
MASTIC CONSERVATEUR, DESSICCATION**

VINGTIÈME ÉDITION ILLUSTRÉE

SUIVIE D'UN APPENDICE

PARIS

C. VANIER, LIBRAIRE-ÉDITEUR

1, RUE DU PONT-DE-LODI, 1

BRUXELLES

JOREZ, LIBRAIRE-ÉDITEUR
Rue au Beurre, 6

LA HAYE

BÉLINFANTE FRÈRES
Librairie nationale et étrangère

1878

L'AMOUR INFINI !

ŒUVRES DE JACQUES FERNAND

L'AMOUR INFINI!

DIEU! PATRIE! HUMANITÉ!

POÈME

FOSSES COMMUNES, TEMPORAIRES EXHUMATIONS
PAS DE CRÉMATION!
MASTIC CONSERVATEUR, DESSICCATION

VINGTIÈME ÉDITION ILLUSTRÉE

SUIVIE D'UN APPENDICE

PARIS

C. VANIER, LIBRAIRE-ÉDITEUR

1, RUE DU PONT-DE-LODI, 1

BRUXELLES

JOREZ, LIBRAIRE-ÉDITEUR

Rue au Beurre, 6

LA HAYE

BÉLINFANTE FRÈRES

Librairie nationale et étrangère

1878

☆

L'AMOUR INFINI !

DIEU! PATRIE! HUMANITÉ!

POÈME

PAR JACQUES FERNAND

SOMMAIRE

Enfants, nous concentrons nos affections dans la famille du foyer, dans celle du Clocher.

En prenant la robe virile nous sentons notre cœur battre pour la grande famille... pour la Patrie !

Avec le progrès des années, l'expansion de notre tendresse se développe de plus en plus. — Elle se répand sur la Famille Universelle... l'Humanité entière.

Dans toutes les nationalités... dans toutes les Religions... dans les *Noirs*, comme dans les *Blancs*... nous ne voyons que des frères !

⁎

Notre amour pour tous s'élève naturellement ; notre Père, qui est aux cieux... et dont l'Amour Infini veille sur nous tous... avec la même sollicitude ! Dieu est tout amour ! — Il est l'amour même ! *Deus est charitas !*

Ainsi le titre de notre Poème : « *L'Amour Infini* » se réalise :

DIEU ! PATRIE ! HUMANITÉ !

1er mai 1878. — Ouverture de cette Exposition universelle... le lien charmant... des Intelligences, des Cœurs et des Ames !

JACQUES FERNAND.

CLICHY. — Imp. PAUL DUPONT, 12, rue du Bac-d'Asnières.

L'AMOUR INFINI !

20ᵉ ÉDITION

1 volume in-18 de plus de 700 pages, orné de 30 portraits de Contemporains

BROCHÉ 2 FR. — RELIÉ 4 FR.

CHEZ C. VANIER, LIBRAIRE-ÉDITEUR

1, rue du Pont-de-Lodi, 1

ET CHEZ TOUS LES LIBRAIRES

L'accueil qui a été fait aux éditions précédentes de ce remarquable ouvrage et les éloges adressés à l'auteur, nous sont un sûr garant que cette 20ᵉ édition sera reçue avec la même faveur que les premières.

L'ardent amour de notre auteur pour la liberté, son dévouement à l'humanité, les brillantes qualités qu'on remarque dans ses écrits, et dont il a donné tant de preuves dans le cours de sa vie, lui valurent l'amitié de Lamartine, d'Isidore Geoffroy Saint-Hilaire, du baron de Barante, et d'un grand nombre de personnages importants, qui, tous, furent ses amis. *L'Amour Infini* est un nouveau titre de gloire pour lui.

Clichy. — Imp. P. Dupont, 12, rue du Bac-d'Asnières. — 1437, 11-77.

✶

A MA MÈRE !

Je signe, avec regret, et d'une main tremblante,
A tous ceux que j'aimais, de bien tristes adieux !
— Mais grâces, ô ma mère ! à ma Foi consolante,
J'espère les revoir, près de toi, dans les Cieux !

1ᵉʳ janvier 1876.

JACQUES FERNAND.

A MON FRÈRE !

Guide heureux et béni de ta jeune famille,
Reste longtemps encor près de ton cher foyer !
— Regarde, dans le ciel, notre étoile qui brille !
—Pour les tiens et pour toi, là-haut je vais prier !
    1er janvier 1876.

JACQUES FERNAND.

A. LOUIS JOREZ

COMPOSITEUR... ET PROFESSEUR DE CHANT A BRUXELLES
ET AU CONSERVATOIRE D'ANVERS

A MON CHER COLLABORATEUR !

Là-haut je vous précède ! — et mon Ame est ravie !
—Ni Belges, ni Français !--Pour tous même patrie !
— Et l'Amour infini du Père bien-aimé
Nous réunira tous dans la Fraternité !

    1er janvier 1876.

JACQUES FERNAND.

★

CHARLES VANIER

A mon cher collaborateur de vingt ans !

JAQUES FERNAND

A M. C. VANIER, LIBRAIRE

ÉDITEUR DE MES SIX VOLUMES

A SES FILS ERNEST ET HENRI, SES ÉLÈVES.

Mon cher Collaborateur,

Vos deux fils, Ernest et Henri, ont désiré continuer leurs débuts typographiques, en se chargeant de la composition du tome VI. — Sous la direction permanente de leur père, ils composeront un ensemble artistique digne de vous... et qui devra satisfaire le bon goût des lecteurs les plus sévères et les plus délicats.

Vos deux jeunes typographes n'auront d'ailleurs qu'à mettre ce volume nouveau en parfaite harmonie avec les cinq premiers que vous avez composés vous-même en véritable artiste.

Et vous corrigerez les épreuves... étant seul responsable. — Je suis trop fatigué pour partager ce travail avec vous.

*
* *

Le plus difficile était de fournir la matière du tome VI. — Epuisé par les infirmités d'une vieillesse avancée, je ne pouvais aspirer à des créations nouvelles, — et je regrettais vivement la nécessité de suspendre notre chère correspondance !

Mais, grâce à Dieu ! je peux encore prolonger nos

relations de vingt années... que vous avez su rendre si douces et si attrayantes ! — Je bénis cette heureuse inspiration qui m'a conseillé de dégager de leurs nombreuses annexes quelques poésies des cinq premiers volumes, et de les fondre dans cette UNITÉ, qui en est l'âme : « L'AMOUR INFINI ! »

Sous ce titre divin, qui est le Symbole de ma vie entière... et de mes écrits... resserrons les liens qui nous unissent dans cette aimable association de nos travaux.

*
* *

Et quand notre tome VI sera terminé... j'attendrai, avec calme et confiance, l'heure suprême du départ. — Mais la séparation momentanée des cœurs est douloureuse... malgré la certitude de se retrouver auprès de Notre Père, qui est aux Cieux !

Avant l'Heure solennelle de cette séparation... je vous serre les deux mains avec une affection cordiale, mon cher collaborateur ! — Et le vieillard bénit vos fils Ernest et Henri !

1ᵉʳ janvier 1876.

JACQUES FERNAND.

P.-S. — J'étais profondément ému en lisant ces mots de votre lettre : « *Ce tome VI est mon dernier travail de compositeur.* » — Cette triste révélation imprime à ce volume une solennité touchante ! Nous avons vieilli ensemble ! Ensemble nous nous réfugions dans le silence d'une retraite nécessaire.

REGARDE EN HAUT!

Le fils du capitaine d'un navire — tout jeune encore... et tout novice, voulut imiter les mousses, qui montaient lestement et gaiement jusqu'à la cime des mâts.

Parvenu au sommet, il regarde au-dessous de lui. — Le vertige le saisit! il allait tomber dans l'abîme!

Mais le père, placé au pied du mât, lui crie : « REGARDE EN HAUT! »

Et l'enfant, les yeux tournés vers le ciel, ne sent plus le vide! — son vertige disparaît! — il descend lentement... échelon par échelon... jusque dans les bras de son père, attendri!

*
* *

Le moraliste dit au malheureux : « *Regarde en haut!* » — Et les yeux tournés vers le ciel d'espérance... le malheureux sent moins sa misère et ses douleurs !

*
* *

Et moi aussi — dans mon isolement désespéré — je sens le vide affreux ! et le vertige me saisit !

Mais je tourne les yeux vers le ciel, qui semble s'ouvrir pour moi !... et je marche sur l'abime... avec calme et confiance — comme Jésus, sur les eaux, par les vents agitées !

Janvier 1876.

L'AMOUR INFINI!

DIEU!... PATRIE!... HUMANITÉ!

POÈME

en six parties

PAR

JACQUES FERNAND

Première partie

PATRIE!

L'ODYSSÉE DE L'EXIL!

Deuxième partie

L'HUMANITÉ!
LA FAMILLE UNIVERSELLE!

LE VAISSEAU DE DIEU!
(LA TERRE)

L'ODYSSÉE DE L'EXIL!

Troisième partie

DIEU !

LA PATRIE DES AMES!

LA PATRIE CÉLESTE... UNIVERSELLE!

Quatrième partie

PATRIE !

PATRIE ET LIBERTÉ!

Cinquième partie

L'HUMANITÉ !

ÉGALITÉ !... FRATERNITÉ UNIVERSELLE !

Sixième partie

DIEU !

L'AMOUR INFINI !

« Deus est charitas ! »
Tout amour.

L'AMOUR INFINI!

DIEU!... PATRIE!... HUMANITÉ!

Première partie de ce poème

PATRIE!

L'ODYSSÉE DE L'EXIL!

L'EXIL!... LE RETOUR!

« De l'exil douloureux!... lamentable odyssée! »
« La Terre est la nourrice!
« La Patrie est la mère! »

JACQUES FERNAND,

PROFESSION DE FOI

Je ne suis qu'un rêveur isolé... aimant la vie contemplative. — En politique, je reste sur les hauteurs... et si je ne descendais pas dans l'arène où luttaient chaque jour tant de nobles et vaillants esprits, lorsque la lice était libre... j'aimais à juger, du haut de la colline, l'ensemble de la bataille, — comme du haut des montagnes j'admire l'immense panorama rayonnant à mes yeux !

Cette disposition tient à ma nature, à mes longs voyages, qui ont développé mes tendances contemplatives. — En me tenant éloigné des foyers de l'activité humaine, ils me laissaient en présence de Dieu et de sa création... de la solitude. — Artiste, j'aime l'ensemble des grands voyages, les horizons, les points de vue. — Rêveur, j'aime les généralités, les perspectives des destinées humaines. — Habitué à l'isolement, je me dégage de toutes les influences qui voudraient me dominer, — et je ne demande qu'à Dieu seul sa tutelle paternelle, ses inspirations et sa lumière !

Aussi la liberté individuelle est l'essence même de ma vie ! — la rêverie, mon idéal !

**

Mais cette rêverie n'est point égoïste. Elle a toutes les inspirations généreuses pour le bonheur de l'Humanité !... pour la Liberté, dont elle est si digne... pour ses progrès continus ! — J'ai plaidé, dans mes écrits, pour l'abolition du servage, de l'esclavage monstrueux ! — J'ai plaidé pour l'Indépendance des Nationalités, pour Venise et la Pologne !

**

Dans ce Poème : *Patrie ! Humanité !* je veux exalter l'amour de la Patrie... mais aussi la fraternité universelle, qui n'affaiblit pas l'amour de la famille. — Toutes ces affections peuvent s'harmoniser, sans se nuire... et s'élever ainsi jusqu'à l'amour de Dieu, le Père de la grande famille humaine ! — Le Patriote n'a qu'à respecter les droits des autres peuples, comme il veut faire respecter les siens ; — et de ce respect réciproque des droits des Nations, naissent l'estime et l'affection réciproques, l'affection désintéressée, la tendresse du cœur, l'amour de l'Humanité, la fraternité universelle !

**

Ce poème *(Patrie ! Humanité !)* ne peut être publié en France qu'avec une profession de foi, concentrée sur la situation présente, 1864.

Avant 1852, toutes mes convictions politiques étaient arrêtées ; progressivement elles se développaient et se raffermissaient dans ces hautes écoles de notre libre Parlement, de notre Presse libre. — Je sentais bien que nous avions beaucoup à faire pour arriver à la maturité anglaise ; — mais nos études appliquées n'ont commencé qu'en 1789... et les Anglais pratiquent les grands principes depuis 1688 ! — Encore nos applications ont-elles été suspendues de 1800 à 1815 ! — Et que de progrès nous avions faits en si peu de temps ! — Déjà les Anglais nous admiraient, en suivant les funérailles du général Foy ! Nous avons à peine cinquante ans d'exercice ! et les Anglais beaucoup plus ! Et quelle histoire agitée, troublée, douloureuse et sanglante, cette histoire de l'Angleterre ! Que d'orages ! que de convulsions ! pour arriver à ce triomphe des principes, à ces glorieuses libertés !

*
* *

1852 a marqué un moment de confusion, de trouble moral, qui a pu donner le change à beaucoup d'esprits timides, irréfléchis, et rendre vraisemblable à leurs yeux cette nécessité apparente d'un temps d'arrêt et d'une tutelle. — Cette erreur a facilité le triomphe de 1852.

Pour moi, cette confusion et ce trouble n'étaient que des incidents, qui arrivent dans toutes les mêlées nombreuses des batailles. — Un nuage immense, formé par la fumée de la poudre et de la poussière, se lève, enveloppe les combattants ; — mais le nuage se dissipe... et la bataille est gagnée ! — Le soleil de la Liberté se serait dégagé du nuage, aurait inondé de lumière notre belle France... aurait éclairé sa marche progressive vers ses destinées irrévocables !

*
* *

Aussi je ne pouvais accepter ce temps d'arrêt, cette tutelle ; — je me sentais émancipé... et digne de l'être ; — j'ai préféré l'exil volontaire et le grand air de la liberté ! j'ai raffermi mes convictions, dans les pays libres, enviant surtout le sort de la Belgique, qui nous doit son indépendance et ses franchises, et qui a su les conserver.

*
* *

Mais l'exil volontaire, imposé par les convictions, est aussi douloureux que l'exil forcé du proscrit ; — c'est toujours la déchirante séparation de la mère-patrie. — J'ai voulu revoir la France et respirer l'air natal: l'attraction est irrésistible pour moi. — J'aurais, comme cet ancien, remercié les Dieux d'être né Grec et non Barbare, — Athénien et non..... (je n'achève pas:

j'aime les pauvres d'esprit quand ils ont de la bonté...
ce sont les innocents, les bien-aimés du ciel). — Je
pouvais respirer cet air vivifiant, sans effleurer mes
principes, que je conserve intacts, dans ma solitude.

*
* *

J'ai confiance en Dieu et dans les destinées de notre
France. — Je l'ai dit : « Pas une tache de sang sur la robe
blanche de la Liberté ! » — Le temps fera son œuvre ;
et par cette seule force élastique qui nous caractérise...
fortifiés, purifiés par cette épreuve douloureuse... à
l'heure marquée par Dieu, nous remonterons avec aisance, et sans violentes réactions, à cette hauteur
d'où nous n'aurions jamais dû descendre.

*
* *

« Les Dieux s'en vont, » disaient les anciens, — et
ces pâles fantômes de la nuit païenne s'évanouissaient
à l'aurore de cette lumière éblouissante du christianisme !

« Les Rois absolus s'en vont, » ils s'évanouissent à
la lumière de la Liberté ! — ou plutôt ils se transfor-
ment. — Les Rois qui disaient : « L'État, c'est moi ! »
disparaissent pour ne plus revenir.

Les Rois, comme en Angleterre, en Belgique, en
Italie (en Autriche ! ! !), ne seront plus que les Représen-

tants du pays... comme l'étendard national qui flotte au-dessus de leurs palais !

En Angleterre, un malade, un vieillard, une femme, peut représenter la nation, — et le respect est toujours dû à ce représentant !

« Honni soit qui mal y pense ! »

Mais la devise de la couronne est la devise de tout Anglais...

« Dieu et mon droit ! »

*
* *

Le self-government, qui est l'avenir de tous les peuples, aura toujours deux formes apparentes : — la République et la présidence élective et temporaire ; — le Régime parlementaire avec le Président à vie... ou héréditaire, comme chez les Anglais ; — mais au fond, ce sera toujours le self-government dans toute sa pureté, dans toute sa légitimité, dans toute l'énergie de son droit.

*
* *

Grâce à Dieu ! nous n'avons plus de constitutions immobiles. — Avec une constitution perfectible, nous pouvons arriver, sans secousses, à ces transformations inévitables, même au self-government des Anglais. — Trop longtemps, comme disait Andrieux, l'on s'est attelé derrière le char du Progrès, pour le faire reculer.

— Il peut glisser maintenant, sans être retenu. — Pourquoi la France ne deviendrait-elle pas comme l'Empire britannique? — Dans ces deux États, comme dans les États de Charles-Quint, le soleil ne se couche pas; — dans ces deux États, la même grandeur extérieure! Une grandeur plus réelle, plus imposante, est la grandeur morale. Elle seule est la force vive des nations, — et point de grandeur morale sans la Liberté!

*
* *

Au moment où j'écris ces lignes, je pense à ce discours du roi de Danemark, prononcé en octobre 1863 :

« J'ai confiance, a dit le roi, dans la victoire et dans no-
« tre juste cause; je sais que mes fidèles Schleswigeois
« sont Danois de cœur, et ce serait un crime contre eux
« que de vouloir partager le Schleswig. L'histoire ne dira
« pas que le dernier des Oldenbourg ait morcelé le Dane-
« mark : si cependant, dans le cours des temps, nous de-
« vions succomber, comme étant les plus faibles, et que la
« France et la Suède permissent que la province la plus
« méridionale de la Scandinavie, le vieux Jutland du Sud,
« eût le sort de la Galicie, de la Pologne et de l'Italie sep-
« tentrionale, d'être conquis et opprimé par des gouverne-
« ments allemands, alors *je descendrais du trône et je pro-*
« *clamerais la république*. J'ai passé trois années de ma
« jeunesse en Suisse, j'ai étudié les lois et les institutions
« de ce pays, et je suis convaincu qu'aucun peuple de l'Eu-
« rope n'est plus apte au régime républicain que mon cher
« peuple danois. »

Ce discours, imprimé dans l'*Aftonbladet* de Stock-

holm, « est plein de noblesse et d'énergie, écrit
« A. Carle, dans le *Sémaphore* du 26 octobre. — Il dé-
« voile une volonté bien décidée à ne pas fléchir, un
« patriotisme à toute épreuve, et le plus vif sentiment
« de l'esprit de notre époque. Jamais roi n'a rendu un
« plus bel hommage aux institutions républicaines. »

Ainsi, voilà déjà en présence les deux formes apparentes du self-government : La République proclamée
bientôt, peut-être, par le roi de Danemark !

— Le Régime parlementaire proclamé, suivi fidèlement par l'empereur d'Autriche !

Une constitution perfectible, et perfectionnée à temps,
peut préserver le pays de toutes catastrophes.

30 Octobre 1863.

P.-S. Et le temps est venu !

Pour nous, si le progrès désiré, jugé par nous nécessaire, doit être retardé indéfiniment... sans cesse nous
aurons présentes ces belles paroles d'un patriote :

« J'ai traversé l'Histoire : — Il y a toujours quelque part
« une vestale qui veille sur le feu sacré. Cela suffit pour
« que jamais il ne s'éteigne... et pour qu'un jour il
« illumine le monde ! — Je meurs donc en paix, dans ma
« foi inébranlable ! »

*
* *

Ce même patriote ajoutait :

« Ce sont les ténèbres qui empêchent l'Humanité de con-
« naître la vraie route... il faut les dissiper ! »

— Gœthe mourant s'écriait aussi :

« De la lumière ! de la lumière ! encore plus de lumière ! »

Fiat lux ! pour notre belle France ! — Et puissions-
nous ajouter bientôt : « Et lux facta est ! »

« O Liberté ! des Cieux ineffable présent !
« Avec la Liberté, l'homme a tout ce qu'il aime !
« — Elle offre du plaisir le charme bienfaisant !
« L'homme libre est heureux de sa liberté même !
« Chagrin, besoin, misère, indomptables douleurs,
« Le stupide esclavage unit tous les malheurs ! »

Walter Scott.
(Traduit par A. de Montémont.)

« Ah ! qu'un poète de mon pays la chante dignement,
« cette liberté ! Ne sacrifiez pas votre liberté, ce don le
« plus précieux que puisse vous accorder la bonté divine ! »

Walter Scott

P.-S. — Nous apprenons la mort de Frédéric VII, et la
profonde douleur du peuple, si bien apprécié par son Roi...
et jugé par lui-même digne de vivre sous les institutions
républicaines de la Suisse.

Dans les Annexes de ce Poème, nous ajoutons un article
sur ce Roi, sur *Frédéric le Sage*, — et nous serons heureux de pouvoir y joindre son portrait.

Jacques Fernand.

2

Frédéric VII est aussi regretté à l'étranger.

— Dans la lettre d'un ami, nous lisons ces mots...

« J'apprends avec chagrin la mort du roi de Danemark...
« Frédéric avait des idées grandes, généreuses et patrioti-
« ques. — C'est une perte douloureuse ! Que Dieu daigne
« le recevoir parmi ses élus ! »

PROLOGUE

> Amour sacré de la Patrie,
> Rends-moi la force et la fierté !
> — A mon pays je dois la vie !
> Il me devra sa liberté !
>
> *La Muette de Portici.*
>
> O doux pays de France !
> Adieu !...
>
> *Marie Stuart.*
>
> Sunt lacrymæ rerum !
> De l'exil douloureux lamentable odyssée !
>
> JACQUES FERNAND.
>
> L'escalier si dur de l'étranger !
>
> DANTE.
>
> On n'emporte pas la Patrie à la semelle
> de ses souliers.
>
> DANTON.
>
> Super flumina Babylonis !
> Et dulces moriens reminiscitur Argos !
>
> VIRGILE.
>
> Pour exalter, rajeunir l'espérance,
> Ah ! que faut-il aux cœurs, hélas ! flétris !
> — A ce vieillard, un air de son enfance,
> — Aux exilés, un refrain du pays !
>
> JACQUES FERNAND.
>
> Et olim meminisse juvabit !

Nous voulons surexciter l'amour de la Patrie, en montrant les douleurs de l'exil !

Nous ne nous posons pas ici comme un proscrit, un martyr ! — Notre exil était volontaire. — L'air nous manquait dans notre belle France, où l'on respirait si librement jadis !

Mais que l'exil soit imposé par la force... ou par le respect des principes ; c'est toujours l'exil !

*
* *

Le sol natal nous est plus cher, sur la terre étrangère ! — L'éloignement fait mieux sentir l'amour du pays. — Il en est ainsi de tout ce que l'on aime. — L'absence et la séparation font mieux apprécier ce que l'on a quitté, ce que l'on a perdu ! — Les douces affections sont vivement regrettées, quand l'éloignement ajoute le charme et l'illusion à la réalité ! — Qui n'a été attendri, en lisant la fable si touchante des *Deux Pigeons* et des tendres regrets de cette séparation momentanée ! — Et quand on est loin de cette Patrie, qui renferme toutes les affections, le cœur se déchire... et ce n'est plus qu'une ombre errante, qui apparaît de ville en ville ! L'âme s'envole avec les brises qui soufflent vers la frontière !

*
* *

Nous nous souvenons d'avoir suivi, pendant plus d'une heure, à Genève, un uniforme français. — La Patrie semblait marcher devant nous ! — Et quand cet uniforme disparut... Genève n'était plus qu'un désert...

et nos yeux humides cherchaient au ciel des consolations !

*
* *

Au retour, comme le cœur se dilate... à la frontière,
à la vue du premier drapeau national ! des larmes...
mais de bien douces larmes mouillent la paupière ! —
Que nous étions heureux, en apercevant de loin le premier pantalon rouge, en entendant la voix de la première sentinelle ! — C'était aux dernières lueurs du
soleil couchant... et la pleine lune se levait à l'horizon. — Et nous chantions gaiement ce refrain patriotique :

> L'astre des nuits, dans son paisible éclat,
> Lançait ses feux sur les tentes de France...

Les couleurs et l'accent du pays ! — Et le coq du
premier clocher de France... ce coq gaulois, qui distingue nos églises ! — Et les tintements de l'Angelus
qui nous disposaient à la rêverie, à la prière, à l'effusion de notre reconnaissance ! — Et nous rendions
grâce à Dieu de ce retour si désiré !

*
* *

Sur le vieux pont de Kehl, qui n'a pas voulu imiter
le colosse de Rhodes, en posant un pied en France...
et l'autre en Allemagne ? — Cette apparence d'enfantil-
lage est cependant un mouvement de cœur ! — Et

2.

comme de ces deux factionnaires, qui se regardent, au milieu du pont... de ces deux représentants de la Patrie et de l'Étranger... un seul... dont la physionomie est si intelligente, dont l'âme et le cœur semblent vous comprendre et vous suivre avec affection... un seul a vos yeux, vos élans... et vos regrets, s'il faut s'éloigner !

*
* *

S'éloigner ! hélas ! — Mais au retour, près du foyer maternel, comme on aime à se rappeler les douleurs de l'exil !... qui a rendu plus vif l'amour de la Patrie ! — *Et olim meminisse juvabit !*

Et, après avoir éprouvé toutes les souffrances morales de la séparation, le vrai patriote peut s'écrier :

> La Terre est la nourrice,
> La Patrie est [la mère.

P.-S. — Dernièrement j'assistais au départ d'une frégate. — Un dernier câble la retenait à la terre. — C'était le dernier lien qui la rattachait à la Patrie. — Le voilà détaché ! c'est la séparation !... Ainsi la mère et l'enfant, quand le lien qui les unissait l'un à l'autre est rompu ! — Mais le navire est la Patrie pour le marin !... et dans l'immensité de l'Océan, il l'emporte avec lui ! — Ainsi le drapeau pour le régiment à l'étranger : — la France marche avec lui !

A L'ÉTRANGER !

CHANT PREMIER

HORS DU FOYER MATERNEL !

A DIEU !

> On n'emporte pas la Patrie à la semelle
> de ses souliers !
>
> DANTON.

Sur la terre étrangère,
Patrie et doux foyer
Ne peuvent s'emporter !
— Seigneur ! veillez ma mère !

***

En vous, mon Dieu, j'ai foi !
— Et partout, dans le monde,
Sur la terre et sur l'onde,
Je vous porte avec moi !

CHANT II

A LA BARRIÈRE !

(DE PARIS)

———

A MA MÈRE !

L'oiseau quitte son nid,
Oubliant déjà celle
Qui longtemps, tout petit,
L'a tenu sous son aile !

*
* *

Je pense à mon berceau !
— Sur la terre étrangère,
Bonheur toujours nouveau !
Toujours ma bonne mère !

CHANT III.

VINCENNES

REGRETS! ASPIRATIONS!

Væ victis! — Respect!!

« Pleure, triste rêveur, ton erreur si profonde !
« — Tu souriais hier au réveil de ce monde !
« — Va rêver dans les bois... va rêver liberté...
« Et des humains changeants cette fraternité
« Dont l'impie ose en vain renier l'origine,
« Dont partout le croyant voit l'empreinte divine ! »

*
* *

« Oui, je vais adorer, en fervent plébéien,
« Du premier des Gaulois les douloureux vestiges...
« De Vercingétorix !... malgré tant de prestiges,
« Aussi grand que César... et meilleur citoyen !

*
* *

« Dans leurs sombres forêts, remparts inexpugnables,
« Oui, je vais admirer ces sublimes Germains,
« Et la gloire, et la honte, et l'effroi des Romains !
« —Ces Germains, tout de fer, et toujours indomptables !

*
* *

« Oui, je vais exalter ces farouches Saxons (1),
« Du joug des fiers Normands fuyant la servitude,
« — Dans les taillis fangeux, leur libre solitude,
« De la Patrie en pleurs rassemblant les tronçons !

*
* *

« En voyant ces revers, plus grands qu'une victoire...
« De la Liberté sainte éternels souvenirs...
« Je découvre mon front ! — Salut, héros-martyrs !
« Salut, nobles vaincus ! Respect à votre gloire !

*
* *

« Cette gloire rayonne, enfante l'avenir !
« De ses germes féconds, poussière d'héroïsme,
« Naissent d'autres martyrs de leur patriotisme !
« Par tant de sang versé Dieu se laisse attendrir !

(1) Augustin Thierry.

Mais de ce vent contraire il faut subir l'orage !
— De la France endormie attendons le réveil !
Cherchons sur d'autres bords la vie et le soleil...
Et de la Liberté déplorons le naufrage!

*
* *

« Dieu saura nous la rendre ! Elle ne peut mourir !
« — Je te reverrai, France !... et ta fierté première
« Et ta libre démarche... et sur toi la lumière !
« — Mais dans ce lourd sommeil longtemps dois-tu languir!

*
* *

« Pleure, triste rêveur, ton erreur si profonde!
« — Tu souriais, hier, au réveil de ce monde !
« — Va rêver dans les bois... va rêver liberté...
« Et des humains changeants cette fraternité
« Dont l'impie ose en vain renier l'origine,
« Dont partout le Croyant voit l'empreinte divine ! »

P.-S. — La France enfin se réveille ! — Elle veut
l'ordre et la liberté ! — les deux réunis ! — « Sans la
« Liberté, il n'y a pas d'ordre, car elle est l'ordre... »
dit Emile de Girardin.

ENVOI A LAMARTINE

Lorsque je tressaillais à ta voix des grands jours,
De nos excès sanglants écartant les retours !
— Lorsque je te voyais, du lion populaire
Apaisant les ardeurs, caressant la crinière !
— Je croyais, Lamartine, au plus libre avenir !
Je n'avais qu'un penser : t'aimer et te bénir !
— La foule t'adorait !... et la France, attendrie,
Tout haut te proclamait : « PÈRE DE LA PATRIE ! »

*
* *

Que les temps sont changés !—Pour nous rendre meilleurs
De sillons douloureux Dieu laboure nos cœurs !
— D'un rude et long hiver jaillit force nouvelle !
La terre est assainie... et la moisson plus belle !

P.-S. — Dans ses beaux jours, Lamartine a été admiré ! — Ses longues souffrances lui ont gagné tous
les cœurs ! — Il ne manque plus rien à sa gloire : —
l'auréole du malheur le couronne !

CHANT IV

A LA FRONTIÈRE !

(FRANCE)

EN DEÇA

Infandum, Regina, jubes renovare dolorem !
Il suivait, tout pensif, le chemin de Mycènes,
Sa main, sur ses chevaux, laissait flotter les rênes ;
Ces superbes coursiers, qu'on voyait autrefois,
Pleins d'une ardeur si noble, obéir à sa voix,
L'œil morne, maintenant, et la tête baissée,
Semblaient se conformer à sa triste pensée !

RACINE.

A la limite fatale, il s'arrêta.

— Il se retourna, les yeux humides, vers cette belle France qu'il allait quitter... vers cette bonne mère, qui semblait si triste de l'exil d'un de ses enfants !

Il se prosterna... et baisa avec effusion le sol sacré de la Patrie, qui semblait tressaillir !

Puis, levant les yeux vers le ciel, il resta longtemps comme en prière. — Mais, « *vox faucibus hæsit.* »

Aucun son ne sortit de sa langue glacée !
Tout était morne et sombre... en deuil autour de lui !

De la dépouille de nos bois
L'automne avait jonché la terre !
Le rossignol était sans voix...
Et le bocage sans mystère !

Il s'avança lentement... et franchit enfin cette limite, où s'arrêtaient ses souvenirs les plus chers, ses affections d'enfance !

P.-S. — Cette heure suprême de la séparation a été une des plus pénibles de mon passé ! — Plus j'avance dans la vie, plus je sens les épines et les ronces de la voie douloureuse ! — Mais je n'ai traversé qu'un petit nombre de crises plus déchirantes ! — Quand ma bonne mère est remontée au ciel !... — Quand.....! — Tout beau, mon cœur !

CHANT V

A LA FRONTIÈRE !

(DE BELGIQUE)

AU-DELA

> Triste exilé sur la terre étrangère !
> GÉRARD et LUSIGNAN.
> *(La Reine de Chypre.)*
> Tout beau, mon cœur !
> CORNEILLE.
> Lève les yeux, ô homme ! et considère ces
> globes lumineux qui roulent sur nos têtes !...
> MASSILLON.
> La terre est un exil ! la Patrie est aux cieux !
> J FERNAND.
> Respect aux vaincus !
> Fais ce que dois, advienne que pourra !
> Go ahead ! — En avant !
> Marche ! marche !

Comme le cœur est serré, lorsque l'on pose le pied
sur la terre étrangère ! — Quel vide ! et quelle désolation ! quelle aridité ! — La première heure de cette
séparation du fils et de la mère... est une angoisse
mortelle !

*
*

Nouveaux aspects ! — Nouveaux uniformes !! Et, sous ces dehors étrangers, des cœurs qui ne sont plus à l'unisson avec le vôtre, qui ne sympathisent plus, qui ne comprennent même pas !

*
* *

Ici, du moins (Belgique), ce n'est plus le même drapeau... mais ce sont les mêmes couleurs, autrement disposées. — Ce n'est plus la même patrie... mais c'est la même langue ! — Ce ne sont plus les mêmes intérêts matériels, politiques... mais c'est la même foi, le même culte, les mêmes aspirations vers la Patrie céleste !

Hélas ! consolations et regrets tout ensemble ! — Et bientôt regrets plus amers !

*
* *

On croit retrouver la famille. — Mais c'est une branche détachée du tronc !... c'est une bouture qui a pris racine dans un sol nouveau ! — Ce sont des frères séparés du foyer maternel, et qui ne marchent plus dans les mêmes voies, qui n'ont plus les mêmes tendances, les mêmes aspirations ! — Leurs intérêts sont même souvent contraires aux intérêts de la grande famille ! — Et quelquefois entre les deux peuples pourraient s'élever les haines et les guerres des frères ennemis !

*
* *

Tous ces contrastes si désolants assombrissent l'esprit, serrent le cœur. — Et l'on préfère l'exil dans tout autre pays, qui n'a jamais été uni à la France, qui ne réveille aucun souvenir de liens brisés, de fraternité méconnue!

Illusions douloureuses! déceptions poignantes! Entendre la langue de son enfance... et presque le même accent... et ne pouvoir serrer la main d'un frère! — On est porté à croire que ces hommes qui vous ressemblent, qui ont le même langage, doivent avoir les mêmes intérêts, les mêmes affections! — On voudrait se jeter dans leurs bras... et ils s'étonnent à votre vue! Ils ne partagent ni vos joies, ni vos peines! Ils ne les sentent, ne les connaissent, ne les devinent pas!

*
* *

Que de fois, dans les douleurs de l'exil, soudain nous avons entendu une voix française... et cherché avec bonheur, dans les yeux de celui qui parlait, son regard fraternel!... et nous n'y avons trouvé que la surprise et l'étonnement! — Le même langage... mais les cœurs ne battaient pas à l'unisson! mais le même souffle n'animait pas la pensée! — Ni les mêmes désirs, ni les mêmes rêves, ni les mêmes aspirations!

Nous n'étions que des étrangers l'un pour l'autre! Il ne comprenait pas!

CHANT VI

BELGIQUE

PREMIÈRE STATION DE L'EXIL !

A MON FRÈRE !

Le pauvre mousse, à bord,
Sur l'Océan immense,
Vers l'étoile du nord
Fixe un œil d'espérance !

**
* **

Près de l'âtre étranger...
Douce erreur fraternelle !
De notre cher foyer
Je crois voir l'étincelle !

A. S. M. LOUISE D'ORLÉANS
PREMIÈRE REINE DES BELGES

CHANT VII

LAEKEN

LOUISE D'ORLÉANS

Première Reine des Belges

DÉDIÉ

AUX DEUX FAMILLES QUI LA PLEURENT,
A TOUS LES CŒURS QUI LA REGRETTENT !

Transiit benefaciendo !

Tu semblais me sourire ! — Ange de grâce, adieu !
—En te voyant… charmé, j'ai cru revoir la France !
Le cœur de l'exilé tressaillait d'espérance !
Et je bénissais Dieu !

* *

Pâle et doux souvenir de son illustre mère !
— Des contours délicats d'un visage adoré
La douloureuse image ! — Au ciel l'Ange envolé
      A fui loin de la terre !

*
* *

Le peuple est tout en pleurs ! Comme le pur encens,
Des pauvres orphelins s'élève la prière !
— O Louise ! ton nom s'échappe avec mystère
      Des lèvres des enfants !

*
* *

Non loin de ce palais qui te regrette absente,
Pauvre mère ! à Laeken, près de toi, j'ai prié !
— De ces cœurs tout meurtris, ému, j'ai partagé
      La douleur si récente !

*
* *

Marie et Ferdinand, pleurés de tous les yeux...
Ton père, ami des lois, déposant la couronne,
Que pouvait trop de sang fixer à sa personne...
      T'embrassent dans les cieux !

*
* *

Vois le Français errant sur la terre étrangère,
Dé ta famille au loin les membres dispersés...
Patronne du malheur! Des tristes exilés
    Etoile solitaire!

*
* *

Trait d'union charmant de deux peuples amis,
Autrefois confondus, sur la carte changeante...
Aujourd'hui séparés... Ta prière fervente
    De cœur les tient unis!

ENVOI

A S. M. LA REINE MARIE-AMÉLIE

Hélas! Marie et Ferdinand!
Et Louise! et son noble père!
— De l'épouse en deuil... de la mère
J'ose toucher le cœur saignant!

*
* *

De la Foi puissances cachées!
— Oh! l'âme forte, sous les pleurs!
— Notre-Dame des Sept-Douleurs!
Et la mère des Machabées!

*
* *

A ses yeux charmés a paru
De Charlotte la douce image !
— Sous les traits de ce frais visage,
Sur terre l'Ange est revenu !

P.-S. — Ces vers à S. M. la reine des Belges n'ont rien d'exagéré. — La reine Louise vit toujours dans le cœur de tout citoyen belge. — Comme sa mère, elle était un ange de charité. — La reconnaissance est encore sur toutes les lèvres, qui la bénissent.

P.-S. — Sa fille, la princesse Charlotte, avant de quitter la Belgique, est restée longtemps agenouillée sur la tombe de Laeken. — Elle avait les larmes aux yeux... et sa fervente prière montait au ciel ! — Les Belges accompagnent de tous leurs vœux la nouvelle archiduchesse Maximilien.

CHANT VIII

BRUXELLES

LES MARTYRS DE 1830 ! — L'OSSUAIRE DE MORAT !

PROLOGUE

Depuis les journées de Septembre 1830, les Belges ont beaucoup étudié le régime parlementaire de l'Angleterre, et ils ont fait d'immenses progrès. — Ils ont su conquérir et maintenir leurs libertés. — Elles sont incarnées dans les habitudes, dans les mœurs. — Il serait impossible de les déraciner. — Si un nouveau Charles le Téméraire était assez hardi pour le tenter, les Belges auraient souvenir des luttes glorieuses de leurs ancêtres contre ce prince... Ils sauraient les imiter !

Partout la Liberté produit ses miracles, comme dans les vieux cantons de l'Helvétie, comme chez les descendants de Guillaume Tell !

Aussi les Belges célèbrent chaque année, avec magnificence, le souvenir de Septembre, — et des prières montent vers le ciel, pour les martyrs de 1830, dans l'église Sainte-Gudule, toute tendue de noir !

*
* *

Nous avons visité le monument funèbre, qui est au centre de Bruxelles. — On est saisi d'un respect religieux à la vue de ce monument digne de ce grand souvenir national !

Sur le tombeau, des anges, à genoux, sont en pleurs et en prières. — Dans le sanctuaire tout respire la douleur et le recueillement !

L'inspiration a jailli ! l'émotion était profonde !

L'OSSUAIRE DE MORAT

P. S. — Nous avons contemplé avec la même émotion l'*Ossuaire de Morat*, en Suisse. — Mais à l'attendrissement causé par un spectacle aussi douloureux, se mêlent des sentiments d'admiration et de fierté qui consolent par leur exaltation ! — Les Ossuaires de Morat, de Bruxelles, de la Bastille, proclament l'Indépendance et la Liberté ! — Les victimes volontaires sont des martyrs (1) ! — Et ces martys font battre les cœurs généreux ! ils sont de nobles exemples ! — Mais

(1) L'Ossuaire de Morat est un trophée de l'Indépendance ! Ce sont les ossements des envahisseurs ! — Mais que de braves citoyens de la Suisse ont péri dans ces luttes sanglantes !

le champ de bataille d'un conquérant victorieux n'inspire que du dégoût et de l'horreur! De pauvres soldats, arrachés à leurs familles, à leurs chaumières, égorgés... et servant de marchepied à l'ambition d'un César... ou d'un Attila!!!

LES MARTYRS DE 1830!

JUILLET! — SEPTEMBRE!

Dédié

AUX FAMILLES DES MARTYRS DE JUILLET
ET DE SEPTEMBRE

Saints Anges de septembre! à deux genoux pleurez!
— La poitrine oppressée et la face attendrie,
Les yeux demi-fermés, de douleur recueillie...
    Pour les martyrs, priez!

Priez pour leurs aînés, l'orgueil de ma patrie,
Les martyrs de Juillet! — Pour la légalité,
Ils ont ouvert la brèche — au cri de liberté,
    En septembre, élargie.

*
* *

Unis par le combat, le triomphe et la mort,
O Septembre et Juillet ! que vos mains fraternelles
Se joignent ! — Paix, respect aux voûtes immortelles
De ce glorieux port !

*
* *

Par le sang de Juillet la terre fécondée
Enfante son Sauveur — dans ces fossés fameux,
Où s'élevait jadis, effroi des malheureux,
La Bastille abhorrée !

*
* *

De notre liberté, Génie étincelant,
Proclame, dans les airs, la sainte et pure gloire
De ces héros-martyrs... les trois jours de victoire
Du peuple triomphant !

*
* *

Parfois, enveloppé des plus sombres nuages,
Le Génie est soudain voilé pour tous les yeux,
Et le peuple attristé le cherche dans les cieux,
Durant ces longs orages !

*
* *

Du haut de la Colonne, il lève son flambeau,
Entr'ouvre le nuage... et de clartés inonde
Ses obscurs oppresseurs... illuminant le monde,
Tout un monde nouveau !

*
* *

Sous les ardents rayons d'une vive lumière,
Lion belge (1), rugis !... libre enfin, et foulant
Les fers par toi brisés... avec bruit secouant
Ta puissante crinière !

*
* *

Saints Anges, attendris, à deux genoux pleurez !
—Pour Septembre et Juillet, dans un linceul de gloire !
Ensemble ensevelis ... et, frères par l'Histoire !...
— Pour les martyrs, priez !

Bruxelles, place des Martyrs.

P.-S. — Ce sont les majorités qui gouvernent l'Angleterre et la Belgique. — Et le roi règne. — Il n'est
que le représentant de la Nation. — Mais là précisé-
ment est la garantie la plus sérieuse de chaque dynas-
tie.—Elle ne peut crouler qu'avec la Nation elle-même
qu'elle représente. — Et quel profond respect envi-

(1) Nous ne parlons pas ici du Lion de Waterloo !!! — Mais du
Lion national de 1830, qui a chassé les Hollandais !

ronne le Roi qui accomplit religieusement son mandat! C'est la Nation qui se respecte elle-même en son représentant. — Nous avons été témoin de cette vénération affectueuse pour le Roi des Belges, pour la Reine d'Angleterre.

*
* *

Pour régner ainsi, ni l'âge, ni les infirmités ne sont à craindre. — Ils n'ajoutent que des démonstrations plus respectueuses, plus tendres, pour la personne royale, qui a vieilli avec la Nation, et souffert avec elle!

Point de fautes ni d'erreurs à se reprocher. On n'a qu'à rester honnête homme, en restant fidèle à son serment. — Et cette fidélité scrupuleuse est le titre le plus sérieux à la reconnaissance du peuple, à son amour!

*
* *

La vieillesse du pouvoir absolu devient une calamité pour la Nation, un énorme fardeau pour le vieillard qui tient le sceptre. — La vieillesse de Louis XIV ne le prouve que trop. — Et si la France a beaucoup souffert, madame de Maintenon ne savait comment alléger les ennuis de ce vieux roi, si brillant dans sa jeunesse, si grand dans sa maturité, mais écrasé par les désastres de ses dernières années.

*
* *

Et, fait remarquable ! à sa dernière heure, Louis XIV lui-même voulait faire un appel à la Nation !... reconnaissant que seule elle pouvait se sauver du naufrage ! Il avait fini par comprendre que la force vive, la force régénératrice est dans le peuple !

Il y avait là comme une influence de Vauban et de Fénelon !

P.-S. — Un de nos amis les plus chers, un vétéran de la Liberté, se découvre toujours lorsqu'il passe devant la colonne de la Bastille. — Il s'incline, avec une émotion respectueuse, en présence des cendres des martyrs de Juillet ! — Il peut dire, en citant ces jours glorieux... « *Et quorum pars magna fui !* » — Et, dans sa retraite volontaire, ce patriote rend encore de grands services à la France... en publiant des livres remplis d'utiles enseignements et de leçons historiques. — Ces précieux ouvrages seront les manuels de l'avenir !

CHANT IX

JEMMAPES! — WATERLOO!

1792-1815

Dédié

AUX MARTYRS DU PATRIOTISME ET DE LA LIBERTÉ!

Jemmapes!...Waterloo! Deux grands noms! deux grands faits!
— Caractères sanglants, imprimés à jamais !
— Deux sphinx mystérieux, nous révélant l'énigme
D'un drame gigantesque, émouvant et sublime !

*
* *

Jemmapes! Waterloo! — Deux phares lumineux,
Par leur rapprochement redoublant tous leurs feux,
Sur cette sombre mer, dans cette nuit obscure,
Eclairant et guidant l'humanité future !

*
* *

Jemmapes ! — Dans les airs, l'ardente Liberté
Rugit le cri de guerre ! — A ce cri redouté,
L'Etranger fuit au loin. — La France, rajeunie,
Fraternise en chantant les chants de son Génie !

*
* *

Waterloo ! — Désespoir !... Oh ! de l'ambition
Calice douloureux, sombre expiation !
—La Patrie en grand deuil !.. Dans un homme incarnée,
Elle tombe avec lui... pleure encor, mutilée !

*
* *

De sa base mouvante, et par degrés trop lents,
Lion de Waterloo, sans cesse tu descends !
—Si l'abîme, sous toi, s'entr'ouvrait !... Si la foudre,
Te frappant droit au front, te réduisait en poudre !

*
* *

« Dieu le veut » s'écriaient dans leurs divins transports,
Les peuples entraînés vers les célestes bords
Où Jésus expirant invoqua notre Père
Pour l'homme, qu'il nomma du nom si doux de frère !

*
* *

« Dieu le veut ! » s'écrîraient les peuples prosternés,
Les mains pressant les mains !—De joie aux nouveaux-nés
Les mères souriraient ! et, sous l'azur qui brille,
Dormirait désormais une seule famille ! (1).

P.-S. — Quel poème, de Jemmapes à Waterloo ! —
Et quelle leçon ! — Comme le Géant grandissait... mais
semblable · à ses nuages, qui prennent des formes
démesurées... et s'évaporent. — Lui-même, dans le
Mémorial de Sainte-Hélène, il se compare, avant la
campagne de Russie, à Bacchus revenant des Indes !!
— Et le rêve s'est évanoui, sous la neige de Moscou !!
— Et comme le rêve s'était prolongé... la réalité a
frappé un deuxième et dernier coup... à Waterloo !

P.-S. — Quelle leçon ! — Les excès de l'ambition
sont funestes ! — mais l'excès contraire serait honteux ! — Un grand peuple ne doit pas être égoïste,
— et quand les Français du Nord nous appellent, nous
devons nous souvenir de cette loi divine : « Solidarité
» des Peuples ! » Secourons la Pologne ! — Dieu le
veut !

(1) La grande famille européenne vivrait en p ix

CHANT X

GENÈVE, BERNE, FRIBOURG, LE MONT-BLANC

LE GÉNÉRAL DUFOUR, MOSER, ETC., ETC.

A Genève, nous nous inclinons devant le général Dufour. — Caractère antique, — parfait modèle du vrai républicain. Modeste, désintéressé, donnant tout à la République, ses talents, son temps, son cœur... et sa vie, si le salut du pays l'exigeait !

*

A Genève, nous saluons, avec respect, cet artilleur citoyen qui, dans un moment de troubles, a le poignet droit brisé par une balle... et qui, de la main gauche, met le feu à sa pièce... oubliant sa douleur... et, comme un vrai Romain, s'immolant au devoir, à l'appel de la Patrie !

*
* *

A Genève et à Berne, nous entrons avec émotion dans les Assemblées... et nous comprenons combien est grande la dignité de l'homme, en présence de ces libres représentants d'un peuple libre... de ces législateurs, soumis les premiers à la loi, qui seule règne et gouverne ! — Comme on respire à l'aise dans ce beau pays, qui ne renferme qu'une famille de frères, — dont les institutions sont admirées même par les rois, qui les ont longtemps étudiées ! (Le roi de Danemark... son discours, octobre 1863.)

La Suisse est presque le centre de l'Europe. — Si le flambeau de la Liberté pouvait rayonner du centre aux extrémités de notre continent... comme la lumière rayonne du centre solaire à la circonférence !!

*
* *

A Fribourg, ces études philosophiques ont fait place aux émotions du cœur !

Dans le cimetière, nous avons remarqué six tombes ! six pierres funèbres, portant le même nom : MOSER ! — Six enfants !... et tous déjà grands... mais tombés, comme la fleur à peine épanouie !

Oh ! dans le crépuscule, pauvre Moser ! comme tu approchais, lentement et recueilli, de l'orgue, qui a fait ta gloire, mais qui ne pouvait te consoler ! — Comme, dans ce vague obscur de l'immense cathédrale, l'orgue soupirait de douloureux gémissements, éclatait en sanglots ! Comme cette *voix humaine* (1), chef-d'œuvre de l'artiste créateur, murmurait des prières d'ineffable

---

(1) Il nous semble que l'orgue de Fribourg a le premier fait entendre la *voix humaine*.

tendresse! — Mais, hélas! Rachel ne pouvait être consolée, et ne voulait pas l'être!!

.⁎.

En visitant la Yungfrau et le Mont-Blanc... ces grandes douleurs de l'homme ne s'oublient pas! — Mais l'air pur et vivifiant de ces hauteurs fortifie,— et l'âme, si près du ciel, y retrouve l'espérance, entrevoit les absents regrettés!

.⁎.

Souffrant, nous n'avons pu aller au-dessus de la *Mer de glaces*. — Un de nos proches, d'une santé plus vigoureuse, Eugène D..., a planté le drapeau de la France au sommet du pic.

Mais, près de Constance, dans cette belle vallée d'Isle, qui précède le Tyrol, nous avons gravi une montagne très-haute, assez escarpée, — et, du sommet, nous avons contemplé les glaciers de cinq cantons et plusieurs glaciers des abords du Tyrol. Quel magnifique spectacle!

Mais comme ces géants, qui étaient sous nos pieds, nous paraissaient diminués de hauteur et d'importance!

Les physiciens nous disent qu'à une certaine élévation, les montagnes les plus hautes ne paraîtraient que comme des rugosités d'une écorce d'orange!!

Ainsi toutes nos grandeurs ne sont que relatives.

4

— Tel qui brille sur une petite scène, n'est plus rien sur un grand théâtre !

Aux yeux de Dieu que sommes-nous donc ? Rien de plus que ces êtres microscopiques, protégés et veillés, comme nous, par la Providence !

Rien de plus, physiquement. — Mais l'âme nous grandit aux yeux de notre Père. — L'âme seule, et c'est elle seule qui nous rend dignes du titre de rois de la création ! — Et la terre est notre domaine !

*
* *

Plus haut nous exprimions nos aspirations vers la lumière ! — Nous n'avons jamais mieux senti sa douce influence et ses bienfaits... que du haut du Righi !

Spectacle sublime ! — Le soleil apparaissait au-dessous de l'horizon... et tout restait dans l'obscurité la plus profonde, au-dessus de l'astre rougissant. — Peu à peu le soleil semble monter, et les cimes des plus hautes montagnes se dorent de ses premiers rayons. — Puis la lumière s'étend, progresse de plus en plus. — Le soleil enfin s'élève au niveau de l'horizon, et l'immensité s'illumine !

Puisse la lumière éclairer ainsi les sommités de notre grande famille française, descendre successivement dans tous les rangs... et rayonner enfin, avec toute sa splendeur, jusque dans l'intérieur des plus pauvres chaumières !

ESPÉRANCE!

SILVIO PELLICO

AU MARTYR DE L'INDÉPENDANCE

A l'auteur de « *MES PRISONS!* »

★

CHANT XI

TURIN — ASTI

SILVIO PELLICO — ALFIERI

A Turin (dans un voyage précédent), un de mes plus doux souvenirs, — au théâtre, j'assistais aux malheurs poétiques de *Francesca di Rimini*, — et je tressaillais à ces élans du cœur, qui révèlent Silvio Pellico.

« *Ecco la lagrima !* » — « Voici encore cette larme « tombée sur le livre, échappé de nos mains, dans « ce moment d'ineffable tendresse et d'oubli!! »

« *Padre infelice, ma padre !* » — « Père malheu- « reux, mais je suis père... et j'ai pitié de ma pauvre « enfant ! »

*

— Et dans l'entr'acte, l'on ne parlait que de Silvio, et j'appris qu'il était à Turin, au palais Colbert. — J'étais heureux et fier de voir le nom de Pellico uni à ce grand nom de Colbert, une de nos gloires! et la sympathie la plus affectueuse était le lien des cœurs!

2.

*
* *

Je ne saurais peindre mon émotion, mon attendrissement, en présence de ce noble martyr de son patriotisme... de cette physionomie si douce et si résignée du chrétien !

« Hier, lui dis-je, j'ai passé la soirée avec vous, et
« j'avais les larmes aux yeux, en écoutant les douleurs
« de Francesca ! » — « Oh ! j'ai oublié tous ces souve-
« nirs de ma jeunesse ! » — « On n'oublie pas ses
« premiers-nés : ils sont toujours chers ! »

Puis, à mon accent, il a pensé à la France... il m'a dit qu'il désirait beaucoup la voir avant de mourir ! — « Quel accueil sympathique vous y trouverez partout !.. « Nous avons tous lu vos *Prisons* si touchantes ! « L'Ange vous a visité, comme saint Pierre ! »

« J'ai vu celle de Venise, mais on vient de la badi-
« geonner, comme les murs de nos colléges, pour
« faire croire qu'elle était moins sombre. — L'oiseau
« ne voit pas si la cage est dorée. — Il n'en voit que
« les barreaux, et il ne chante plus... souvent même
« il y meurt ! — Pour l'âme du chrétien, il n'y a ni
« prisons, ni catacombes ! — Le ciel reste ouvert à ses
« yeux ! »

L'entretien se prolongea. — Enfin, en le quittant, je lui dis :

« En ce moment, nous ressemblions un peu à ces
« deux hommes de l'Évangile... partis des deux extré-
« mités du monde, et se rencontrant au même autel
« où ils priaient le même Dieu... puis s'éloignant pour
« ne plus se revoir...

« Donnez-moi votre main! » — Il serra la mienne
avec effusion. — Et, levant les yeux avec une expression de tendresse indéfinissable, il me dit :

« Nous nous reverrons au ciel! »

*
* *

Asti est célèbre par le séjour d'Alfieri. Je visitai sa
demeure. Je vis le célèbre manteau écarlate, dans
lequel se drapait le grand tragique... et d'autres souvenirs.

Quel contraste entre ce caractère fier et sauvage...
que laisse deviner le livre intéressant de la comtesse
d'Albany... et la douceur, la tendresse, la résignation
de Silvio Pellico! — Michel-Ange et Raphaël!

Il y a de la grandeur dans Alfieri, — mais une grandeur farouche, — quelques rapports de ressemblance
avec lord Byron!

P.-S. — Dans ce même voyage, nous avons vu
plusieurs fois, dans la sombre chapelle du palais de
Turin, Charles-Albert, pâle et mélancolique... et la
Reine, aimée de tous les pauvres, et le jeune frère de
Victor Emmanuel.

Ce prince rappelait les princes de la famille d'Orléans si bien appréciés de M. de Metternich, qui a dit : « Ce sont des jeunes gens comme on n'en voit guère, et des princes comme on n'en voit pas. »

Comme les d'Orléans, le frère de Victor-Emmanuel portait bien l'uniforme. — A ces dehors séduisants, il joignait les qualités du vrai soldat. — Il plaisait à l'armée, qui l'avait déjà vu au feu. — Il promettait beaucoup ; — *Tu Marcellus eris !*

Il repose maintenant dans les nouveaux caveaux de la famille royale, au sommet de la Superga. — Cette famille n'est pas comme Louis XIV, qui a créé Versailles, pour ne pas voir les caveaux de Saint-Denis. — De Turin, on voit la Superga, comme du haut de la colline on distingue la ville royale au milieu d'un immense et magnifique panorama.

Cette famille des ducs de Savoie, dans son ascension progressive, sème les tombes pour marquer ses étapes. — Les vieux ducs de Savoie reposent au bord du lac du Bourget, près d'Aix. — Les premiers membres de la famille royale dorment à la Superga, — et Charles-Albert, dans son exil volontaire. — Où dormiront les héritiers ?

CHANT XII

ALEXANDRIE

MARENGO — LE R. P. LACORDAIRE

La guerre est un fratricide... comme le duel. —
L'ossuaire de la bataille n'est souvent que le piédestal
sanglant d'un soldat heureux! — La gloire des armes
n'est qu'un piége tendu à la Liberté! — Quelquefois
elle le sent, encore à temps... et pour se dégager, elle
frappe le séducteur ambitieux.—Ainsi elle a tué César!
(Voir le *Post-scriptum* à la fin de ce chant XII.)

*
* *

La guerre n'est tolérable... que pour briser les fers
d'un peuple opprimé, comme la Pologne... ou pour
chasser du sol national l'étranger qui envahit la frontière! —Voyez l'arc de triomphe de l'Étoile... Le magnifique bas-relief du Départ de 1792 représente admirablement l'appel aux armes et l'enthousiasme des
patriotes volontaires !

* *

Le champ de bataille est hideux, le soir même du combat ! Vainqueurs et vaincus en ont horreur ! — Longues années après, quand la terre, engraissée par le sang des victimes, s'est recouverte de riches moissons... ce n'est plus qu'un souvenir historique, souvent une citation dans une seule ligne ! — Pour nous, l'intérêt de ce souvenir était dans le grand nom de Desaix, dont le plus beau titre de gloire est le titre de Sultan le Juste !

* *

Nous avons traversé rapidement cette plaine, où la charrue soulève encore quelques ossements blanchis de nos compatriotes... où le laboureur recule encore d'horreur en heurtant ces débris humains... et leur rend la sépulture avec un religieux respect. — Et, par un beau soleil couchant, nous nous sommes réfugié au monastère, où Lacordaire et le R. R. Jeandel (1), le général actuel de l'ordre des dominicains, étaient réunis. Là nous avons vu pour la première fois Lacordaire (et pour la dernière fois à Sorrèze).— Nous avons pénétré dans sa cellule, et il a bien voulu nous accompagner, à une certaine distance du couvent, par cette belle soirée, dont le calme religieux contrastait avec

(1) Le R. P. Jeandel, de Nancy, a donné toute sa fortune à l'ordre des dominicains.

les souvenirs sanglants de Marengo ! — Que reste-t-il de tous ces combats d'une Iliade de quinze années, et qui ont répandu tant de sang généreux ? O vanité de toutes ces grandeurs bruyantes, éphémères, qui vont s'anéantir dans les hasards d'un Waterloo, trois fois gagné, et finalement perdu par une méprise !... Le grain de sable que Dieu place sous le char du triomphateur !

« Dieu seul est grand ! »

*
* *

O vérités éternelles ! ô paix du cœur et de l'âme ! ô saints asiles de recueillement, que vous semblez doux et rafraîchissants... si près des faux et vains bruits des batailles ! — Des volcans jaillissent fumée et lave ardente, la ruine et la mort. — Puis il ne reste qu'une date ! Ainsi des batailles il ne reste qu'un nom sonore, mais un nom seul !

Post-Scriptum du paragraphe premier de ce chant XII.

« Ainsi elle a tué César ! » — Crime stérile, infécond, comme tous les assassinats ! — La Liberté devait livrer bataille à César, à lui-même... et non s'armer du poignard des assassins ! — C'est la toge sanglante de César qui a gagné la victoire !

César a passé le Rubicon ; — mais peut-être, en présence de la Patrie armée, en présence de cette vieille Rome, qui était sa mère, aurait-il reculé, comme Coriolan ?— Peut-être, pris de vertige ou de défaillance, de remords, aurait-il été vaincu par Brutus... comme par Vercingétorix, le grand citoyen, le héros-martyr de l'indépendance des Gaules ?

La Liberté, vaincue par César, se serait affaissée, glorieuse et sans tache... et l'espérance au cœur ! — Peut-être le sang de Brutus et des autres martyrs aurait enfanté des milliers de Spartacus ! — Hélas ! la corruption avait produit la servitude ! — Rome n'était plus dans Rome, et les esclaves ne demandaient plus que du pain gratis et des spectacles gratis... *panem et circenses !*

— Non... César ne se serait pas attendri comme Coriolan ! — Coriolan était fougueux, violent, mais c'était une de ces natures généreuses et tendres, qu'une femme, une mère, la Patrie en pleurs et en deuil peuvent calmer et désarmer ! — César avait le génie, le grandiose... mais l'ambition dessèche le cœur. — On ne désarme pas l'ambitieux : — il faut briser son épée. — Coriolan n'était qu'une mauvaise tête... mais un bon cœur, comme tous les caractères vifs et bouillants.

Et ce que nous avançons, l'histoire le prouve. La vieille Rome s'est dressée, sur le Rubicon, éplorée et suppliante... et César, en fils dénaturé, a passé outre. Il a marché contre sa mère !

P.-S. — Caton est plus grand que Brutus. Il n'a pas

frappé César! — Il l'a combattu en Afrique jusqu'à la dernière heure! — Vaincu, il s'est tué... expirant, avec ses amis fidèles, sur les débris de la République. « *Causa Diis victrix placuit... sed victa Catoni!* »

P.-S. — Où l'Ambition conduit-elle ces grands ravageurs du monde, ces dominateurs de leur patrie? — César, sous le poignard des assassins !... Napoléon, à Sainte-Hélène !... etc., etc.

CHANT XIII

GÈNES — FLORENCE

A Gênes, sur la porte de la cellule d'un franciscain, nous avons lu, avec une admiration respectueuse, ces nobles paroles :

« Il vaut mieux ne pas faire de vœux... que de les mal suivre. »

Sentiment vraiment digne d'un honnête homme, d'un fier héritier de ces grandes républiques italiennes, si bien décrites par Sismondi !

*
* *

Un dominicain, nous entendant répéter ce principe, nous disait : « C'est juste... Si l'on avait ainsi pensé « au moyen âge, l'on n'aurait pas eu tant de scandales.

« — En effet, ajoutait un franciscain, point de vœux « sans vocation !

« La République a fait beaucoup de mal... mais elle « a fait aussi du bien. — Il n'y a plus de ces nom- « breux cadets de famille, subissant la nécessité de « faire leurs vœux. — Désormais les vœux doivent être « volontaires. »

Ce dominicain et ce franciscain sont Français. — Nous avons encore entendu un autre franciscain, de notre pays, reconnaître, du haut de la chaire, que le clergé pouvait renfermer des membres indignes... comme l'armée des traîtres... comme la magistrature des juges prévaricateurs... et que le clergé les condamnait.

De tels hommes, parlant publiquement avec une telle loyauté, font le plus grand bien à la religion, en l'épurant, en la dégageant de quelques ministres indignes, en la fortifiant par ce dégagement même.

Aussi, en Italie, le clergé français est jugé avec la plus profonde estime, avec le respect le mieux mérité, pour le savoir, le talent, la conduite...

Le clergé français et la magistrature française ont au loin, à l'étranger, la plus belle et la plus pure renommée, ainsi que l'armée, si bien appréciée par Alfred de Vigny (1), dans son beau livre : *Servitude et Grandeurs militaires.*

Les dames françaises aussi. — Un prédicateur vénitien les citait, devant nous, du haut de la chaire de la cathédrale de Gênes, comme des modèles de travail, d'instruction, de goût... et il disait aux dames de Gênes qu'elles auraient beaucoup à gagner si elles

(1) Un souvenir de regrets affectueux, d'admiration respectueuse au beau caractère d'Alfred de Vigny... au poète illustre. — Unité dans sa vie, dans ses affections littéraires, dans ses opinions fixes, immuables.

les imitaient. — Sans affaiblir les mérites de nos Françaises, nous croyons que Venise n'était peut-être pas fâchée de faire la leçon à Gênes, son antique rivale !

*
* *

« La République a fait du bien... » comme la Réforme. — La Réforme a déchiré le sein de l'Eglise... mais elle a purifié le clergé, elle a fortifié sa discipline et rendu ses rangs plus compactes... elle a fait produire aux catholiques des chefs-d'œuvre d'éloquence et de logique.

*
* *

Toujours cette vieille vérité: La lutte est comme le feu, elle purifie. — La lutte, c'est la vie, c'est le génie, c'est le progrès, c'est la lumière ! — Sans la lutte, en religion comme en politique, la monotonie, l'ennui, l'abandon, la mollesse, la décadence des mœurs, de la discipline, etc. — Jusqu'à la dernière heure, l'homme doit lutter ! — La lutte et la liberté ! voilà sa vraie grandeur, sa vraie noblesse ! — Luther disait, dans le cimetière de Worms : « Ils sont bien heureux ! Ils reposent ! » — Le repos n'est que là, au cimetière, la porte du Ciel ! — L'Humanité ne se repose jamais, pour sa gloire et son bonheur réel !... jusqu'à l'heure où les cieux s'ouvriront tout entiers pour la recevoir dans l'Éternité !

*
* *

A Florence, comme à Gênes, de grands souvenirs,
de beaux caractères historiques ! — A Gênes brillent
les Doria... (et Christophe Colomb). — A Florence,
Dante, Michel-Ange, etc.

Dante ! Michel-Ange ! Poésie et Beaux-Arts ! les consolations éternelles des malheureux ! — A Florence,
comme dans toute l'Italie, que d'heures charmantes
dans la contemplation des chefs-d'œuvres ! — Et comme
toutes nos douleurs étaient suspendues dans cet Idéal !
— Poètes et artistes sont de tous les pays ! tous de
la même famille ! C'est bien la fraternité universelle !
— Le poète, l'artiste, c'est l'homme transfiguré !
— Et le magnifique chef-d'œuvre de Raphaël, que
l'on admire au Vatican... la *Transfiguration*... c'est,
pour ainsi dire, le divin symbole de l'Humanité idéa-
lisée !

P. S. — « Je vous admire, disais-je aux RR. PP.
« trappistes et aux chartreux ; mais en entrant dans
« vos saintes demeures, j'ai le cœur serré, comme en
« présence de la mer infinie, où je suis seul. — Je
« sens Dieu, dans cette immense solitude, comme dans
« le cloître... et j'aime Dieu de toute mon âme, je
« l'adore ! — Mais il me faut au moins un enfant près
« de moi... pour me dilater le cœur, *similia similibus*.
« — J'aime la solitude, mais avec une porte ouverte
« sur le monde ; — J'aime les horizons infinis de la
« mer... mais en pouvant me retourner, pour aperce-

« voir la fumée bleuâtre de la vallée voisine, où la fa-
« mille est réunie près du foyer. »

Et les bons pères me rassuraient, en me disant :
« L'on peut faire son salut dans le monde, comme dans
« le cloître. — Suivez la voie que Dieu vous ouvre.
« Les voies du Seigneur ne sont pas les mêmes pour
« tous... mais toutes conduisent vers le Ciel ! »

P.-S. — Sur les portes des cellules, nous avons lu
des légendes, qui doivent avoir une grande influence
sur les cœurs brisés, sur les esprits désillusionnés de
toutes les vanités de ce monde !... Elles révèlent ces
souffrances et ces désillusions chez les moines enfermés dans ces cellules !

« Unum necessarium !... » (Dieu !)

« O beata solitudo !
« O sola beatitudo ! »

« Dieu seul ! Dieu seul ! Dieu seul ! »

— Plus vous avancez dans la vie... plus les cris de
ces âmes en peine retentissent dans la vôtre !

CHANT XIV

ROME ANCIENNE ET ROME MODERNE.

Une grande tristesse domine les aspects sévères de la Ville éternelle.

Dans la vieille Rome, il n'y a que des ruines. — La nymphe Egérie ne rend plus d'oracles… et de son bois sacré, il ne reste plus qu'un bouquet d'arbustes. — Ce Forum, si éloquent, si agité, est muet, immobile ! — Et près des ignominies de l'empire, sont les égouts de Tarquin !

***

Même voile sombre sur la Rome moderne. — La religion chrétienne est la religion de l'exil, de l'expiation, de la douleur ! — Son Dieu a été crucifié… ses Apôtres martyrisés ! — Elle a été pour ainsi dire décapitée ! — Toutes ses origines nagent dans son propre sang. — Ses fondements reposent sur les catacombes. — Sur tous les monuments, cette croix funèbre, que chaque chrétien doit porter ici-bas, pour retourner au ciel, au *Paradis perdu*… mais que l'on peut retrouver, en suivant la voie douloureuse !

Sublime Religion, qui tourne sans cesse les regards de l'homme vers les cieux, pour alléger le fardeau de cette croix, l'ancre de salut, *spes unica !*

Sublimes exilés, qui peuvent abaisser les barrières de la proscription... et forcer l'entrée du ciel, par la résignation, la douceur et l'amour... par ce progrès de perfection morale, qui forme, avec la liberté, toute la grandeur de l'Homme !

— Si la douleur est une obligation, l'espérance est une vertu. — Si la misère est entrée dans le monde, avec le péché, la charité est aussi entrée avec elle, la charité, qui est l'essence même de Dieu. — *Deus charitas est !* Dieu est tout amour !

Tout est souffrance et deuil ici-bas, mais tout rayonne lumineux au-dessus des chrétiens. — L'angoisse au cœur, les larmes aux yeux, ils sourient. — Exil étrange ! Les proscrits contemplent sans cesse les portiques de la patrie céleste. — Parfois même elle s'entr'ouvre aux yeux de l'extase !

*
* *

La campagne de Rome a l'aspect aussi sévère, — et souvent même désolé. — On dirait un grand linceul, qui entoure Rome antique... et la Rome des martyrs !

Les habitants de la campagne de Rome ont une gravité, une dignité, que l'on ne trouve pas ailleurs. — Sur tous on voit cette empreinte auguste de la vieille

Rome... empreinte toute spéciale, comme dans ses monuments... La matrone romaine est un type exceptionnel, — et la femme de la campagne de Rome rappelle cette Cornélie si fière de ses deux enfants, ses ornements les plus beaux. — La femme a le port majestueux de Junon. — Que la jeune fille est belle, portant l'amphore antique sur sa tête, et le bras levé pour soutenir l'anse... marchant comme dans une cérémonie religieuse, en portant un vase sacré ! — On l'arrête non pour l'embrasser (elle inspire le respect), mais pour l'admirer et la prier de poser dans cette attitude, devant l'album. — Le jeune homme est représenté admirablement par Léopold Robert, dans ses *Moissonneurs*, entre ses deux buffles magnifiques... nobles animaux, qui donnent aussi à la campagne de Rome cet air de grandeur sauvage si frappant aux yeux de l'artiste ! — Salvator Rosa avait l'énergie et la rudesse nécessaires pour peindre l'âpreté des montagnes, les énormes rochers ; — mais il fallait une âme en peine, comme celle de Léopold Robert, pour s'identifier avec ce caractère grandiose, mélancolique et religieux de la campagne de Rome.

P.-S. — En voyant les habitants, on comprend les beaux temps de la vieille république. — De tels hommes, d'un aspect si mâle, si énergique et surtout si imposant, représentent le citoyen romain, que Montesquieu a si parfaitement décrit, — *civis romanus*, le soldat-citoyen. — En voyant les femmes surtout, ces types vivants de la matrone antique, la sainte et pure gardienne du foyer, — on pense à l'influence de ces mères si dignes de respect sur leurs fils toujours prêts à mourir pour le salut de la Patrie !

P.-S. — Nous avons été présenté, avec plusieurs familles françaises, au pape Grégoire XVI. — Comme Pie IX, il était d'une douceur extrême, d'une affabilité charmante. — Comme Jésus, il pouvait dire : « Lais- « sez venir à moi les petits enfants. » — Il a béni une jeune fille et son frère (d'une famille noble de Nancy), et il a ajouté des paroles qui ont ému les enfants et tous nos compatriotes. — Pour nous, nous avons eu le bonheur de recevoir une parcelle de la relique de saint Louis, avec un parchemin en bonne forme, pour une dame dont la famille avait donné asile pendant quinze jours à Mgr de Quélen, archevêque de Paris, à l'époque des troubles qui lui firent abandonner mo- mentanément l'archevêché.

P.-S. — Cette dame (Louise-Isidore Geoffroy) était la belle-fille d'Etienne Geoffroy Saint-Hilaire... qui amena, lui-même, l'archevêque au Jardin des Plantes, sa résidence (en 1848). — Déjà, sous la Terreur, Etienne Geoffroy, à ses risques et périls, avait sauvé plusieurs savants et professeurs ! — Souvenirs sacrés pour ce nom illustre des Geoffroy Saint-Hilaire ! ! —

Le grand Pénitencier français, instruit par nous de ces faits, les raconta au Pape, qui, tout ému, nous donna cette relique. — Il bénit cette famille, qui avait noblement prodigué ses soins à cet hôte vénéré.

Appel à la reconnaissance de M. C. Vanier, éditeur, qui se souvient de ses aimables et douces relations avec M. Isidore Geoffroy Saint-Hilaire.

Etienne et Isidore Geoffroy Saint-Hilaire ont quitté cette vallée de larmes. — Seule la veuve d'Etienne Geoffroy Saint-Hilaire survit à ses chers absents. — Bientôt près d'un siècle ! — Elle est vénérée de tous ceux qui la connaissent.

Les faits cités ici sont désormais à l'histoire, — et, sans blesser l'amour-propre de ces caractères, aussi modestes que nobles, nous pouvons les inscrire dans ce volume.

CHANT XV

CAPOUE

ANNIBAL

L'une des plus grandes figures de l'histoire, Annibal, si ardent de patriotisme, si passionné dans sa haine contre Rome, si audacieux dans l'accomplissement de son plan gigantesque, si énergique dans l'action... Annibal est venu s'éteindre dans les délices de Capoue.

Lorsque l'on quitte les sombres tristesses de Rome, lorsque l'on sent les premières brises de Capoue, la douce haleine de la Sirène... on éprouve une mollesse, un abandon, un laisser-aller, un désir de *far niente*, qui peut expliquer la décomposition de cette armée, épuisée de fatigues et rassasiée de victoires... mais qui n'excuse pas ce grand homme. — Sa faute a causé la ruine de sa patrie !

CHANT XVI

NAPLES

LA FRANCE !! — LE VÉSUVE — LE TASSE

Nous conservons un tendre souvenir d'un jeune moine de ce couvent, qui domine Naples et l'immense horizon de cette mer si belle !

En nous écoutant, il était tout ému. — Notre langue et l'accent de notre voix, tout lui rappelait la France !

Et s'il n'avait plus un bras pour la défendre... il avait toujours un cœur pour la chérir.

« Il ne nous est pas défendu de penser à notre mère,
« de l'aimer, de nous intéresser à tout ce qui la tou-
« che. »

Et, les yeux humides, il serrait les mains de son compatriote ! Avec quelle émotion il nous interrogeait ! Avec quel attendrissement il nous a quitté !

Il nous promit de prier pour l'exilé... comme il priait pour la France !

On entrevoyait déjà les ailes de l'Ange... et son regard était au ciel !

*
* *

Nous dirons de Naples ce que nous avons dit de Capoue. — Ici les passions ardentes sont comme cette lave du Vésuve. — Le volcan s'agite, lance de la fumée et des flammes... puis il s'éteint. Les molles brises de Castellamare et de Sorrente souffleront toujours sur des cendres !

Nous avons visité Sorrente, illustré par le séjour du Tasse ! La poésie déborde sur ces rives, dans ces collines boisées, sous ce beau ciel, dans cet air embaumé ! — Quelle triste fin, la fin de Torquato ! mais comme son berceau était riant et gracieux !

*
* *

Deux fois nous avons gravi le Vésuve. — Nous aurions pu rester enseveli dans son cratère, où l'imprudence du guide nous avait laissé descendre... et d'où un superbe panache de fumée s'élança soudain, quelques minutes après notre sortie !

Daas le cratère, tout au fond, nous avons entendu des bruits souterrains... comme des liquides qui se heurtaient. — Ils nous semble que les savants croient que les eaux de la mer pénètrent dans les cavités du volcan, et s'y brisent, pour s'en éloigner ensuite. — Les bruits souterrains produisent à peu près ces effets.

*
* *

Mais nous ne pourrons jamais oublier le magnifique et charmant réveil du Campo-Felice, vu du haut du Vésuve.... et de la mer, qui était à l'horizon.

La brume se levait et se dégageait. Les clochettes des troupeaux tintaient dans cette gaze transparente... et les sons de l'Angelus du matin se mêlaient à ces tintements... au chant de la joyeuse alouette, qui montait vers le ciel... à mille murmures confus et charmants. — Peu à peu apparaissaient les cimes des arbres, les clochers, puis la plaine elle-même dans toute sa splendeur, et les voiles blanches de la mer bleue. — De doux et brillants rayons de soleil animaient ce tableau si varié d'ombres et de lumière... ravissant de fraîcheur et d'harmonie. — Un cantique d'adoration s'échappait du cœur, ému d'un spectacle si grandiose et si charmant !

*
* *

A Bologne, résonnent les airs si vifs et si jeunes du *Barbier de Séville*, les accents patriotiques de *Guillaume Tell*, les chants sacrés de *Moïse*. — Rossini, comme Meyerbeer, ne peut quitter la France. — Paris, reconnaissant, lui a offert un asile digne de lui, sous les ombrages du bois de Boulogne, et que tous les Parisiens saluent avec respect. — Quels charmes dans ce Paris, qui captive Cherubini, Rossini, Meyerbeer, et toutes les illustrations du monde !

P.-S. En gravissant le Vésuve, nous pensions à ces conquérants qui jettent tant d'éclat et de bruit... et qui s'éteignent dans les cendres et les ruines !

CHANT XVII

VENISE!

DANIEL MANIN, L'AME DE VENISE!

A toi, Manin, salut! — J'écris avec fierté
Sous ton nom glorieux: « PATRIE ET LIBERTÉ! »
J. FERNAND.

A Venise, dans la salle des *Dix*, nous avons été saisi à la vue de ce voile noir qui recouvre le portrait d'un doge, d'un traître!! Comme le parricide qui marche au supplice, il était recouvert d'un crêpe funèbre. Le traître à la Patrie a mérité la peine des parricides. — La Patrie n'est-elle pas sa mère?

* *

O Daniel! avec quelle émotion tu devais contempler ce voile de deuil! toi qui t'es sacrifié à ta chère Venise... toi qui, toujours sur la brèche, l'as défendue jusqu'à la dernière heure... toi qui as vu, avec une si profonde douleur, l'Autrichien arrachant l'étendard du Lion de saint Marc... et qui t'es réfugié dans l'exil, attendant des jours meilleurs et de nouvelles luttes plus heureuses !

*
* *

Paris t'a reçu, les bras ouverts, avec la vénération la plus affectueuse. — Grand dans le malheur, comme au pouvoir suprême, tu n'as voulu devoir le pain de l'exil qu'à ton travail... et tu es devenu professeur... comme Denys et Louis-Philippe.

*
* *

Hélas ! d'autres douleurs devaient t'éprouver... et tu as succombé sous ces nouvelles angoisses ! — Ta fille, aussi noble que toi dans l'adversité et, comme toi, adorant Venise.... ta fille est morte dans tes bras, comme la fille du Titien !

Et vous reposez, l'un et l'autre, dans la tombe d'un de nos peintres les plus illustres, le plus digne de comprendre de si grandes souffrances, lui qui a peint si admirablement ce vieux roi pleurant son fils !... vous reposez près d'Ary Scheffer, dont la belle âme sympathisait avec tous les héroïsmes, avec tous les dévouements ! dont le grand cœur a si bien rendu les douleurs de Mignon rêvant à la Patrie absente !... inspiré par Gœthe et son propre génie !

*
* *

Nous parlons du Titien ! — Quelle énergie dans tous ces grands cœurs de Venise... dans tous les rangs, dans toutes les carrières ! — Nous avons cité, dans l'annexe de notre Poème de Venise, ce vieux marin qui s'est fait tuer, sur la brèche, près de Daniel Manin ! — Combien d'autres, aussi fiers et trempés comme l'acier ! Quels mâles visages ! quelles attitudes d'hommes libres, ou dignes de l'être ! — A Venise même, les femmes ont une énergie particulière dans la démarche, dans le regard. — Ce n'est pas l'Espagnole... c'est la Vénitienne. — Il y a des rapports, mais aussi des différences, — comme entre les *fueros* et la République. — On sent la républicaine, la citoyenne, dans la femme de Venise. — Cette vieille république respire toujours dans tous ses enfants. — L'école de peinture elle-même a un cachet spécial de vigueur, soit dans le dessin, soit dans le coloris. — Elle a sa place à part, au milieu de toutes ces grandes écoles de l'Italie. — La vigueur du Lion de saint Marc pénètre partout.

On croit toute l'Italie efféminée, affaiblie. — Mais dans ces descendants de la grande république romaine et de ces républiques italiennes, que de physionomies énergiques et accentuées ! Dante, Michel-Ange, Salvator Rosa !... etc., etc..!

✳

CHANT XVIII

VÉRONE

JULIETTE ET ROMÉO (1)

A Vérone, la brise parfumée nous apporte les soupirs de Juliette et de Roméo. — Le crépuscule commence à poindre à l'horizon. Les premières lueurs du jour naissant se confondent avec la faible clarté de la Reine des Nuits, voilée sans doute pour protéger les deux jeunes fiancés. — L'alouette s'élève joyeuse en chantant. — Et les derniers accents du rossignol viennent de frémir sous la feuillée. — Au balcon entr'ouvert, deux apparitions charmantes ! Juliette et Roméo ne peuvent se décider à cette douloureuse séparation ! — Est-ce encore la nuit ? — Est-ce le jour ?

O Shakespeare ! tes vers, immortels comme l'amour, seront à jamais l'enchantement des cœurs, l'idéal rêvé des poètes !

---

(1) « *Juliette et Roméo !*... cette peinture éternelle de l'amour-« passion, de l'amour fort comme la mort et puissant comme le « sépulcre, selon l'image biblique... est complétement réalisée « dans le drame de Shakespeare. »

ÉMILE MONTÉGUT

CHANT XIX

MILAN. — BERGAME

LÉONARD DE VINCI. — SAINT CHARLES BORROMÉE

A Milan, nous admirons la *Monna Lisa*, de Léonard de Vinci ! Contraste frappant avec les physionomies si naïves, si franchement ouvertes de Roméo, de Juliette, avec cet amour si expansif !

Quelle profondeur dans cette *Monna Lisa !* quel abîme ! — Elle plonge dans votre regard ! elle sonde votre cœur ! — Mais vous n'osez vous livrer à cette femme mystérieuse ! — Puissante attraction et méfiance ! presque de l'effroi ! — au moins une inquiétude telle qu'elle arrête votre épanchement, votre abandon. — Malgré vous, vous l'étudiez toujours.

Hélas ! un autre chef-d'œuvre de Léonard, la *Cène*, s'altère de plus en plus, miné par le salpêtre de la muraille. — Et si la gravure de Morghen ne venait pas nous consoler de cette perte imminente ! quelle douleur pour les artistes ! Et pourquoi la science ne combat-elle pas les progrès de cette destruction ? Pourquoi ne pas chercher à détacher le chef-d'œuvre du salpêtre qui le ronge et l'efface (1)?

Un autre grand nom, saint Charles Borromée, — le Belzunce de Milan! Deux frères d'héroïsme, de dévouement, de charité!

*
* *

Milan, que nous avons vu si sombre autrefois, avec des guérites et des factionnaires autrichiens dans toutes les rues, avec des impôts si écrasants qui grossissaient le trésor des oppresseurs! Milan tressaille d'allégresse sous les trois couleurs italiennes!

O Venise! et toi! — quand sonnera l'heure de ta délivrance! — *Italiam! Italiam!*

*

A Bergame, nous admirons la *Victoire ailée*, et l'immense panorama des plaines de la Lombardie, — et nous recueillons tous les souvenirs littéraires et artistiques que nous rappelle cette ville, heureuse, comme Milan, du nouveau drapeau qui flotte à ses yeux!

(1) On a déjà rentoilé de vieux tableaux... ne pourrait-on pas détacher cette peinture sublime et la transporter ailleurs... dégagée de ce salpêtre, qui l'anéantirait!

CHANT XX

LES TROIS CANTONS

LES TROIS SOURCES — GUILLAUME TELL

> Arrêtons-nous ici ! L'aspect de ces montagnes
> Fait tressaillir mon cœur !...
> *Le Chalet.*

> O monts de l'Helvétie !...
> L'Indépendance ou la mort !
> *Guillaume Tell.*

A la place même où s'assemblèrent les trois Suisses, où ils joignirent leurs mains et prêtèrent le serment d'union, — trois sources viennent confondre leurs eaux dans un même bassin... symbole de cette union consacrée par l'Histoire, chantée par l'enthousiasme des poètes et des artistes.

Ici tout est grand, — tout est simple, — tout est primitif. — Et l'âme se retrempe et se fortifie dans ces souvenirs patriotiques, toujours présents ; — dans les aspects de ces belles montagnes et de ces beaux lacs, en harmonie avec ces caractères antiques et les scènes grandioses dont ils ont été les glorieux témoins.

Sur l'autre rive de ce lac des Cantons, se trouve la chaumière de Guillaume Tell... et l'on salue avec respect le berceau du fondateur de cette indépendance, que la Suisse a su et saura toujours maintenir, par son courage et la sagesse de sa politique.

Étrange situation de ce pays, si petit d'étendue, si grand par ses vertus patriotiques, si heureux de sa liberté ! — Entouré de nations qui peuvent l'absorber... il reste debout, grâce à la rivalité de ses puissants voisins ! Il doit son indépendance à l'équilibre de ces forces rivales. — Ainsi le globe terrestre suit la courbe, tracée dans l'infini, grâce à l'équilibre de deux forces contraires qui se balancent.

Et ce même petit peuple, si nécessaire à la sécurité de ses voisins... est pour eux tous un centre d'éblouissante lumière qui les guide dans les voies progressives de la Liberté !

Ainsi le patriotisme a fondé l'indépendance de la Suisse, et la sagesse des citoyens la conserve intacte, inaltérable !

*
* *

Schwitz est, certes le type le plus parfait de cette vie patriarcale, primitive, des vieux cantons. Schwitz n'est qu'une grande famille de cultivateurs. Les vaches se promènent dans les rues... et passent la tête par les fenêtres ouvertes, pour voir les habitants qui les reconnaissent et les appellent par leurs noms. — Mais

ces hommes agrestes sont les plus habiles au tir national... presque tous excellents chasseurs de chamois,
et habitués à manier la carabine. — Tous aussi sont les
remparts inébranlables de l'indépendance. Toujours
fidèles à Guillaume, ils sauraient vaincre ou mourir.
— Du centre de ces belles montagnes, découle la sève
la plus généreuse de liberté, la plus féconde!

*
* *

Près de Schwitz est ce malheureux village écrasé
par une montagne, et que le pinceau magique de Da-
guerre a représenté, sous deux aspects saisissants...
avant et après la chute. — Les avalanches et les chutes
de rocs menacent toujours les familles et chaumières
groupées aux pieds de ces montagnes. — La mort est
sans cesse présente aux yeux des montagnards qui se
familiarisent avec elle, et puisent dans ce danger, dans
toutes les privations d'une existence difficile et rigou-
reuse... cette énergie, cette vigueur, qui font les
grands caractères... et ces caractères si bien trempés
sont les assises de granit... de la nationalité suisse!

*
* *

Et comme la vie intime est concentrée dans les montagnes! Tous ne forment qu'une seule et grande famille. — Pendant plusieurs mois, ils sont enfermés
dans leurs chaumières, bloqués par les neiges. — Ils

souffrent ensemble, exposés aux mêmes dangers, aux
mêmes privations. — Quel lien plus fort d'affection,
d'intimité !

*
* *

L'influence des montagnes pénètre même l'étranger
qui y passe quelques semaines. — Nous nous souvenons d'un assez long séjour dans les montagnes de la
Suisse. — Nous étions concentré, comme les habitants,
dans les plis des vallées, des gorges. — Nous étions
habitué à ces murmures continuels des eaux qui courent
sous la feuillée... à cette cadence des clochettes des
animaux si paisibles et si familiers... à l'aspect si calme
et si rafraîchissant de ces lacs, bordés d'arbres magnifiques, et que les chèvres et les vaches animent de leur
présence.

Et quand nous quittâmes cette intimité si douce,
cette concentration si pénétrante... à l'aspect des plaines et des horizons immenses, nous avions le cœur
serré, et nous sentions le vide autour de nous ! —
Quelques jours après, des promenades de Berne, nous
avons revu les cimes de la Yungfrau et d'autres montagnes bernoises, et nos yeux étaient humides à la vue
de ces amis regrettés. — Nous comprenions alors avec
quelle douleur le montagnard quitte ses chères vallées,
et pourquoi il est si pressé d'y retourner !

*

5

Le lac de Thün est aussi un de nos plus intimes souvenirs. — Son cadre est si pittoresque ! — Les arbres se mirent dans les eaux, et les branches rident leur surface limpide.

Dans les Grisons, nous avons visité Coire et Reichenau, où nous avons inscrit notre nom, comme hommage au royal professeur qui sut par le travail faire respecter l'exilé. Louis-Philippe a trois moments dans sa vie que l'on admirera. — Il marcha bravement contre l'étranger qui envahissait la France, — (Jemmapes et Valmy). — Il gagna le pain de l'exil, en instruisant la jeunesse. — Il descendit du trône, pour ne pas verser trop de sang français. — Et certes, s'il avait écouté quelques conseillers moins scrupuleux, il n'aurait pas quitté les Tuileries.

P.-S. Dans nos villes du Midi, les chèvres traversent chaque jour les rues et les places, pour porter aux malades la santé, avec leur lait. — Quand nous entendons les grelots, quand nous voyons les chèvres... nous rêvons à nos chères montagnes... et nous les revoyons, dans nos souvenirs, avec émotion, avec bonheur ! — Quel attendrissement au cœur du pauvre montagnard, descendu dans nos villes, pour gagner le pain quotidien... et n'aspirant qu'au retour !

CHANT XXI

LES CINQ ÉTATS SUR LE LAC

LA FÉODALITÉ. — CONSTANCE. — LES BORDS DU RHIN
BEETHOVEN. — CHARLEMAGNE. — LA LIBERTÉ

Dans le beau lac de Constance, et sous l'azur, se mirent les villes frontières des cinq États. — Les jours de fête, les barques des cinq pays se croisent joyeusement. — Les jeunes gens et les jeunes filles viennent danser, sous les yeux des vieillards... successivement dans ces États divers. — Et tous ces voisins se mêlent dans la plus douce intimité. — Les mariages entre les cinq voisinages se multiplient. — Et les habitants de tous les bords DU LAC ne forment plus qu'une seule famille !

N'est-ce pas là une image en miniature de la grande famille humaine, de la fraternité universelle de l'avenir ? — Sur ces rives charmantes, on ne voit que des figures amies, des mains qui se rapprochent... et la fusion des villes riveraines est manifeste ! — Pourquoi des frontières, des drapeaux si variés ? — Que le canon gronde sur le lac de Constance ! tous ces bons riverains, habitués à fraterniser, comprendront-ils cette guerre qui vient les diviser et les faire battre, malgré eux, les uns contre les autres ? — Hersilie, et les autres filles des Sabins, femmes et mères des Romains, viendront se jeter au milieu de la mêlée et séparer les combattants, leurs pères et leurs maris, — comme dans le tableau académique de David. La guerre n'est déjà plus possible sur ces rives heureuses !

Dans l'avenir, elle ne le sera plus sur toute la terre.

*
* *

En quittant la Suisse, pour suivre les bords du Rhin... l'on est constamment en présence des ruines de la Féodalité... de ces vieux châteaux... admirables pour le peintre, le poète et le romancier, — mais donnant au patriote une grande leçon... en lui montrant le contraste le plus éloquent : — sur ces rives, l'anéantissement du système féodal, qui ne peut revivre, — et dans les montagnes de la Suisse, le progrès de ces belles institutions, que le courage civique et le bon sens ont su et sauront maintenir à jamais !

Dans son château des bords du Rhin, le roi de Prusse a voulu remettre en lumière tous ces souvenirs de la Féodalité. — Les armes brillent, mais ce n'est plus qu'un musée historique.

*
* *

Au milieu de ces ruines, à Bonn, la dépouille mor-

telle de Beethoven, — le Dante de la musique ! —
Mais le génie ne meurt pas ! — Beethoven, trop profond pour être compris de suite, paraissait obscur.

La lumière descend peu à peu dans ces profondeurs... et sa gloire rayonne dans le monde !

P.-S. — Que de pages nous aurions à écrire sur les
magnifiques cathédrales de Trèves, de Spire, de Co-
logne, d'Aix-la-Chapelle, où nous avons contemplé
longtemps le crâne de Charlemagne, en pensant au
monologue de Charles-Quint (Victor Hugo).

La cathédrale de Strasbourg et la cathédrale d'Anvers sont dignes d'être mises au même rang, l'une
par son architecture, l'autre par le chef-d'œuvre de
Rubens, la *Descente de Croix*.

Que de pages sur Stuttgardt... Manheim, Heidelberg
et les souvenirs de Louis XIV dans ces contrées !

Que de pages sur Francfort et la salle des Empereurs, qui devient le berceau de l'unité allemande et
de ses libertés futures ! — sur Mayence, sur Coblentz,
qui a la physionomie française... — sur cette brûlante
question de nos frontières du Rhin. — En attendant
une solution, le Rhin semble aimer la France ; il se
jette avec impétuosité sur l'Allemagne, et le génie de
Strasbourg multiplie les fascines, pour agrandir notre
territoire des parcelles que le fleuve nous donne !

*
* *

6.

Que sont devenus l'empire romain, l'empire de Charlemagne, l'empire de Charles-Quint ? Toutes ces formes de l'absolu ont disparu. — Deux grandes branches de l'empire de Charles-Quint se sont greffées sur la liberté : l'Espagne et l'Autriche. Toutes les deux puisent une vie nouvelle, une force immense, dans la sève généreuse de cet arbre de la liberté qui étend sur le monde ses rameaux verdoyants !

Quant au sceptre de Charlemagne, il est enseveli avec ce grand homme dans le caveau d'Aix-la-Chapelle ! et 89 rayonnera désormais au frontispice de tous les palais et de tous les codes !

*
* *

Dans la cathédrale d'Aix-la-Chapelle, nous avons vu d'aussi près que possible le crâne de Charlemagne ! (Nous l'avons même tenu entre nos mains !)

Ce crâne est très-grand, le front très-développé. Il porte l'empreinte de la majesté auguste du Prédestiné. — Et c'est bien là le front du génie. — Ce crâne prouve que *Dieu nous mène*, et qu'il envoie les grands hommes pour les grands événements qu'il prépare, les grands génies pour les chefs-d'œuvre qui doivent éclairer le monde !

Que d'hommes de génie ont ainsi le front développé ! — Cependant Voltaire avait la tête petite... et sans doute aussi le crâne petit. — Mais c'était plutôt l'esprit que le génie qui dominait dans Voltaire (quoiqu'il ait eu des éclairs de génie dans ses tragédies).

Que d'esprit et de malice dans les plus petites têtes ! — Devrait-on établir cette distinction de l'esprit et du génie, d'après les proportions du crâne ? — Nous ne prétendons pas établir une règle absolue. — Mais, à *priori*, Hamlet causant avec les fossoyeurs pourrait, à l'aspect du crâne, reconnaître le pauvre Yorick ou un grand génie !

*
* *

Nous avons vu aussi le crâne ou plutôt le *facies* de sainte Madeleine (à Saint-Maximin, près de la Sainte-Baume). Le front est moyen, mais le visage était assez grand, les pommettes saillantes et l'orbite des yeux énorme ! — Comme de ces grands yeux de Madeleine devaient jaillir les feux brûlants de la passion !

Mais, comme l'a dit Fourier. « Tournez vers le bien la disposition du mal, transformez la passion, et vous ferez une sainte de cette femme exaltée dans ses faiblesses. » — Madeleine, touchée par la grâce, a été passionnée pour le bien, comme elle l'était pour ses entraînements ; — et son amour, purifié, a été sublime. — Elle a répandu l'huile sainte sur les pieds du Sauveur, elle les a essuyés avec ses beaux cheveux... elle a forcé la porte du ciel par la puissance de son repentir, par la grandeur de sa passion pour le bien, par son amour pour

Dieu, qui veut être aimé, comme il aime, pour ce Dieu jaloux et bon, qui pardonne tout à ceux qui se donnent à lui tout entiers.

* *
*

Étrange émotion ! toucher ainsi des yeux le crâne de ce grand génie, qui a glorifié la France !... Cette beauté célèbre entre toutes, cette sainte, qui a charmé et converti le monde... et qui donne l'espérance à tous les repentirs !

Étrange prédestination ! Madeleine la pécheresse et la repentie, qui vient mourir dans le pays de la galanterie, pour donner à cette France une grande leçon, un grand exemple ! — Oui, la France est prédestinée ! Lazare le ressuscité vient à Marseille prêcher la Résurrection ! — La France conserve les reliques des trois amis de Jésus, Madeleine, Marthe et Lazare, les reliques les plus touchantes du christianisme. — Elle est vraiment la fille aînée de l'Église ! (1)

P.-S. Les reliques de saint Jean l'Évangéliste manquent, dans nos archives du cœur de Jésus, de sa plus douce intimité !

On aurait ainsi réuni, dans la mort, ceux que les grands peintres ont réunis tant de fois au pied du crucifix, recevant les gouttes du sang divin, qui se mêlait à leurs larmes ! — Saint Jean le disciple bien-aimé, le fils

____

(1) La famille de Lazare.

adoptif de Marie... et qui résumait admirablement toute la loi chrétienne dans ces seuls mots : « Aimez-vous les uns les autres ! » (« Mère, voici ton fils ! — Disciple, « voici ta mère ! »)

CHANT XXII

BRUXELLES

LE PARLEMENT BELGE

Les Anges gardiens des Libertés nationales.

Des Anges décorent le vestibule du Parlement
et semblent le garder.

« Les dieux s'en vont ! » Le peuple, à ce cri de terreur,
Sacrifiait jadis à l'autel de la peur !
—« Les Anges sont partis ! » Ce nouveau cri d'alarmes,
Pour tous les citoyens, serait l'appel aux armes !
— Inspirés, entraînés vers l'autel des martyrs,
Par tant de glorieux et si chers souvenirs,
Tous sauraient à quel prix peuvent être sauvées
Les saintes libertés, par le sang achetées !

P.-S. En assistant aux séances de ce parlement libre... nous pensions, avec douleur, à nos libertés
perdues !... et ce contraste nous serrait le cœur ! La
Belgique nous doit les siennes... et elle a su les conserver ! Nous l'en félicitons !

LOUIS JOREZ

COMPOSITEUR... ET PROFESSEUR DE CHANT A BRUXELLES.
ET AU CONSERVATOIRE D'ANVERS

CHANT XXIII

BRUXELLES

LA FAMILLE J. J. JOREZ

Ave Maria !
L'escalier si dur de l'étranger !
DANTE.
Dans ce brûlant désert, douce et fraîche oasis !
J. FERNAND.

Près de vous, de l'exil j'oubliais la souffrance !
Sous votre toit si cher, je revoyais la France !
Et, lorsque je montais votre doux escalier,
Ce n'était pas, pour moi, celui de l'étranger !
— De vos charmants accords la touchante harmonie
Réveillait dans mon cœur l'espérance endormie !
— Oh ! d'un sombre passé, souvenir gracieux !
Mon rayon de soleil, dans ces temps orageux !

7

CHANT XXIV

BRUXELLES

A LOUIS JOREZ (1)

Compositeur... et professeur de chant à Bruxelles
et au Conservatoire d'Anvers.

Musique et Poésie : Alliance enchantée,
Signant de nos deux noms : « *La Fenêtre voilée* » (2)
Les unissant encor, pour fêter « le retour
« De la tendre hirondelle... et le printemps, l'amour ! »
— De Louis, de Fernand, prolongeons l'alliance !
Montrons, par nos accords, la Belgique et la France.
Des âmes et des cœurs maintenant l'union...
— Et nos chants fraternels toujours à l'unisson !

(1) Louis Jorez, artiste distingué, charmant compositeur, a ouvert, depuis quelques années, à Bruxelles, une école de chant qui grandit de plus en plus, grâce aux succès de ses élèves ! — L'École-Jorez, déjà célèbre, est digne de rivaliser avec l'École-Duprez, de Paris.

(2) La *Fenêtre voilée* et le *Retour de l'Hirondelle !* — Les vers de J. Fernand, la musique de Louis Jorez.

CHANT XXV

BRUXELLES

CONSOLATIONS !

LE RETOUR DE L'HIRONDELLE !

Musique de LOUIS JOREZ, de Bruxelles

La poésie ne nous fut jamais plus chère que dans notre exil. — Elle fut, avec l'amitié, notre plus douce consolation. — Nous avons eu le bonheur de trouver en Louis Jorez à la fois un aimable collaborateur et un ami (et dans sa famille, si bienveillante pour nous, une seconde patrie).

Dans cette nouvelle Odyssée, nous voulons fixer le souvenir de cette oasis du désert, payer notre dette de reconnaissance à cette famille d'artistes distingués ! — Et nous nous arrêtons un instant à ce foyer si regretté, pour chanter nos deux petits poèmes, dont la musique, de Louis Jorez, a si bien fait ressortir les intentions et les sentiments ! « *Le Retour de l'Hirondelle...* et... *la Fenêtre voilée.* » — Cette musique et le chant de Louis

Jorez ont déjà mérité au compositeur et au chanteur de justes applaudissements... dans de nombreux concerts en Belgique (et en Hollande), grâce aux traductions du poète Vanlemsess, d'Amsterdam.

Voici le *Retour de l'Hirondelle.*

RETOUR DE L'HIRONDELLE

MÉLODIE

Musique de Lours Jorez, de Bruxelles,.. et chantée par lui.

Paroles de Jacques Fernand,

Traduites en hollandais par le poète Vanlemsess, d'Amsterdam.

Quel doux et nouveau chant m'éveille !
Et quel frémissement joyeux,
Sous le vieux toit, près de la treille !
— Salut, ô soleil radieux !
— Quel battement d'ailes frissonne...
Et vibre, au-dessus du foyer...
S'agite... soudain tourbillonne...
Tombe... et d'effroi semble crier !

A ce foyer si fidèle,
Chère hirondelle,
Du printemps, de l'amour,
Oh ! chante... oui, chante le retour !

*
* *

Hélas ! tu vois couler mes larmes :
En vain je soupire et j'attends !
— Tu peux irriter, mais tu charmes
Regrets et désirs, par tes chants !
— Ton départ était le présage
Des douleurs de nos longs adieux !
— Ton retour, séduisant mirage,
La précède enfin dans ces lieux !

*

A ce foyer si fidèle,
Chère hirondelle,
Du printemps, de l'amour,
Oh ! chante... oui, chante le retour ! ! !

*
* *.

Oui, ton retour, mon hirondelle,
Est, pour moi, retour de l'espoir :
Et déjà l'étoile étincelle
Dans mon ciel longtemps sombre et noir !
— D'amour gentille messagère,

Près de toi, je crois au bonheur !
Déjà plus belle est la lumière !
Déjà plus vite bat mon cœur !

*

A ce foyer si fidèle,
Chère hirondelle,
Du printemps, de l'amour,
Oh ! chante... oui, chante le retour !

Mai.

P.-S. Au moment de publier ces vers, nous nous souvenons des heures délicieuses, passées auprès de Louis Jorez, qui chantait ce petit poème, avec tant de grâce et de distinction ! — Les heures si douces de l'intimité nous ont fait apprécier tout le charme de cette alliance de la Poésie et de la musique. — Deux âmes et deux cœurs à l'unisson ! Quel enchantement !

CHANT XXVI

BRUXELLES

CONSOLATIONS!

LA FENÊTRE VOILÉE

Musique de Louis Jorez, de Bruxelles, et chantée par lui.

3 juin.., minuit

Sous le rayon d'une clarté douteuse,
Voile jaloux, voile mystérieux !
Oh ! malgré toi, sa forme vaporeuse
Attire encore et fascine mes yeux !

** **

Aspect charmant !... O Grâces ! du corsage
Vous dessinez les séduisants contours !
— En souriant... (voluptueux mirage !)
Cortége ailé, voltigent les Amours !

** **

Déjà vers toi, magique enchanteresse,
Vole mon cœur!... A ses vifs battements,
A ces ardeurs de ma brûlante ivresse,
Je sens le charme et ses entraînements!

* *

Déjà vers toi, d'un rêve douce image,
Sous la lueur, j'avance radieux!
— Et je crois voir, tombant comme un nuage,
Voile jaloux, voile mystérieux!

* *

Mais!... elle prie... à genoux! — Sa prière
Soudain épure et mon cœur et mes yeux!
— Avec tes vœux, bel Ange de lumière,
S'élève aussi mon âme vers les cieux!

P.-S. Ce chant réveille un des plus doux, des plus intimes souvenirs de notre passé. — L'inspiration a été instantanée.., et d'un seul jet les strophes ont jailli! — En les relisant, nous sommes ému... et la mélancolie se mêle à l'attendrissement.

3 juin... minuit.

CHANT XXVII

AUX EXILÉS !

Musique de ***

Super flumina Babylonis !
Et dulces moriens reminiscitur Argos !

En vous quittant, mon cœur troublé se serre !
Je sens couler les larmes de mes yeux !
— La vue, hélas ! de la terre étrangère
Redouble encor la peine des adieux !

*
* *

Ici, du moins, groupés en colonie,
Du sombre exil vous trompez le tourment !
Vous formez tous la petite patrie...
Parva Troja !... si douce au cœur aimant !

7.

**
* *

Loin de toi, France, ô notre bonne mère !
Qui tends vers nous tes bras désespérés !...
— Sous même abri, le frère dit au frère
Les souvenirs... amèrement pleurés !

**
* *

Dans tous vos traits (touchante ressemblance !),
Dans votre accent, qui fait battre mon cœur,
Je reconnais l'empreinte de la France !
Vous êtes tous plus grands que le malheur !

**
* *

En vous quittant, isolé je m'éloigne
De mon pays, pour la seconde fois !
— En attendant qu'enfin l'on se rejoigne,
Vous me suivrez, doux échos de leurs voix !

**
* *

Au saule en pleurs les harpes suspendues
Se voileront jusqu'à votre retour !
— Espérons-le !... leurs cordes retendues
Bientôt pourront célébrer ce beau jour !

ENVOI A CES EXILÉS

Pour exalter, rajeunir l'espérance,
Ah! que faut-il aux cœurs, hélas! flétris!
— A ce vieillard, un air de son enfance!
Aux exilés, un refrain du pays !

*
* *

Souvenez-vous du chant des Hirondelles,
Que Béranger voyait dans sa prison!
—En France aussi vous reviendrez comme elles!
De l'avenir s'éclaircit l'horizon !

Bruxelles.

ECHO

Sur la rive étrangère,
Ma peine était légère,
Quand résonnait naguère
Une voix du pays!
— Par sa toute-puissance
Je revoyais la France,
Les jeux de mon enfance,
Ma mère et mes amis!

France.

CHANT XXVIII

LA TEMPÊTE

Musique de ***

DÉDIÉ

A MADAME JOREZ MARIA

Fulgens stella maris !
Portus naufragorum !

En voguant vers l'Angleterre, nous avons subi une effroyable tempête ! — Sur le navire, était un jeune mousse, que sa mère attendait avec anxiété. — Du rivage, elle lui tendait les bras ! — Ces vers peignent ses craintes et ses espérances.

Oh ! quel fracas ! quelle tempête !
— Pauvre enfant, je tremble pour toi !
La foudre éclate sur ta tête !
Si près du port ! si près de moi !

*

Vierge sainte, ô bonne mère !
De grâce, priez et veillez !
— Je n'ai que lui sur cette terre !
Ah ! que mes vœux soient exaucés !
— Sur lui veillez, ô bonne mère !
        Veillez et priez !

*
* *

Avant de quitter ce rivage,
Ici, pleurant et prosterné,
Il fut par moi, sous votre image,
A votre garde confié !

*

Vierge sainte, ô bonne mère !
De grâce . . . .
. . . .

*
* *

Souvenez-vous de vos alarmes,
Pour Jésus, absent, égaré !
— Souvenez-vous des douces larmes,
Lorsqu'au Temple il fut retrouvé !

*

Vierge sainte, ô bonne mère !
De grâce . . . .

o . . . .

* *
* *

Mais un rayon perce la nue !
— Marie... et Jésus dans ses bras !
L'espoir sourit à cette vue !
— Oui, mon enfant, tu reviendras !

* *
* *

Vierge sainte, ô bonne mère !
Grâce à vous qui me le rendez !
— Je n'ai que lui sur cette terre !
— Merci, mes vœux sont exaucés !
— Sur lui veillez, ô bonne mère !
Veillez et priez !

P.-S. — Nous avons dédié ces vers à madame Jorez
Maria, — la mère de notre ami, — elle-même pianiste
d'un talent très-distingué... mais que sa famille et
quelques privilégiés ont pu seuls admirer. — Toute une
famille d'artistes hors ligne !

CHANT XXIX

FOLKESTONE

SOLEIL, ADIEU!

Musique de '''

Épuisé par les souffrances de cette traversée orageuse, nous avons cru pressentir notre dernière heure. — Inspiré par Milton, dont nous touchions enfin la terre natale... nous avons soupiré ces vers :

SOLEIL, ADIEU !

Tout le monde connaît l'*Invocation au Soleil*, de Milton... aveugle comme le vieil Homère, mais entouré de ses filles, qui écrivaient, sous sa dictée, cette page sublime du *Paradis perdu*. — Tout le monde connaît aussi l'admirable tableau qui représente cette scène touchante.

Voici nos vers... pâle reflet de la brillante invocation du poète anglais.

* *

Et ces vers, nous les avons dédiés au baron de Ba-

rante, en témoignage de notre reconnaissance affectueuse.

Nous avons en outre cherché à faire reproduire par
la gravure son portrait déjà si fidèlement buriné par le
soleil, — et nous conservons religieusement cette photo-
graphie, que le baron de Barante a bien voulu nous
donner, comme souvenir de sa bienveillance toute
paternelle.

SOLEIL, ADIEU !

Musique de ""

O toi ! dont la douce présence
Ranime en consolant... et charme le malheur !
O toi ! dont la trop longue absence
Toujours, d'un voile noir, assombrit notre cœur !
Flambeau, foyer de l'indigence,
De l'univers la gloire et la splendeur,
Chaleur féconde... et fête de la terre,
Phare brillant... du ciel... et de ses lois,
Soleil ! ah ! ta clarté réjouit ma paupière !
Mais c'est, hélas ! ami, c'est la dernière fois !
Près de mourir... hélas ! je te revois !
— Avec amour, je fixe ta lumière !
— Soleil, adieu ! — Soleil !... pour la dernière fois !

*
* *

Tu n'es de Dieu qu'une bien pâle image !
Mais, comme toi, penché vers mon couchant,
Sous tes rayons... ainsi que sous l'orage...
Ah ! j'entrevois !!... et m'endors confiant !

*
* *

Doux compagnon de mon pèlerinage,
Chaque matin, joyeux tu souriais !...
Et ta lumière égayait le voyage !...
Et, tout le jour, grâce à toi, j'oubliais !!

. . . .

— Doux compagnon de mon pèlerinage,
Tu rayonnais sur mon frêle berceau !...
Tu m'indiquais l'écueil et le rivage...
D'un océan... toujours sombre et nouveau !

. . . .

—Demain !!... Demain, soleil ! écartant le nuage,
Tu viendras visiter la croix de mon tombeau !
Oui, tu viendras, ami fidèle,
Pour moi, pour elle...
Unis enfin tous deux... dans le sombre caveau !

*
* *

O toi ! dont la douce présence
Ranime en consolant... et charme le malheur ,

O toi ! dont la trop longue absence
Toujours, d'un voile noir, assombrit notre cœur !
Flambeau, foyer de l'indigence,
De l'univers la gloire et la splendeur,
Chaleur féconde et fête de la terre,
Phare brillant... du Ciel... et de ses lois,
Soleil !... oh ! ta clarté réjouit ma paupière !
— Mais c'est, hélas !... ami, c'est la dernière fois !
Près de mourir... hélas ! je te revois !
— Avec amour, je fixe ta lumière !
— Soleil, adieu ! — Soleil !... pour la dernière fois !

P.-S. — Milton nous a inspiré ces vers. — Milton ! c'est le premier poète qui nous sourit, quand nous abordons ce rivage anglais, toujours hospitalier aux naufragés de la Politique, de la Liberté !

A Milton, à Shakespeare, à Dryden, à tous les grands poètes, salut ! — A Bacon, à Newton, à ces immenses génies, salut ! — A Newton, qui se découvrait au nom seul de cet

« Eterno, immenso, incomprensibil' Dio ! »

De Dieu, dont il A SU ÉPELER l'alphabet étincelant !

SALUT A FOX, L'AMI DE LA FRANCE !

Salut à l'auteur mystérieux des lettres de *Junius !* — Salut à Fielding, à Richardson, à Goldsmith, ces aimables et bienfaisantes physionomies ! — Qui n'aimerait *Tom Jones* et le *Vicaire de Wakefield, Clarisse* et *Paméla !* — En Angleterre, il y a beaucoup de nobles, d'excellents cœurs, comme ceux de Paméla, de Clarisse et de Sophie... Il y a des caractères charmants, comme celui de Tom Jones... des âmes célestes, comme celle du vicaire ! — Mais si l'on aime ces cœurs et ces caractères sympathiques, ces âmes divines... on n'a que de l'admiration pour l'Angleterre ! — et tous les étrangers l'avoueront : On admire !'Angleterre... on aime la France !

Loin de nous toute pensée hostile à ce noble pays, le refuge de tous les vaincus, de tous les exilés... le sanctuaire des libertés du monde ! — Mais sa position géographique peut expliquer des nécessités impérieuses de conservation. — Cet empire immense, dont la tête est à Londres... et les membres, partout!... — *disjecta membra !* — Quelle tension de toutes les facultés pour le gouverner ! Le cerveau absorbe le cœur !

L'Angleterre multiplie ses fortifications. — Elle craint l'invasion française, — et pourquoi? Il y a place au soleil pour la France et l'Angleterre ! — L'Angleterre était jadis une extension de la France. La Géologie le prouve. La fille est séparée de sa mère. Elle est majeure... elle peut rester chez elle ; — mais la fille et la mère peuvent vivre en bonne intelligence.

ENVOI DES VERS PRÉCÉDENTS

A M. le Baron de BARANTE, Membre de l'Académie française.

Au matin de ta vie, et si pure et si belle,
De tes jeunes lueurs déjà tu nous charmais !
— A ton midi, brillant d'une splendeur nouvelle,
Mais simple et toujours grand, de haut tu rayonnais !
— Ton couchant, de Barante, aux teintes nuancées,
Rassérène mon âme et captive mes yeux !
— Dans ce calme si doux, si profond de pensées,
Tu respires la paix et le souffle des cieux !

P.-S. — Le baron de Barante, comme plusieurs de
nos illustres parlementaires, sert la France, même
dans sa noble retraite. — Et ses ouvrages seront des
guides lumineux de l'avenir, comme ils le sont déjà de
notre temps !

LE BARON DE BARANTE

MEMBRE DE L'ACADÉMIE FRÀNÇAISE

« Justum ac tenacem propositi virum...
«— Si fortè virum quem...»
L'homme juste et tenace en ses fermes desseins.»

Barante! honneur à toi! Sur Dieu, sur ton génie,
T'appuyant avec force, et calme et dignité...
Indépendant de tous, en illustrant ta vie,
Tu marches noblement, et dans ta liberté!
JACQUES FERNAND.

CHANT XXX

LONDRES

SAINT-PAUL — RESURGAM !

EXTASE !

L'ANGE DE LA RÉSURRECTION

PAQUES

Musique de ***

EXTASE !

GRAND'MESSE DE NOEL !

Musique de ***

En parcourant les souvenirs funèbres de Saint-Paul de Londres... nous avons remarqué ce mot d'espérance... sur la pierre d'une vieille tombe :

RESURGAM !

Nous lisions ce mot divin le jour même du triomphe de la Croix, le jour de la Résurrection du Christ ! — L'émotion et le souvenir des angoisses de la mère de notre jeune mousse de Folkestone... nous ont inspiré ces vers :

L'ANGE DE LA RÉSURRECTION!

PAQUES

Musique de ***

† *Speravit anima mea !*
(Chapelle sépulcrale de Milly.)
FAMILLE LAMARTINE.

—

Souffrir, mourir et vivre !
(Tombeau d'une jeune femme
de 23 ans, à Marseille.)

—

EUGÉNE Ier } Laissez venir à moi
1844 } les petits enfants!
EUGÉNE II } Il n'est pas mort...
1856 } mais il dort.
à Marseille. S. MATHIEU. IX-21

†Et maintenant, Seigneur !
Votre promesse?
Calme, avec *foi*, j'attends et j'espère,
(Tombe d'une famille des Etats-Unis.
à Marseille.)

—

Je dis que le tombeau, qui sur les
morts se ferme,
Ouvre le firmament !
Et que ce qu'ici-bas nous prenons pour
le terme
Est le commencement !

✠ RESURGAM !

Pierre funèbre, dans les caveaux de Saint-Paul de Londres

—

RESURGENS, NON MORITUR

Devise inspirée de Mgr PAVY, évêque d'Alger.

Mon pauvre enfant!... hélas ! moi, te survivre !
— Mon bien-aimé, mon fils unique est mort !
— Dans le tombeau si je pouvais te suivre !....
— Mon fils est mort !

Rassure-toi!... ton fils, ô pauvre mère!
Ton bien-aimé, ton enfant n'est pas mort!...
L— Regarde au Ciel!... et que la Foi t'éclaire!
—Il dort!... il dort!

*
* *

De ce grand jour la fête solennelle
A de la Foi ranimé le flambeau!
— Sors du linceul!... tressaille, âme immortelle
Et resplendis... au-delà du tombeau!
— Voix des clochers, sonnez la délivrance!...
O chants divins! chantez l'éternité!...
—Moi, je proclame... oh! plus que l'espérance!
Avec Jésus... l'homme ressuscité!

*
* *

Mon pauvre enfant!... hélas! moi te survivre!
Mon bien-aimé! mon fils unique est mort!
— Dans le tombeau si je pouvais te suivre!
—Mon fils est mort!

*

Rassure-toi!... ton fils, ô pauvre mère !
Ton bien-aimé, ton enfant n'est pas mort!

— Regarde au Ciel!... et que la Foi t'éclaire !
— Il dort !... il dort !

⁎

Dans ce beau jour, brille loin des orages,
De l'avenir le soleil radieux !...
Dans tous les cœurs, et sur tous les visages,
S'épanouit l'espoir mystérieux !
— La mère voit... prête à quitter sa fille,
L'heure fatale... avec moins de douleur !
— Près du vieillard, la pieuse famille
Veille, en priant, avec moins de terreur !

⁎

A l'heure sainte, où Jésus, au Calvaire,
Près de Marie, et pour tous, expirait !
— Sous tes baisers, ton enfant, pauvre mère,
Tout résigné, dans tes bras s'endormait !

*

En ce grand jour où Jésus, dans sa gloire,
Et la Mort triomphant, à nos yeux...
Lève la Croix, signe de la victoire !
— Ton bien-aimé va s'éveiller aux cieux?
Va s'éveiller... t'attendre dans les cieux !

⁎

O femme ! adore, en essuyant tes larmes !
Prie, à genoux !... Ton cœur a trop souffert !

. . . .

— Ainsi Marie oubliait ses alarmes !
Elle adorait près du sépulcre... ouvert !

EXTASE !

GRAND'MESSE DE NOEL !

Musique de `''`

J'aime ces chants, les chants de mon enfance...
Et que sur terre, hélas ! ma mère a tant aimés !
— J'aime ces voix, ces voix de l'innocence...
Et les beaux sons de l'orgue, expressifs, animés !
J'aime ces fleurs, ces fleurs de l'espérance...
Et cet encens... si pur ! nuages parfumés !

*\
* *

Les yeux levés vers toi, de ta sainte lumière
J'appelle et j'entrevois les rayons, ô Seigneur !
— De grâce, exauce enfin mon ardente prière !
— Viens, viens illuminer et mon âme et mon cœur !

*

O ciel ! je sens déjà ta divine influence !
Mon cœur, ému, tressaille!—et s'entr'ouvre, à mes yeux
Du mystère d'amour la profondeur immense !
— Spectacle attendrissant ! abîme lumineux !

*
* *

O solennel silence !
Profond recueillement !
Oubli de la souffrance !
— Sublime et doux moment,
Où l'Agneau d'innocence,
Le Dieu vivant s'avance...
Et descend lentement,
Majestueusement,
Pour notre délivrance,
Sur l'autel... dans nos cœurs,
Pleins de reconnaissance,
De muettes ardeurs !

*
* *

Dans cette pure extase... un saint amour m'enflamme !
— O touchante victime ! Agneau mystérieux !
— Sur des ailes de feu, je m'envole!... et mon âme
Monte vers toi, Seigneur! monte au plus haut des cieux !

*

Devant ton sanctuaire, à tous impénétrable....
A la fois tout tremblant, rassuré par l'amour,
Ebloui, mais heureux, de ta gloire adorable,
Je reste ému de crainte... et d'espoir... tour à tour !

*
* *

Dans ce profond silence,
Plein de tendre espérance...
— Soudain, près de l'autel,
Une douce voix d'ange
Murmure la louange
Du fils de l'Éternel !
— De sa voix pénétrante
L'ineffable douceur
Et s'insinue et chante
Jusqu'au fond de mon cœur !

*

« O sainte Hostie !
« Toi, de la vie
« Source pure, infinie !
« — O sainte Hostie !
« De la terre et des cieux
« Lien mystérieux !
« — O mystère adorable !
« Amour, grâce ineffable !
« — Que ton joug est aimable !

8.

« Agneau sans tache ! Agneau des cieux,
  « — O sainte Hostie !
  « Toi, de la vie
  « Source pure, infinie !
 « Sainte, sainte, ô sainte Hostie !

*
* *

  Et de l'orgue les grandes voix
  Sous la voûte s'élancent !
  — Et les chœurs recommencent !
« Noël ! Gloire au Sauveur ! à l'Enfant, Rois des rois ! »
  — Et les nombreux fidèles
De leurs chants d'allégresse emplissent le saint lieu.
  O voix ! voix solennelles !
  « Gloire à Dieu !
 « Noël ! noël ! Hosanna ! Gloire à Dieu ! »

*
* *

 J'aime ces chants, les chants de mon enfance...
Et que, sur terre, hélas ! ma mère a tant aimés !
 — J'aime ces voix, ces voix de l'innocence...
Et les beaux sons de l'orgue, expressifs, animés !
 — J'aime ces fleurs, ces fleurs de l'espérance...
Et cet encens... si pur ! nuages parfumés !
  Noël.

P.-S.—Nous avons ajouté ces vers à la suite du chant
de l'*Ange de la Résurrection.* — Ils étaient ainsi placés
dans notre album de voyage... et dans l'ordre des in-

spirations. — Ces vers sur l'*Extase* complètent nos poésies religieuses, inspirées par ces deux grandes solennités de Pâques et de Noël.

Dans notre reconnaissance, nous devons dire que la première strophe est un écho religieux de ce beau passage du cinquième acte de *Robert*, — qui entend soudain les chants de l'église, rompt avec Bertram... et s'abandonne, avec attendrissement, aux souvenirs de son enfance et de sa mère bien-aimée... souvenirs salutaires et régénérateurs ! — Robert s'écrie :

« Entendez-vous ces chants, les chants de mon enfance !
« Et qu'autrefois ma mère. . . . . »

CHANT XXXI

DOUVRES

LES COTES DE FRANCE !

Avec la rapidité de l'éclair on va de Londres à Douvres. — Nous avons voulu faire notre pélerinage sur
cette rive, pour contempler avec une longue-vue les
côtes de France ! — Pour distinguer, à l'horizon,
cette ville historique de Calais, cette sentinelle avancée,
dont le patriotisme réveille les plus beaux souvenirs
de nos annales, rappelle les plus glorieux dévouements de l'antiquité.

*
* *

Et c'est là une des plus chères et des plus intimes
consolations de notre France ! — Dans tous ses désastres, elle a un acte ou une parole d'héroïsme qui
atténue la catastrophe ! — Le patriotisme des habitants de Calais, la noble parole de François Ier, le mot
héroïque de Cambronne nous consolent presque de
l'invasion anglaise, des défaites de Pavie et de Waterloo !

*
* *

Pour l'exilé, cette vue lointaine de Calais et le souvenir de ses nobles martyrs exaltaient notre amour pour la France ! — et les larmes coulaient de nos yeux... et sur le rivage nous restions pensif et dans une ardente contemplation !

*
* *

De cette minute solennelle datent les vers que nous avons adressés au poète-artiste, Ary Scheffer, sur les admirables tableaux de *Mignon* et de *saint Augustin*.

Et toi, Scheffer, aussi tu rêvais ta Venise,
La Venise céleste, à nos âmes promise !
— Comme tu soupirais, sympathique exilé,
Sous les traits de Mignon, et l'œil fixe, attristé !
— Que ton cœur enviait la rapide hirondelle
S'envolant, loin de toi, vers la rive éternelle !

*

Mais quel nouvel aspect ! — Ah ! le ciel s'ouvre enfin !
— Sous les traits de Monique et de saint Augustin,
Au bord de cette mer qui s'étend infinie...
Te voici face à face avec notre patrie !
— Quelle muette extase ! et quel ravissement !
Quel éloquent silence et doux recueillement !
— Oh ! comme ce regard, dans le céleste abîme,

Plonge avide et puissant, rayonnant et sublime !
— Et quel divin souris ! Et quels pensers profonds !
Toute l'âme apparaît sur ces augustes fronts !

*
* *

Salut à toi, Scheffer ! noble artiste et poète !
Penseur mélancolique... et l'idéal prophète !

*
* *

Au moment où notre cœur improvisait ces vers sur
les regrets et les aspirations de Mignon... un immense
drapeau tricolore brillait au soleil, et semblait s'a-
vancer rapidement vers nous, des lointains de l'horizon. — On aurait dit la France elle-même, qui venait
au-devant de l'exilé !

C'était un paquebot français, qui arrivait de Calais
et marchait vers Douvres à toute vapeur. — Quelle
douce émotion ! et comme notre âme volait vers ce
représentant de la patrie ! Comme notre longue-vue
restait fixée sur lui ! Comme peu à peu nous étions
heureux d'analyser tous ses détails, tous ses traits !
— Et quand il approchait du port, nous descendions
dans une barque... et à force de rames, nous cher-
chions à abréger la distance !

CHANT XXXII

LONDRES

LE PARLEMENT

Des libertés du monde immortel sanctuaire,
Des peuples asservis le guide et la lumière,
Noble et vieux Parlement, salut ! — D'un saint respect !
Tout ému, je tressaille... à ce touchant aspect !

*
* *

Dans les pleurs et le sang il sut se créer libre !
Et ce rouge ciment de tristes échos vibre !
Mais plus il a coûté de peine et de labeur...
Puis il s'enfonce avant... pénètre jusqu'au cœur
De la vieille Angleterre... et doit vivre autant qu'elle !
Ensemble ils ont souffert ! — Pour eux, gloire éternelle !

CHANT XXXIII

CLAREMONT

S. M. LA REINE MARIE-AMÉLIE
NAPLES — PARIS — CLAREMONT

Dédié

A S. A. R. LA PRINCESSE CLÉMENTINE D'ORLÉANS

> « Mon Père, pardonnez-leur ! »
> …. Vires acquirit eundo !

A Naples, sous l'azur et la vive lumière,
Dans le salon royal du beau palais d'été…
Brille un vaste tableau… d'une famille entière,
Oubliant les grandeurs, leur uniformité.
— Amélie est debout, dans ses apprêts de fête.
— Tu crois voir Paméla, sublime Richardson !
Et la paille légère ombrage encor sa tête,
Et quelques fleurs des champs, l'éclat de la moisson !

*
* *

S. M. LA REINE MARIE-AMÉLIE

O jeunesse ! ô douce espérance !
— Pure aurore du plus beau jour !
Refrains de pêcheurs en partance !
Rêves de soldats au retour !
Du marin première odyssée !
Aux catacombes guide offert !
Réveil d'aimable fiancée !
Au martyr le ciel entr'ouvert !

*
* *

Sous le ciel assombri, près de ce trône antique,
Groupant avec amour les nobles rejetons
De sa belle famille (Orgueil patriotique !...
De sa jeune couronne étincelants rayons !)
— Amélie est partout... l'étoile de l'orage,
Du roi l'ange gardien ! — Embaumant les douleurs
De Lazare attendri... bénie à son passage,
Elle règne à Paris... en essuyant les pleurs !

*

Du midi de notre existence,
De l'été brûlantes splendeurs !
— Soleil ! foyer de l'indigence !
Des éclairs sinistres lueurs !
Moissons détruites, granges pleines !
Épine et rose, ô passions !
De nos familles joie et peines !
De nos grandeurs ombre et rayons !

*
* *

Sous le nuage noir... dans la brume glacée
Du parc dé Claremont, sévissent les hivers !
— Amélie apparaît !... sur son front la pensée !
Son port et son regard dominent les revers !
— De longs habits de deuil !... et la blanche couronne
Que des ans, des vertus et d'augustes malheurs
La majesté touchante et vénérable donne
Aux courages vaillants, à tous les nobles cœurs !

*

Du soir de cette triste vie
Douloureux désenchantement !
— Du soldat blessé l'agonie !
— Brise de France à ce mourant !
— Morne couchant après l'orage !
Du cœur fidèle amours trompés !
Si loin du port triste naufrage !
De Rachel cris entrecoupés !

*
* *

Plus le jour s'obscurcit, plus le monde sensible
De ténèbres revêt ta sainte majesté...
De la lampe mystique, à notre foi visible,
Plus vive brille en toi la céleste clarté !
— Chacun la porte en soi. Sa pure transparence

Augmente, avec les ans, dans cette sombre nuit !
Aube mystérieuse et lueur d'espérance,
Elle annonce au croyant l'éternel jour qui suit !

*

Rocher battu par la tempête...
Mais debout contre les autans !
— Chêne foudroyé, montrant tête
Et cicatrice aux ouragans !
— Mieux encore ! roseau qui plie
Et ne rompt pas !... Calme et sans fiel,
Forte et résignée, elle prie...
Le cœur saignant, les yeux au ciel !

ENVOI DES VERS PRÉCÉDENTS

S. A. R. LA PRINCESSE CLÉMENTINE D'ORLÉANS

Après la mort de Louise d'Orléans, reine des Belges.

———

Jésus, tout en priant,
Du calice de vie
Près d'épuiser la lie,
S'affaisse... agonisant !

*

Par l'Ange de son Père
Jésus fortifié,
Adam, purifié,
Consomme le mystère !

*
* *

Oh ! comment de Rachel
Épuiser le calice,
Survivre au sacrifice,
Calvaire maternel !

*
* *

De la grâce divine
Sans les secours puissants !
— Sans les soins si touchants
D'un Ange, ô Clémentine !

P.-S. Ces vers, adressés à S. M. la reine Marie-Amélie, ne sont que les faibles échos des hommages de respect et de vénération, que tous les partis rendent à cette vertu si pure, à cette âme vraiment sainte, à cet ange de la charité ! — Marie-Amélie n'a jamais été éblouie par les splendeurs de la royauté... jamais vaincue par les révolutions ! — Elle a pu avoir des regrets pour ses enfants... mais pour elle aucuns ! — Son âme plane au-dessus des vaines grandeurs de ce monde... et de ses catastrophes ! — Tout en foulant cette vallée de larmes... elle a le regard fixé vers le ciel ! Toutes ses aspirations montent vers cette Patrie où sont déjà réunis ses enfants qu'elle a tant aimés.

Marie-Amélie a surtout été sublime de sainteté dans les grandes douleurs ! — Tous ceux qui ont connu le duc d'Orléans, la reine des Belges et la princesse Marie... ont pu apprécier l'étendue de telles pertes pour le cœur d'une mère ! Le cœur saignait... mais l'âme s'abîmait dans la prière... et y puisait des forces nouvelles ! !

CHANT XXXIV

WINDSOR

UNE LARME!

A S. M. LA REINE VICTORIA

WINDSOR — CLAREMONT — LAEKEN

> Ecco la lagrima!
> *Francesca di Rimini.*
> SILVIO PELLICO.

RÉVEIL ! !

La pure et sainte làrme ! — Elle brûle mon cœur !
— Oh ! du ciel entr'ouvert la sublime splendeur !

*
* *

De Francesca troublée, une larme touchante
Sur la page oubliée est encor palpitante !
— Et sur mes vers tombé, ce tendre souvenir

S. M. LA REINE VICTORIA

Les transmet radieux au sensible avenir...
Avec les noms si chers d'Amélie et Louise...
Et de Victoria, cygne de la Tamise ! (1)

*
* *

La froide Elisabeth, au milieu des grandeurs,
Gouvernait des sujets ! — Tu règnes sur les cœurs !
— Esprit, talent, beauté: la charmante couronne !
— La force nous soumet !... A la grâce on se donne !

*

De la vierge du Nord calcul et vanité !
Le céleste rayon de la maternité
T'embellit à nos yeux ! — Et le sang de Marie
Sur ton manteau royal n'accuse pas l'envie !

*

Pour ton cœur maternel point de triste retour !
« Et le soir de la vie est le soir d'un beau jour ! »
— Tandis qu'Élisabeth, de tous abandonnée,
Expia son erreur si longtemps regrettée !

*
* *

De talents si fameux quel cortége imposant !
Astres étincelants de ce pur firmament !

(1) Les vers sur la reine des Belges et sur la reine Marie-
Amélie avaient été adressés à S. M. la reine Victoria.

— Dans l'azur de ton ciel il te manque un Shakespeare !
Mais devant ce grand nom toute autre gloire expire !
— Plus on l'approfondit, plus on aime son cœur !
— Oh ! qui pourra jamais atteindre la hauteur
De cet esprit fécond, de ce vaste génie,
Caméléon charmant ! Protée, avec magie,
Reflétant dans ses vers toute l'humanité...
Sa hideuse laideur, sa divine beauté !

RÉVEIL !

Le jeune fiancé
Rêve amour et tendresse...
Le soldat, sang versé...
L'avare, la richesse !

*

Plus heureux que l'amant,
Et plus que l'homme d'armes,
Plus que l'homme d'argent,
J'ai rêvé... douces larmes !

P.-S. Ces vers ont été adressés à S. M. la reine Victoria... avant la mort du prince Albert, — ce prince si digne, si aimable, si justement regretté... et dont on aurait pu dire ce que M. de Metternich disait des fils de Louis-Philippe : (« Des princes comme on n'en voit guère... »)

CHANT XXXV

WINDSOR

LA NORMANDIE !

En approchant de Windsor, nous croyons revoir notre chère Normandie ! Les conquérants ont laissé leur empreinte dans les monuments... et même dans l'aspect des abords, des environs de ces grands souvenirs historiques.

Pour nous, Parisien, mais dont l'origine est normande... cette physionomie normande des avenues qui mènent à Windsor, nous fait oublier un instant l'exil.

*
* *

Nous souffrons tant, en lisant notre histoire... quand nous voyons un roi d'Angleterre prendre le titre de roi de France, quand nous lisons les désastreuses batailles de ces dates néfastes ! ! !

Cette empreinte des conquérants normands sur le territoire anglais nous fait tressaillir et nous console !

*
* *

Une autre empreinte ineffaçable de la conquête restera dans la langue anglaise, dont une si grande partie a, pour les yeux du lecteur, la forme française. — Les vieux Saxons en ont altéré l'accent. — Ils ont ainsi prouvé leur patriotisme. — Ils ont défiguré le monument, mais ils n'ont pu le renverser !

*
* *

Désirons-nous la conquête définitive de l'Angleterre ? Non. — Elle est plus facile que du temps des Normands, grâce à la vapeur ! — Et les Anglais ont raison de regarder cette invasion nouvelle comme une épée de Damoclès, toujours suspendue sur leurs têtes !

Mais... si nous avons chanté avec enthousiasme :

Jamais en France
L'Anglais ne régnera !

nous ne jugeons pas cette annexion des Iles Britanniques utile, nécessaire à notre pays.

Certes on pourrait encore faire la conquête de l'Angleterre. — Mais les Anglo-Saxons absorberaient encore les conquérants nouveaux, comme ils ont absorbé les Normands... comme les Gaulois ont absorbé les Francs.

*
* *

Et pourquoi détruire ce sanctuaire des vieilles libertés du monde ? — Les intérêts ?... Mais il y a place au soleil pour tous !...

Et d'ailleurs tout nous sépare. Dieu lui-même a manifesté sa volonté.

Les géologues ont prouvé l'annexion primitive de la Grande-Bretagne au continent français,— et, d'après ces preuves de la science, un célèbre ingénieur de notre pays voulait appuyer sur le fond solide, qui reste sous les eaux, les bases d'un cylindre gigantesque et merveilleux, qui aurait relié les deux territoires !

Mais, puisqu'il a plu à Dieu de jeter entre les deux peuples un bras de mer, comprenons les desseins du Tout-Puissant... et restons séparés comme les territoires le sont !

*
* *

Séparés... mais non ennemis ! — Restons rivaux, dans cette noble carrière du progrès ! — C'est la rivalité, l'émulation qui donne la vie et l'ardeur ! Sans l'émulation... l'engourdissement, la torpeur, le sommeil de la mort !

*
* *

Et surtout respectons ces vieilles libertés anglaises, et cherchons à les conquérir ! — C'est la seule conquête digne de notre temps ! — Et l'Angleterre elle-même applaudira de tout cœur à notre réveil, à nos aspirations, à nos progrès nouveaux dans la Liberté... comme elle applaudissait à nos progrès déjà si marqués, à l'époque des funérailles du général Foy !

*

CHANT XXXVI

LA TAMISE

CASTA DIVA!

Musique de ""

La veille, nous avions visité les parcs de Windsor et Richmond, — et nous étions tout parfumé du *Songe d'une Nuit d'été*, de Shakespeare !

Le matin, nous nous arrêtions à Greenwich... et nous trouvions étrange l'inscription du nom de Copenhague sur le piédestal de Nelson !!!

*
* *

Et le soir, nous descendions la Tamise, par un magnifique clair de lune ! — Soirée enchanteresse... et qui aurait exalté l'imagination du grand poète d'Elisabeth !

Deux jeunes fiancés chantaient, sur le pont, des mélodies irlandaises... et ces voix si douces ajoutaient au charme de la poésie.

*
* *

Inspiré par le souvenir de Shakespeare, par notre visite à Richmond, par les chants de ces jeunes Irlandais, nous avons cédé à l'entraînement de tous ces charmes, — et nous avons adressé nos vers à la Reine des Nuits, qui était si belle, à cette heure, et qui semblait nous regarder du haut des cieux !

CASTA DIVA !

Musique de ...

Reine des Nuits ! sous ta douce lumière,
Ah ! que de fois, loin du bruit, j'ai rêvé !
— Je rêve encore, au bout de ma carrière !
— Mais voici l'aube... et l'horizon s'éclaire
Du jour nouveau, pour moi, déjà levé !
— Reine des Nuits ! sous ta douce lumière,
Ah ! que de fois... et longtemps j'ai rêvé !

* *

Reine des Nuits, et si chaste et si pure !
— Mais trop cruelle envers cet indiscret...
Aimable fou, qui sut de ta ceinture
Surprendre enfin le séduisant secret !
— Ainsi que lui, d'un amoureux délire
Je m'enivrais !... De tes piquants attraits,
Ainsi que lui, je subissais l'empire !
— A ton retour, joyeux, je tressaillais,

Lorsque Zéphyr écartait le feuillage,
Lorsque, pour moi, nouvel Endymion (1),
Resplendissante... et sortant du nuage
Tu souriais... rougissais mon visage
Sous le baiser d'un caressant rayon !
— Et dans les flots, lorsque, pâle et penchée,
Tu descendais... lentement... le matin,
Comme une belle au sommeil arrachée,
Ah ! d'Actéon je bravais le destin !

*
* *

Reine des Nuits ! sous ta douce lumière,
Ah ! que de fois, loin du bruit, j'ai rêvé !
— Je rêve encore, au bout de ma carrière !
— Mais voici l'aube... et l'horizon s'éclaire
Du jour nouveau, pour moi, déjà levé !
— Reine des Nuits ! sous ta douce lumière,
Ah ! que de fois... et longtemps j'ai rêvé !

*
* *

Avec les ans, le cœur, l'âme s'épure,
Et le penser va toujours s'élevant !
— Avec le jour apparaît la nature...
S'évanouit le fantôme charmant !

(1) Endymion... beau tableau de Girodet !

*
* *

Astre des Nuits ! sous ta sainte lumière,
Ah ! je sens mieux l'éternelle beauté !
— Et j'aime encor... grâce à toi, doux mystère !
Oui, j'aime encor ! Plus tendre est ma prière !
Tout mon amour... à Dieu, qui t'a créé !
Astre des Nuits ! sous ta douce lumière,
Ah ! que de fois... et longtemps j'ai rêvé !

ENVOI DE CASTA DIVA

A M. LE BARON DE BARANTE, MEMBRE DE L'ACADÉMIE FRANÇAISE.

Monsieur,

Je suis habitué à votre indulgence paternelle, et je vous adresse *Casta Diva !* — Les vers demandent toujours la même bienveillance ; — mais voyez surtout, je vous prie, l'intention philosophique.

Casta Diva ! réveille tous les souvenirs de la vingtième année, toutes les rêveries vaporeuses, fantastiques du clair de lune... charmants fantômes qui s'évanouissent à l'heure où, suivant l'expression du poète :

« Où l'Aurore, s'ornant de safran et de roses,
« Se faisant voir à tous, nous fait voir toutes choses ! »

C'est aussi l'heure où l'homme, mûri par l'expérience, éclairé par la science pure et les enseignements du christianisme, trouve, à son réveil, sa demeure embellie, et admire la création dans toute sa fraîcheur, bénissant l'auteur de tout bien, de tout ce qui est vraiment beau !

Casta Diva ! nous met en présence de ce monde factice, mais si gracieux, de la mythologie. Elle réveille aussi le souvenir de toutes ces autres fanfaisies de l'imagination, des Willis, que les lueurs vagues et indécises de la lune éclairent avec tant de charme !

Mais apparaît ensuite le monde réel de cette création chrétienne, chantée par Haydn, Beethoven et Milton !

La reine des nuits, Phœbé, n'est plus que l'astre des nuits.

« L'astre des nuits dans son paisible éclat.... »

a été chanté par la sentinelle, à la frontière de France.

Astre soumis aux lois de Képler et de Newton... et créé dans un de ces jours comptés par la *Genèse.*

Et certes, cette réalité de la création est plus belle encore que le monde vaporeux de nos rêves !

Il en est ainsi de tout le monde réel. — Quand on est habitué à bien observer, à bien sentir la majesté, la grâce, la divine simplicité de la création, telle que la voient et la jugent le savant, l'artiste, le chrétien... quand on a contemplé toutes ces beautés des paysages, des immenses panoramas... quand on a étudié les merveilleuses instructions de ce grand livre ouvert, d'après Thénard et Buffon, d'après Arago et Cordier, d'après Moïse, Le Poussin et Claude Lorrain... tout ce monde fantastique de la mythologie n'est plus qu'une décoration de théâtre, et ces toiles et ces peintures de carton, et le gaz même, pâlissent, exposés à l'éblouissante lumière du soleil, éclairant les splendeurs des plaines, des montagnes, des bois et des fleurs. . . . .

J'arrête ces développements, pour ne pas abuser, Monsieur, de vos moments si précieux. — Ce qui est bien réel, c'est mon respect, ma reconnaissance pour vous.

P.-S. Plusieurs années ont déjà passé sur ces vers... et sur cette lettre. — Depuis, M. le baron de Barante a bien voulu rester aussi bienveillant pour nous. — Et nous lui renouvelons ici l'hommage de notre gratitude.

Quelle verte vieillesse ! Et que de belles œuvres sortent de la glorieuse retraite de cet ami de la Liberté ! — Ces œuvres honorent le grand citoyen et le membre de l'Académie.

CHANT XXXVII

CIEL ET MER !

Musique de ...

Notre beau navire voguait vers la France ! notre cœur se dilatait à cette pensée de retour ! — Et, comme dans tous nos bonheurs intimes, nous rendions grâces à Dieu, qui nous ramenait par la main. — Et comment mieux le remercier, qu'en chantant ses œuvres ? — Le Psalmiste, dans son enthousiasme, a chanté : *Magnificat anima mea !* — Chanter la *Mer* et le *Ciel*, c'est chanter les magnificences de la création, c'est chanter l'infini, le Seigneur lui-même ! — Que de fois, en partant pour une belle ascension de touriste... nous avons dit à Dieu : « Seigneur, nous « allons vous visiter ! » Toujours voir Dieu dans ses œuvres, étudier le poète, l'artiste, le dessinateur, le coloriste, — et le but final, l'ensemble et les détails... voir et admirer... c'est le plus bel hommage à l'auteur de tant de merveilles ! — Et, comme tous les auteurs, Dieu nous sait gré de nos éloges, de nos admirations, de nos extases ! — et que d'occasions ! car il est le poète, l'harmoniste par excellence !

LA MER !

La mer, miroir des cieux ! —
miroir de l'âme et du cœur !

Oh ! que la mer est belle !
Quand près d'elle,
Timide, hésitant,
Lentement je m'avance !

*

Elle bondit, bondit et s'élance...
— Comme une lionne — en grondant...
Furieuse, échevelée,
Tout écumante, affolée !

*

Et soudain se dressant,
Elle m'inonde
De son onde !

*

Puis s'apaisant,
Me lutine...
Et câline,

Baise mes pieds en mourant !
— Ainsi, mon pauvre chien fidèle...
Oh ! que la mer est belle !

*
* *

Oh ! que la mer est belle !
Quand sur elle,
Mon esquif tremblant
Hardiment se balance !

*

Elle roule et mugit, vague immense !
— Comme un coursier impatient...
— Secoue, emporte ma voile
Vers la radieuse étoile !

*

Et soudain retombant,
Du point sublime,
Dans l'abîme...

*

Va me berçant
Et palpite
Et s'agite

Comme un coursier hennissant
Sous la gentille damoiselle !
　　Oh ! que la mer est belle !

*
* *

　　Oh ! que la mer est belle !
　　　Quand sur elle
　　　Se jette le vent,
　　Le vent de la tempête !

*

Comme il siffle et rugit ! — Quelle fête,
　Sous le ciel noir, retentissant
　　De mille éclats de tonnerre...
　　A la sinistre lumière !

*

　　Et soudain s'apaisant,
　　　Sa molle haleine
　　　　Rassérène,

*

　　　En caressant,
　　　La tourmente
　　　Blanchissante...

10

Et l'azur éblouissant
De clarté, de fraîcheur nouvelle !
— Oh ! que la mer est belle !

CIEL ET MER !

La nuit succède au jour ; — déjà, comme les cieux,
Le flot, sous l'aviron, étincelle à mes yeux ! (1)
— Le flot, comme les cieux,... touchante symphonie !
Murmure du Seigneur la grandeur infinie !
— Dans ce profond silence, à l'hymne universel
Mon âme unit sa voix... adorant l'Eternel !
Et sur l'aile de feu d'une ardente prière,
Libre enfin, elle vole... à la sainte lumière.

P.-S. En pleine mer, sous la voûte étoilée, dans
le silence religieux de la nuit... comme l'âme se sent
dégagée de tous les liens terrestres !... Comme elle
s'envole au milieu de ces constellations radieuses ! —
C'est bien là sa vraie patrie !
— Pour l'âme, cette attraction est toute-puissante !
— Et cette attraction si naturelle, si forte, prouve que
la terre n'est plus qu'un lieu d'exil !

(1) La mer phosphorescente brille dans l'obscurité.

CHANT XXXVIII

FRANCE!!

LE RETOUR

EN MER

Italiam ! Italiam !

Ah ! que Venise est belle,
Quand le soir étincelle
De mille feux !
(Haydée.)

A tous les cœurs bien nés que la Patrie est chère !
Mon pays, c'est la France !

. . . .

Un cœur pour la chérir, un bras pour la défendre.
Gérard et Lusignan.
(La Reine de Chypre.)

La Terre est la nourrice,
La Patrie est la mère !
J. Fernand.

France ! France ! — nom si doux ! et qui, seul, fait battre le cœur ! — Beau pays et beau nom ! — En amour, le nom seul a sa valeur, sa grâce et son charme !

France ! que l'étranger même adore, où il veut mourir, même après s'être loyalement battu contre elle ! — Asile bien-aimé des savants, des artistes et des poètes, de tous les infortunés, qui ne peuvent plus le quitter... retenus par cette hospitalité si aimable, par les mille attraits de sa civilisation !

France ! que l'exilé revoit avec transport ! non pour y mourir, comme à Naples... mais pour y vivre.., y vivre le plus longtemps possible !

*
* *

Et nos yeux, humides, restaient fixés vers l'horizon, éclairé par un magnifique soleil levant ! — Et notre âme volait vers cette France lointaine qui, de minute en minute, se rapprochait de nous... tendre mère, qui semblait venir au-devant du fils, rendu à sa tendresse !

P.-S. Cette heure solennelle du retour est un souvenir ineffaçable ! — C'est un de ces rares moments d'attendrissement profond, de bonheur ineffable, qui font oublier bien des peines, bien des souffrances ! — Ce n'est pas l'extase du saint, qui voit le ciel ouvert ! Il est ébloui ! — C'est une joie plus intime, plus personnelle, une joie mêlée de douces larmes ! — L'on revoit cette patrie, où l'on a tant aimé !... mais aussi où l'on a tant souffert et tant regretté ! — Et ces

regrets nous sont chers... souvent même nos souffrances ! — Là sont les cendres des aïeux, des bien-
aimés !

— Tous ces souvenirs, même douloureux, sont
des dates d'affection... font partie de notre existence
passée, nous rattachent au sol natal !

★

CHANT XXXIX

FRANCE

LA PLAGE!

Amour sacré de la Patrie,
Rends-moi la force et la fierté !
— A mon pays je dois la vie !
Il me devra sa liberté !
SALVE, MAGNA PARENS RERUM !
Salut à la grande nation !
Salut à la France !
O France ! ô ma patrie ! ô champs aimés des cieux !
Merci, mon Dieu !
Et maintenant, je puis mourir !
— Mourir ! oh non ! pas encore !
— Mon Dieu ! laissez-moi vivre !

Nous descendons à la hâte du navire ! — Quel bonheur de poser le pied sur le sol sacré de la Patrie ! — de prendre possession de cette France bienaimée !

Nous nous prosternons, — nous embrassons cette terre de notre enfance, de nos plus tendres souvenirs ! Et de nos yeux coulent de douces larmes !

★
★ ★

Près de nous, une modeste église de village, la première église de France ! Qu'elle est belle, aux yeux de l'exilé ! — Avec quelle effusion nous rendons grâces à Dieu !

*
* *

Près de l'église, un cimetière ! — Hélas ! à toutes nos joies se mêlent des regrets ! — Mais ces regrets même sont les forces vives de notre amour. — En quittant la Patrie, nous quittions les cendres de nos bien-aimés !... Et nous les regrettions autant que les cœurs qui battent encore pour nous ! — Au retour, nous courons dans les bras ouverts ... puis nous allons pleurer sur les tombes ! — et la prière dirige nos regards vers les cieux... ranime nos espérances !

P.-S. On dit : Voir Naples, puis mourir ! » — Nous dirons : « Revoir la France... et vivre ! » — Surtout à cette heure si belle de son réveil ! — Comme on respire, avec bonheur, ce nouveau souffle de liberté, qui l'anime !... Comme l'espérance dilate le cœur ! — Vivre pour assister à ce progrès, désiré depuis si longtemps ! — Mourir seulement si l'étranger venait troubler ces aspirations... et envahir la France ! Oh ! alors !

« Mourir pour sa Patrie,
« C'est le sort le plus beau, le plus digne d'envie ! »
« C'est changer notre vie
« Pour l'immortalité ! »

CHANT XL

PARIS

A DIEU ! (1)

Sur la terre étrangère,
Patrie et doux foyer
Ne pouvaient s'emporter !
— Vous me gardiez, ma mère !

*
* *

En vous, mon Dieu, j'ai foi !
Vous me rendez Patrie
Et ma mère... et la vie !
— Et je vous garde en moi !

P.-S. J'ai oublié ce divin sujet de tableau : — Dans sa cellule, un jeune Français causait avec moi, — midi sonne !... l'Angélus ! — Il s'agenouille... et, les yeux tournés vers le ciel, il reste en prière ! — La lumière pénétrait par la fenêtre ouverte... inondait son beau visage inspiré ! — Et, dans le silence solennel du cloître, l'Ame avait quitté la Terre ! ! !

(1) Ce chant XL correspond au chant Ier (A DIEU !)

CHANT XLI

PARIS !

LE BERCEAU !

———

A MA MÈRE! (1)

L'oiseau revoit son nid,
Sans reconnaître celle
Qui, longtemps, sous son aile,
L'a tenu tout petit !

* *

Dans ma France si chère
Je revois mon berceau !
— Bonheur toujours nouveau !
Je t'embrasse, ô ma mère !

(1) Ce chant XLI correspond au chant II (A ma Mère!)

CHANT XLII

PARIS !

LE FOYER MATERNEL !

———

A MON FRÈRE ! (1)

Je la vois, cher foyer,
Ta joyeuse étincelle !
— Comme elle paraît belle,
Loin de l'âtre étranger !

***

Loin de la mer immense,
Ainsi le mousse, au port
Bénit son nouveau sort,
Bénit la Providence !

(1) Ce chant XI II correspond au chant VI (A MON FRÈRE !).

CHANT XLIII

A LA VILLA

LA MUSIQUE

Mélodie

Musique de Mademoiselle L. M.
Chantée par sa sœur Mademoiselle J. M.

Dryden !

Doux charme de la vie,
O céleste Harmonie !
De la Mélancolie
Viens essuyer les pleurs !
— Sous ta douce influence,
Oubliant la souffrance,
Tressaillent d'espérance
Les âmes et les cœurs !

*
* *

Sur la rive étrangère,
Ma peine était légère,

Quand résonnait naguère
Une voix du pays !
— Par sa toute-puissance
Je revoyais la France,
Les jeux de mon enfance,
Ma mère et mes amis !

*
* *

A son heure dernière,
Vos chants et la prière
Berceront votre frère,
Lui fermeront les yeux !
— Des anges l'harmonie
Et sa mère chérie
Pour l'éternelle vie
L'éveilleront aux cieux !

Juin 1860.

« Ce chant XLIII termine cette première partie du
« poème. — Le chant XLIV commencera la deuxième
« partie de ce poème : *L'Amour infini !* (L'Humanité... Le
« Vaisseau de Dieu !) »

L'AMOUR INFINI!

DIEU!... PATRIE!... HUMANITÉ!

Deuxième partie de ce poème

L'HUMANITÉ!

LA GRANDE FAMILLE HUMAINE!

LA FAMILLE UNIVERSELLE!

LE VAISSEAU DE DIEU!
LA TERRE!

———

L ODYSSÉE DU CIEL!

LE VAISSEAU DE DIEU !

À DIEU !

Seigneur ! je viens de relire ce Poème, que vous
m'avez inspiré ! — Je devrais retoucher cette esquisse ; — mais ma main retombe défaillante... et la
force m'abandonne !

A chaque page, à chaque vers, je sens le souffle de
votre inspiration... et je suis tout ému ! — J'ai les
larmes aux yeux, en pensant à votre bonté touchante,
qui daigne ainsi chanter la Création, par ma voix si
faible et si peu digne de tant de magnificences ! —
Je ne puis m'en étonner, puisque de pauvres pécheurs,
animés de votre souffle divin, ont converti le Monde !

Je ne suis rien. — Dans cette Mer orageuse de la
vie, je n'ai pas su gouverner ma barque si légère...
et j'ai toujours erré comme à l'aventure !

Mais vous connaissez les causes émouvantes de
cette Odyssée !... et vous avez pitié des souffrances

de mon âme en peine ! — Surtout vous avez senti dans mon cœur, cette tendresse sincère et progressive pour vous, ô mon Père bien-aimé ! le charme et la consolation de ma solitude !

Dans chacune de mes courses lointaines, toujours vous avez été du voyage ! — Dans les beautés de votre Œuvre, toujours j'ai entrevu votre splendeur... comme Moïse, à travers le buisson ardent ! — Dans mes visites aux plaines fleuries et verdoyantes, aux forêts profondes, aux cimes des monts les plus élevés, à l'immensité des Mers... c'était toujours vous que je visitais !

2 janvier 1866.

L'HUMANITÉ!

LA GRANDE FAMILLE HUMAINE!

LA FRATERNITÉ UNIVERSELLE! LA PAIX UNIVERSELLE

PROLOGUE

> Tous fils d'Adam!
> Tous frères en J.-C.
> Tous à l'image de Dieu!

L'amour de la famille n'affaiblit pas l'amour de la Patrie! — Il l'exalte! — C'est la Patrie qui renferme toutes nos affections et tous nos regrets! — C'est là que battent les cœurs qui répondent aux nôtres! C'est là que reposent les cendres des aïeux et de ceux que nous avons tant aimés!

L'amour de notre clocher, de notre ville natale... n'affaiblit pas l'amour de la Patrie. — Loin de là! — Quand les enfants des diverses localités sont réunis sous le même drapeau national, pour garder la frontière... ils ne voient tous que la Patrie à défendre, l'ennemi commun à repousser, l'honneur de la Nation à faire triompher ! — Tous combattent avec le même enthousiasme !... — Tous, avec le même élan, chantent à l'unisson :

> « Mourir pour la Patrie...
> « Est le sort le plus beau,
> « Le plus digne d'envie ! »

Tous ces divers amours se fondent, sans se nuire, sans perdre de leur intensité, dans l'amour commun de cette Patrie... la *Bonne Mère,* pour tous !

*
* *

Le cœur de l'Homme est plus vaste encore ! Il peut à la fois aimer la famille, la Patrie et l'Humanité ! — tout en conservant la même tendresse pour sa famille et pour son pays... Il peut battre pour la grande famille humaine !

Tous les peuples ne sont-ils pas en effet les rameaux détachés du tronc primitif, les déviations successives d'une source commune ? — Sur tous ces visages, que nous appelons ÉTRANGERS... ne voyons-nous pas la même image de Dieu, notre Père céleste ? — Dans leurs veines n'est-ce pas le sang même d'Adam, qui coule et coulera jusqu'à la fin des siècles ? — Le

Christ n'est-il pas mort pour eux, comme pour nous?...
car ils sont tous nos frères en J.-C... comme ils le
sont par le sang du premier Homme!

L'amour de l'humanité n'est donc, au résumé, qu'un
amour de famille... famille immense, puisqu'elle comp-
tera autant de rejetons que le ciel compte d'étoiles,
que la mer compte de grains de sable... suivant la
promesse du Seigneur aux Patriarches. — Mais
qu'importe cette immensité... si le cœur de l'Homme
est encore plus grand!

*
* *

Nos longs voyages nous ont rendu cosmopolite.
Ils ont développé nos tendances à fraterniser avec
tous les peuples... ou plutôt ils ont raffermi, dans
notre cœur, ces principes éternels de la Fraternité
humaine! — Nous sympathisons avec le doux et
vénérable abbé de Saint-Pierre... avec son rêve de Paix
universelle! avec Bright, l'honorable représentant de
Birmingham, avec Richard Cobden et tous les AMIS
DE LA PAIX, qui veulent réaliser ce beau rêve! —
Et, certes, si la Société de la Paix ne le réalise pas
immédiatement... l'Avenir accomplira ce vœu de
toutes les belles âmes... ce dénouement final de la
DIVINE COMÉDIE!

*
* *

Ces tendances de cosmopolitisme n'ont pas attiédi

notre passion pour la France, notre bonne mère! —
On peut se sentir faible pour toutes les femmes...
mais on en préfère quelques-unes... mais on n'en
adore qu'une seule! — Et pour notre chère France,
n'est-ce pas de l'adoration? — Pourquoi, à notre retour,
cette émotion si vive?... Pourquoi nos tressaillements
à ces accents de la bien-aimée, aux premières caresses
de cette douce haleine, à ces premiers accents si
connus, si pénétrants?

*
* *

Mais cette tendresse pour la France n'est pas ex-
clusive, égoïste! et nous redirons toujours avec bonheur ces vers, que l'Evangile nous a inspirés, sur la
FRATERNITÉ UNIVERSELLE!

§ Ier

De la deuxième partie.

———

CHANT XLIV

LE VAISSEAU

(LA TERRE!)

> Mens agitat molem !
> **365** culbutes par année !
> GOUEL.

LE VAISSEAU !

(LA TERRE !)

———

Vogue, majestueux, portant l'humanité!
Vogue, Vaisseau divin!
JACQUES FERNAND.

Même berceau, *pour tous!* *Pour tous,* même tombeau!
JACQUES FERNAND.

Les dangers sont bien grands!—Mais le pilote... est là !
Guillaume Tell.

E pur se muove !

Et pourtant elle tourne!
GALILÉE.

Qui songe, à Paris, que notre gloire est emportée avec une vitesse vertigineuse, dans l'espace infini ?
THÉOPHILE GAUTIER.

★

Le nom du Vaisseau?

L'ÉTERNEL !

D'où sort-il?
De quel chantier ? } . . . . . . du CHAOS !

Le nom du Pilote ?

JÉHOVAH !

Les dangers sont bien grands ! mais le Pilote est là !

Guillaume Tell.

SOMMAIRE

Du § 1ᵉʳ...... du Chant XLIV.

La Science! (Préambule).

Le Vaisseau.

Le nom du Vaisseau?... L'ÉTERNEL!

D'où sort-il? De quel chantier?... Du CHAOS!

L'Océan aérien.

Les Tempêtes! — Le Pilote!

Le nom du Pilote?... JÉHOVAH!

Tremblements de terre... et volcans.

L'arc-en-ciel... et la colombe.

Le moteur?... Le souffle de Dieu!

Le but fixé.

La marche.

Le Pilote... DIEU! — Confiance!

L'âme immortelle!

Go ahead! — En avant!

LA SCIENCE

PRÉAMBULE

Comme Icare, nous prenons des ailes... et nous nous envolons dans ces hautes régions de la Lumière ! — Mais nos ailes peuvent fondre, en nous rapprochant trop de ce brûlant soleil ! !

Si les savants découvrent quelques taches dans notre miroir... nous reconnaîtrons, en toute humilité, les imperfections de notre œuvre. — Mais nous aurons une consolation : c'est que les docteurs ont cru découvrir des taches, même dans l'astre du jour! — Et leur science est assez embarrassée pour en préciser la cause réelle.

Cervantes appelle la poésie « *la Reine des sciences* ». — Mais elle n'est pas la science universelle ! — Arago, l'astronome illustre, avouait son ignorance dans la science des Geoffroy Saint-Hilaire (Étienne, Isidore). — Presque tous les savants ignorent les sciences qu'ils n'ont pas choisies pour leurs études... ou du moins ils n'en ont qu'une connaissance légère. — Notre pauvre humanité doit s'humilier et rester modeste en présence de cette vérité :

Le savant universel n'est que superficiel.

La profondeur n'est que la spécialité.

Il n'y a que de bien rares exceptions : Aristote, Ampère (l'ancien) et quelques autres.

Nota. — Si l'astronome Arago ne connaissait rien en histoire naturelle...—que de médecins et de naturalistes ne connaissent rien en astronomie !

P.-S. — Parcourez les immenses galeries de la Bibliothèque Nationale, à Paris, — quelle ignorance profonde de tant de milliers de volumes ! — L'orgueil du savant est anéanti en présence de tant de livres dont il ignore même les titres !

Et Dieu a, sous les yeux, chaque ligne, chaque mot de tous les volumes de cette prodigieuse bibliothèque... et de toutes les autres bibliothèques du monde !

A DIEU !

Eternel, immense, incompréhensible,
Eterno, immenso, incomprehensibil' Dio !

Moïse (Mosè). — ROSSINI.

CHANT XLIV

§ Ier

LE VAISSEAU !
(LA TERRE !)

Le Vaisseau !

Son nom ?....... L'ÉTERNEL !
D'où sort-il ? — De quel chantier ? — Du CHAOS !

Comme un vaisseau fantôme... en un cercle invisible,
La nuit, comme le jour, sans bruit il glisse et file...
Sans secousse et sans trouble... ardent, silencieux !
— Toujours le même élan... élan vertigineux,
Mais pour nous insensible ! — Et jamais de naufrages !

L'Océan aérien !

O l'abîme sans fond, sans ports et sans rivages !
O mer aérienne ! effroi du vrai penseur !
Nul plomb ne peut sonder si grande profondeur !
Partout est l'infini !... sous nos pieds ! sur nos têtes !

Les Tempêtes... et le Pilote !
Le nom du Pilote ?.,. JÉHOVAH !

Cet océan gazeux a souvent ses tempêtes !
— Quels orages ! quels vents ! la foudre et les éclairs !
— Quand les nuages noirs obscurcissent les airs...
Pas une étoile au Ciel... et pas une boussole !

*
* *

Mais le pilote est Dieu ! — Dieu rassure et console !
A lui seul s'abandonne... et s'endort dans sa foi
Toute âme honnête et pure... et soumise à sa loi !
— Comme le jeune enfant, sur le sein de sa mère...
Et le petit oiseau, sous l'aile toujours chère !

Tremblements de terre et Volcans !
L'Arc-en-ciel et la Colombe.

Souvent le Vaisseau même a de sourds tremblements !
Lave, fumée et feu jaillissent de ses flancs !

Aux craquements affreux, la grêle et le tonnerre
Ajoutent leur fracas !. . . . .
               — Mais soudain la lumière !
Mais soudain, sur le pont qui s'agite entr'ouvert,
Une blanche colombe apporte un rameau vert !...
Et brille avec splendeur l'arc-en-ciel d'alliance,
Signe divin de paix, d'espoir, de confiance !

Le Moteur?... Le souffle de Dieu !

O merveilleux Vaisseau ! — Ni voile, ni vapeur !
Le souffle de Dieu seul est l'éternel moteur !
— De sa volonté seule ô miracle sublime !
Lancé dans l'infini de l'effroyable abîme...
Toujours en mouvement.., et ne jamais sombrer !
— De la ligne précise il pourrait dévier !...
Mais toujours maintenu par deux forces contraires...
Leur constant équilibre accomplit ces mystères !

Le but fixé !

Va, marche au but fixé, marche, Vaisseau divin !
Poursuis résolûment ton cours aérien...
Sous le perçant regard et sous la main puissante
Qui te guide et soutient, dans la nuit menaçante !
— Va, porte avec orgueil, ces bien-aimés du Ciel,
Ces nobles exilés ! — Oui, l'homme est immortel !

Son âme est au-dessus de cette mer immense...
Et plus vaste... embrassant, par la Foi, la Science,
L'infini de l'espace et l'infini du temps,
Le Monde des détails, les infiniment grands !
— Pénétrant les secrets, l'homme les décompose !
Et, nouveau Créateur, l'homme les recompose !
— Sur l'univers conquis, son plein pouvoir s'étend !
— S'il ne l'a pas créé, du moins il le comprend !

La marche !

O voyage éternel ! ô solennel silence !
Et comme le Vaisseau surexcité s'élance !
— Devant lui, semblent fuir les constellations !
Mais c'est lui qui s'éloigne... et laisse illusions !
— Ainsi, pour le pêcheur, semble fuir le rivage !
C'est la voile qui court... et vers une autre plage !
— Ainsi, pour cet enfant, tourne encor le soleil !
Mais qu'importe à ses jeux... si plus tard le réveil !

*
* *

Et que de nœuds il file, à l'heure, à la seconde,
Cet étrange Vaisseau, qui porte tout un monde !
— Rapidité terrible à l'esprit du penseur !
— La Science et la Foi calmeront sa terreur !

Le Pilote ?... DIEU !
Confiance !

De son passage ardent, nul sillon ! nulle trace !
— Contre une autre planète (égaré dans l'espace)
S'il se heurtait soudain ! !... et s'il allait sombrer !
— Si tous ces beaux clous d'or allaient se détacher
De la voûte céleste... et rouler dans l'abîme !
— Les dangers sont bien grands !—Confiance sublime !
« Celui qui met un frein à la fureur des flots, »
Sait aussi dominer l'effroyable chaos !
Il en a fait jaillir l'éternelle lumière...
Non pour la replonger dans cette nuit première !
Mais pour éclairer l'homme et ses constants progrès...
De la Création lui montrant les secrets !

L'âme immortelle !

Mon Dieu ! si votre main, qui soutient tous ces mondes,
Soudain se retirait ! ô ténèbres profondes !
— Tous, confus, pêle-mêle, iraient s'entre-choquer
Dans l'abîme infini !... tous iraient s'y briser !

*
* *

Mais l'âme, de vous-même émanation pure,
Dans ce naufrage affreux de toute la nature,

Surnagerait !... restant seule avec vous, Seigneur,
Face à face avec vous... adorant, sans frayeur !
—Sans vous, roseau pensant, l'homme n'est que faiblesse !
Il vous doit le penser !... et c'est là sa noblesse !
Sur vous seul il s'appuie... à la fois humble et fier !

Go ahead ! — En avant.

Mais le Vaisseau m'emporte... et tout ce qui m'est cher !

§ II

De la deuxième partie.

CHANT XLV

L'ODYSSÉE DU CIEL !

CIRCUMNAVIGATION AÉRIENNE !

De l'Homme le savoir sur l'Univers s'étend !
S'il ne l'a pas créé, du moins il le comprend !

JACQUES FERNAND.

CHANT XLV

§ II

L'ODYSSÉE DU CIEL !

CIRCUMNAVIGATION AÉRIENNE !

Infini de l'Espace et du Temps ! — Et Dieu est partout... et toujours ! — Dieu, infini, comme l'Espace et le Temps ! — Les contenant l'un et l'autre !

L'Étoile du matin.

Souvenirs et regrets !... ô cendres et poussière :
— Des pleurs mouillent mes yeux, près de toi, bonne mère !
— Etoile du matin ! jadis, sur mon berceau,
Tu brillais ! — De ma mère éclaire le tombeau !
Le nôtre ! — Oh ! oui, près d'elle, un jour dans cet asile
Nous nous reposerons ! — L'âme attendra paisible,
Seigneur ! votre promesse... et l'ordre solennel,
Pour monter de la tombe... au séjour éternel !

L'Aube (1).

Déjà le chant du coq! — et dans le crépuscule,
Les teintes du Levant! — Un bruit vague circule.
— Ni la nuit, ni le jour... Mais l'azur a blanchi...
Mais, encor rayonnants, les astres ont pâli!

L'Aurore.

Comme la brise est fraîche au lever de l'Aurore!
— Et déjà l'horizon des premiers feux se dore!
— Que la nature est belle à son nouveau réveil!
Quelle douce langueur, après un doux sommeil!
— La brume se dégage... et sa gaze légère
De mille attraits cachés découvre le mystère!
— Sous le Ciel rose et bleu, l'alouette, en chantant,
Monte, monte joyeuse! — A genoux.. et priant,
A l'immense concert de tout ce qui respire,
L'homme unit âme et cœur... et sa voix qui soupire...
Heureux de retrouver son domaine embelli,
De se sentir aimé, dans ses enfants béni!

Le Soleil.

A midi, le soleil, poursuivant sa carrière,
Inonde le Vaisseau d'une ardente lumière!

(1) « Puis brille cette clarté, avant-courrière de l'Aurore. »
SHAKESPEARE, *Songe d'une Nuit d'été.*

— Tout, sous les feux brûlants, languit, souffre, altéré!
— On sent l'âpre désert, son uniformité!
— Image de nos Rois à puissance absolue,
Des Cieux le Roi-Soleil domine l'étendue!
De ses pauvres sujets épuise les trésors,
Dessèche les moissons, les fleuves et les ports!
— Mais l'âme reste libre!... Et d'un élan sublime,
Plonge dans l'infini, rafraîchissant abîme.

Phœbé.

Quelquefois, à cette heure, apparaît à nos yeux
Le disque de Phœbé, pâle, mystérieux!

*
* *

Telle, sous un blanc voile, une beauté cachée
Se montre avec mystère — et bientôt dévoilée
Aux yeux qui la cherchaient! — Soudain comme son cœur
Tressaille, au souvenir, à l'espoir du bonheur!

*
* *

Telle une jeune reine, et de tous adorée...
Près des pauvres honteux, va discrète et voilée...
Console... et laisse à tous, en partant, ses bienfaits...
— De cet Ange inconnu les plus touchants attraits!
— La prière et les vœux s'exhalent des chaumières,
Bénissant le Seigneur, qui guérit leurs misères!

12

Eclipses de soleil.

Quelquefois, ô soleil! ton orgueil éclipsé
Par le disque lunaire est tout humilié!
— O spectacle divin, prévu par la science!
O moment solennel... et calculé d'avance!
— Par ce calcul exact, apparaît la grandeur
Du système céleste... et de l'observateur!

**

Le soleil, éclipsé, prouve aux rois de la terre
Que Dieu les humilie, ainsi que la lumière,
Pour briser leur orgueil! — Qu'il est le Roi des rois,
Que tous doivent l'hommage et respect à ses lois!

Mercure.

Même j'ai vu Mercure... et son étrange audace
Affronter le soleil... passer devant sa face...
Promener sur son disque.. une ombre, un gros point noir!

**

Mais la tache bientôt disparut du miroir!
— Et le Roi, vraiment grand, répandit sa lumière
Sur l'insolent sujet, sur la nature entière!

Invocation au Soleil.

O toi, qui du chaos fis jaillir l'univers,
Soleil ! source de vie... et d'amour... et des vers,
Ami du malheureux, foyer de l'indigence...
La joie et le soutien du vieillard, de l'enfance...
Ta lumière est gaîté... ta chaleur, guérison !
— O toi, qui fais mûrir la vigne et la moisson,
Toi que chante l'oiseau, en sa reconnaissance...
Soleil ! j'adore, en toi, la sainte Providence !

Eclipses.

Ces drames solennels et si majestueux,
Qui troublent, un instant, et la terre et les cieux...
Etonnent l'animal, surpris du crépuscule...
Inquiètent l'enfant... l'ignorant trop crédule...
— Ces drames... du croyant, de tout grave penseur,
Raffermissent la foi, l'espérance et le cœur !

*
* *

Pour moi, d'un saint respect je tressaille, ô mon Père !
J'admire du calcul la marche régulière...
J'adore, sans effroi, votre bras tout-puissant...
Même au bord de la tombe, en vous me confiant...
Et de tous vos bienfaits conservant la mémoire !

Le Soleil couchant.

Mais déjà le soleil est couché dans sa gloire !
— Dans les tons nuancés du radieux couchant...
De la jeune Phœbé rayonne le croissant.
— Elle semble rougir, comme la fiancée,
Vers le lit nuptial languissante et penchée !

Le Crépuscule (1). — L'Angelus.

Heure douce au penser... et si douce à l'amour !
Douce à la rêverie !... au déclin d'un beau jour...
Quand tinte l'Angelus ! — quand au loin les clochettes
Des troupeaux rafraîchis... se mêlent aux musettes !
— Quand fumée et chansons s'exhalent des foyers...
Nids joyeux, entrevus, là-bas, sous les noyers !

L'Etoile du soir.

Soudain brille, à nos yeux, la compagne fidèle
De ce jeune croissant de la lune nouvelle !
— Salut, charmante étoile ! — Heureux qui sait aimer...
Et, dans le crépuscule, en pleins champs s'égarer !
— Heureux qui s'abandonne à la mélancolie...
A cette heure de calme et de grâce infinie !
Qui vous cherche et vous sent... et vous suit dans les cieux
O Seigneur ! à travers ce vague vaporeux !

(1) Cet accord merveilleux de la nuit et du jour.

W. Scott, *Pévéril du Pic*

La nuit constellée.

Et déjà la nuit sombre étend partout ses voiles !
— Dans l'azur obscurci, scintillent les étoiles...
Clous d'or sur un fond noir... rêveuses visions !
— Déjà brille partout des constellations
Le dessin bien marqué ! lignes mystérieuses !
Les phares permanents de nos mers orageuses !
Les guides éternels du nocturne savant,
Plongeant dans ce dédale... et l'abîme béant !

Minuit!... Les Matines!

Elévation!

Minuit. — Calme divin !... ô solennel silence !
O saint recueillement ! — Emu, le cœur s'élance
Vers vous, Seigneur ! — Tout dort : Cieux et terre, et les flots !
L'homme seul veille encore... et s'arrache au repos !
— Il vous sent près de lui, sous les sacrés portiques !
Il chante avec amour les célestes cantiques,
— Et la pauvre âme en peine, oubliant ses douleurs,
Entrevoit, dans la nuit, l'aube de vos splendeurs !

O Ciel de la Patrie!

O Ciel de mon enfance ! ô Ciel de la Patrie !
— Astres, que tant de fois, près de mère chérie,

Avec ravissement, le soir, je contemplais !
— Alphabet lumineux, que souvent j'épelais...
Grâce au guide charmant, à la voix maternelle,
Qu'hélas ! j'entends encor dans la nuit solennelle
— Enfant, je demandais un de ces diamants !
Mais elle souriait à mes pleurs impuissants !

L'Étoile du Berger.

Du printemps de ma vie attendrissant mirage !
— Le soir, dans le grand parc, à travers le feuillage,
Que j'aimais à revoir l'étoile du Berger...
Quand sur moi Béatrix aimait à s'appuyer...
Toujours l'étoile fixe et l'ange de ma vie !
— Oh ! de quelles douleurs cette heure fut suivie !

Les Gémeaux.

Frère, souvent aussi je pensais aux Gémeaux...
Signe du zodiaque, illustré de héros !
— Ton signe radieux, amitié fraternelle...
Des hommes doux lien... et force universelle !

La Voie lactée.

Par l'étude mûri... du télescope armé,
Le regard vers le Ciel, dans l'infini plongé...
Je cherchais les lueurs des étoiles lointaines !

— O chemin de Saint-Jacque! ô nébuleuses plaines.
Encor blanches du lait par Junon répandu!
— Charmante invention d'un poète inconnu !

Les Etoiles filantes.

Quelquefois je suivais une étoile filante !
— Peut-être une âme en peine... et loin de nous errante ?
— Un simple météore ? — Un génie au déclin ?
— De la chute d'un roi l'avant-coureur divin ?

Les Constellations.

Longtemps je contemplais Jupiter et Saturne,
Et chaque satellite... et cet anneau nocturne...
Plus brillant que l'anneau de l'heureux fiancé !
— Et petite et grande Ourse, au dessin bien tracé,
Raquettes-Diamants ! — Et l'étoile polaire
Guide fixe, éternel, du marin solitaire !

L'Etoile polaire... et la Boussole !

O calculs merveilleux ! — Belle étoile du Nord !
Belle étoile du Sud !... du capitaine à bord,
Comme vous dirigez, dans les deux hémisphères,
La marche si hardie... et les plans téméraires !

*_**

L'étoile et la boussole ! — Oh ! l'homme a bien compris
Ces guides du Seigneur... et qu'il a réunis !
— L'homme est vraiment divin ! sa vaste intelligence,
En creusant les secrets de l'utile science,
Pressent le but final et chaque intention...
Et travaille avec Dieu !... fait l'application !

Les Comètes.

Mais soudain flamboyait une comète errante...
Dans son cours régulier nullement menaçante !
— J'admirais et panache et noyau vaporeux...
Voilant, sans les cacher, les étoiles des Cieux !

*
* *

Loin de nous les terreurs de l'antique ignorance !
— Le moderne savant prouve l'obéissance
De l'astre vagabond, suivant la volonté
De Dieu, qui le maintient dans le chemin tracé !

L'Astre des nuits.

Je parcourais encor montagnes et vallées
De l'astre de nos nuits ! — Ni maisons habitées,
Ni traces d'animaux, dans ces brillants déserts !

*
* *

Mais que la lune est belle !... et que d'aspects divers
Aux regards du rêveur !

Eclipses de lune

                    Quelquefois éclipsée,
Confuse elle rougit... sous notre ombre agitée!...
— De l'ombre se dégage... et sourit au soleil,
Qui des plus doux rayons la caresse, au réveil!

Nuits d'été.

Qu, comme la beauté voilée et plus piquante,
— De brume elle revêt la gaze transparente...
— Et soudain se découvre... au poète amoureux!
De son paisible éclat elle enchante les yeux!
— Tendre mélancolie!... Enivrantes pensées!

*
* *

Mais un sombre nuage, aux franges argentées,
La cache avec mystère... et sert de large écran...
— Figurant les combats, les héros d'Ossian!

Le Vaisseau.

Un rayon fend la nue... illuminant le faîte
De ce Vaisseau divin, qui jamais ne s'arrête!

Marche! marche!

Tels ces coursiers fougueux, à tous crins, effarés,
Des sombres cuirassiers... comme l'éclair, lancés..

Et toujours, à minuit, galopant sur la nue !
(Du poète allemand immortelle revue !)

*
* *

Tel ce juif fantastique, errant, toujours marchant !
— Tel Sisyphe roulant, sans cesse remontant
Son éternel rocher, qui redescend sans cesse !

Quelle foule !

Sur le pont colossal, quelle foule se presse !

§ III
De la deuxième partie.

CHANT XLVI

LES PASSAGERS

L'HUMANITÉ !

LA GRANDE FAMILLE HUMAINE !

LA FRATERNITÉ UNIVERSELLE !

LA PAIX UNIVERSELLE !

Jacques Fernand.

Partout est la Patrie de la Charité!

Jacques Fernand.

Peuples, formez une sainte alliance,
Et donnez-vous la main !
BÉRANGER.

La guerre en Europe serait une guerre civile.
Mémorial de Sainte-Hélène.

La guerre et le duel sont des fratricides !
J. FERNAND.

Caïn, qu'as-tu fait de ton frère ?
Et Verbum caro factum est !
Évangile selon saint Jean.

Tous fils d'Adam !
Tous frères en J.-C. !

Tous frères et confédérés !
La Paix universelle.

Notre PÈRE, qui êtes aux Cieux !...
Mes petits enfants, aimez-vous les uns les autres.
Saint Jean l'Évangéliste.

L'HUMANITÉ!

LA GRANDE FAMILLE HUMAINE!

FRATERNITÉ UNIVERSELLE!

LA PAIX UNIVERSELLE!

CHANT XLVI

DÉDIÉ

AU DOUX ET VÉNÉRABLE ABBÉ DE SAINT-PIERRE
AUX AMIS DE LA PAIX
A BRIGHT, A RICHARD COBDEN, etc.

SOMMAIRE

Du § III... du Chant XLVI.

***

LES PASSAGERS

CHANT XLVI

§ III

LES PASSAGERS

LA GRANDE FAMILLE HUMAINE !

FRATERNITÉ UNIVERSELLE !

> Le droit et la force se disputent le monde.
> > Le général Foy.

> Le droit, l'amour et le bon sens triomphent.
> > JACQUES FERNAND.

Les Passagers.
Blancs et Noirs ! — Tous les Cultes !

Vogue, majestueux, portant l'humanité,
Le chef-d'œuvre vivant de la Divinité !
— Vogue, noble vaisseau ! — Sur le pont, je contemple
Blancs et noirs réunis... et l'Eglise et le Temple ;

— Tous, sans distinction de culte et de couleur !
Tous frères par le sang ! même âme et même cœur !
— Toute l'humanité ! — L'image symbolique
D'une grande famille, au foyer domestique
Concentrée, abritée !

Abel et Caïn !
Les Frères ennemis !

                        Hélas ! toujours Caïn
Près d'Abel ! — L'innocent !... la passion sans frein !
— Comme sur la *Méduse*, affamée et mourante...
Tous prêts à dévorer, la bouche menaçante !

*
* *

Tous flottent, cependant, sur ce même Vaisseau...
Le seul berceau pour tous... pour tous même tombeau,
— Sous le regard de Dieu, cet éternel pilote,
Qui peut faire sombrer le maître et son ilote !...
— Comme il a fait sombrer, dans des torrents de feux,
Et Sodome et Gomorrhe... et leurs vices affreux !

Notre Père!... Deus Charitas est!

> Padre infelice... ma Padre!
> *Françoise de Rimini.*
>
> Père malheureux... mais je suis père!
> Silvio Pellico.

Mais sa bonté suspend l'arrêt de sa justice !
— S'il est juge... il est père ! — Un si grand sacrifice
Serait trop douloureux à l'amour paternel !

Que serait Dieu, sans nous ?

Que serait Dieu sans nous? Solitaire, immortel !
— Si bon ! et toujours seul ! — Pour lui c'est impossible :
— Il nous a tous créés... voulant une famille !
Ayant besoin d'aimer ! — Pour son cœur isolé,
« L'ennui naquit un jour de l'uniformité ! »
— Aimant... il ne pouvait se suffire à lui-même !
— Que devenir?... ayant de ce bonheur suprême
Savouré les douceurs ! — Encor l'isolement !
— Contre ce vide affreux, il serait impuissant !
A son cœur paternel nous sommes nécessaires !

Aimons qui nous aime!

Ego diligentes me diligo.

Mais n'abusons jamais! — Abus... ni téméraires,
Ni fiers, ni courageux!... mais lâches et méchants!
— Aimons tous qui nous aime... et tous reconnaissants !
— L'amour de Notre Père aveugle sa clémence!
Par l'amour filial, méritons l'indulgence!
— Tous, offrons à son cœur, tendre et si bienveillant,
De frères bien unis le spectacle touchant!

Frères et Confédérés.

Nés du même berceau, tous les peuples sont frères!
— Et du bonheur commun nous sommes solidaires!
— Dans l'intérêt de tous, soyons confédérés!
— Que les faibles... des forts soient ainsi respectés!

Un seul étendard
pour l'Union universelle!

Conservons les drapeaux, le clocher, la Patrie!
— Mais que tous ces amours fondent en harmonie,

— Que ces drapeaux divers inclinent leur fierté
Devant cet ÉTENDARD universel, sacré,
De la grande Union de la famille humaine !!

*
* *

Sans diviser nos cœurs, partageons son Domaine!

La Famille!

Avec un saint respect, que de fois nous voyons
Une famille unie en ses affections!
— Chacun ses intérêts, son rang et ses richesses...
Ou noble pauvreté! — Mais ces branches diverses,
Partant du même tronc, s'enlacent par amour...
Et bravent tous les vents, s'entr'aidant tour à tour.
— Elles ont même sol!... elles ont même sève!

LA PAIX UNIVERSELLE !

L'universelle paix ne sera pas un rêve !
L'universel amour saura la conquérir !
— L'amour et l'intérêt, pour ce but, vont s'unir !

*
* *

Et déjà l'intérêt abaisse les barrières !
— Le commerce a brisé d'inutiles frontières !
— Partout les voyageurs circulent librement !
— Sous les mêmes dehors et même vêtement,
Les peuples fraternels se mêlent, se confondent !

*
* *

La Mode est trop changeante... et les maris la grondent !
— Mais la Mode gouverne, habille l'univers !
— Et si l'habit souvent du bon goût est l'envers...
A tous la Mode impose un habit uniforme !

*
* *

Des maisons, des cités, même aspect, même forme !
— Ruines ! souvenirs !... touchante variété !

L'artiste et le savant regrettent le passé !
— Mais l'uniformité des dehors, des usages,
Et, grâce à la vapeur, le goût des longs voyages...
Des cœurs et des pensers hâteront l'unité !

F. de Lesseps. — Suez. — Panama.

Grâce à toi, cher Lesseps, Suez, déjà creusé,
Aide le plan divin... et la course lointaine !
— Oui, ce rapprochement de la famille humaine,
Suez et Panama l'auront précipité !

Chemins de Fer.

Par un reseau de fer, l'univers enlacé
Se sentira lié d'une commune étreinte...
Et des desseins de Dieu verra la même empreinte !

Télégraphe électrique.

Le télégraphe enchaîne îles et continents...
Et l'électricité, des mêmes sentiments,
Fait battre tous les cœurs... annulant les distances,
Les frontières, le temps... même les mers immenses ¡

13.

Une seule langue ! — Musique universelle !

La langue universelle aura le même accent !
— Et partout la musique a même entraînement !

Harmonie des Mondes et des Cœurs !

Oui, comme, dans les cieux, des mondes l'harmonie
Proclame du Très-Haut la puissance infinie !
— La Terre fait monter, aux pieds de l'Eternel,
Des peuples s'embrassant le concert fraternel !

Mariages multipliés entre les Peuples !

A ces constants progrès l'amour donne des ailes...
Unit les nations par des chaînes nouvelles...
— Douces chaînes de fleurs, mariages charmants,
Rapprochant tous les cœurs, à la voix des enfants !

CONSTITUTION DE LA PAIX !

Il ne rêvait donc pas, cet abbé de Saint-Pierre !
— L'universelle Paix embellira la Terre !
— L'universelle Paix, c'est la Fraternité !

*
* *

Distinction des biens... mais des cœurs l'unité !
— L'Avenir ne verra qu'un seul peuple de frères
Et des Confédérés tomberont les frontières !

*
* *

Longtemps encor ce mot : NATIONALITÉS
Et leurs droits, leurs drapeaux seront tous respectés !

*
* *

De toutes nations Représentant suprême,
Un conseil jugera, dans une crise extrême,
Ces droits... et les procès divisant les esprits !
— Et par ces jugements ils seront réunis !

*
* *

Ni troubles, ni combats ! — Mais fusion des âmes,
Des cœurs, des intérêts... d'un foyer mêmes flammes.

*
* *

Le suprême conseil, concentrant les pouvoirs,
De ces drapeaux divers réglera les devoirs...
— Entre eux tous maintiendra l'équitable balance !
— Ni vainqueurs, ni vaincus ! — Mais au droit déférence !

*
* *

Habitués à vivre en un si doux repos,
Les peuples oublîront les couleurs des drapeaux...
— En elles ne voyant que souvenirs d'histoire...
Hélas ! aussi le sang... prix trop cher de la gloire !

*
* *

Des villes, des Etats, les domaines tracés
Resteront tous distincts... comme les biens privés.
— Pour clore tous ces biens... et ces vastes domaines :
Des charmilles ! — Ni murs, ni cent barrières vaines !

*
* *

La Terre subira des progrès plus marqués !
— Elle n'offrira plus, aux regards enchantés,
A Dieu lui souriant, et sous l'azur qui brille,

Qu'un immense jardin, une seule famille!
— Admirable faisceau, touchante fusion
Des peuples et des cœurs, battant à l'unisson!

L'Abbé de Saint-Pierre.
Les Amis de la Paix. — Bright
Et Richard Cobden.

O vénérable abbé! tu marchais, solitaire,
Vers ce but si divin: le bonheur de la Terre!
— Et déjà sur tes pas, les Amis de la Paix,
Chaque jour plus nombreux, proclament ses bienfaits

*
* *

Bright, Cobden, leurs amis franchissent les frontières...
— Vont même dans les camps désarmer les colères
Jusque dans les palais des rois, des empereurs,
De la Fraternité révélant les douceurs...
Et montrant, dans la guerre, un réel fratricide...
— Comme dans le duel... coupable d'homicide!

La Mort de Richard Cobden !

O Richard ! grâce à toi, ces frères ennemis,
Si longtemps séparés... désormais réunis
Par le paisible accord d'une utile alliance...
L'Anglais et le Français, dans leur reconnaissance,
Portent le même deuil... sous le ciel d'Albion...
Sur les bords de la Seine ! — Emblème d'union !
— Premier signe touchant de paix universelle,
D'un heureux avenir d'amitié fraternelle

Hosanna !

Grâce au bon sens, au cœur des peuples éclairés,
Au charme pénétrant des principes sacrés
Que l'Evangile infuse et distille à nos âmes...
— De l'amour fraternel les progressives flammes
Embrasent l'univers ! — Le Blanc donne la main
Au Noir, tous tressaillant de cet accord divin !
— Les cultes, respectés dans leur indépendance,
Déjà forment partout une sainte alliance...
Dont le ciment durable, ô tendre charité,
Est ton pur dévoûment à notre humanité !

A Notre Père

Hosanna !... Gloire, au plus haut des Cieux !

Ainsi donc, ô Seigneur ! marche le plan céleste !
— Bénissez vos enfants... leur progrès manifeste
Vers votre but final : la Concorde et la Paix !
— De leur douce influence ils chantent les attraits !
— Souriez au Cantique !... et sous l'azur qui brille,
Ne voyez désormais qu'une seule famille !

AU LECTEUR

En relisant ce Poème, nous reconnaissons quelques inconvénients à tous ces titres intercalaires, qui suspendent la lecture.

Mais nous sommes, avant tout, animé de l'esprit de propagande. — Et ces titres donneront au moins une idée des intentions de l'auteur à ceux qui n'auront pas le temps de lire les vers. — Ces vers ne sont que les développements de nos intentions.

Nous sacrifions la Poésie à cet esprit de propagande, pour le bonheur de l'Humanité.

1ᵉʳ Janvier 1866.

CHANT XLVII

§ IV

LE HAVRE DE GRACE !

L'ETERNITÉ !

LE SEUL PORT DE SALUT !

———

> Si courte traversée !
> *Bella ! horrida bella !*

Aimez-vous les uns les autres !
Évangile selon saint Jean.

SOMMAIRE

Du § IV.... du Chant XLVII.

Tous exilés des Cieux !
Tous frères !... et même pèlerinage !
Pour tous... cet unique Vaisseau !
Et si courte traversée ! — La vie est un éclair ! — Frater-
    nisons !
Et tous au même Port !
Le Havre de Grâce ! — L'Éternité !
Le seul Port de salut !

CHANT XLVII

§ IV

LE HAVRE DE GRACE!

L'ÉTERNITÉ!

LE SEUL PORT DE SALUT !

> Si courte traversée !
> *Bella ! horrida bella !*

Aimez-vous les uns les autres !
> *Évangile selon saint Jean.*

Tous exilés des Cieux !

Vogue, Vaisseau divin !
Et parcours, en silence,
Avec obéissance,
Ton cercle aérien !

*
* *

Dans ta course éternelle,
Porte le germe humain...
Et son noble destin...
Et sa gloire immortelle !

*
* *

Ces exilés des cieux...
— Que le Christ rappelle
De sa voix fraternelle,
En expirant pour eux !

Tous frères !... et même pèlerinage !

Par le sang, ils sont frères !...
Par l'âme et par le cœur !
Pour tous, le Créateur...
Et les mêmes mystères !

*
* *

Pour tous, mêmes chemins,
Même pèlerinage !

— Du sublime voyage,
Pour tous, les mêmes fins !

Pour tous... cet unique Vaisseau !

Pour même traversée
Cet unique Vaisseau !
— Leur tombe et leur berceau !
— Leur patrie adorée !

Et si courte traversée !

La vie est un éclair !

Fraternisons !

Pourquoi se disputer
Le pont et les cabines...
Tracer barres et lignes ?
— Et si vite arriver !

*
* *

Pourquoi ces différences...
Sud et Nord... Blanc et Noir ?

Pour se quitter ce soir...
Pourquoi ces répugnances !

**

Mieux serait d'égayer
Ce rapide passage...
De montrer doux visage
Et de fraterniser !

Et tous au même Port !

Voici le Port céleste !
Le Port si désiré !
— Un frère est débarqué !
— Un autre attend... et reste...

**

Jusqu'au jour où viendra
Pour lui l'heure dernière !
— A ce débarcadère
Chacun débarquera !

Le Havre de Grâce !
L'Éternité !
Le seul Port de salut !

Contemplant face à face
Le divin Constructeur,
Le Pilote-Armateur
De ce Havre de Grâce !

*
* *

Doux Port, bien abrité
Des vents et des orages...
Sous l'azur sans nuages...
— Et pour l'Éternité !

★

CHANT XLVIII

§ V

ÉPILOGUE

LA FRATERNITÉ UNIVERSELLE !

LE RÈGNE HUMAIN !... UNE SEULE FAMILLE !

L'IMAGE DE DIEU !

> « Dieu a fait l'homme à son image »
> « *Et Verbum caro factum est.* »
> Évangile selon saint Jean.

Les Noirs, comme les Blancs... Chrétiens... fils d'Israël,
Mon cœur les aime tous... ainsi que l'Éternel !
Je les embrasse tous dans une même étreinte !

— Sur les douleurs de tous... je répands l'huile sainte,
— Et, sans distinction de couleurs, de serments,
Je ne vois, en eux tous, que des frères souffrants !
— C'est la même famille ! et même cœur soupire !
Dans tous leurs traits divins, la même âme respire !

L'AMOUR INFINI!

DIEU!... PATRIE!... HUMANITÉ!

Troisième partie de ce poëme

DIEU!

LA PATRIE DES AMES!

LA PATRIE CÉLESTE... UNIVERSELLE!

VOICI LA GRANDE TROIE

À DIEU !

Eternel, immense, incompréhensible.
Eterno, immenso, incomprensibil' Dio.
MOÏSE (Mosè). — Rossini.

« Oui, je comprends ton Œuvre... et ne peux te comprendre,
« Dieu vivant ! Dieu caché ! (1) — De ton retour si tendre
« Je ressens l'influence... et ne peux pénétrer
« Le cercle infranchissable... où tu veux t'enfermer !

*
* *

« De l'homme, ton chef-d'œuvre... et ton plus cher ouvrage,
« La personne morale est ta fidèle image !
« — Les Cieux disent ta gloire, en leurs divins concerts !
« — Je te sens respirer, dans ce vaste Univers !
« — Mais, sous les profondeurs des âmes immortelles,
« Au-delà des déserts rayonnants d'étincelles,
« Je jette en vain la sonde !... et l'abîme est muet !
« — J'adore, sans effort, le céleste secret !
« — En toi seul, concentré... pour nous, inaccessible...
« Je pourrais t'entrevoir... mais incompréhensible ! »

(1) Deus vivus... et Deus absconditus.

JACQUES FERNAND.

VOICI LA GRANDE TROIE !

—

« Tout près de Washington rayonne Spartacus ! »

———

A LOUIS JOREZ, DE BRUXELLES

Là-haut je vous précède !... et mon âme est ravie !
— Ni Belges, ni Français !... pour tous même patrie !
— Et l'amour infini... du Père bien-aimé
Nous réunira tous deux dans la fraternité !

JACQUES FERNAND.

1er Janvier 1876.

———

La voie douloureuse mène à Dieu... aux grandes destinées !
— Leur espérance rayonne d'immortalité !
— La Charité, fille du Ciel, y ramène les exilés !
— Béatitude et repos éternel ! Lumière perpétuelle !

A DANTE! A MILTON!

AUX POÈTES IMMORTELS

DE LA DIVINE COMÉDIE! DU PARADIS PERDU!

Jacques Fernand.

À DANTE !

O Dante ! nous montons jusque dans l'Empyrée,
Où brille Béatrix, pure et transfigurée !
Nous restons éblouis devant le Saint des saints...
Tressaillant aux accords des cantiques divins !

———

À MILTON !

Sous ton pinceau magique Eve est si ravissante !
— Toujours nous regrettons le paradis perdu !
— Mais, malgré nos regrets, sa grâce nous enchante !
— Dieu lui-même pardonne ! — Il avait tout prévu !

SOMMAIRE

DE LA PATRIE DES AMES !

DIEU !

Troisième partie du Poème.

*

CHANT XLIX

§ Ier

LE PARADIS PERDU !

> Un arrêt solennel nous en ferme l'entrée !
> De l'Ange veille encor la flamboyante épée !
> JACQUES FERNAND.

§ Ier de la troisième partie du Poème :

L'AMOUR INFINI !

DIEU ! PATRIE ! HUMANITÉ !

SOMMAIRE

Du Chant XLIX.... § Ier

DE LA PATRIE DES AMES !

————

LE PARADIS PERDU !

La Foi ! l'Espérance !!
Le Paradis perdu !
Le Crucifié !
L'Exil ! les Proscrits !
Parva Troja !
    La Patrie des âmes en peine !
    La Patrie des malheureux !
Compassion ! !
    Aimer ! être aimé !... c'est là toute la vie !

*

CHANT XLIX

§ Ier

LE PARADIS PERDU !

La Foi ! l'Espérance !

Heureux, qui dans sa foi fixe tout son espoir !
— Il ne craint ni la Mort, ni les ombres du soir !
— Pour lui, la Mort n'est pas ce hideux personnage
Squelette décharné... sans yeux... osseux visage !
— Pour lui, c'est un bel ange, entrant dans la prison,
Venant briser nos fers... avec émotion !
— De même qu'autrefois il délivra saint Pierre...
Il nous transporte tous à la sainte lumière...
Nous accompagne tous au céleste séjour,
Où Dieu, dans sa bonté, nous donne son amour !
Où les petits enfants, la tête entre deux ailes,
Vrais petits chérubins... aux douceurs maternelles,
Hélas ! trop tôt ravis... tressaillent, en voyant
Leur mère encore en pleurs... déjà leur souriant !

Le Paradis perdu !

Sublime vision d'un sublime génie...
Inspiré par Dieu même... et sa grâce infinie !
— Mais, hélas ! ô Milton ! du Paradis perdu
Nous sommes tous proscrits... pour un temps inconnu !
— Un arrêt solennel nous en ferme l'entrée !
— De l'Ange veille encor la flamboyante épée !
— Et, comme il a chassé les coupables parents...
Il remplit son devoir... repousse leurs enfants !

Le Crucifié !

La Mort seule, pour tous, brise l'arrêt suprême...
Grâce au Crucifié ! — grâce à notre baptême,
De terrestres liens l'âme libre à jamais
Monte purifiée à l'asile de paix !

L'Exil ! les Proscrits !

Mais, pauvres exilés... de rivage en rivage,
Obligés d'accomplir ce long pèlerinage...
Nous pouvons adoucir nos douloureux regrets...
Groupés avec amour, échangeant nos bienfaits...
Formant, sur chaque point, l'image consolante
De la chère Patrie... et pour longtemps absente

Parva Troja !!

> La Patrie des âmes en peine !
> La Patrie des malheureux !

Parva Troja !... Patrie, hélas ! des malheureux !
De tant d'âmes en peine... et regrettant les cieux !

*
* *

O souffrance ! ô misère ! ô cruelle insomnie !
— La faim... le froid du pauvre !... et sa longue agonie !
— Triste expiation !... surtout pour l'indigent,
Si grand dans ses douleurs ! résigné, patient,
Espérant en Jésus ! !

*
* *

Et la douleur morale !
Mourant, comme Gilbert... et comme Chatterton !
— L'honnête homme enfermé dans l'injuste prison !
Heureux, si l'échafaud, terme de sa carrière,
Lui servait de degré pour revoir la lumière !
— La pauvre mère en pleurs, sur son fils expirant !
— La fiancée en deuil, à son premier couchant !

Compassion !

Aimer ! être aimé !... c'est là toute la vie !

Oh ! sachons compatir à de telles misères,
A de telles douleurs ! — A ces larmes amères

Mêlons nos pleurs ! — Aimons ces frères malheureux !
Secourant, consolant !... souffrant aussi comme eux !
— Nous pouvons être aimés ! — C'est là toute la vie !
— Ils seront tous, pour nous, une famille amie !
— Nous oublîrons l'exil ! — Au moins, nous attendrons,
Résignés, patients ! — Au Ciel nous monterons,
Calmes, pleins d'espérance... à l'heure solennelle
Où nous jugera tous la justice éternelle !

CHANT L

§ II

LE PARADIS RECONQUIS !

VOICI LA GRANDE TROIE !

Le Verbe s'est fait chair... souffrant l'ignominie !
Le sang du Christ nous rend notre chère Patrie...
En forçant la Clémence et la Porte du Ciel !

JACQUES FERNAND.

§ II de la troisième partie du Poème :

L'AMOUR INFINI !

DIEU ! PATRIE ! HUMANITÉ !

SOMMAIRE

Du Chant L.... § II
DE LA PATRIE DES AMES!

LE PARADIS RECONQUIS!

La Petite Troie !
La Grande Troie !
La Voie douloureuse mène à Dieu... aux grandes destinées
La Charité force la Porte du Ciel !
Les Ames au Ciel !
　　Nos chers absents !

CHANT L

§ II

LE PARADIS RECONQUIS !

___

La Petite Troie !

Tes souffrances d'un jour, devant l'Éternité,
Ne sont rien... mais surtout grâce à la Charité !
— Ici, *Parva Troja !!* — Tout... même la Patrie,
Où te berçait, enfant, une mère chérie !

La Grande Troie !

Là-haut, la grande Troie ! et toujours sous nos yeux !
— La Terre est un exil !... La Patrie est aux Cieux !
— Nos absents, tant pleurés, ne peuvent redescendre...
A nous donc de monter ! — Ils doivent nous attendre !

La Voie douloureuse mène à Dieu...
aux grandes destinées !

Dans ton exil, ô Dante ! hélas ! de l'étranger
Tu montas trop longtemps le trop dur escalier !
— Les yeux toujours tournés vers ta chère Florence...
Loin de ta Béatrix, errant sans espérance !

*
* *

Ces degrés douloureux t'élevèrent au Ciel...
Où ton nom désormais doit briller immortel !

La Charité force la Porte du Ciel !

Deus Charitas est !
Dieu est tout amour !
Et Verbum caro factum est.
Évangile selon saint Jean.

Le Verbe s'est fait chair... souffrant l'ignominie !!
— Le sang du Christ nous rend notre chère patrie...
En forçant la clémence et la porte du Ciel !
— O croix du Rédempteur ! notre guide éternel !

*
* *

O Charité! ta brise parfumée
De nos printemps renouvelle les fleurs!
— Aux cœurs flétris... douce et fraîche rosée,
De l'arc-en-ciel fais briller les couleurs!

*
* *

La glace enfin sous les yeux s'évapore!
L'isolement s'entr'ouvre à l'amitié!
— Tiède chaleur, qui nous pénètre encore,
Malgré l'hiver... et l'amour oublié!

*
* *

O Charité! partout est la Patrie!
Partout, hélas! souffrent des malheureux!
Nous retrouvons la famille bénie,
En les aimant... en nous rapprochant d'eux!

*
* *

Même des Cieux la porte encor fermée,
Vincent de Paul! s'ouvre à ton doux aspect.
— L'Ange gardien abaisse son épée...
Et, devant toi, s'incline avec respect!

Les âmes au Ciel !
Nos chers absents !

Toujours nous regrettons votre si longue absence,
O bien-aimés ! — Aux pleurs, se mêle une espérance
—Nous invoquons les saints !.. Ils sont donc tous au ciel !
—Vos âmes, chers absents, au séjour éternel
Rayonnent... avec Dante... en extase, en prière !
Avec sa Béatrix, centre de la lumière !

*
* *

Vos âmes ne sont pas dans le sombre tombeau...
Dans ce chaos obscur... où s'éteint tout flambleau !
—Où pourrissent des corps les dépouilles mondaines...
Ce ne sais quoi sans nom dans les langues humaines !
— La chrysalide laisse un vêtement impur !
Le brillant papillon s'envole dans l'azur !

*
* *

Seul, Jésus tout entier... tel qu'il fut au Calvaire...
S'est levé du sépulcre !... achevant le mystère !

✶

CHANT LI

§ III

LA PATRIE DES AMES !

LA PATRIE CÉLESTE !

LE RETOUR DES EXILÉS !

DIEU !

Venise ! Venise !
Italiam ! Italiam !

« Oh ! que Venise est belle,
« Quand le soir étincelle
« De mille feux ! »
Haydée.

§ III de la troisième partie du Poème :

L'AMOUR INFINI !

DIEU ! PATRIE ! HUMANITÉ !

15.

SOMMAIRE

Du Chant LI.... § III.

De la troisième partie de ce Poème.

———

CHANT LI

§ III

LA PATRIE DES AMES !

LA PATRIE CÉLESTE !

LE RETOUR DES EXILÉS

DIEU !

———

> « Lève les yeux, ô homme ! et
> « considère ces globes lumineux
> « qui roulent sur nos têtes !
>
> MASSILLON.

Le Ciel constellé !

Vois, ô triste exilé ! ces globes lumineux
Qui roulent solennels et si majestueux !
— Que ton ardente Foi, vers cet abîme immense,
Se penche avec amour... y puise l'espérance !

Venise ! Venise !

Italiam ! Italiam !

« Oh! que Venise est belle !
« Quand le soir étincelle
« De mille feux! »

Haydée

« Venise ! » — Droit au cœur du proscrit rappelé,
Va frapper ce doux nom, si longtemps regretté,
— « Venise ! » — Et le martyr sur le pont s'agenouille !
D'un long ruisseau de pleurs son visage se mouille !
— Là-bas, à l'horizon, dans l'ombre, mille feux
Illuminent les flots, étincellent joyeux !
— C'est Venise !... ô bonheur ! Ah ! que Venise est belle !
— Le proscrit l'entrevoit... et tend ses bras vers elle !

La céleste Venise !

La céleste Venise est plus belle à nos yeux !
— Elle étincelle aussi, le soir, de mille feux !
— Ces phares d'espérance, en brillant sur nos têtes,
Nous indiquent le port... nous sauvent des tempêtes !
— A travers ce rideau, parsemé de clous d'or...
L'exilé voit Venise... et lui sourit encor !

Mignon l'entrevoit (1)!

Et toi, Scheffer aussi, tu rêvais ta Venise!
La Venise céleste, à nos âmes promise!
— Comme tu soupirais, sympathique exilé,
Sous les traits de Mignon... et l'œil fixe, attristé!
— Que ton cœur enviait la rapide hirondelle,
S'envolant, loin de toi, vers la rive éternelle!

Les Cieux ouverts ! ! !
Monique et saint Augustin (2).

Mais quel nouvel aspect! — Ah! le Ciel s'ouvre enfin!
— Sous les traits de Monique... et de saint Augustin...
Au bord de cette Mer, qui s'étend infinie...
Te voici face à face avec notre Patrie!
— Quelle muette extase, et quel ravissement!
Quel éloquent silence... et doux recueillement!
— Oh! comme ce regard, dans le céleste abîme,
Plonge, avide et puissant, rayonnant et sublime !
— Et quel divin souris! et quels pensers profonds!
— Toute l'âme apparaît sur ces augustes fronts !

(1) Tableau d'Ary Scheffer... d'après Gœthe... (*Wilhelm Meister*).

(2) Autre tableau.. du même peintre.

L'Empyrée !

O Dante ! nous montons jusque dans l'Empyrée...
Où brille Béatrix, pure et transfigurée !
— Nous restons éblouis, devant le Saint des Saints...
Tressaillant aux accords des Cantiques divins !

Notre Mère !

O ma mère ! ô ma mère ! Enfin ! — A nous unie !
O vous tous, chers absents de la chère Patrie !
— O céleste lumière ! Angélique douceur !
Repos ! béatitude ! et l'extase du cœur !

CHANT LII

§ IV

LA PATRIE UNIVERSELLE !

———

« Tout près de Washington, rayonne Spartacus !! »
JACQUES FERNAND.

§ IV de la troisième partie du Poème :

L'AMOUR INFINI !

LA PATRIE DES AMES !

CHANT LII

§ IV

LA PATRIE UNIVERSELLE !

Les Pauvres et les Innocents !
Les Ames en peine !

Les pauvres délaissés... et les âmes en peine
Renaissent, à l'air pur.... à la clarté sereine !
— Oh ! les petits enfants, sur terre descendus...
Et déjà remontés !... Ils vont droit à Jésus...
Aux Anges se mêlant ! — La Vierge, à peine éclose,
Revient, ayant vécu ce que vit une rose !

Les Représentants de tous les Peuples...
de tous les Siècles !

Aristide, illustré par l'exil glorieux !
— Démosthènes, si grand par ses discours fameux !
Mais plus grand patriote ! — Aux armes, Thémistocle !
— O Socrate ! ô Platon ! — Phidias et Sophocle !

*
* *

La mère de Gracchus ! — Curtius ! — Scipion !
— Lucrèce et Virginie ! — O Régulus ! — Caton,
Le dernier des Romains... libre par suicide !
— Le Purgatoire expie un si noble homicide !

Washington et Spartacus ! !
Ashavérus !

Tout près de Washington, rayonne Spartacus ! !
— Même, aux pieds de Jésus, le juif Ashavérus...
Epuisé par mille ans de marche haletante,
Par le poignant remords de l'âme repentante !

Les Noirs fraternisent avec les Blancs !

Affranchis par le Christ... au Ciel par lui rendus,
Les Noirs, avec les Blancs, mêlés et confondus,
Tressaillent à ces mots: « Rédempteur ! Bonne Mère ! »

Polonais !

Le Polonais, proscrit, sans abri sur la Terre...
Retrouve une Patrie !... y revoit ses Héros !
— Souvenirs glorieux, consolant tous les maux !

Les Patriotes
et les Héros, les Martyrs de la Foi !

De la Patrie en deuil, de la Foi militante,
Les Héros, les Martyrs !... Légion triomphante !
— Geneviève t'embrasse et te serre la main,
Jeanne Darc ! — saint Louis !... Devant le Souverain,
Bayard s'incline ! — Et vous, orphelins... Votre père...
Vincent de Paul vous veille et vous aide sur terre !
— Avec Hoche et Marceau fraternise d'Assas...
Admirant Winkelried, Coclès, Léonidas !

Lettres, Sciences et Arts.
Les Hommes utiles.

Homère et Michel-Ange... et Dante... au grand Corneille
Ont souri ! — Raphaël, Virgile et Praxitèle
De Racine ont senti le vers harmonieux !
— Képler et Beethoven reconnaissent les Cieux !
—Daubenton ! Parmentier !... Oh ! vers vous, de la terre,
Le pauvre et l'affamé soupirent leur prière !
— Cuvier refait les morts ! — Et dans la Variété,
Geoffroy relit partout l'admirable Unité !

A. de Lamartine.

O Maître bien-aimé ! Le cœur m'a fait poète !
Et du cœur a jailli cette verve secrète !
— Voulant parler soudain le langage des Cieux...
Le vers balbutiait.... ce que je sentais mieux !
— Mais l'âme transpirait ! — Témérité touchante !
Même dans ses écarts, toujours attendrissante !
— O Maître ! tes malheurs m'avaient fait tressaillir !
J'ai voulu les chanter... et pour les mieux guérir.

***

Ils seront oubliés dans notre Grande Troie !
— A tes deuils si nombreux une ineffable joie
Doit succéder ! — Voici tes absents... tant pleurés !
— Humide encor des pleurs, hélas ! longtemps versés,
Ton regard, vers le Ciel, avec mélancolie
Se lève ! — Entre eux tous, vois !... vois ta fille chérie !

Le Baron de Barante,
Membre de l'Académie française.

Et toi, qui dirigeas mes pas mal assurés,
Sentis battre mon cœur sous mes vers effarés...
Barante ! — J'admirai l'Unité de ta vie !
— Ici tu vois, pour tous, l'Unité de Patrie !
— Pour tous, les mêmes fins ! pour tous, l'Égalité !
— Ni combats, ni douleurs ! mais la Fraternité !

CHANT LIII

§ V

L'AMOUR UNIVERSEL

ÉTERNEL!!

L'AMOUR DE DIEU!

L'AMOUR DES AMES!

Ego diligentes me diligo.
« J'aime qui m'aime! »
Princesse DE CROY.
Ecrit sur son livre d'Heures.

§ V De la troisième partie du Poème :

L'AMOUR INFINI!

DIEU! PATRIE! HUMANITÉ!

SOMMAIRE

Du Chant LIII...... du § V

De la troisième partie de ce Poème :

LA PATRIE DES AMES !

———

L'amour terrestre.
Nécessité de la chute prévue ! — et son but.
La Rédemption était obligée !
    La Justice divine.
Eve et Adam pardonnés !
Divine Comédie !
L'Amour céleste !
    L'amour des Ames !
    Sainte Thérèse !
Dieu est tout amour !
    Amour immense, infini, éternel !
Union de deux cœurs !
Fragilité des liens terrestres !
    Pas de lendemain !
Pour l'amour céleste : l'Eternité !
Action de grâces ! — Gloire à Dieu !
    Hosanna ! Gloire au plus haut des Cieux !

CHANT LIII

§ V

L'AMOUR UNIVERSEL. ÉTERNEL !

L'AMOUR DE DIEU !
L'AMOUR DES AMES !

———————

> *Ego diligentes me diligo.*
> « J'aime qui m'aime. »
> Princesse DE CROY.
> Ecrit sur son livre d'Heures.

L'Amour terrestre.

« Amour, tu perdis Troie ! » — Oh ! plus coupable encore,
Tu perdis notre Éden ! — Beauté, que l'on adore,
Tu fis notre malheur !... et nous te pardonnons !
— Tu cédas la première à ces tentations !
Tu flattas notre orgueil... en subissant nos charmes...
Et toi-même entraînée à nous rendre les armes !

De la nécessité de la Chute prévue !
et son but !

Le piége par Dieu même était si bien posé !
Tout militait si fort contre l'Humanité !
— Oui, tout nous imposait la désobéissance !

**
* **

Et même un si doux crime était prévu d'avance !!
L'Œuvre était si charmante ! et l'attrait si puissant !
Le but si manifeste !

**
* **

Oh ! l'homme, en succombant,
Louait l'œuvre et l'artiste !... et de sa destinée
Accomplissait la phase... à l'avance marquée !

**
* **

Pourquoi donc le punir ?... puisque le Créateur
De l'homme était complice, étant le Séducteur !!
— De l'homme Dieu voulait conquérir la tendresse...
D'un amour partagé gagner la douce ivresse !
— Par le sang de son Fils il conquit tous les cœurs !
Son Fils prit notre amour, en prenant nos douleurs !

*
*   *

Il fallait forcer l'homme à se rendre coupable,
— Lui prouver qu'il pouvait devenir rachetable...
— Du sacrifice ainsi faire sentir l'amour...
Punissant le péché, pardonnant tour à tour !

La Rédemption était obligée !
La Justice divine !

Le Seigneur a compris la chute trop facile...
Et, pour son but final, évidemment utile !
— Sa justice voulut racheter le pécheur !

*
*   *

Toujours nous exaltons de notre Rédempteur
La bonté si touchante ! — Il fut plus juste encore !
— Et surtout pour ce fait, le vrai chrétien l'adore !
— Ayant tendu le piége et provoqué le mal...
Il devait racheter un crime si fatal !

Ève et Adam pardonnés !

Nous, de ce vieux péché victimes innocentes,
Nous tous, qui l'expions, avec larmes brûlantes...

Oh ! tous nous pardonnons à nos premiers parents
La faute qui perdit leurs si nombreux enfants !
Nous aurions fait comme eux.. comme eux subi les charmes
Qui nous ont tant coûté de peines et d'alarmes !

*
* *

Puisque nous pardonnons… Dieu peut bien pardonner !
— Nous avons tant souffert ! — Mais loin de murmurer,
De cœur nous implorons la céleste clémence !
— Dans sa bonté, le Père est tout à l'indulgence !

Divine Comédie !

L'exil de notre Éden… et la Rédemption
Sont les actes d'un plan de large invention !
— Divine Comédie ! ô plan tout dramatique !
Adorable progrès !… final si poétique !

*
* *

La Liberté causa notre premier malheur !
La Liberté fonda toute notre grandeur !

*
* *

Dieu même, intervenant, fît perdre contenance
A ces premiers essais de notre indépendance !
— Mais ayant provoqué cette tentation...
Il paya de son sang notre complet pardon !
— Et disparut ainsi la tache originelle !

*
* *

Comme du jeune enfant le premier pas chancelle...
Nous avons chancelé, dans ce premier essor !
— Mais nous avons grandi !... devons grandir encor !
— Déjà la dignité, le mâle caractère
Ennoblissent le front de ce Roi de la Terre !
— Il marche, dans sa force et dans sa liberté !

*
* *

Pascal avait raison, jugeant l'Humanité :
« C'est toujours le même homme ! et toujours il progresse !
« Et ne mourant jamais ! » — Souffrir est sa noblesse.

L'Amour céleste !
L'Amour des Ames !
Sainte Thérèse !

Contemplative extase ! — Élans d'amour divin !
Comment vous exprimer dans le langage humain ?
— Thérèse a fait sentir ces ivresses des âmes !
Mais la Sainte a brûlé des plus ardentes flammes !
— Amour de Dieu, si pur et si tendre à la fois !
O bonheur ineffable ! — Et nous restons sans voix !

Dieu est tout amour !
Amour immense, infini, éternel !

Dieu lui-même l'a dit : « Toujours j'aime qui m'aime ! »
—Pour lui, rien sans l'amour ! C'est son bonheur suprême !
— Il contient, dans ses yeux, dans ses embrassements,
L'infini de l'espace et l'infini du Temps...
Et l'infini du cœur ! !

*
* *

L'innombrable famille
Qu'il donne à son amour... et qui partout fourmille...
Tous les Etres créés, tous les Etres futurs...
—Les faibles et les forts — grands et petits — les purs

Et les purifiés — Marthe, Ève et Madeleine...
— Le bon Riche et Lazare — et la Samaritaine...
— Les petits Samuels priant sur les tombeaux,
Des mères tant pleurés ! — Et leurs frères si beaux,
Les petits chérubins, la tête entre deux ailes !
— Tels les sables des mers... des cieux les étincelles...
L'Ange et l'Ame groupés, comptés par milliards,
Ardents, sur un seul point concentrent leurs regards !

*
* *

Innombrables regards, fixés sur notre Père,
Foyer de tant d'amour... et centre de lumière !
— Il les réfléchit tous !... attirant, absorbant
Ces effluves des cœurs — lui-même tressaillant !

*
* *

Regards de l'innocence... ou d'un amour plus tendre,
Mais toujours pur ! — Aimer... et le faire comprendre !
Et se sentir aimé ! ! — Bonheur du Créateur...
Et de la créature, admirant son auteur ! !
— Des Ames et de Dieu la mutuelle extase ! !
O Contemplation, qui jamais ne se lasse !

16.

Union de deux cœurs !

O maîtresse du cœur !... se lasse-t-on jamais
De fixer ton regard !... d'analyser des traits
Cette mobilité, toujours neuve et charmante !...
— Qui vient nous assombrir... et soudain nous enchante !
— Qui nous perce le cœur... et soudain le guérit
Par le plus doux sourire ! — éloigne... et nous séduit !

*
* *

Aux nuages légers de physionomie...
Succède tout à coup la piquante éclaircie !
— Aux sinistres éclairs... un rayon de soleil !
— L'heure s'envole ainsi ! — Le jour suit tout pareil !

Fragilité des liens terrestres !
Pas de lendemain !

Hélas ! que nous souffrons pour notre bien-aimée !
— Comme, au moindre point noir, notre âme est agitée !

*
* *

*
* *

Que d'exemples cruels motivent la frayeur !
— Combien de fiancés, au seuil de leur bonheur,
Ont vu tomber du front cette blanche couronne,
Qui promettait si bien tout ce que l'amour donne !!
— Toujours tremble le sol, sous le pas incertain !
— Pour nous, que de soucis ! — Et pas de lendemain !

Pour l'amour céleste!
l'Éternité!

Seigneur! de votre amour... sans crainte qui l'oppresse,
L'âme peut savourer cette adorable ivresse !
— Pour elle et vous, nul trouble ! A vous l'Eternité !
— Sur ce roc, l'amour vrai fonde son unité !

Actions de grâces!
Gloire à Dieu !
Hosanna! Gloire au plus haut des Cieux !

Seigneur! je vous adore! — Et vous dites vous-même
Cette douce parole... à tous: «J'aime qui m'aime ! »

— Vous m'aimez !… je le sens ! — Oui, vous avez béni
Ce poème, inspiré par l'amour infini !

*
* *

Que de fois, ô mon Dieu ! de cœur je vous visite,
En visitant votre Œuvre ! — Et sur vous je médite !

*
* *

J'admire Homère et Dante…en lisant leurs beaux vers!
Phidias, Beethoven…qui m'ouvrent l'Univers !
— J'aime Claude Lorrain, Raphaël et Corrége…
En voyant ces tableaux… leur séduisant cortége !

*
* *

Admirant le tableau…j'admire son auteur !
— Dans les êtres créés… j'aime le Créateur !
— Sculpteur, peintre, harmoniste, architecte et poète..
Il est la grande source, où puise l'âme honnête !
— Foyer universel de l'éternel amour !
— Le Maître… mais le Père !

*
* *

Oh ! quand viendra le jour
Où je pourrai monter… et vous voir face à face,

O mon Dieu ! — J'entrevois dans ces champs pleins de grâce !
Dans le ciel scintillant, parsemé de clous d'or !
— L'Univers est votre ombre ! — Et brille plus encor
La céleste Clarté !

*
* *

L'adorable lumière !
´ Fixe, et sans éblouir, les âmes en prière !

*
* *

Gloire ! gloire au Seigneur ! — Il est le Tout-Puissant,
Qui soutient et régit le monde obéissant !
— Et le Dieu du *Pater!!*... que l'enfant balbutie...
Que le pauvre malade épèle, à l'agonie !
Que soupire l'esclave, écrasé sous l'effort !
Que murmure le mousse attendu dans le port !

CHANT LIV

§ VI

ÉPILOGUE

MÉDITATION!

Petite voile blanche, où vas-tu ?
A Dieu !
(Poésie mystique.)

Felix qui potuit rerum cognoscere causas !

---

§ VI De la troisième partie du Poëme :

L'AMOUR INFINI !

DIEU! PATRIE! HUMANITÉ!

SOMMAIRE

Du Chant LIV.... § VI

De la troisième partie du Poème :

LA PATRIE DES AMES !

———

§ A

La Patrie des Ames !
Révélations nouvelles !

§ B

LA CRÉATION !

Le Monde physique. — Le Règne humain.
Tout est bien. — Les Générations spontanées.

§ C

LA DIVINE COMÉDIE !

Le Plan divin. — Le Monde moral.

§ D

DIEU !

§ E

La dernière heure !

§ F

La dernière pensée !

§ G

POÉSIE MYSTIQUE !

Petite voile blanche, où vas-tu ? — A Dieu !

§ A

LA PATRIE DES AMES !

——

Nous avions écrit les premiers vers de ce dernier chant. — Mais notre plume s'arrête. — Nous montions dans les hauteurs lumineuses de l'Empyrée !... — Nous entrevoyions la Patrie céleste ! — Ne cherchons pas à la décrire. — Ne nous égarons pas sur les traces de Dante ! — A lui, à ce divin Génie les visions sublimes ! — Et le regard de Béatrix le guidait, du centre de l'Empyrée, qui nous éblouit, nous anéantit dans une muette admiration !

Révélations nouvelles!

Dans la Patrie céleste... l'Œuvre de Dieu, rayonnant de splendeur, apparaît aux grands esprits, qui ont donné leurs veilles et leurs études, aux méditations profondes!

* *
*

Les courbes et les ellipses, que décrivent les planètes et les comètes, n'ont plus de mystères pour Kepler, Newton, Laplace, Arago ! — Cuvier, Étienne et Isi-

17

dore Geoffroy Saint-Hilaire voient face à face les transformations successives du globe — et les manifesta-
tions de cette admirable unité dans la variété ! — Aux
yeux de Lavoisier, de Becquerel et de Cordier... tous
les voiles de la chimie, de la physique et de la géologie
se lèvent !

*
* *

Dans les contemplations perpétuelles de ces nobles
génies... toujours de nouvelles révélations !

Quel beau spectacle !... ce développement continu
de la science, entrevue sur la terre... ouvrant tous ses
mystères dans les Cieux !

Le Monde des Infiniments grands, le Monde des détails, des infiniments petits... compléta les découvertes
du télescope et du microscope.

§ B

LA CRÉATION !

UNITÉ... SIMPLICITÉ... DU MONDE PHYSIQUE
L'UNITÉ, DANS LA VARIÉTÉ !
L'ÉTHER , UNITÉ GAZEUSE... UNITÉ UNIVERSELLE !
LE RÈGNE HUMAIN

TOUT EST BIEN !

LES GÉNÉRATIONS SPONTANÉES

Toute la grandeur de la Création — du Monde physique... et du Monde moral — repose sur l'Unité... la simplicité — sur l'Unité, dans la Variété !

La simplicité a toujours été le signe de la vraie grandeur... dans les conceptions... dans les actions diverses !

Elle est sublime, dans le plan divin !

Le Monde physique.

Etienne Geoffroy Saint-Hilaire a prouvé, pour le règne animal... l'Unité, dans la Variété.

Son fils Isidore a développé, vulgarisé ce principe admirable.

Et ces deux noms immortels resteront attachés à ce principe, qui répand une si grande lumière dans cc règne de la Création !

*
* *

Pour le Règne végétal: le même principe est plus facile à constater.

Pour le règne minéral : il est bien établi... que le globe terrestre tout entier peut se gazéifier... s'évaporer comme un gaz ! — retourner ainsi à son état primitif... à l'état gazeux !

Et l'on aurait même pressenti l'unité gazeuse dans l'*éther*... dans ce fluide qui remplit l'espace, au delà de notre atmosphère ! et qui forme l'azur... paraît bleu, par un double effet de distance et de lumière — comme les montagnes, dans les perspectives lointaines des paysages... grâce à l'air ambiant, qui les enveloppe !

*
* *

Toutes les planètes, tous les soleils, les nébuleuses et les comètes pourraient se gazéifier... s'évaporer comme un gaz ! — Et retourner ainsi à leur état primitif.

Etat gazeux... qui constituait ce que l'on appelle poétiquement : le *chaos*...

Non pas:

. . . . *rudis indigestaque moles...*
comme dit le poète des *Métamorphoses.*

Non pas... *une rude masse.*—Mais, d'après la science
moderne, un état gazeux, universel... et qui aurait son
Unité : — l'Ether.

De ces aperçus, il résulte une admirable simplicité,
une merveilleuse Unité universelle, dans une variété
infinie !

Et plus la simplicité apparaît... plus se creuse la profondeur de la Conception !

Ce n'est plus le chaos ! — La conception du plan divin sort des ténèbres, toute radieuse... éclairée dans
toutes ses parties !

Et malgré cette simplicité apparente, le Mystère
conserve des voiles ! — Voiles nécessaires... et pleins
de charmes, de séductions !

Comme le voile qui laisse entrevoir la beauté, deviner mille grâces ravissantes... et qui surexcite ainsi
l'imagination rêveuse !

Les lois astronomiques de Képler et de Newton...
sans rien perdre de leur grandeur... ne sont plus qu'au

second plan — rapprochées de ce principe de gazéification universelle... d'évaporation de tous ces Mondes
— principe qui peut rendre inutile l'application de
ces lois sublimes !

Le Règne humain !

Un règne, pour ainsi dire nouveau, s'est dégagé du
règne animal.

C'est le *règne humain*.

Déjà, grâce à M. Serres, de l'Institut, et professeur
célèbre d'anatomie comparée... ce règne a son Musée
magnifique, à Paris (au Jardin des Plantes).

*
* *

La science a montré l'abîme qui sépare ce règne et
le règne animal — séparation pressentie et chantée
par les poètes anciens :

« *Os sublime dedit, vultumque ad sidera tollit !* » dit
Ovide.

Son visage sublime est levé vers les Cieux !

*
* *

La Science, d'accord avec la foi chrétienne, a constaté, par des preuves irrésistibles, l'Unité du règne
humain !

De nombreux savants... et surtout Etienne et Isidore Geoffroy Saint-Hilaire... et tout récemment M. Trumeaux, dans de longs Mémoires lus à l'Académie des Sciences, — de grands écrivains ont prouvé l'*Unité humaine!*

Isidore Geoffroy terminait une de ses brillantes leçons, à la Sorbonne... par ces mots évangéliques... et qui auraient fait tressaillir les Noirs :

« Nous sommes tous frères ! »

***

Ainsi donc, Unité animale... et Unité humaine! — Unité végétale... et Unité minérale ! — Partout Unité et simplicité ! — Partout l'Unité dans la Variété.

Et comme tout sort de gaz liquéfiés, solidifiés, — comme tout peut retourner à l'état primitif, à l'état gazeux...

L'Unité gazeuse serait l'Unité universelle. — Et cette Unité gazeuse... serait l'Ether, grâce à son mouvement vibratoire. — L'Ether serait l'Unité universelle du Monde physique, — et le Soleil serait la source.

Nota. — Dans l'*Annuaire scientifique,* M. P.-P. Dehérain dit :

« Le mouvement vibratoire de l'Ether tend à deve-
« nir le véritable Roi de la nature physique. — Le

« Soleil nous apparaît comme la source, non-seulement
« de la chaleur, de la lumière et de l'électricité, qui
« existent sur le globe... mais encore de tout mouve-
« ment qui s'y agite. »

Tout est bien !

La science a prouvé que l'enveloppe du Globe terrestre n'est qu'une agglomération de gaz solidifiés, —
que la terre et les autres mondes peuvent s'évaporer
comme un gaz, — que toute la Création peut ainsi revenir à son état primitif : à l'état gazeux.

* *

Les époques successives de la Géologie sont mar-
quées par autant de transformations.

Cette transformation, produite par la gazéification de
l'Univers, doit-elle avoir lieu ? Le Créateur voudra-t-il
ainsi anéantir son plan divin ? le laisser tout entier s'é-
vaporer ? et créer un plan nouveau ?

Comme un artiste, qui aurait tracé une esquisse... et
la déchirerait... pour dessiner une composition plus
belle.

* *

Nous n'avons pas la rêverie germanique... souvent
elle s'évapore en fantaisies insaisissables.

Grâce à Dieu ! nous avons toujours conservé la clarté, la netteté de l'esprit français... et sa logique lumineuse.

Pour les questions multiples, qui touchent à la création du monde physique — à ses Révolutions — à ses transformations successives ou soudaines... partielles ou totales...

Nous ne voulons pas nous égarer... comme le génie allemand... dans des hypothèses, qui décèlent une grande puissance de conception, — mais qui ne sont souvent que des imaginations aventureuses.

Nous nous cramponnons à ces deux Instructions de la Foi et de la Science :

*
* *

La Genèse écrit : « A la fin de chacune des six jour-« nées... le Seigneur observa son œuvre... et dit : « C'est bien ! »

Le Créateur est satisfait de son Plan... — Il ne le changera pas.

D'un autre côté :

La Géologie indique un progrès constant, à la suite de chacune des transformations qui marquent ses diverses époques.

Toutes tendent à préparer une habitation convenable à l'Homme.

Et l'Homme n'apparaît qu'au moment où tout est prêt... pour recevoir le Roi de la Création !

17.

*
* *

Le Monde, tel qu'il est, suffit au Plan divin. — Et le Créateur n'avait pas besoin d'esquisse, d'ébauche, d'essais préparatoires!

« *Fiat lux! — et lux facta est!* »

« Que la Lumière soit! — et la Lumière fut! Du premier jet, *tout est bien!*

Les Générations spontanées.

Le docteur Pouchet a soulevé cette question intéressante, qui agite le Monde savant : les *Générations spontanées*!

Chaque révolution géologique est nettement caractérisée par la disparition d'animaux et de végétaux enlevés par le précédent cataclysme — par l'apparition d'animaux et de végétaux tout nouveaux, que l'on n'a vus dans aucune *Epoque* antérieure.

Ces animaux et ces végétaux tout nouveaux seraient donc des créations nouvelles. — Chaque Epoque géologique aurait ses créations nouvelles. — On aurait eu des créations successives.

L'Homme même, qui n'a paru qu'après toutes ces Révolutions géologiques... et leurs créations spéciales —l'Homme est une création nouvelle.

Dieu a employé six jours pour la création universelle — pour ces créations successives. — La Lumière a jailli, comme la pensée du Créateur!! mais elle est un de ces jaillissements successifs qui ont rempli les six Journées. — La création universelle n'a pas brillé d'un *seul* jet.

Mais il y a loin de ces créations *complémentaires* — et perfectionnées pour le but final, — à ce jaillissement continu de *générations spontanées*. Ces créations COMPLÉMENTAIRES et perfectionnées ne pouvaient apparaître avant les Époques géologiques où elles ont jailli! — Elles ne pouvaient être perfectionnées... qu'en attendant et suivant les progrès du milieu atmosphérique des diverses époques.

L'atmosphère brûlante, qui enveloppait la terre, dans les époques primitives, n'aurait pas été en harmonie avec l'organisme des Êtres, qui ne pouvaient vivre... qu'après un refroidissement convenable. — Ainsi, pour l'Homme.

Non-seulement l'air ambiant devait descendre à un degré proportionné à cet organisme, mais le milieu où ces Êtres nouveaux devaient apparaître, avait besoin de modifications essentielles pour la nourriture et toutes les exigences vitales de ces Êtres : Pureté de l'air; pas d'excès d'humidité, etc., etc.

A la fin de la sixième Journée, Dieu a dit : « C'est bien. » — La création était complète.

Les Journées de la *Genèse* répondent aux Epoques géologiques. — Quand le Domaine de l'Homme a été tout prêt pour le recevoir... l'Homme a paru. — Ces journées, ces époques, nécessairement successives, sont logiques... ont leur raison d'être. — Le but de la création était l'installation de l'Homme. — Il ne manquait rien à son Domaine, quand il en a pris possessiou !

Quelle serait la raison d'être... quelle serait la cause logique de ces générations spontanées, — de ces créations posthumes ?

§ C

LA DIVINE COMÉDIE!

LE PLAN DIVIN!

ORIGINES DU MONDE MORAL. — ORIGINES DU MONDE PHYSIQUE.
LE MONDE MORAL. — L'ÉTERNITÉ DES PEINES ! ! !
SIMPLICITÉ DANS LE MONDE MORAL...
COMME DANS LE MONDE PHYSIQUE
LE DRAME DE L'HUMANITÉ ! — LE MONDE HISTORIQUE

Origines du Monde moral.

« L'Ennui naquit un jour de l'Uniformité ! »

Dieu s'ennuyait de son isolement monotone. — Même au sein de sa toute-puissance, le vide du cœur était trop grand !

Dieu ne pouvait rester seul ! — lui, l'amour même ! — lui, ayant un si grand besoin d'aimer.... et d'être aimé ! — Aimant, il aspirait à un amour partagé !

*
* *

Le but final du plan de Dieu... est de se créer une famille... infinie, comme son amour — animée, pour lui, d'une tendresse réciproque. — C'est la famille humaine, qui doit être aussi nombreuse que les Étoiles du Ciel, que les grains de sable de la mer !

*
* *

Et déjà toutes les âmes qui ont quitté cette Vallée de larmes — l'entourent de leur amour le plus tendre ! — Et jusqu'à ces tout petits enfants, semblables à ces petits Anges... n'ayant que la tête... encadrée d'ailes — ces enfants qui remplissent les places réservées de nos cimetières — et que leurs mères désolées ont embellies d'emblèmes si touchants... et surtout de petits Samuels à genoux ! — On dirait nos pauvres Bambini eux-mêmes agenouillés sur leur petit cercueil, et priant Notre Père, qui leur sourit, les bénit avec attendrissement !

Et successivement de nouvelles Ames quittent la terre et vont augmenter le cercle immense d'amour, dont le centre est Dieu même... rayonnant sur tous les points de la circonférence !

Et ainsi les siècles ajouteront sans cesse des Ames nouvelles ! Et ainsi de nouveaux cercles d'amour envelopperont sans cesse les cercles antérieurs — et le rayonnement central de Dieu se prolongera sur tous les nouveaux cercles... de regards ardents, fixés sur lui !

O l'abîme infini de cet amour divin, partagé par des milliards d'Ames et d'Anges, qui se plongent dans les ravissements de l'Extase !

O l'abîme infini du cœur de Notre Père, qui absorbe tous ces tendres regards, et qui en réfléchit la tendresse dans ces cœurs innombrables, pressés autour de lui !

*
* *

Dieu a dit : « J'aime qui m'aime. » — Mais Dieu ne peut aimer que ceux qu'il estime. — Il veut une famille digne de lui !

Et la Liberté peut seule conquérir cette force vitale de l'amour vrai : l'estime !

Et le Progrès humanitaire peut seul développer cet amour réciproque !

Liberté, progrès infini, estime : telles sont les nécessités de l'amour infini ! telles sont les origines bien simples du Monde moral !

*
* *

Et le Progrès constant est manifeste !

— Pascal l'a bien compris... lorsqu'il a écrit cette belle pensée:

« Le genre humain est un homme, qui ne meurt « jamais... et qui se perfectionne toujours! »

*
* *

Toutes les grandes, toutes les saintes actions.... tous les dévouements et les sacrifices... sont autant de nobles degrés vers cet amour réciproque... les vrais degrés de l'Échelle de Jacob, qui monte jusqu'aux Cieux !

Et quand une sainte Thérèse et tant d'autres âmes, nuit et jour, au fond de leur cellule, restent plongées dans l'extase de l'amour divin...

C'est le bonheur même du Ciel, par anticipation! C'est un avant-goût, pour Dieu même et pour les âmes... de cet amour partagé, de cette félicité sans limites... éternelle !

Origine du Monde physique.

Voulant créer cette famille, digne de son amour... et qui doit être aussi nombreuse... que les grains de sable de l'Océan... que les Étoiles du Ciel...

Dieu devait former d'abord une habitation convenable et digne de sa famille.

*
* *

De là, ce Monde physique si admirable ! — De là, ces longues et successives époques géologiques — qui ont dégagé des gaz universels... un globe d'abord liquide... puis solide — qui ont rendu l'air ambiant respirable — qui ont abaissé la température ardente... au degré convenable, pour la constitution du corps de l'Homme... et pour la production des aliments nécessaires.

Et quand le Règne végétal fut prêt pour fournir ces aliments — quand le Règne animal put librement se développer — et n'attendant plus que son maître — le Règne humain commença.

*
* *

Le Roi de la Création (et son but) a planté sa tente dans cet Éden.

Les Astres ont été créés pour éclairer ses jours et ses nuits — pour le diriger dans ses courses maritimes et lointaines — pour l'attirer vers cette Patrie des Ames... qui est le final si poétique de la divine Comédie !

Le Monde moral.

Nous n'avons jamais cherché à nous représenter cette Patrie céleste... où nous retournerons tous... après avoir longtemps suspendu nos Harpes aux rives du fleuve de l'Exil! — *Super flumina Babylonis!*

⁎
⁎ ⁎

Tout en admirant les visions sublimes de Dante... sur cette Patrie si désirée... sur le Purgatoire et l'Enfer — nous ne voulons pas le suivre sur ce triple terrain. — Les Cercles de l'ENFER révèlent une imagination puissante — mais ils ont l'empreinte d'un siècle moins avancé que le nôtre. — Ce luxe raffiné de peines matérielles n'est pas de notre temps.

La vision de Milton est plus belle et plus pure. — Elle est de tous les siècles. — Le supplice des damnés est de voir le Ciel ouvert et le bonheur des Elus, sans pouvoir les partager! — Peine toute morale!... et grandiose, comme la conception du drame divin!

⁎
⁎ ⁎

Nous avons foi aux Principes — mais nous attendons, avec confiance, le grand jour où notre âme verra face à face les Réalités!

*
* *

Nous croyons au Purgatoire... à cette Purification nécessaire de toutes nos souillures. — Les âmes ne peuvent reparaître devant Dieu, que dans la blancheur, dans la pureté primitive, qu'elles avaient en quittant le Ciel! — Cet amour réciproque des Ames et de Dieu... et qui est le but final... ne peut avoir lieu qu'après cette Purification... qui rendra les Ames dignes de l'affection de Notre Père!

L'Éternité des Peines ! ! !

Le temps à passer dans le Purgatoire, est variable — comme l'état des Ames.

Autant d'Ames... autant de degrés de pureté, de souillure, de repentir...

*
* *

Pourquoi le temps à passer dans l'Enfer, ne serait-il pas aussi variable, suivant l'état des Ames?

« Ainsi que la Vertu, le Crime a ses degrés! »

Et le repentir — à peine sensible, dans les entraînements de la passion... dans l'aveuglement de la vengeance — peut se développer... quand la passion

et la vengeance sont assouvies! — Le remords peut
grandir, devenir poignant! — L'expiation peut atteindre le niveau du crime! — et même le dépasser!

* *

Pourquoi des peines éternelles? Pourquoi ces mots
terribles, écrits par Dante, sur les portes de l'Enfer:

LASCIATE OGNI SPERANZA!!
Plus d'espérance!

* *

Toutes les Ames étaient blanches et pures, en des-
cendant sur la terre!

Dans chaque Ame, il doit rester au moins une étincelle cachée!

Cette étincelle peut jaillir... et les saintes et pures
ardeurs peuvent se développer. — La transformation
complète peut avoir lieu! — Le retour à l'état primitif peut se réaliser!

* *

La victime d'un attentat criminel ne souffre que
temporairement. — Et si elle est lancée, par le cou-

pable, dans l'Éternité bienheureuse... elle oublie les douleurs de la Terre !

Pourquoi cette disproportion effrayante, entre les effets temporaires du Crime... et sa punition éternelle ?

Surtout, lorsque le criminel peut arriver à ce degré de remords et de repentir, qui fait dire à l'Evangile ces paroles sublimes :

« Le retour d'une âme repentante donne plus de « joie au Ciel... que la présence des saints. »

*
* *

En quittant la terre, des Ames entrent dans le Purgatoire — et avant de monter dans l'Empyrée... passent, dans les Purifications, un temps proportionné à leurs progrès.

Pourquoi la porte de l'Enfer ne resterait-elle pas entr'ouverte... comme celle du Purgatoire ?

*
* *

Nous croyons à l'Éternelle Justice — à la nécessité de la punition temporaire et proportionnelle du crime.

Et le châtiment est inévitable. Car le Grand-Juge a dit :

« C'est à moi qu'appartient la vengeance et je m'en acquitterai ! »

Et la vengeance doit châtier! L'expiation doit au moins atteindre le niveau du forfait.

*
* *

Mais que de fois aussi Jésus a dit :

« Allez en paix et ne pêchez plus! »

Le repentir de l'Enfant prodigue et de la femme adultère l'a touché !

*
* *

La Vengeance de la Justice peut avoir des limites. — Et quand le châtiment est trop disproportionné avec le crime — ce n'est plus la Justice! — c'est la Vengeance aveugle !

Quelle disproportion — entre le Temps, pour les douleurs de la Victime — et l'Éternité, pour la punition du Criminel! — surtout quand le remords peut s'ajouter au châtiment!

*
* *

Nous prions Notre Père de nous éclairer sur cette question redoutable... de l'Éternité des Peines !

Nous pensons à son amour, à sa bonté infinie, à sa clémence — qui ne doit pas dégénérer en faiblesse — qui doit respecter ses devoirs de Grand-Juge, de Vengeur du petit, du faible et de l'innocent opprimés, —

mais qui désarme sa vengeance, quand elle atteint le niveau du crime... quand l'expiation et le remords vont dépasser ce niveau !

*
* *

Dieu nous a donné ce modèle admirable de prière :

« Pardonnez-nous nos offenses, comme nous pardon-
« nons à ceux qui nous ont offensés ! »

Nous allons quelquefois plus loin ! Nous prions pour nos bourreaux ! — Abel aurait prié pour Caïn !

Et, même en pensant à ces bourreaux... nous demandons l'abolition de la peine de mort — dans l'espérance d'un repentir sérieux, d'un pardon ultérieur possible ! — pour ces âmes descendues des cieux, blanches et pures... et que le crime a souillées, rougies du sang innocent... mais qu'un remords sincère peut rendre à leur blancheur, à leur pureté primitive !

Ainsi, dans l'ordre chimique, agissent les réactifs décolorants !

*
* *

Cette espérance d'un pardon ultérieur est partagée par le Prêtre vénérable qui offre le Crucifix aux baisers ardents du supplicié... sur les marches de l'échafaud !

Et le Prêtre embrasse avec effusion, avec attendrissement, le criminel qui va mourir,— et quelque grand, quelque monstrueux que soit son crime ! !

Et il lui montre le Ciel !... et l'espérance, pour le repentir ! !

*
* *

Sur la Croix, Jésus a dit : « Mon père, pardonnez-leur ! »

Sur l'échafaud, Louis XVI a sollicité le même pardon pour ses ennemis, pour ses bourreaux !

*
* *

Oh ! loin de nous tout attendrissement dangereux pour la société !

Notre attendrissement est tout à la victime !

Et nous voulons la punition sévère du coupable.

Mais nous voyons, dans le criminel, une âme descendue sur terre, blanche et pure, et qui peut remonter au Ciel, purifiée par le repentir et le remords.

Par cette seule raison... nous désirons l'abolition de la peine de mort, pour préparer le remords et le repentir, qui peuvent amener le pardon ! — Et le pardon ultérieur nous semble possible !

Par cette seule raison, nous ne pouvons comprendre

l'Éternité des peines — et nous croyons que la Porte de l'Enfer peut rester entr'ouverte, comme celle du Purgatoire.

*
* *

L'Enfer sera une Purification plus longue — nous ne disons pas plus douloureuse. — Nous ne cherchons pas les détails de cette Purification. — Nous admirons les beaux vers de Dante et cette imagination inépuisable qui traverse tous les cercles de la souffrance, — mais nous ne croyons pas que le Dieu de bonté, d'amour.... ait perfectionné les tortures de l'Inquisition !

Nous ne croyons pas à la douleur physique de l'Enfer.

Mais, sans nous égarer dans des rêveries inutiles, nous croyons à la douleur morale.

Il y a dans le *Paradis Perdu*... de Milton — un passage sublime.

Satan contemple le Ciel entr'ouvert... et l'extase des Ames bienheureuses.

Des abîmes infernaux, il ne peut remonter dans cette patrie, qu'il regrette !

Et sa douleur est plus grande que son crime ! — Et ce bonheur des Ames et des Anges, ce bonheur qu'il voit et qu'il ne peut partager, est son supplice !

18

*
* *

Un tel supplice, prolongé, peut faire naître et développer le repentir... et produire cette Purification, qui doit être le but de toutes les peines !

Un supplice, qui n'aurait pas ce but, et qui serait éternel... serait une vengeance invraisemblable... et que nous n'oserions qualifier !

*
* *

Si nous nous trompons dans toutes ces appréciations, — notre conscience appelle la lumière !

Mais il y a de ces erreurs généreuses, que Dieu pardonne ! — Et les nôtres ne résultent que de notre conviction profonde, inspirée par l'amour infini de Notre Père !

*
* *

Et ces quelques lignes, qui se présentent à nos yeux, en ce moment, semblent placées là, pour confirmer les épanchements de notre cœur !!

« L'Evangile est rempli de paroles de mansuétude et
« de miséricorde.

« Ce ne sont pas les Ministres de l'Évangile, ceux qui
« ont prêché la Saint-Barthélemy !

« Les vrais Ministres de l'Évangile : ce sont les Evê-
« ques d'Orthez, de....., de....., qui ont ouvert leurs

« cathédrales aux Protestants, pour les préserver du
« massacre ! »

Ces Évêques représentaient le bon Pasteur rapportant sur ses épaules la Brebis égarée, arrachée par lui aux épines et aux ronces des buissons, qui la déchiraient !

Ce bon Pasteur ne peut condamner les autres Brebis égarées à des peines éternelles, et sans un but utile : la Purification !

Nota. — La Politique, plus que la Religion, a ordonné ce massacre de la Saint-Barthélemy.

Simplicité dans le Monde moral comme dans le Monde physique.

La simplicité de la Foi chrétienne produit, dans le Monde moral, les effets que la science a constatés dans le Monde physique.

Toutes les fantaisies des Mythologies diverses se sont évanouies... à la Lumière de la Foi nouvelle. — Les charmants caprices de l'Imagination... et les Terreurs inspirées par les Ténèbres... ont fait place à l'Unité Divine, qui rayonne dans son admirable simplicité... chasse tous les fantômes, — comme le Soleil chasse toutes les inquiétudes de la nuit !

Le drame de l'Humanité!
Le Monde historique.

Et ce grand drame de l'Humanité... esquissé par Bossuet, par Dante, par tant de divins génies... se résume dans ces mots :

« L'homme s'agite... et Dieu le mène ! »

*
* *

Et là-haut, ces Génies suivent les développements de ce drame magnifique — en approfondissent les causes et les effets — comprenant mieux cette mystérieuse alliance de la Liberté humaine... et de cette agitation, menée, dirigée par Dieu ! — assistent à ce Progrès continu, qui transformera successivement les dispositions des esprits... civilisera l'Univers... fondera la Paix universelle... fera de la terre un jardin... et de tous les Hommes une seule famille par le cœur, comme elle l'est par le sang... heureuse sous les yeux de Notre Père !

*
* *

Tel est le cadre. — Et Dieu dirige toutes nos agitations pour former ce cadre merveilleux du drame !

Mais la Liberté reste complète aux Acteurs... pour remplir la Scène !

Cette Liberté produit les vertus saintes, les grandes actions, les dévouements, les sacrifices... qui élèvent les âmes à la hauteur de l'amour infini, éternel, de Dieu! — amour partagé par elles, dans la Patrie Céleste!

Et cet amour partagé... est le final de la Divine Comédie!

Pour cet amour seul... la Création de l'Univers! — Pour cet amour seul... le grand drame de l'Humanité! — le Monde moral et le Monde physique: tout est animé par cet amour de l'innombrable famille des Ames et de Dieu!

*
* *

P.-S. Ce qui est surtout admirable, dans cette alliance de la Liberté humaine... et de la Direction divine, vers le but final, — c'est le développement libre, illimité, des caractères, des aspirations du génie... de ces vertus qui transfigurent l'Humanité! — L'Homme doit réellement sa grandeur à lui-même... à sa volonté tenace, héroïque! — Et c'est là ce qui le rend si digne de l'amour de Dieu... de cet amour réciproque, fondé sur l'estime mutuelle... et par cela seul, inébranlable, éternel, infini!

§ D

DIEU

Eterno, immenso, incomprensibil' Dio !
Mosè — (Rossini).

———

Quand, sur le Ciel noir, rayonnent les Constellations étincelantes — nous nous absorbons dans l'infini !

Au delà de Jupiter, de Saturne, de Neptune... qu'y a-t-il ?

Au delà de ces Étoiles lointaines, de ces Nébuleuses, qui forment la voie lactée, — qu'y a-t-il ?

L'Infini ! — qui nous écrase ! Sur notre tête... sous nos pieds, à droite et à gauche de nous — de tous les côtés de l'Infini !

Nous restons là, comme suspendus, anéantis... entre ces abîmes ! !

*
* *

Et cependant il y a quelque chose de plus effrayant pour l'imagination ! c'est Dieu qui contient et embrasse tous ces infinis de l'espace... comme il embrasse l'infini du Temps et l'infini du cœur (1) !

Dieu, qui a toute la science de Newton, de Monge, de Berzélius, de Cuvier et des Geoffroy Saint-Hilaire !

Dieu, qui est plus grand Peintre que Raphaël, Léonard de Vinci et le Poussin !

Dieu, qui réunit toutes les harmonies de Glück et de Meyerbeer.

Dieu, qui est plus grand Poète que Dante, Homère, Corneille et Shakespeare !

Dieu, qui remplit tous les infinis de la science, de la Peinture, de la Musique, de la Poésie... et qui atteint l'Idéal en tout. — Lui, la source éternelle de l'Idéal !

Dieu, qui remplit tous les abîmes du cœur, sondés par Madeleine repentante et par sainte Thérèse.

Unum necessarium !

Dieu seul ! Dieu seul ! Dieu seul !

*
* *

Incomprensibil' Dio !

Il est incompréhensible ! — Ne cherchons pas à le comprendre !

---

(1) ....D'un regard, il embrasse..... « le Passé, le Présent et même l'Avenir ! » Dieu lit, d'un seul regard, toutes les pages de tous les volumes de la Bibliothèque Richelieu et des bibliothèques du monde. — Cette pensée nous donne la mesure approximative de cet infini qui nous confond et nous épouvante !

Nous l'entrevoyons, dans ses œuvres... nous le sentons, au fond de notre cœur !

Comme Psyché... ne cherchons pas à connaître le sublime inconnu ! à le voir face à face !

Il s'est montré à Moïse, dans le buisson ardent. — Moïse a été ébloui ! — Il n'a pu que l'entendre et recevoir ses ordres... et les tables éternelles de la Loi !

*
* *

Les Ames seules pourront le contempler, dans l'Empyrée du Dante — et sans trouble — dans le ravissement de l'extase !

Encore les derniers voiles ne tomberont pas! — Le Mystère, dans l'amour, est un charme tout-puissant ! — Il en est la vie, la force latente, l'attrait conservateur!! Psyché l'a compris trop tard! — Et Dieu pourrait craindre... comme dans l'allégorie de la Fable... de consumer, d'anéantir ceux qu'il aime, et qui oseraient le contempler de trop près !

*
* *

Si le Monde physique et le Monde moral nous étonnent, dans leur profondeur mystérieuse... et nous confondent, dans leurs magnifiques développements !

Si l'œuvre de Dieu nous anéantit dans l'admiration...
nous séduit par tant de charmes !

Que doit être Dieu lui-même !!

Quelle idée aurons-nous de l'auteur des célestes Harmonies des Mondes... et de la divine Comédie?

Plus l'homme est grand... plus il est bon !

Et la grandeur infinie de Dieu nous prouve sa bonté
infinie!

*
* *

Nous l'admirons, dans l'infiniment grand... dans la
nuit constellée !

Nous l'aimons, dans le sourire des petits enfants et
de leurs mères — dans tout ce qui est petit et plein
de grâce — dans ce monde charmant des détails !

Nous l'aimons de tout notre cœur. — Car nous sentons ses influences... ses inspirations ! Et nous attendons avec une confiance patiente, le jour où il sera
permis à notre âme de contempler, de loin, Celui qui,
pendant si longues années, a rempli, embelli notre cellule solitaire... par les émotions que nous causait sa
présence!

§ E

LA DERNIÈRE HEURE !

LA GRANDE TROIE !

LE RETOUR A LA LUMIÈRE !

Et lux perpetua luccat cis !
Requiem æternam !
Repos et lumière !

CONTEMPLATION!

Peut-être quelques années encore à passer dans cette Vallée de larmes ! — Que de pénibles épreuves, tout le long de cette voie douloureuse ! — Et cependant on la regrette, quand on entrevoit la fin de ce triste pèlerinage !

C'est que l'on a laissé des lambeaux de son cœur à toutes les haies des chemins. — Chaque pli renferme un souvenir bien cher, quoique mêlé d'amertume ! —

Et quand on approche du but... des regards bien aimés vous suivent avec attendrissement ! des cœurs battent et palpitent !

*
* *

Quelques années seulement ! — peut-être plus !... Mais ce sont des années de grâce ! — Peut-être beaucoup moins ! !

Cette incertitude est un bienfait de la Providence, qui a voulu nous voiler l'heure dernière — pour épargner à nous, et à ceux qui nous aiment, les terreurs et les regrets trop prolongés !

Elle a même laissé l'espérance , jusqu'au dernier détour qui cachait le terme de la route — nous berçant d'illusions, qui nous aident à supporter les dernières fatigues !

*
* *

Pour nous , ce pressentiment de la courte durée du pèlerinage qui nous reste à parcourir... est une force nouvelle... un rafraîchissement !

Il se fait, dans tout notre être, un grand apaisement !

Nous entrevoyons le Port... et soudain les tempêtes de cette Mer orageuse semblent avoir entendu l'immortel « *Quos ego* » — et se calment, obéissantes ! — Les écueils, qui tant de fois ont fait chavirer notre nacelle, ne se dressent plus sur notre passage ! — Du Port céleste, souffle une brise, douce et fortifiante... qui nous apporte les parfums de notre Patrie première et que nous allons enfin revoir !

*
* *

Comme ces voyageurs qui n'ont plus que quelques étapes — nous nous débarrassons de tout bagage inutile... de désirs et de regrets — nous abandonnons les vains projets d'avenir... les rêves de fortune... et les aspirations vers des liens si doux, d'une tendresse réciproque... mais qui pourraient se rompre, à peine formés !

Libre des soucis de l'ambition, qui s'évapore comme une fumée... — libre des préoccupations, des embarras de la vie quotidienne... puisque notre tente mobile peut être déplacée demain... ou même renversée — nous dominons toute notre vie — et nous la dirigeons, avec un calme progressif... les yeux fixés vers ces lueurs de l'aube, qui nous annonce le jour nouveau... la grande lumière de la Patrie des Ames ! — Cet inconnu, si redoutable pour quelques-uns, nous semble le Port que nous avons si longtemps cherché, à travers nos orages !

*
* *

Comme le Rhône, qui s'épure (1) en traversant si paisiblement le lac de Genève — notre vie, si troublée jadis, se dégage de tout le limon qui l'embarrassait.

Et sans crainte, sans faiblesse, sans défaillance... nous voyons et sondons le noir abîme... semblable au gouffre où le Rhône se précipite... pour reparaître plus loin à la clarté du Soleil — et nous contemplerons face à face le Soleil de justice et d'amour, au-delà des ténèbres du sépulcre !

*
* *

Oui, nous serons calme à notre dernière heure ! — Nous serons, comme la chrysalide, à cette heure suprême et pénible. — Mais le papillon s'envolera dans le sein de son Créateur !

Nous ne pouvons toutefois... nous ne voulons pas lutter contre l'émotion si naturelle des séparations douloureuses.

Mais nous puisons un grand adoucissement à cette peine profonde... dans notre Foi en la bonté de Celui qui n'a pas créé tant d'affections intimes, pour les briser à jamais !! — Il peut en suspendre les épanchements... mais pour leur donner un libre cours dans le Ciel, où elles se retrouveront et se confondront dans un éternel embrassement !

(1) « Le Rhône s'épure, en se ralentissant. » (THIERS.)

19

O divine Amitié! Amour céleste! Rayons de la Sainte Lumière! vous ne pouvez vous éteindre dans les Ténèbres de la Mort! — Vous rejaillissez et brillez au-delà du Tombeau!

Contemplation!

Contempler, dans toute leur splendeur, les infiniment grands, qui nous donnent le vertige — les secrets de la nature de ces Nébuleuses... de ces Astres si éloignés, que découvre le puissant Télescope!

Contempler les infiniment petits... ce Monde si charmant des détails... par le Microscope révélés!

**

La science n'a effleuré qu'une partie de ces Mystères... malgré ses immenses progrès!

Quelle joie, pour les savants, d'en sonder toute la profondeur!

Quelle extase pour l'ignorant, qui soudain sera ébloui par les clartés nouvelles!

**

En voyant un tableau, qui nous plonge dans une douce rêverie, qui nous cause une émotion intime... qui nous exalte...

Nous rêvons toujours à l'auteur de ce tableau. — Nous l'aimons. — Nous voudrions contempler ses traits !

De même en subissant le charme de la Musique et de la Poésie !

Et si nous avons le bonheur de voir l'artiste, le poète ou le compositeur — nous tressaillons... et nos regards restent fixés sur lui !

*
* *

Quelle extase ineffable !... en contemplant l'auteur de toute poésie... de toute harmonie des sons et des couleurs... de cette création, si merveilleuse dans sa grandeur et dans ses détails... de cette lumière qui colore, qui anime, qui fait tout vivre !

Les voiles qui recouvrent ce Dieu adorable, vont tomber !

*
* *

Quel bonheur d'adorer face à face Notre Père... que nous avons prié, chaque jour, dans notre pèlerinage... qui nous a toujours consolé... qui nous a toujours donné notre pain quotidien, comme aux petits oiseaux leur pâture — et dont nous avons senti tant de fois la présence réelle, intime, agissante !

Notre Père, qui est si bon! — si aimable dans tous ces détails des infiniment petits... du Règne animal et du Règne végétal, — si charmant dans les formes et le coloris, — si tendre dans les affections et les épanchements de l'amour maternel... et filial, — si gracieux dans les caresses et les jeux des tout petits... et de leurs mères!

P.-S. La **dernière heure!** — Nous relisons ces pages, au milieu des plus sombres préoccupations de cette grande ville de Marseille, frappée du choléra! — L'épidémie jette le deuil dans les familles! — Et les chars funèbres emportent, chaque jour, de nouvelles victimes!!

Pour nous, cette lecture de nos récentes inspirations nous raffermit... et répand, dans notre âme... un calme profond, une paisible sérénité!

C'est que toutes ces pages ne sont que les expressions fidèles des convictions de toute notre vie! — de notre confiance entière en Notre Père! — de la certitude du retour dans la Patrie céleste!

*

O mon Dieu! — comme l'évêque Belzunce... nous levons nos yeux et nos prières vers vous! — et nous vous supplions de délivrer Marseille... de ce fléau, qui porte la désolation partout! — Que de foyers déjà en grand deuil! — et comme la misère ronge de plus en plus les pauvres, vos bien-aimés! — Des chefs de famille, jeunes encore... laborieux, mais sans ouvrage... et qui sont obligés de mendier, en plein jour... la rougeur au front... les larmes aux yeux!!!

Seigneur! vous avez exaucé les prières de Belzunce! — exaucez les nôtres! — c'est aussi le cœur qui les inspire!

Lundi, 18 septembre 1865.

P.-S.—30 septembre.—Le chiffre des décès de cholériques diminue chaque jour! — L'épidémie va s'éteindre! — Merci, mon Dieu! merci!

§ F

LA DERNIÈRE PENSÉE

Au lecteur !
La vie des Ames, dans l'Exil !

AU LECTEUR !

Cette heure suprême va-t-elle enfin sonner ?

Souffrant, comme Pascal — nous avons comme lui laissé tomber de notre plume quelques inspirations — et nous avons peine à les recueillir.

Les *Pensées* de Pascal étaient autant d'étincelles de ce génie profond. — Comme des phares lumineux, elles éclairent les abîmes vertigineux de l'Infini... où, sans un tel guide, nous pourrions sombrer !

L'infini ! — cercle incommensurable... « dont le cen-« tre est partout... et la circonférence nulle part ! »

*
* *

Avec Pascal, nous n'avons de commun que la souffrance. — Pourrons-nous arriver au terme ? achever le volume commencé ? — A la grâce de Dieu !

Ce Poème n'est qu'une esquisse. — Il faudrait le retoucher, pour le rendre digne de la publicité.

Mais nos forces défaillantes ne nous permettent pas ce travail de longue haleine.

Même, nous n'avons pu qu'indiquer en prose le plan de l'Épilogue de la troisième partie : LA PATRIE DES AMES ! — et les idées qui devaient plus tard revêtir la forme poétique.

*
* *

Si nous sacrifions l'amour-propre du poète — c'est pour laisser transpirer nos intentions et nos sentiments.

Tous ont un but d'utilité... de progrès moral... ou de reconnaissance envers Notre Père, qui est aux Cieux !

Nous exaltons, Seigneur, votre gloire, vos bienfaits et votre amour !

« *Magnificat anima mea, Domine !* »

A vous, notre cœur !

La Vie des Ames dans l'exil !

Le volume précédent nous a valu quelques éloges et quelques lettres flatteuses — non sur le faible mérite du Livre — mais sur nos bonnes intentions.

Ce qui nous plaît, dans ces articles... et dans ces lettres affectueuses — c'est d'être inconnu à leurs auteurs.

C'est le Livre lui-même qui les inspire — et non l'influence personnelle de l'ami nouveau.

Le Livre : c'est l'épanchement de notre âme... c'est notre âme elle-même !

*
* *

De ces lettres, de ces articles spontanés... naît une affection naturelle entre leurs auteurs et l'auteur du volume.

C'est bien là vraiment l'*Union* des Ames !!

*
* *

Et certes, voilà une des plus belles, une des plus touchantes preuves de l'existence de ces Ames... que l'Idéal réunit, dans une sympathie sincère et désintéressée... et sous le voile mystérieux de l'incognito !

*
* *

Comme notre Ame sympathise avec les Ames de ces illustres inconnus, Homère et Dante, — Virgile, Ovide, — Raphaël, Albane et Bellini !

Comme notre Ame vole vers ces Ames si élevées et si tendres ! mais que nous ne connaissons que par la magie de leurs chants ou de leurs pinceaux ! — Comme notre Ame sera heureuse de contempler ces Ames radieuses dans la Lumière de l'Empyrée !

⁎

Ici, l'Idéal est bien dégagé de tous les liens terrestres ! — C'est la vie pure et sainte... éthérée... des Ames, qui se cherchent et se rapprochent — qui ont soupiré dans leur exil, pour la Patrie céleste — qui ont enchanté les exilés par les souvenirs, les inspirations rêveuses de cette Patrie lointaine — qui se retrouvent et s'unissent dans l'adoration de ce qu'elles avaient rêvé !

POÉSIE MYSTIQUE

★

Où vas-tu ? — A Dieu !

Musique de ***

A MONSIEUR LE BARON DE BARANTE
Membre de l'Académie française.

Où vas-tu, petite voile blanche ?
— De ci, de là, Zéphyr te penche...
Te penche et te balance. — Où vas-tu ?
— Mon cœur palpite... et tout ému !
  — Petite voile, où vas-tu ?
    Dis, où vas-tu ?

*
* *

Si frêle et si légère !
Et si grand le danger !

— Là-bas, ô téméraire !
Rien pour te protéger !
— Sur cette mer immense,
Vienne un vent furieux !
Pour toi, nulle espérance !
Et tu n'as que mes vœux !

*

Où vas-tu, petite voile blanche ?
— De ci, de là. . . . . .

. . . .

*
* *

Le soleil te colore,
T'illumine... et sourit !
— Tout rit, chante et se dore
Sous l'azur qui bleuit !
— Mais de l'orage sombre,
Déjà ce gros point noir !
— Et déjà s'étend l'ombre...
Et l'embûche du soir !

*

Où vas-tu, petite voile blanche ?
— De ci, de là. . . . . .

. . . .

*
* *

La brume nous sépare,
Et je suis là, tremblant!
— Ainsi, quand il s'égare,
La mère, pour l'enfant!
— Mais tu sors du nuage!
D'un tendre souvenir,
D'un ami, douce image,
Tu me fais tressaillir!

*

Où vas-tu, petite voile blanche?
— De ci, de là. . . . . . .

. . . .

*
* *

Dans les plis de sa robe,
Sur toi déjà fermée,
L'horizon te dérobe
A mes yeux attristés!
— Ah! vogue avec prudence!
— Petite voile, adieu!
— Et surtout confiance
En la grâce de Dieu!

Où vas-tu, petite voile blanche ?
— De ci, de là, Zéphyr te penche......
Te penche et te balance — Où vas-tu ?
Mon cœur palpite et tout ému !
   — Petite voile, où vas-tu ?
     Dis, où vas-tu ?

*
* *

   « Où vas-tu? »
   — A mon cœur ému,
Dans la brume vaporeuse,
Une voix mystérieuse
Répond tout bas... « A Dieu ! »

*

   A Dieu !
   A Dieu ! !
  — Dans le Saint Lieu
J'entre... et levant les yeux... « O céleste assistance
   « O Seigneur !... Seigneur !
« Des peines, des regrets... et de toute souffrance
  « O seul baume et seule espérance !
  « O Suprême consolateur ! »

L'AMOUR INFINI!

DIEU!... PATRIE!... HUMANITÉ!

Quatrième partie de ce poème

PATRIE!

PATRIE!... ET LIBERTÉ!

TROIS SÉRIES DE CETTE QUATRIÈME PARTIE

1re Série... LA LIBERTÉ !
2e Série... LA FRANCE !
3e Série... SOUVENIRS ET REGRETS !

PATRIE... ET LIBERTÉ !

La Terre est la Nourrice !
La Patrie est la Mère !

La Liberté !... C'est la Vie !... C'est l'âme

JACQUES FERNAND.

Première série de cette IVᵉ partie du poème

LA LIBERTÉ !

La Liberté !... C'est la vie !... C'est l'âme !

Pas une tache de sang
sur la robe blanche de la Liberté !

Fille du Ciel...
elle doit rester pure et sainte
comme son origine !

JACQUES FERNAND.

A MA MÈRE!

Cher et douloureux souvenir ! !
— Du haut des cieux veille, ô ma mère !
Toujours mon guide et ma lumière,
L'étoile de mon avenir !

JACQUES FERNAND.

Janvier 1863.

A MON FRÈRE !

A toi, ce livre ! — Pour nous, frère,
Même passé... même douleur !
A toi seul, hélas ! tout mon cœur...
Vivant portrait de notre mère !

Jacques Fernand.

Janvier 1863.

SOMMAIRE DU POÈME

PORTRAITS

CHANT PREMIER

★

LA VIE EST UN COMBAT !

Musique de '''

La vie est un combat ! — et c'est là notre gloire !
— L'homme est plus grand... et son éclat
Plus vif rayonne... après une victoire !
— La vie est un combat !

Contre le feu, dans nos campagnes...
Contre les eaux de nos montagnes...
Contre le fer de l'étranger...
Toujours il faut lutter !
Toujours lutter !

★

Contre l'injustice et l'envie...
Contre misère et calomnie...
Contre soi-même... autre danger !
Toujours il faut lutter !
Toujours lutter !

*

La vie est un combat ! — et c'est là notre gloire !
— L'homme est plus grand... et son éclat
Plus vif rayonne... après une victoire !
— La vie est un combat !

*
* *

Même au pays, contre les frères... (1)
Contre les têtes les plus chères...
Et quelquefois même au foyer...
Hélas ! il faut lutter !
Hélas !... lutter !

*

Charme et tourmeut de notre vie,
Qu'il est si doux de protéger !...

(1) La guerre civile !!

Contre vous, aimable ennemie...
Hélas! il faut lutter!
Hélas!... lutter!

*

La vie est un combat! —Souvent, trop chère gloire!
— L'homme est plus grand... et son éclat
Plus vif rayonne... après une victoire
— La vie est un combat!

CHANT II

LA PATRIE !

Les Volontaires de 1792 !

Musique de '''

———

Le canon gronde !... Ils sont à la frontière ! !
De la Patrie entendez-vous la voix ?
Je serai digne... et d'elle... et de mon père !...
Embrassons-nous, pour la dernière fois !
— Mais, loin de vous ces cruelles alarmes !
Sur tous vos traits, ô mortelle pâleur !...
Par vos soupirs, vos regrets et vos larmes,
Vous répandez le trouble dans mon cœur !

Le canon gronde !... il envahit !... menace !...
Du sol natal expulsons l'étranger !

Punissons-le de cette folle audace !
Tout au Pays ! et courons le venger !
— Mais d'un baiser, d'une tendre caresse,
Vous m'enivrez... irritez ma douleur !
Comme un venin, cette trop douce ivresse
Glace déjà mon sang et mon ardeur !

****

Le canon gronde !... et tu m'attends, mon père !
Oh ! sur ton front, quelle noble rougeur !
Rassure-toi ! je l'ai prouvé naguère !
Oui, je connais le chemin de l'honneur !
— Mais, ô mon Dieu !... ma mère... inanimée !
Reste, ô ma sœur ! Elle n'a plus que toi !
Ah ! quel réveil ! .. ô mère bien-aimée !
Veillez, Seigneur !... Mon père, conduis-moi !

CHANT III

LA LIBERTÉ !

(EN VOYAGE !)

Musique de ***

———

Ah ! que de peines en voyage !
Que de peines ! que d'embarras !
-- Pourquoi toujours, sous le mirage,
Chercher ce qu'on ne trouve pas ?
— Oh! oui, des peines !... Mais qu'importe
A quel prix l'on soit racheté...
Toujours il faut à l'âme forte,
Et l'air pur et la Liberté !

*
* *

Rompons toute molle habitude !
— O villes ! vos plaisirs trompeurs
Cachent trop bien la servitude...
Et la chaîne, sous mille fleurs !

— Fuyons la brume des campagnes,
L'esclavage de la cité !
— Plus près du ciel, sur les montagnes...
Et l'air pur... et la Liberté !

*
* *

Quel ouragan fond sur la terre !
Et quels torrents d'eaux et de feux !...
— Éclair, jaillis !... gronde, tonnerre !
Siffle et rugis, vent furieux !
— Le soleil perce le nuage,
Souriant à l'œil enchanté !...
Gaîment rayonne, après l'orage,
L'Arc-en-Ciel de la Liberté !

*
* *

Ni les tendres soins, ni le reste ! !
Loin des amis, souffre le cœur !
Et trop souvent un sort funeste
Attend le pauvre Voyageur !
— Mais Dieu toujours est du voyage !
— De tout grand cœur, noble fierté !
Comme l'oiseau, fuyons la cage...
Pour l'air pur... et la Liberté

★

BÉRANGER

Le Poète national !

Pour notre France, et glorieuse et libre,
Dans tes chansons, quelle noble fierté !
— Même en prison, toujours palpite et vibre
Le mâle accent de notre Liberté !

Jacques Fernand.

CHANT IV

BÉRANGER... MALADE

A NOTRE POÈTE NATIONAL (1)

HOMMAGE

DE SYMPATHIE RESPECTUEUSE... ET DE RECONNAISSANCE FILIALE.

1er Janvier 1857.

JACQUES FERNAND.

Pour lui, prions !... et pour sa délivrance !
Oui, prions tous pour notre Béranger !
— Dans ses douleurs, il garde l'espérance !
Même là-haut il n'est pas étranger !
— Toujours fidèle à sa philosophie,
Il a chanté des Cieux intelligents !
Comme autrefois... malade, il se confie
    Au Dieu des bonnes gens ! (2)

(1) .... » — « C'est Béranger ! notre poète national !... Saluez,
« avec respect » (Vaudeville """).
(2) Relire... et chanter — le *Dieu des bonnes gens* — de Béranger.

*
* *

De notre France il a chanté la gloire !
Pour la voir libre... et forte... il a chanté !
— Chaque chanson était une victoire
Pour nos drapeaux ou pour la Liberté !
— S'il fut martyr du rêve de sa vie,
Il sut braver des maîtres exigeants !
— Comme en prison... malade, il se confie
    Au Dieu des bonnes gens !

*
* *

Il entrevoit, sur les ailes des Anges,
La bonne sœur venant à son secours...
Et l'autre encor, digne aussi de louanges,
A son chevet, dans les bras des Amours !
— Charme puissant de sa philosophie !
Il ne croyait qu'à des Dieux indulgents !
Comme aux beaux jours... malade, il se confie
    Au Dieu des bonnes gens !

*
* *

O Béranger ! ton nom, c'est notre histoire
— Par tes conseils, par tes chants exalté...
De mon pays j'adore mieux la gloire...

J'adore mieux la Sainte Liberté !
— Je suis heureux de ta philosophie !
Oui, je ne crois qu'à des Dieux indulgents.!
Et, comme toi... de cœur je me confie
      Au Dieu des bonnes gens !

1er janvier 1857.

VIRGINIE DÉJAZET

— LISETTE —

De Béranger, aimable et bonne Fée,
Ta voix magique a rajeuni le cœur !
— En t'embrassant, ô Lisette adorée !
Il rend hommage à ton art enchanteur !

JACQUES FERNAND.

CHANT V

ENVOI A LISETTE

(VIRGINIE DÉJAZET)

*(Virginie Déjazet venait de chanter... La Lisette de Béranger...
paroles de Frédéric Bérat.*

De Béranger, aimable et bonne Fée,
Ta voix magique a ranimé le cœur !
— En t'embrassant, ô Lisette adorée !
Il rend hommage à ton art enchanteur !
—Mais, Déjazet, pour prolonger sa vie,
Il faut laisser les philtres impuissants !
Et, comme lui, que chacun se confie
    Au Dieu des bonnes gens !

1er janvier 1857.

JULES JANIN

Honneur à Jules Janin ! — Il a parlé, avec une éloquence
généreuse et touchante sur la tombe de Béranger !

CHANT VI

✦

MORT DE BÉRANGER

✠ Juillet 1857

« Il était plus chrétien que plusieurs qui
« n'en portent que le nom, » a dit M. le curé
de sa paroisse... et son ami. — Il l'assistait
dans ses derniers jours.

A JULES JANIN (1)

France!... il n'est plus !! — Quel vide parmi nous !
Quel sombre deuil! — Libre cours à nos larmes !
— Morte la voix, fidèle écho de tous,
Echo des vœux, des douleurs, des alarmes !
— Morte la voix qui consolait nos cœurs,

(1) Honneur à Jules Janin! — Il a parlé, avec une éloquence
généreuse et touchante, sur la tombe de Béranger !

Et qui de tous embaumait la souffrance...
En ranimant la divine espérance...
Même en mêlant le souris à nos pleurs !

*
* *

O Béranger ! honneur à ta mémoire !
— Et tête et cœur, tout était peuple en toi !
— De nos martyrs, si tu chantais la gloire,
Tu fus, comme eux, martyr de notre Foi !
— Pour notre France, et glorieuse et libre,
Dans tes chansons, quelle noble fierté !
— Même en prison, toujours palpite et vibre
Le mâle accent de notre Liberté !

*
* *

Fille du Ciel, ta belle âme envolée
Monte vers Dieu, toujours bon, indulgent !
— Et, par ses vœux, la foule désolée,
T'ouvre là-haut l'accès le plus touchant !
— Que ton beau nom, dans la France attendrie,
Brille à jamais, exemple radieux !
— O Béranger ! qui sert bien sa patrie
A, comme toi, le droit d'entrer aux Cieux !

✠ Juillet 1857.

CHANT VII

LA TOMBE DE BÉRANGER

(Béranger et Manuel dans le même tombeau, au Cimetière
du Père-Lachaise, à Paris.)

A VIRGINIE DÉJAZET

Hier encor, aimable Fée,
Le bon vieillard te bénissait !
— A sa Lisette bien-aimée,
En l'embrassant il souriait !
— Déjazet ! sur la fraîche tombe,
Tu pleures notre Béranger !
— A la douleur ton cœur succombe !
Mais là tu restes... pour prier !

✠ Juillet 1857.

CHANT VIII

Envoi des vers **(MORT DE BÉRANGER !)**

A LAMARTINE

Si notre Béranger, soudain quittant la tombe,
Prêtait sa voix puissante à l'ami qui succombe,
— Mieux que moi, Lamartine, il serait entendu !

*

A ce doux nom d'ami, tu pâlis tout ému ! !
— Tu n'es pas resté seul ! — et sur nous, sur la terre,
Peut rayonner encor, d'une vive lumière,
Ton splendide couchant... obscurci par les pleurs !
Oui, tes amis en deuil partagent tes douleurs !

--- Mais si de Béranger, tous nous pleurons l'absence,
Nous voulons parmi nous prolonger ta présence,
En concentrant sur toi nos soins et notre amour !
— « Et le soir de ta vie est le soir d'un beau jour ! »

1er janvier 1859.

CHARLET

Le Béranger du Dessin, de la Peinture !

Charlet et Béranger ! tout était peuple en eux !
— Le peuple les confond dans sa reconnaissance !
Et, dans chaque chaumière, ils brillent tous les deux !
— Tous les deux, même cœur et même intelligence !
— Ce que l'un nous chantait, l'autre le dessinait...
Et son burin profond, ravivant la pensée,
Dans notre souvenir, et par les yeux, fixait...
Les chants du patriote... et la gloire passée !

JACQUES FERNAND.

CHANT IX

✶　　　✶

CHARLET ET BÉRANGER

A C. VANIER, l'ami de Charlet.

———

Charlet et Béranger ! ! — Tout était peuple en eux !
— Le peuple les confond dans sa reconnaissance !
Et, dans chaque chaumière, ils brillent tous les deux.
— Tous les deux, même cœur et même intelligence !
— Ce que l'un nous chantait, l'autre le dessinait...
Et son burin profond, ravivant la pensée,
Dans notre souvenir, et par les yeux, fixait...
Les chants du patriote... et la gloire passée !

*

Hélas ! morts tous les deux ! ! mais leur œuvre est resté !
Mais ces mâles refrains, mais ces rudes visages,
Du type populaire éloquentes images,
Semblent crier à tous : « Patrie et Liberté ! »

Janvier 1863.

CHANT X

Envoi de ce Poème (**PATRIE ET LIBERTÉ !**)

A LAMARTINE

1ᵉʳ janvier 1863.

———

Homère, aveugle, errant ! — Lamentable odyssée !
Ce visage divin attendrit la pensée ! !
— Aristide a lassé l'Athénien léger ! !
Il subit l'ostracisme ! ! — Et toi ! ! ! — Je vais prier !

*

Mais, comme eux, tu chéris ton ingrate Patrie !
— De cœur, pour elle encor, tu donnerais ta vie !
— Et tu sacrifirais ta popularité...
De ses propres excès sauvant la Liberté !

Vois, Lamartine !... vois... loin de l'aride Terre,
La céleste Patrie... et sa pure lumière...
Le Juste, par Dieu même, à sa droite élevé,
Et l'amour infini... ton idéal rêvé !

CHANT XI

Envoi de ce Poème **(PATRIE ET LIBERTÉ !)**

AU BARON DE BARANTE

Membre de l'Académie Française

1er janvier 1863

———

Heureux qui peut se dire, au déclin de sa vie,
Qu'il a bien mérité de sa chère Patrie!...
— Au dedans, au dehors, noble Représentant
D'une Liberté sage... et d'un progrès constant !
— Tu charmais ton Pays dans ta mûre jeunesse ! (1)
Et tu l'instruis encor dans ta verte vieillesse ! (2)
— Tu te sens chaque jour plus rapproché de Dieu...
Et tu veux nous servir jusqu'au suprême adieu...
— Ton couchant est si pur !... si douce est la lumière
Qui rayonne, Barante, au bout de ta carrière !

(1) La Littérature au dix-huitième siècle... l'Histoire des Ducs
de Bourgogne.
(2) Biographie de Royer-Colard, etc., etc.

AUX RÊVEURS... ET AUX SAGES

L'IDÉAL DE L'AVENIR

LA CONSTITUANTE DE GENÈVE

> La liberté fera le tour du monde.

Nous ne voulons pas, en ce moment, appliquer à la France... une des constitutions de Genève. — Le temps fera son œuvre. — Les formes varient... les principes restent.

Nous nous souvenons d'avoir assisté à toutes les délibérations d'une de ces constitutions libres.

Jamais spectacle plus imposant ne s'est offert à un ami de la Liberté ! Jamais l'Idéal de l'Avenir n'a été entrevu avec plus de légitime espérance !

*
* *

Tout était simple... tout était grand. — La salle des séances était sans apprêt, sans ornements de luxe inutile. — L'Assemblée, peu nombreuse, semblait une réunion de famille. — Point de paroles retentissantes. Une extrême sobriété de gestes et de tous les dehors de l'orateur. — On croyait assister à une conversation de sages, délibérant sur les sujets les plus élevés de la philosophie !

Nous voyons, nous entendons encore le général Dufour, qui a les vertus antiques de Washington... d'un *Illustre* de Plutarque ! — Il développait les plus hautes idées avec une modestie admirable !... et l'aimable courtoisie de ses collègues relevait cette modestie dans les termes les plus flatteurs !

*
* *

Des questions, ailleurs si brûlantes, étaient discutées avec un tel sang-froid, avec un si grand calme.. qu'on oubliait qu'il s'agissait là des destinées de tout un peuple... et que ce peuple suivait attentivement ces délibérations !

Et tout ce peuple écoutait, lisait, discutait... aussi calme, aussi paisible que l'Assemblée de ses élus !... tant il a expérimenté les questions les plus délicates de la Liberté !

*
* *

De ce magnifique spectacle sort une leçon consolante... une promesse féconde d'avenir !

Avec le temps, les Révolutions sanglantes ne se renouvelleront plus ! — Les Peuples s'habitueront à ces discussions pacifiques. — Les Assemblées, grandes ou petites, auront le calme philosophique de la *Constituante* et du peuple de Genève. — La loi des majorités régulières sera sincèrement acceptée. — Les minorités comprendront la puissance de la Liberté, qui, peu à peu, et sans violence, attire la foule à la lumière.

La jeunesse déjà mûre des États-Unis avait éveillé les mêmes espérances que la Suisse. — Mais cette monstrueuse question de l'Esclavage leur a donné le vertige. — Le gouffre reste béant ! — Les Blancs ont voulu asservir les Noirs, qui sont leurs frères en Jésus-Christ ! — Et les Blancs, nouveaux Caïns, se déchirent comme des Frères ennemis ! — Guerre implacable de la famille, parce qu'elle est la plus contraire à la loi de Dieu, à la voix du sang ! — Que l'esclavage disparaisse ! et ce grand peuple accomplira ses hautes destinées !

Un autre peuple, que la longue pratique de la Liberté a fait si grand, le peuple anglais, saura toujours conserver dans son Parlement, comme dans un sanctuaire, ces grands principes de la Liberté !

Ils gouvernent la Belgique, la Hollande... l'Italie et la Grèce régénérées... etc., etc.

Ils envahissent l'Autriche et la Prusse... même la Russie et l'Égypte, qui affranchissent les serfs et les fellahs... et cet affranchissement est un germe fécond !... Le gland deviendra chêne !

Ces grands principes feront le tour du monde... car ils sont éternels !... et Dieu est patient dans ses desseins... *Quia æternus !*

1er janvier 1863.

A NOS FRÈRES !

L'ANGE DE LA LIBERTÉ !

COLONNE DE LA BASTILLE

> « La belle Liberté sort... altière, étin-
> « celante, armée... des grands tombeaux
> « de la Bastille ! »
>
> ANDRÉ CHÉNIER.
>
> « La sacra e sublime causa della Libertà ! »
>
> VICTORIO ALFIERI.
>
> « Victor Alfieri, André Chénier, Schil-
> « ler, défenseurs de Louis XVI ! les trois
> « Poètes les plus noblement inspirés (à
> « cette époque), voulaient épargner un
> « crime à la Révolution. »
>
> SAINT-RENÉ TAILLANDIER.
>
> Point de tache de sang sur la robe blan-
> che de la Liberté !
>
> JACQUES FERNAND.

Le pied sur les cendres des martyrs, les ailes ouvertes, l'Etoile au front... ce bel Ange se dresse vers
les Cieux ! — et son divin flambeau illumine le Monde !

****

Comme le sang des Martyrs de la Foi... il a produit
des miracles, le sang des Martyrs de la Liberté !

*
* *

Chaque goutte, qui a jailli de la veine d'un mourant, retombe en rosée féconde... enfante un nouveau Martyr!

*
* *

Mais, pour le triomphe de la Liberté, comme pour le triomphe du Christ, désormais le sang est inutile !

*
* *

Fécondé par le sang trop longtemps répandu... l'Arbre a prolongé, fortifié ses racines... Il élève, dans l'azur, ses rameaux verdoyants !

*
* *

La Liberté n'est plus que voilée ! — Le voile tombera !... et nous reverrons ce beau regard qui fait tressaillir les grands cœurs, exalte les âmes généreuses !

*
* *

Un nuage peut encore nous cacher l'Astre radieux ! — Mais le soleil percera la nue... et versera des torrents de lumière sur ses obscurs blasphémateurs !

1er janvier 1863.

L'AMOUR INFINI!

DIEU!... PATRIE!... HUMANITÉ!

Quatrième partie de ce poème

PATRIE!

PATRIE!... ET LIBERTÉ!

TROIS SÉRIES DE CETTE QUATRIÈME PARTIE

1re Série... LA LIBERTÉ !
2e Série... LA FRANCE !
3e Série... SOUVENIRS ET REGRETS !

PATRIE... ET LIBERTÉ !

La Terre est la Nourrice !
La Patrie est la Mère!

La Liberté !... C'est la Vie !... C'est l'âme !

JACQUES FERNAND.

Deuxième série de la IV· Partie

LA FRANCE !

« Reine du Monde! ô France! ô ma Patrie !

BÉRANGER.

Elle est toujours la reine du monde,
Par son esprit, sa grâce et sa bonté !
— Dans ses malheurs, Dieu même la seconde...
Et la relève, avec sa Liberté !
— Plus belle encor après longue souffrance...
Ses doux attraits captivent l'étranger !
Bientôt debout ! Ses droits et sa puissance
Partout enfin la feront respecter !

20 septembre 1875.

JACQUES FERNAND.

A tous les cœurs bien nés, que la Patrie est chère!
Dieu et la Patrie !
Pro Deo et Patria !

SOMMAIRE

—

NOMS ET FAITS HISTORIQUES — GALERIE NATIONALE !
SOUVENIRS... ET REGRETS !

———

PORTRAITS

Lamartine à vingt ans.
Lamartine à l'âge mûr.
Madame de Lamartine.
Madame de Cessiat.
Thiers.
Washington.
Berryer.
Victor Cousin.
Isidore Geoffroy Saint-Hilaire.
Victor Hugo.
Ferdinand de Lesseps.
Chevalier d'Assas.
Louis d'Assas.
L'impératrice Charlotte.

Une galerie de 45 portraits français et étrangers formera un album placé à la fin du tome VII.

★

À MA MÈRE,

L'ANGE GARDIEN DE MON ENFANCE !

A MON FRÈRE,

L'ANGE GARDIEN DE MA VIEILLESSE !

1er janvier 1869.

JACQUES FERNAND.

A MA MÈRE!

Cher et douloureux souvenir ! !
— Du haut des cieux, veille, ô ma mère !
Toujours mon guide et ma lumière...
L'Étoile de mon avenir !

A MON FRÈRE!

« Je remplis mon devoir ! » — Tu l'as écrit, mon frère,
Ce mot, digne de toi, digne de notre mère !
L'hommage le plus pur à son pur souvenir,
Consolant nos douleurs, allégeant l'avenir !
— Devoir et charité, dévoûment et prière
Attirent du Seigneur la grâce tutélaire !
— Sois béni, dans les tiens ! — Pour remonter au ciel,
Attends, sans le presser, le signal maternel !

Jacques Fernand.

✳

A MA MÈRE !

O ma bonne mère ! en écrivant ces dernières pages, j'ai surtout pensé à ces fortes et pénétrantes leçons, que ton exemple m'a données, — à ce développement continu de ta belle intelligence, — au charme si piquant de ta conversation toujours naturelle et attrayante — que n'avaient pas altéré tes nombreuses lectures. — Tu avais lu toutes les pages de ta riche bibliothèque, et ta modestie ne voyait, dans ces lectures, que la consolation de tes grands deuils, l'adoucissement de tes souffrances. — Tu étais notre Sévigné, — et, comme elle, tu voilais ton instruction profonde, sous les dehors les plus simples. — Cette simplicité est le cachet de la vraie grandeur, — et ton cœur dominait les dangers de ces richesses intellectuelles. — Ce n'était plus qu'un doux rayonnement qui animait ta physionomie, — une jeunesse d'esprit, toujours vivifié, qui relevait nos courages, une préparation à cette séparation suprême, que tu as subie avec une si haute résignation, avec une foi en Dieu si profonde !

JACQUES FERNAND.

22.

Nota. En France, les exemples de ces vaillantes femmes du foyer domestique sont très-nombreux, — aussi nous avons entendu un prédicateur vénitien, dans la cathédrale de Gênes, invitant les Génoises à imiter les dames de France, et, comme elles, à lire, à s'instruire, — au lieu de perdre leur temps en conversations frivoles. — Le prédicateur était de Venise, l'ancienne rivale de Gênes. — Il y avait peut-être quelque rancune de rivalité, dans ces reproches, mêlés de bons conseils.

Jacques Fernand.

41ᵉ ET DERNIÈRE LETTRE
DU BARON DE BARANTE

✠ Le 21 Novembre 1866

A JACQUES FERNAND

« Mon cher Monsieur,

« J'étais malade lorsque j'ai reçu le volume (1)
« que vous avez eu la bonté de m'adresser.
« Je viens de le lire. J'a. . . . .

Au bas: cette note funèbre.

. « Cette lettre a été trouvée dans le buvard de
« mon vénéré grand-père.— Elle vous était adres-
« sée. »

(1) Tome III. { LE VAISSEAU DE DIEU !
{ LA PATRIE DES AMES !

☩

Cette dernière lettre du Baron de Barante a été commencée cinq jours avant sa mort.

Elle est datée du 17 Novembre 1866.

Il est décédé le 21 Novembre 1866.

Ses obsèques ont eu lieu le 26 Novembre. Cette lettre a été transmise à Jacques Fernand, par la famille du Baron de Barante — avec les discours prononcés sur sa tombe le 26 Novembre 1866.

A LA FAMILLE DU BARON DE BARANTE

Membre de l'Académie française.

JACQUES FERNAND.

31 Décembre 1866.

Je conserve comme une relique du cœur la lettre du Baron de Barante — commencée le 17 Novembre — interrompue par les affaissements qui ont précédé l'agonie !

Je contemple avec une profonde et douloureuse émotion... ces lignes suprêmes d'une écriture tremblante qui révèle les souffrances du malade ! — Le dernier mot n'a pas été achevé ! — La plume est tombée de la main défaillante ! ! !

Jamais je n'ai mieux senti les approches de la Mort ! — Je reste tout attendri en présence de ce souvenir funèbre !

Je remercie avec une reconnaissance respectueuse la famille de M. le Baron de Barante. — Elle m'a transmis cette Relique... et les discours prononcés sur la tombe le 26 Novembre, le jour des obsèques.

Le malade m'écrivait, le 17 Novembre : « Je viens « de lire votre volume » (*le Vaisseau de Dieu ! — la Patrie des Ames !*) — Et, le 21, il s'endormit pour s'éveiller au ciel ! — Ainsi, ses derniers regards parcouraient ces pages... où, dans ma vive gratitude pour sa bienveillance... je rendais publiquement hommage à ses vertus, à ses mérites, à son caractère si ferme et si élevé ! — les pages où j'exaltais l'*Amour Infini* de Notre Père céleste... et qu'il voit maintenant face à face !

Ses dernières pensées ont communié avec les miennes ! — La lecture de ce Livre, d'un spiritualisme ardent, a pu raviver les espérances de la Foi... calmer les angoisses d'une séparation... douloureuse... mais dont on entrevoit le terme !

La mort du Baron de Barante est un deuil pour la France ! — Il était une de ses gloires... comme citoyen, comme diplomate... comme Historien !

Sa famille éplorée peut trouver quelques adoucisse-

ments dans cette universelle communauté de regrets!
Pour elle, mes ferventes prières! — Le Juste est auprès de Dieu!... Il prie pour nous!

Nota. — Mon frère m'écrivait le 31 décembre 1866:
« Cette lettre de M. de Barante a un grand intérêt. —
« Elle émeut... elle fait réfléchir. »

LETTRE DU FILS DU BARON DE BARANTE

A JACQUES FERNAND -

Barante, 20 Décembre 1868.

Monsieur,

Je viens vous remercier, au nom de ma mère... et au mien... du volume de poésie, que vous avez bien voulu nous envoyer — (Tome IV — Ire Édition).

Nous avons été profondément touchés de tout ce que vous dites et pensez de mon vénéré père. Il vous était bien attaché — et il aimait à le dire.

Je vous envoie une PRIÈRE, qu'il avait composée... et qu'il lisait tous les soirs, à sa famille réunie.

Je vous enverrai également L'ÉLOGE qui a été prononcé, à l'Académie de Clermont — et les discours Académiques du Père Gratry et de Monsieur Vitet.

Recevez, je vous prie, Monsieur, avec tous mes remerciements, l'assurance de mes sentiments distingués et dévoués.

BARON DE BARANTE.

RÉPONSE DE JACQUES FERNAND
AU FILS DU BARON DE BARANTE

30 Décembre 1868.

Monsieur,

Il n'y a pas de spectacle plus auguste, plus touchant...
que celui d'une famille réunie par la prière ! — La famille est vraiment sacrée dans ce moment solennel ! —
Et quand le Chef vénéré lit une prière, si belle, composée par lui-même... et si bien empreinte de l'esprit
évangélique... l'âme se rapproche du Ciel !

La Patrie est toujours présente... à un noble cœur !
— et ses vœux, pour elle, se mêlent aux vœux qu'il
forme pour ceux qui l'entourent !

Je suis touché de l'envoi de cette prière,.. et de l'accueil si bienveillant fait par Madame votre mère... et
par vous, Monsieur, aux quelques pages de mon Tome
IV, consacrées au souvenir de votre père.

Je suis touché profondément de ces bonnes paroles :

« MON PÈRE VOUS ÉTAIT BIEN ATTACHÉ,
« — IL AIMAIT A LE DIRE. »

Je joins la *prière*... et votre lettre... à la dernière
lettre commencée par votre père, interrompue par les
défaillances, qui ont précédé l'agonie. — Ce sont les
Reliques du cœur !

J'adresse à Madame votre mère mes remerciements respectueux — et je vous prie d'agréer l'assurance de mes sentiments distingués et dévoués.

JACQUES FERNAND.

P.-S. Je vous remercie de votre Envoi de *l'Éloge* prononcé à l'Académie de Clermont et des discours Académiques du Père Gratry et de M. Vitet.

PRIÈRE

COMPOSÉE PAR LE BARON DE BARANTE, EN 1832, et lue par lui à sa famille et à sa maison réunies, tous les soirs, jusqu'en Novembre 1863.

Mon Dieu, regardez avec bonté une famille réunie pour vous prier. Accordez-nous assez de réflexion pour connaître votre loi que vous avez écrite dans la conscience de chaque homme, assez de volonté pour la suivre, assez de constance pour y persister. Ne nous punissez pas de nos fautes par le découragement et la négligence. Que nos prières soient sincères, que nos pratiques soient conformes à la foi chrétienne. Inspirez-nous l'amour de notre prochain, la douceur et l'affection pour nos semblables. Faites que nous nous aimions les uns les autres, et que nous vivions dans des sentiments honnêtes et chrétiens. Donnez-nous assez de résolution et de persistance pour que notre temps ne s'écoule point dans la distraction et l'oisiveté, mais que la tâche et les devoirs de chaque journée soient accomplis régulièrement. Epargnez-nous, si telle est votre providence, les maux de cette vie. Conservez ceux qui nous sont chers, et dirigez-les dans la voie du bien. Préservez notre pays de troubles et de malheurs. Accordez vos lumières à ceux que vous avez préposés à nous gouverner. Si dans des vues ignorées de nous, vous n'écoutez pas nos prières, si vous nous envoyez des afflictions que votre volonté soit faite. Donnez-nous en consolation une humble soumission et une pieuse confiance.

M. de Barante composa cette prière en 1832, pour être dite à sa famille et à sa maison

AU BARON DE BARANTE

Membre de l'Académie française.

✠ Le 21 Novembre 1866.

« *Justum* ac *tenacem propositi virum.* »
✠ **Speravit anima mea !**
Chapelle funèbre de Lamartine.

Le dernier souvenir de la plume tremblante
Que ne put achever ta main déjà mourante...
Est, à mes yeux troublés, la relique du cœur...
Doux prix de mes travaux, mon vrai titre d'honneur !

Je le joins au portrait, ton image fidèle,
— Il veillera sur moi... mon guide et mon modèle !
— Du cœur, don précieux, mon amour et ma Loi,
Il me fixe mon but : Rester digne de toi !

A toi, mes longs regrets ! — A ton âme immortelle,
Au défenseur du Droit... la Justice éternelle
Ouvre le Sanctuaire... où les grands Citoyens
De la Terre et du Ciel affirment les liens !

26 Novembre 1867.

IL CHANTE ENCORE !

Remember !... Sursum corda !

Musique de Louis JOREZ, de Bruxelles.

Justum... impavidum.
HORACE

Il chante encor ! — Comme le vieil Homère...
Il offre à tous, et ses vers et son cœur !
— Grand citoyen, ainsi que Bèlisaire,
De son pays il a sauvé l'honneur !

Il chante encor ! — Près de ce beau génie...
Jeune vieillard, paré de cheveux blancs...
Venez en foule, ô vous que je convie !
— Et tous fêtez son éternel printemps !

De ton enfant (souviens-toi, pauvre mère !)
Quand tu berçais les cris et les douleurs !
— Ces vers divins... HARMONIE et prière...
Berçaient aussi tes craintes et tes pleurs !

*
* *

D'un noir cachot... vers l'Étoile sublime,
Sur l'aile en feu des MÉDITATIONS,
Tu t'élançais, radieuse victime !
— Et s'écroulaient ces murs de tes prisons !

*
* *

Triste exilé ! — la nuit, seul, sous la tente,
Tu revoyais... grâce aux RECUEILLEMENTS !...
Tes chers amis et la Patrie absente !
— Et du Désert oubliais les tourments !

*
* *

Oh ! venez tous, brisés par la souffrance !
— Il souffre aussi ! — Mais, grand dans le malheur,
Les yeux au ciel... rayonnant d'espérance...
Par ses beaux chants il charme la douleur !

*
* *

Du cygne, hélas ! les notes solennelles !
Du Barde aimé les suprêmes accords !
— Déjà de l'Ange on voit poindre les ailes,
Qui s'ouvriront pour les célestes bords !

*
* *

De sa patrie il fixe les portiques !
Dans son regard s'allume une clarté !
Des Séraphins écoutant les cantiques,
Loin de ce monde il semble transporté !

*
* *

D'un jour nouveau déjà brille l'aurore !
— Prolonge, ô Dieu ! sa belle mission !
Et parmi nous, que l'Ange reste encore...
De ta splendeur reflétant le rayon !

1er janvier 1863.

ENVOI

Ta main tremblante, hier, ô Lamartine !
Pour moi traçait un nom que je chéris !
— Sainte Amitié ! tout ému, je m'incline !
— Avec mes vers, mon cœur vole à Paris !

1er janvier 1863.

AU BARON DE BARANTE

✠ **Le 21 Novembre 1866.**

A LAMARTINE !

✠ **Dans la nuit du 1ᵉʳ Mars 1869.**

      « La terre est un exil ! La patrie est au ciel ! »
                        JACQUES FERNAND.

        « Souffrir, mourir... et vivre !
      Tombeau d'une jeune femme de 25 ans

        « Non omnis moriar ! »
           « Sic itur ad astra ! »

  « L'amitié d'un grand homme est un bienfait des Dieux »

O Maîtres bien aimés ! voici, Reliques saintes !
Vos lettres, vos portraits... où vos âmes empreintes
Semblent se refléter... me regarder encor !
— De mon cœur désolé, voici le Livre d'or (1).

  (1) Olim meminisse juvabit !
    Plus tard il sera doux de me souvenir.

*
* *

Et la belle prière... avec foi récitée,
Par l'aïeul, en famille... après longue veillée !
— O spectacle touchant, béni par le Seigneur
— Barante ! saint Asile, en nos jours de douleur.

*
* *

Portraits, lettres, prière... en un beau Reliquaire,
De ma triste Cellule ornent le Sanctuaire !
— D'un passé, que je pleure, attachant Souvenir !
— Pâle et douce lueur de mon sombre avenir !

*
* *

Vos âmes sont au Port ! — Doux refuge au naufrage (1),
Si tous pouvaient ensemble aborder au rivage !
— Chacun son heure, hélas ! — Maîtres ! il faut prier
Pour d'autres naufragés, qui seuls doivent lutter !

*
* *

Seul désormais ! — Lutter, sans l'aimable assistance
De vos sages conseils... de votre expérience !
— Auprès de notre Père, intercédez tous deux,
O Maîtres bien aimés ! — Pour moi, priez aux Cieux !

      2 Novembre 1869.

        TRÉPASSÉS.

(1) Les révolutions avaient éloigné des affaires publiques
MM. de Barante et Lamartine... fidèles à leurs opinions, à leurs
antécédents.

LE PASSÉ

EHEU! FUGACES LABUNTUR ANNI!

———

LE MOUSSE CALIXTE

Août 1864

(Extrait de mon ALBUM DE VOYAGE.*)*

SPERAVIT ANIMA MEA!
Requiem æternam dona eis, Domine,
..... et lux perpetua luceat eis.

Repos et lumière!

Cher maître,

Aux dernières lueurs d'un beau soleil couchant... à la clarté d'une pleine lune, qui se levait à l'horizon, dans toute sa splendeur... je regagnais le vieux port de Marseille, dans une barque dirigée par un ancien marin. — Je n'étais pas pressé... La soirée était si belle et si calme! — Et, tout en laissant retomber ses rames, avec une régularité constante, mon compagnon me racontait tout son passé, me citait les noms de Lalande, Hamelin

23.

et de tant d'autres illustrations de la marine, qui déjà
ont disparu de la scène du monde, après avoir jeté un
si vif éclat! — Il ajoutait, avec émotion :

« J'ai aussi connu M. et Mme de Lamartine et leur
« fille. J'étais mousse sur le navire qui les portait de
« Marseille vers l'Orient — et peut-être M. de Lamar-
« tine n'a pas oublié *Calixte*, qui dressait sa tente sur
« le rivage, quand nous pouvions toucher terre. — Et
« là, il levait des plans... et sa fille travaillait près de
« lui. (*Il levait des plans*... sans doute vous dessiniez
« sur votre album quelque point de vue.) »

« Oh ! je les vois encore tous les trois! » Et il me fit
trois portraits charmants, que je n'ose vous retracer.
— Mais surtout il disait: « Ils étaient vraiment bons! »

Puis, après un silence, il prononça ces mots, avec un
accent qui vous aurait profondément remué!

« On dit que M. de Lamartine est malheureux ! » Et
il levait les yeux vers le ciel !

« Hélas ! oui... et surtout par le cœur ! Il a perdu sa
« mère, sa fille, sa sœur... et l'ange qui savait adoucir
« tous ses regrets, en les partageant ! »

*
* *

Ces souvenirs de vos beaux jours, racontés avec
sympathie, par un témoin encore vivant... les impressions touchantes qu'ils lui ont laissées... ces éloges si
francs, si naturels d'un vieux marin (*vox populi*)....

voilà, cher maître, un écho de votre passé, qui adoucira vos épreuves... une bonne brise d'Orient qui vous rafraîchira !

Et de tels récits, racontés à moi, votre fidèle, votre dévoué ! n'est-ce pas là une bénédiction divine ! Ils laisseront des traces ineffaçables dans mon cœur ! Ils rayonneront toujours, comme la splendeur lumineuse de cette belle soirée... qui manifestait la gloire du Créateur, qui raffermissait nos espérances pour nos chers absents.

Tous mes vœux pour la vieillesse de Calixte, qui prie pour vous et pour les âmes de celles qui vous attendent !

Que d'amis inconnus vous avez dans la foule sympathique ! que de cœurs attendris ! (et surtout que de cœurs féminins qui vous adorent, en lisant vos œuvres, et qui savent compâtir à vos peines !)

Bénissez votre brave Calixte et votre fidèle

Jacques Fernand

LAMARTINE A VINGT ANS

A LAMARTINE

LES POÈTES. — LA JEUNESSE

Deux faits importants nous donnent les plus douces consolations, les plus vives espérances !

Pas un poète n'a élevé la voix contre notre maître à tous ! et beaucoup ont écrit des pages éloquentes, ou des vers attendrissants sur cette noble infortune du génie !

Pas une voix de la jeunesse n'a insulté au malheur! Et la jeunesse commence la postérité pour ce vieillard divin qui a les yeux fixés sur la céleste patrie !

La jeunesse, toute poétique, lève aussi son regard vers le ciel, qu'elle vient de quitter! Elle rêve l'idéal! Elle se passionne pour tout ce qui est beau, pour tout ce qui est grand !

Dans la poésie de Lamartine, elle puise avec ivresse, comme à la source intarissable de cet idéal rêvé !

Dans cette belle tête du grand citoyen, elle voit une de ces nobles figures du civisme antique... un illustre de Plutarque! et les journées immortelles de 1848 (1), qui seront à jamais la gloire de Lamartine... lui rappellent les plus beaux dévouements du patriote de la Grèce et de Rome !

1ᵉʳ janvier 1863.   JACQUES FERNAND.

POST-SCRIPTUM

Speravit anima mea !
Chapelle sépulcrale de Milly,
famille Lamartine.

(1) En faisant graver ces mots d'espérance au fronton de la chapelle qui renferme tous ses regrets, Lamartine oubliait la terre et ne voyait que le ciel! tout est là désormais pour lui ! — Il n'appartient plus à ce monde que par ses œuvres ! Et si l'ange a disparu, il reste un de ces doux et suaves parfums que le temps ne peut détruire.

Février 1863.

A. DE LAMARTINE

SOUSCRIPTION A SES ŒUVRES COMPLÈTES
ABONNEMENT A SON COURS FAMILIER DE LITTÉRATURE
EMPLOI... PROPOSÉ... DE SES DOMAINES

A l'illustre poëte ! à ce divin génie,
Le Raphaël des vers, l'Ange de l'Harmonie,
Par la gloire si grand ! sacré par le malheur !

                              JACQUES FERNAND.

Oh ! qu'on ne dise pas que dans la France on laisse
Un grand homme frapper au seuil de la vieillesse
Sans l'y faire un peu reposer.

                              J.-M. DEMOULE.

A LAMARTINE

Au poète immortel
Au grand citoyen!... Au patriote!

Au Président de la République de 1848! — Il a rejeté le drapeau rouge, traîné dans le sang du peuple. — Il a relevé le drapeau tricolore, qui a fait le tour du monde... avec le nom, la gloire et la liberté de la Patrie! — Il a sauvé la Patrie et la Liberté!

A L'HONNÊTE HOMME! — Il est mort à la peine, pour accomplir un devoir d'honneur et de conscience! — Il est mort, et ce devoir accompli, ses dettes payées!

Jacques Fernand.

« A tous il appartient! sa Patrie est le monde! »
S. M. Dom Pedro,
Empereur du Brésil.

Res sacra, miser!

VIR PROBUS!

Justum ac tenacem propositi virum,
Si forté virum quem. . . . . . .
. . . . Illabitur orbis...
Impavidum ferient ruinæ!

MADAME DE LAMARTINE

✠ 1863

Speravit anima mea.

Chapelle funèbre Lamartine.

✠ ✶

MADAME DE LAMARTINE

(Extrait d'un feuilleton de Jules Janin — *Journal des
Débats* du 1er juin 1863, — tome II de Jacques Fernand, pages 431 à 445).

La mort de Madame de Lamartine a mis le comble à
tant de malheurs dont le poète est frappé ; maintenant
qu'elle n'est plus, et qus sa modestie est à l'abri, dans
la tombe où repose sa fille Julia... chacun redit librement sa grâce, ses vertus et ses bontés... sa bienfai-
sance. — Un ami dévoué, éloquent, de cette illustre
infortune, EDMOND TEXIER, nous révèle ces faits mystérieux :

« Il y avait dans le faubourg Saint-Marceau une madame Dumont, connue des malheureux pour ses largesses et son inépuisable bonté. Jeunes filles séduites
qu'elle a fait rentrer dans le droit chemin, vieillards
dont elle était la sœur, enfants dont elle était la mère,

infortunés de tous les âges qu'elle a secourus et aimés, vous ne reverrez plus cette consolatrice des affligés : Madame Dumont vient de mourir avec madame de Lamartine . »

Voilà dans quels mystères il faut chercher la sainte femme. Elle cachait sa vie, et elle a modestement et courageusement partagé la gloire, les malheurs de ce grand homme. . . . .

. . . .

Elle repose sous les ombrages de ce Milly... qui n'appartient plus à son maître !... et dont le nom retentira aussi longtemps que le nom de Mantoue, où naquit Virgile.

Chacun pleurait sur le passage de cette dame bienveillante ! L'émotion publique éclata en mille sanglots, et, dans ce deuil universel, elle a traversé le vallon des *Méditations* poétiques.

« Repose-toi, mon âme, en ce dernier asile ! »

MADAME DE CESSIAT-LAMARTINE

L'ANTIGONE DU POÈTE !

A MADAME DE CESSIAT

(VALENTINE DE LAMARTINE)

A L'ANGE CONSOLATEUR DE LA VIEILLESSE
DOULOUREUSE DU GRAND POÈTE !
A LA DOUCE LUMIÈRE DE CETTE NUIT SOMBRE !

Dans sa vie agitée, Lamartine a toujours eu près de lui une femme dévouée, fière de sa gloire, heureuse de ses succès, embaumant ses souffrances et ses peines par les plus tendres soins, par la sympathie la plus touchante!

A Madame de Lamartine a succédé immédiatement la nièce du poëte.... Madame de Cessiat... dont le dévouement filial s'est élevé à la hauteur de cette illustre infortune ! — Après avoir veillé ces dernières années du martyr, et l'agonie du mourant, — elle lui a fermé les yeux... elle a exécuté ses volontés suprêmes.

Pour un cœur aussi aimant, cette présence assidue de ces deux anges gardiens était une bénédiction céleste,.. le plus doux allégement du fardeau de cette vie orageuse ! Lamartine a voulu donner son nom à sa nièce.

* *
*

Jacques Fernand est ici l'interprète de la reconnaissance de tous les Lamartinistes.

11 novembre 1875.

LAMARTINE... L'HONNÊTE HOMME!

ANNEXES DE L'EXPOSÉ HISTORIQUE
DE NOTRE TOME V, PAGES 411 A 537

JULES JANIN

§ Ier

Jules Janin écrivait le 1er juin 1863 : « Lamartine a
« travaillé toute la nuit. — Il écrivait encore à huit
« heures du matin. » (Pour payer ses dettes.)

§ II.

Lettre de Lamartine à A. Thévenot.

Paris, 27 mai 1862.

Monsieur et cher Poète,

« J'ai reçu la riche obole ; j'ai les beaux et bons
« vers ; j'ai vivement ressenti les sentiments exprimés
« dans la prose. Merci du tout, un peu tard, car je

24.

« suis accablé d'anxiété et d'affaires. .   .   .   .   .   .

«   .   .   .   .

« Il s'agit de *quatre-vingt mille* familles et de *quatre*
« *cents* personnes écrasées sous mes ruines. Je veux
« les sauver ou périr à l'œuvre. — Rien ne me coûtera
« de ce qui est honnête : le devoir n'est jamais une
« humiliation.

« Recevez, monsieur, et cher poète, mon cordial ser-
« rement de main. »

« LAMARTINE. »

43, rue de la Ville-l'Evêque. — Paris.

§ III

**Première visite de C. Vanier à Lamartine
et lettre du Poète.**

Paris, 16 avril 1862.

Lettre à Jacques Fernand.

.   .   .   .

- .   . Il me reste à vous annoncer une nouvelle
qui me comble de joie. — J'ai reçu ce matin une lettre
charmante de Lamartine, qui m'engageait à aller le
voir. — Je vous laisse à penser si je me suis hâté de
me rendre à cette invitation.

Je ne trouve pas de termes pour exprimer combien j'ai été heureux de contempler cette physionomie si douce et si expressive, cette noble figure, dont les beaux traits resteront toujours gravés dans mon cœur ! — Avec quel abandon il m'a parlé de tout ce qui nous intéresse à un si haut degré !... Oh ! qu'il est grand quand il pardonne si cordialement à ses concitoyens, et qu'il n'a pour eux que des paroles de tendresse affectueuse !

Notre entretien m'a charmé, je n'oublierais jamais les instants trop courts que j'ai passés près de lui. — Ils se renouvelleront, s'il plaît à Dieu, — car en me reconduisant jusqu'à la porte, il m'a dit du ton le plus gracieux « que je lui ferais toujours plaisir quand je vou-« drais venir le voir... (surtout le dimanche matin, car « je suis libre ce jour-là) » a-t-il ajouté. — Je me promets bien de profiter d'une pareille invitation

Je lui ai fait part de la *tombola* de MM. J. Peychez et Bazas, de la Bastide, et des projets de circulaires, à ses frais, de M. Hue, lauréat. — Il a été ému des bons sentiments de ces Messieurs.

Lamartine est heureux de tous ces dévouements, qui l'attendrissent. — Le peuple intelligent lui est dévoué. —Il en est convenu avec moi.

Je suis enchanté de l'avoir vu, de lui avoir parlé. — Ce jour-là fera époque dans ma vie, — et je conserverai sa gracieuse lettre comme une sainte relique. — Il sait toute ma pensée.

Après avoir lu cette lettre de M. C. Vanier, Jacques Fernand écrivait à Lamartine, le 23 avril 1862 :

Cher Maître,

Votre charmante lettre du 16 avril à M. C. Vanier, — et la visite qu'il vous a faite, ont exalté le zèle passionné de mon cher collaborateur. — Il a pour vous l'admiration la plus affectueuse... c'est presque de l'adoration.

Aussi, vous pouvez disposer de lui maintenant et toujours, comme de votre

JACQUES FERNAND.

J. Fernand écrivait à M. C. Vanier, à la même date, 23 avril :

Mon cher collaborateur,

Cette lettre de Lamartine est une relique pour votre cœur, et votre visite à notre Maître bien aimé est un souvenir tout parfumé de poésie.

Adieu, merci !

§ IV

Deuxième visite de C. Vanier à Lamartine

Paris, 22 avril 1862.

.   .   .   .

Je viens de chez M. de Lamartine : « Il est tou-

« ché de l'admirable zèle de son excellent ami
« M. Jacques Fernand ; il lui conserve un éternel sou-
« venir de reconnaissance (*sic*). »

Les nombreux témoignages de sympathie qu'il reçoit
sont bien précieux pour son cœur.

Je lui ai fait la lecture de votre circulaire ; non-seulement il l'approuve, mais il me charge de vous témoigner combien il vous remercie. A la lecture de votre
lettre, nous étions émus tous les deux ; moi, en lisant,
lui, en m'écoutant.

§ V

Troisième visite de C. Vanier à Lamartine.

Paris, 20 mai 1862.

Voici l'extrait d'une lettre de C. Vanier à Jacques
Fernand, datée du 20 mai 1862 :

« Je viens de faire une visite à Lamartine. — Je lui
« ai remis les journaux qui lui sont sympathiques... en
« lui annonçant que nous avions déjà le *centième* nu-
« méro des Lamartinistes !!! — Le grand poète en a été
« charmé. — Et lorsque je lui ai dit que tous ces arti-
« cles seraient réunis dans un seul volume que vous
« prépariez pour 1863, il m'a répondu : Merci, M. Va-
« nier... Merci à mon excellent ami Jacques Fer-
« nand ! »

PRÉAMBULE

Nous avons toujours courtisé le malheur ! — et si
une seule fois nous avons chanté la puissance et
l'éclat... cet éclat rayonnait au chevet des mourants
pendant l'épidémie de Lisbonne :

S. M. Dom Pedro, ce roi de Portugal, enlevé si jeune
à l'affection du peuple reconnaissant, visitant alors
les malades atteints de l'épidémie... et entassés dans
les hôpitaux.

> « Père et consolateur de ces pauvres enfants,
> « . . . .
> « Du Dieu de charité le vrai représentant.
> « . . . , ...
> « Marchant, béni de tous, vers la plus douce gloire,
> « La gloire sans les pleurs, la gloire des bienfaits ! »

Le courtisan des malheureux n'a rien à attendre que
de Dieu, dont ils sont les bien-aimés, — et si leur
émotion se trahit par de bonnes et tendres paroles, elles
sont les plus douces récompenses du dévouement.
— Si l'attendrissement va jusqu'aux larmes, elles des-
cendent sur le cœur de l'ami dévoué comme une rosée
du ciel !

Nous ne pourrons jamais oublier l'émotion profonde
que nous avons ressentie en entendant ces paroles

attendrissantes d'un petit enfant touché de nos soins et de nos consolations : — « Oh ! je vous aime bien ! »

> Triste, mais souriant,
> Dans sa reconnaissance,
> Comme à la Providence,
> Hier, un pauvre enfant
> Me disait : « Je vous aime ! »
> Mots si doux à Dieu même ;
> Si doux à notre cœur !
> Ma nuit parut moins sombre :
> Charme puissant de l'ombre...
> De l'ombre du bonheur !

Et si la voix angélique de cet enfant a laissé un si doux écho dans notre cœur, que penser des expressions si tendres de notre Maître et de nos effusions si touchantes ! ! !

Voici quelques extraits de ses lettres... nos consolations les plus chères... bénédictions du ciel qui sourit à notre persévérance ! !

Elles seront notre lumière et notre guide, comme cette étoile rayonnante qui marchait devant les Bergers et les Mages !

Epiphanie, 6 janvier 1842.

QUINZE LETTRES DE LAMARTINE
A JACQUES FERNAND

PREMIÈRE LETTRE

12 avril 1858.

Une indisposition et les affaires m'arrachent la plume
des mains, mais je la ramasse quand un ami m'écrit de
pareilles lignes !

DEUXIÈME LETTRE

1er mai 1858.

Je reçois votre lettre et vos vers. — J'ai la main
fatiguée d'écrire, mais non le cœur fatigué d'aimer.
Vous savez qu'il y a longtemps que je vous aime...
Recevez mes cordiales amitiés.

TROISIÈME LETTRE

Février 1859.

Je vous prie de recevoir mes excuses. Une indisposition et une absence de Paris qui s'est prolongée jusqu'en janvier, ne m'a pas permis de vous écrire plus

tôt. — Je n'en ai pas moins lu, avec le vif intérêt qui se rattache à votre talent, les vers que vous avez bien voulu m'adresser.

QUATRIÈME LETTRE

18 novembre 1859.

Votre signature est toujours, comme celle des Persans, à l'encre d'or (1). — Ai-je besoin de vous remercier d'une si constante amitié?

. . . .

. . . .

. . . . Conseillez-moi, — car le cœur est oracle. — Je suis résigné à tout, pour moi-même; — quant à ces malheureux qui souffrent pour moi... je ne me résigne pas, et c'est ce qui me tue... Excusez-moi de tous ces détails... mais quand l'âme est si pleine, il est doux de la répandre dans celle qui s'ouvre pour la consoler.

CINQUIÈME LETTRE

7 Décembre 1859.

J'ai les deux moitiés (2) dont le tout est votre cœur.

(1) J'avais envoyé à Lamartine... DEUX MILLE francs pour ma souscription

(2) J'avais envoyé un autre billet de la Banque. — Je l'avais coupé en deux moitiés — et mis chaque moitié dans une lettre. — En rapprochant les deux moitiés, le billet avait la même valeur.

L'idée vient du cœur; elle est efficace. — Je vous écrirai dans quelques jours comment je comprends que vous l'exécutiez. . . . .

SIXIÈME LETTRE

5 Février 1860.

Mon cher poète et ami,

. . . . C'est après-demain qu'il faut me dépouiller de ce qui tient à mon âme plus que ma chair et mes os! (1). . . . .

Je suis tout à vous par le cœur, comme le vôtre est tout à moi.

Adieu, je suis au milieu des angoisses et des hommes d'affaires. . . . . . . Pour me consoler, je pense à vous.

Avez-vous lu ma réponse en vers à M. de Fontenay? (2)

J'espère vous en adresser de meilleurs au nom de Milly (3). . . . .

(1) Monceau devait être vendu le 7 février.— De là ce cri d'angoisse!... Mais le 7 février, point d'acquéreur! — Voir mes vers à ce sujet.

(2) Voir plus loin ces vers de Lamartine à M. de Fontenay.

(3) Lamartine voulait chanter Milly;—mais Milly a été vendu!! et le Poète, exilé de son berceau, ne chante plus! Sa harpe est brisée! *Super flumina Babylonis!*

> Milly! Milly vendu!! Ce triste et doux manoir,
> Hélas! perdu pour toi! Ne jamais le revoir!
> O mon maître! épuisé par la longue souffrance,
> Pleure ce nid d'amour, l'ombre de ton enfance!

SEPTIÈME LETTRE

16 Février 1860.

. . . .

. . . . . Je n'ai qu'une minute . . . . . .
Mon cœur est à vous. . . . .

HUITIÈME LETTRE

Mai 1860.

Mon cher et courageux ami,

. . . .

J'ai reçu et enregistré votre souscription à mes Œuvres
complètes. — Vous lui portez bonheur car elle paraît
se dessiner bien favorablement. . . . . . .

. . . .

Mille amitiés croissantes... avec la vôtre.

NEUVIÈME LETTRE

3 avril 1860.

Cher confrère et ami,

Dans quelques jours je vous écrirai ce que votre
obligeance vraiment fraternelle aura à écrire.

Réjouissez-vous, puisque vous m'aimez : — la souscription à mes Œuvres complètes paraît marcher à
souhait.

DIXIÈME LETTRE

16 avril 1860.

La mort est l'amnistie de la vie.

A Monsieur Fernand, son ami.

ONZIÈME LETTRE

7 mai 1860.

Cher poëte et homme de cœur,

J'ai reçu des exemplaires de votre *Remember !* J'ai lu avec entraînement tout le volume. Il y a de charmants et sublimes morceaux. *Pectus est quod disertum....*

Je cherche quel usage je pourrai faire, en public, de ce qui me concerne . . . . :
Je résumerai le tout dans une brochure. . . . . . .
La souscription à mes Œuvres complètes se soutient. — Encore quelques jours. — J'espère.

Au revoir. — Je vous aime comme vous le méritez.

Excusez-moi... je vous écris à la hâte. — Je fais, sans secrétaire, le travail de *sept* hommes bien occupés.

DOUZIÈME LETTRE

15 Mai 1860.

Nota. Lettre dictée par Lamartine à sa nièce... qui

serait son Antigone (1)... si, pour veiller au chevet de son lit de douleur, Dieu n'avait pas raffermi la santé de madame de Lamartine... Ange gardien de ce foyer désolé, de cette vieillesse si touchante... rayon lumineux de ce couchant de plus en plus sombre !

— Voici la lettre... du 15 mai 1860.

M. de Lamartine, retenu dans son lit par une très-douloureuse attaque de rhumatisme, ne peut répondre qu'avec son cœur à monsieur Fernand. — Sa nièce, qui est son secrétaire (2), écrit sous sa dictée :

M. de Lamartine, quand il sera rétabli, dira à monsieur Fernand tous les sentiments qu'un dévouement si bon et si constant lui inspire.

M. de Lamartine désire savoir dans quel pays va voyager monsieur Fernand, afin de l'y suivre de tous ses vœux et de tout son attachement.

Paris, le 15 mai 1860.

TREIZIÈME LETTRE

28 Mai 1860.

Cher et infatigable ami,

Chacune de vos lettres me ravit de reconnaissance et d'admiration.

(1) Depuis la mort de madame de Lamartine, madame de Cessiat est devenue l'Antigone du Poète. — Elle lui a fermé les yeux. — Son dévouement filial lui attire le respect et la reconnaissance des Lamartinistes.

(2) Son secrétaire... de *prédilection* — et son *ange gardien*.

L'idée de M. le marquis de Laincel, et aussi de M. C. Vanier, est trop naturelle pour ne s'être pas offerte la première à mon esprit, mais . . . . . .

Remerciez-les d'avoir pensé à moi... et priez-les de favoriser mon plan de publication, le SEUL POSSIBLE. .

Mon amitié toujours croissante, comme votre sollicitude.

QUATORZIÈME LETTRE

1ᵉʳ Février 1862.

. . . .

. . . .

Oui, vous êtes le dernier et le meilleur des amis (1). — Je livre le combat suprême pour mes malheureux et pauvres créanciers. .. . . . .

Vos cent francs en vaudront cent mille (2). — L'emprunt réussit assez bien. — Je vais le rendre public, et il peut tout sauver !

QUINZIÈME LETTRE

10 Février 1862.

. . . .

. . . . . .

Je suis profondément touché de ces preuves d'une si tendre affection !

(1) Le dernier ! — Mon cher Maître ! grâce à Dieu ! — Mon *Livre d'or* des Lamartinistes ne comptait que quarante inscrits. — Il en compte maintenant CENT CINQUANTE !!!

(2) Cent francs et d'autres sommes à ajouter aux *deux mille* de ma première souscription. — La crise était grave ! Je devais joindre les actions aux paroles. — C'était la meilleure propagande !

ANNEXE DE CETTE QUINZIÈME LETTRE

LETTRE DE JACQUES FERNAND A LAMARTINE

ET ENVOI DE 500 FRANCS

Pour NOUVELLE Souscription à son Emprunt 1862

NOTA. C'est ce nouvel envoi de 500 francs qui a motivé la 15ᵉ lettre de Lamartine (10 février).

---

9 Février 1862.

Cher Maître,

Dans votre lettre du 1ᵉʳ février, je remarque ces lignes :

« L'Emprunt peut tout sauver ! Je vais le rendre « public. — Vos cent francs en vaudront cent mille ! »

A ces cent francs, j'ajoute 400, que voici, en quatre billets de la Banque de France.

Je souscris donc pour cinq cents francs, et vous pouvez les inscrire sur votre liste d'emprunt public.

J'aurais voulu verser une somme plus forte, mais je viens d'épuiser toutes mes économies, en faisant imprimer douze mille exemplaires de mon *Manifeste de Propagande-Lamartine* 1862 (APPEL SUPRÊME A LA FRANCE !) — et je donne à votre emprunt mon dernier écu.

L'exemple est entraînant, — et c'est surtout pour entraîner d'autres souscripteurs que je verse cinq cents francs. — Que de nouveaux souscripteurs viennent en foule... et vous aident à achever votre première édition... et même à poursuivre la deuxième édition de vos œuvres complètes, et tout est sauvé !!!

Que Dieu répande sur vous... et sur vos projets... particulièrement sur votre emprunt public... toutes ses bénédictions !

Votre fidèle et dévoué
JACQUES FERNAND

LAMARTINE PEINT PAR LUI-MÊME

Cet article a été reproduit par le *Propagateur de la Méditerrannée et du Var*, directeur, M. D. Rossi. — Octobre 1875.

Dans ces quinze lettres, Lamartine se révèle tout entier ! — Quelle tendresse dans sa reconnaissance ! Quelle grâce affectueuse dans les épanchements de son cœur ! — Et comme sa belle âme palpite dans ces expressions si aimables ou si touchantes !

Voici quelques lignes de la Préface générale de ses Œuvres complètes, qui achève le portrait :

. . . .

« J'ai eu de l'âme, c'est vrai : voilà tout. J'ai jeté quelques cris justes du cœur... j'ai noté les traces de mon passage dans la vie, en vers, en prose, en harangues, en actions plus ou moins mémorables... voilà tout. . . . .

« Il y a longtemps que la dernière racine de toute vanité littéraire ou politique est séchée en moi, comme si elle n'y avait jamais germé. Je ne me crois ni classique

en poésie, ni infaillible en histoire, ni toujours irré-
prochable en politique. Quand je repasse mes œuvres
ou ma vie, je me juge moi-même avec autant de sévérité que peuvent le faire mes ennemis. Pourquoi?
Parce que je me juge non devant les hommes, mais devant Dieu, dont la lumière éclatante fait ressortir toutes
les taches. — A quoi servirait donc la conscience, si ce
n'était à se frapper la poitrine avant l'heure où le dernier soupir doit, à défaut d'innocence, emporter du
moins toutes les honnêtetés de l'âme au juge miséricor-
dieux de nos faiblesses ? — Cette confession publique,
que les premiers Chrétiens faisaient aux portes du temple, doit se faire, par l'honnête homme, à haute voix,
devant les portes de la postérité. — Ce sera une des
étrangetés spéciales de cette édition finale et unique,
que ces jugements que j'y porterai en notes, sans pitié pour moi-même, à chaque page de mes œuvres et
de mes actes.

« Je trouve à cette sévérité même un plaisir amer: le
plaisir que fait à l'âme la justice exercée même contre
soi !

« Il faut être impitoyable envers ses passions, ses
faiblesses ou ses fautes, pour mériter d'être pardonné
ici-bas et absous là-haut.

« La mort est l'amnistie de la vie! »

« LAMARTINE. »

Comment ne pas aimer ce cœur si tendre, ce génie si aimable, si humble... et si grand par cette humilité ! si malheureux et si calme, si résigné dans la souffrance ?

Mais il ajoute :

« Je voudrais n'avoir jamais su écrire. »

Pour son bonheur, peut-être ; mais, pour le bonheur des autres ! Qui ne regrette pas, comme Virgile, d'avoir *jeté loin de lui la serpette d'émondeur de vignes ?... O utinam !...* — Souvent la conquête de cette gloire, qui fait le charme des siècles futurs, est payée par le martyre ! — Homère, Dante et Milton... longtemps ont souffert ! — Mais

> Trois mille ans ont passé sur la cendre d'Homère,
> Et, depuis trois mille ans, Homère respecté
> Est jeune encor de gloire et d'immortalité !

Et sans attendre l'avenir, si Lamartine subit l'ostracisme de quelques ingrats, il reste, depuis longues années, le charme, l'idéal de tous les nobles cœurs !

P.-S. L'inspiration est un don du Ciel... Rien n'est fait sans but... Ce don est une mission sérieuse. — L'on ne doit point s'y soustraire, — et si elle donne le martyre, elle donne aussi la palme ! — Homère... et Dante... et Milton... étaient des prédestinés !

MILLY VENDU!!!

SAISIE DU MOBILIER A PARIS, SAISIES DES IMMEUBLES A MACON
VENTE JUDICIAIRE DE SAINT-POINT ET DE MONCEAU !

(Extrait de notre tome V, publié par le *Propagateur de la
Méditerranée et du Var*. — Directeur D. Rossi. — Novembre 1875.)

En huit ans, il avait déjà payé TROIS MILLIONS! Il ne
devait plus que six cent mille francs le 1ᵉʳ mars 1869,
jour de son décès! — Il payait deux cent soixante
mille francs par an ! — Encore trois ans, et il aurait
tout soldé (1).

Tel était le résultat de son héroïque labeur !

« Je suis sans secrétaire, m'écrivait mon cher maî-
« tre, dans sa lettre du 9 mai 1860, et je travaille
« comme *sept* hommes bien occupés. »

Cet héroïsme n'a pu le préserver de la catastrophe!

Le 25 janvier 1862, dans notre... *appel suprême à la
France !* nous écrivions :

La rougeur au front... et les larmes aux yeux... nous
lisions ces lignes navrantes :

(1) Prospectus de son emprunt 1862

« Les vives préoccupations causées à M. de Lamar-
« tine par la saisie de son mobilier à Paris...

« Et par les saisies menaçantes de ses immeubles à
« Mâcon...

« Saisies qui compromettent le gage même de ses
« créanciers, en faisant vendre judiciairement les terres
« de *Saint-Point et de Monceau*, déjà engagées au Crédit
« foncier. . . . .

« Ces vives préoccupations ont retardé l'apparition
« de ces *Entretiens littéraires*.

« M. de Lamartine prie ses abonnés d'attendre quinze
« jours seulement. — Trois *entretiens* paraîtront en un
« seul cahier, au plus tard vers le 10 février prochain,
« et les autres régulièrement ensuite tous les mois. »

— Extrait du journal des Débats
du samedi 25 janvier 1862.

Sous le coup d'une telle douleur, avoir assez de
« présence d'esprit, assez d'énergie pour continuer
« ces *Entretiens littéraires*... et la publication de *qua-*
« *rante* volumes de ses œuvres !

« Tant de calme, tant de sérénité, tout de fermeté
« persévérante, révèlent une grandeur d'âme et une
« vigueur de caractère bien rares ! — C'est vraiment là
« ce juste d'Horace... impassible au milieu des ruines
« de l'univers... et marchant toujours droit à son but ! »

« Justum ac tenacem propositi virum !...
« Impavidum ferient ruinæ ! »

Ces nouvelles douloureuses ont hâté notre *manifeste* de 1862, notre *Appel suprême* à la France! — J'écrivais le 25 janvier 1862 à mon cher collaborateur M. C. Vanier :

« Hâtons-nous ! — Quand un naufragé pousse un
« cri de détresse, il faut tout oublier... et se jeter à la
« nage pour le sauver. — Laissons-là le volume com-
« mencé, et publions immédiatement notre manifeste
« de propagande pour les souscriptions. »

Et notre appel a été entendu ! Et le chiffre des Lamartinistes qui ont répondu à notre *Manifeste* par des articles de propagande s'est élevé à CENT CINQUANTE !

Dans la circulaire pour son emprunt de 1862 — on lit ces lignes :

« Des circonstances impossibles à prévoir lui ont
« enlevé l'à-compte de 260,000 francs qu'il paie au
« mois de décembre à ceux dont il est débiteur. — La
« nécessité et le besoin urgent obligent à regret
« quelques-uns de ses créanciers à poursuivre la vente
« de ses biens par voie judiciaire . . . .
« . . . . »

260,000 francs, chaque année, remboursés à ses créanciers... et par le produit de son travail... par la publication de ses *OEuvres complétes* et par ses *Entretiens littéraires !* (S'il avait vécu trois ans de plus... il aurait soldé les 600,000 francs qui restaient dus ! ! !)

Il a donc raison d'écrire : « La nécessité et le besoin « urgent obligent à regret quelques-uns... à poursui- « vre. »

POST-SCRIPTUM

Milly ! Milly vendu ! — ce triste et doux manoir,
Des lambeaux de ton cœur ce touchant reliquaire,
De tes nobles aïeux le pieux sanctuaire !

RÉSUMÉ

DES MANIFESTATIONS AFFECTUEUSES DES LAMARTINISTES (1)

150 signatures inscrites dans notre *Livre d'Or* (2)

  46 signatures des *Echos sympahtiques* (3) par les collaborateurs de la *Tribune lyrique*.

276 souscripteurs ont fait les frais des *Echos*.

472 Lamartinistes ont manifesté leur dévouement au grand poète, au grand citoyen.

Nous avons éprouvé une vive émotion de joie en transmettant à Lamartine... de si douces, de si glorieuses consolations !

Et nous avons remercié Dieu de ses bénédictions paternelles !

---

(1) Lamartinistes. — Ce mot n'a qu un sens : Des cœurs généreux... émus des malheurs de Lamartine... désireux pour lui d'un avenir plus heureux, propageant les moyens de réaliser cet avenir.

(2) Notre *Livre d'Or*... est le recueil de tous les articles des Lamartinistes.

(3) *Echos sympathiques.* — Un volume d'articles et de poésies entièrement dédiés à Lamartine, et signés par *quarante-six* collaborateurs de la *Tribune lyrique*.

LETTRE DE JACQUES FERNAND

A MONSIEUR D. ROSSI

Directeur du *Propagateur du Var*, qui a publié les quinze
lettres de Lamartine.

1er janvier 1875.

Monsieur,

Vous avez fait une bonne action, en publiant successivement, dans le *Propagateur du Var* (juillet, août,
septembre, octobre), les quinze lettres de Lamartine à
Jacques Fernand.

Vous avez mis en pleine lumière une des plus nobles
et des plus touchantes qualités de mon cher Maître...
la tendresse ineffable de son cœur, — et, grâce à l'é-
mission successive de ses lettres... on en savoure
mieux les expressions.

*
* *

Lorsque Jésus marche sur les flots, agités par la
tempête...

Lorsqu'il ordonne à Lazare de se lever de son cercueil... et de venir à lui...

Ces miracles nous étonnent... et révèlent la Divinité !
— Nous adorons, à genoux !

*
* *

Mais lorsque Jésus, du haut de la croix, dit à Marie :
« Mère, voici ton fils ! » et à Jean :
« Disciple, voici ta mère ! »

Ces paroles attendrissantes font vibrer le cœur humain dans ses profondeurs et ses tendresses les plus intimes — et nous reconnaissons un frère, un ami dans l'homme-Dieu !

*
* *

Les œuvres sublimes de Lamartine révèlent le génie !

Mais ces quinze lettres si affectueuses à un infiniment petit manifestent les émotions profondes de sa tendresse constante pour celui qui l'aimait avec passion !

Et tout son cœur est là, palpitant, avec sa grâce charmante, son exquise sensibilité !

*
* *

Que serait la Divinité sans l'Amour ? — La toute-puissance implacable !... l'effroi de tous ! (Tout tremble devant moi !)

Que serait le Génie ? — La torche et non le flambeau ! — Le Ravageur des nations ! *La Force primant le Droit !*

*
* *

Deus est charitas — Dieu est tout amour ! — L'homme

aussi ! et c'est l'Amour qui est l'auréole adorable de la Divinité, du Génie!—C'est l'Amour qui est leur essence! qui les complète. — Sans lui, ils ne sont rien !

C'est le néant !

*
* *

Pour moi, monsieur, je n'ai jamais eu un seul mouvement d'orgueil, en me sentant, moi, ver de terre, le bien-aimé de Lamartine, d'une étoile !

Mon cœur a toujours battu à l'unisson du sien — et ces lettres n'étaient que des consolations attendrissantes, remplissant le vide de ma cellule solitaire.

Comme saint Jean, je restais immobile, le front appuyé sur l'épaule de mon cher Maître !... Et les plus douces larmes coulaient de mes yeux !

Je suis, Monsieur, avec une respectueuse reconnaissance,

Votre tout dévoué,
Jacques Fernand.

P.-S. — Dans la 13ᵉ lettre, je remarque avec bonheur le nom de mon cher collaborateur, M. C. Vanier, cité avec éloge par Lamartine. — Le grand poète a visité M. C. Vanier, qui lui a rendu plusieurs visites — et chaque fois il a serré cordialement la main de son ami si dévoué ! — et il l'a remercié avec effusion de notre propagande ardente, pour sa libération financière. — Dans mon tome V (*Lamartine l'honnête homme !*)

j'ai prouvé que cette libération était enfin réalité. — Sa nièce, Madame de Cessiat (Valentine de Lamartine), apprécie aussi noblement le dévouement de M. C. Vanier à cette grande infortune.

P.-S. M. C. Vanier a toujours eu les sympathies de tous ses clients, qui sont devenus ses amis — entre autres — M. Isidore Geoffroy St-Hilaire, et le directeur du *Propagateur du Var*, M. Rossi.

M. C. Vanier compose ici son dernier chef-d'œuvre typographique, — et ses deux fils font leurs premiers pas dans cette carrière, en coopérant au travail paternel à cette composition artistique de ce Tome VI — fait vraiment rare et touchant! Doux souvenir de leur passé pour Ernest et Henri!

§ VI

EXTRAIT D'UNE LETTRE DE JACQUES FERNAND A LAMARTINE

26 Novembre 186

. . . .

Un souvenir reconnaissant à M. C. Vanier, Lamarti-
niste si dévoué, si persévérant, si fidèle ! . . . . .

. . . . Pour les combinaisons financières, je n'ai aucune expérience ; — comme vous je pourrais dire :
« Aimer, prier, chanter ; voilà toute ma vie ! » Et j'ai
foi à la prière, et je crois qu'une des plus efficaces est
une bonne action, faite sous les yeux de notre Père.

Votre cri de détresse me va droit au cœur, et il
m'inspire ceci : — Je vous envoie ce que je trouve au
fond de mon petit sachet, — et ce fruit de mes économies persévérantes, ce billet de mille francs vous portera bonheur ! — Je l'élève devant Dieu et je le prie de
le bénir. — Ce verre d'eau retombera en rosée abon-
dante, en pluie féconde sur votre sol aride ! — En 1860,
je vous enverrai un second billet de mille francs. — Si
minimes en comparaison du total nécessaire (mais si
importants dans mon modeste budget !) ces billets,
donnés avec sympathie, ressembleront à ces boules de
neige qui grossissent en roulant. — Les petits billets
auront une puissance d'attraction toute divine. —

L'exemple parlera haut et provoquera des imitateurs, — et les idées, les projets s'éveilleront surexcités par le zèle. — Ainsi, en montrant le produit énorme de votre travail héroïque de dix-huit mois, on pourrait escompter le produit de votre travail futur et solder par un prêt ce qui reste à payer !...

§ VII

LETTRE DE C. VANIER ET LETTRE
DE LAMARTINE

A M. le rédacteur en chef du Journal...

Mon cher rédacteur,

Je sais combien vous êtes sympathique à Lamartine. Vous avez fait vos preuves, et je suis certain que vous êtes prêt à donner de nouveaux gages de dévouement au poète-citoyen. C'est avec cette conviction que je vous adresse la lettre ci-après, que je tiens de M. de Lamartine, persuadé que vous lui donnerez toute la publicité possible, dans l'intérêt de la sainte cause à laquelle tant de nobles cœurs prennent part.

Bien sincèrement tout à vous.

C. Vanier.

Monsieur,

J'ai tenté un emprunt littéraire ; il n'a pas été suffisamment rempli. Je reviens avec confiance à la vente

de mon travail, qui ne m'a jamais trompé. Vous en
trouverez ci-joint les conditions, modifiées de manière
à ce que le prix en soit insensible.

Je n'ignore pas ce qu'il y a d'inusité et d'étrange
dans le mode que j'emploie auprès de vous. Il peut paraître à la fois ou trop présomptueux ou trop humble à
un écrivain d'engager à l'acquisition de ses œuvres. Je
le fais, cependant, parce que cette inconvenance apparente et très-pénible est pour moi un devoir absolu,
imposé par des causes qui n'ont rien que d'honorable,
et qui se justifieront d'elles-mêmes plus tard Je n'ai
pas d'autre moyen, digne de vous et de moi, de payer
ma dette à ceux qui souffrent de mon insolvabilité présente : je dois les satisfaire, avant de mourir, avec le
prix de toutes les lignes que j'ai écrites dans ma laborieuse vie.

Puisse ce motif vous encourager à me seconder dans
mon travail! En y souscrivant, ne pensez pas à moi,
pensez à l'objet de mes efforts! que mes œuvres soient
appelées à occuper dans votre bibliothèque une place
à part, indépendante de leur mérite, la place qui vous
retrace à vous-même le souvenir d'une œuvre honnête
et d'un généreux désintéressement.

Alph. de Lamartine.

Paris, 1ᵉʳ mai 1862. — 43, rue de la Ville-l'Evêque.

§ VIII

BÉNÉDICTIONS!
SOUVENIRS ET RELIQUES DU CŒUR !

Quinze Lettres de Lamartine.

A JACQUES FERNAND

Pendant la Propagande

EXTRAIT DE CES LETTRES

Ces quinze lettres, reproduites par le *Propagateur du Var*, directeur, M. D. Rossi. — Juillet, août, septembre, octobre 1875.

EXTRAIT DE MES VERS

A MM. DE BARANTE... ET LAMARTINE

« L'amitié d'un grand homme est un bienfait des dieux! »

O maîtres bien-aimés ! voici, reliques saintes !
Vos lettres, vos portraits... où vos âmes empreintes
Semblent se refléter... me regarder encor !
— De mon cœur désolé, voici le Livre d'or !

*
* *

. . . .
. . . .
. . . .
. . . .

*
* *

Portraits, lettres, prière... en un beau Reliquaire,
De ma triste cellule ornent le sanctuaire !
— D'un passé que je pleure, attachant souvenir !
— Pâle et douce lumière de mon sombre avenir !

2 Novembre 1869. — Les Trépassés.

VERS DE LAMARTINE

Insérés dans le journal de Honfleur par le baron
de Ville d'Avray.

30 Mai 1862.

La France verra-t-elle d'un œil impassible dépouiller
Lamartine du peu qui lui reste; lui qui a jeté tant d'é-
clat sur elle! qui a tant ajouté à sa gloire !...

Lui fera-t-elle un crime de ne pas s'être enrichi dans
les hautes fonctions qu'elle lui avait confiées !...

Lui laissera-t-elle enlever ce toit paternel qu'il chantait en vers si nobles et si touchants :

Ce fut hier ; le jour mélancolique et sombre
Semblait de ma tristesse avoir revêtu l'ombre
On eût dit qu'à son tour l'âme de ce beau lieu
Voulait sympathiser avec ce jour d'adieu,
Tant le ciel était gris, tant les vents sans haleine
Laissaient pendre la feuille et l'épi sur la plaine,
Tant le ruisseau dormait en retenant sa voix,
Tant les oiseaux cachés se taisaient dans les bois !...

. . . .

Je m'enfonçai pleurant sous les sombres allées,
Des traces de ma mère encor toute peuplées ;
Je parcourais du pas tout le champêtre enclos
Où comme autant de fleurs, mes jours étaient éclos ;
J'écoutais chanter l'eau dans le bassin de marbre ;
Je touchais chaque mur, je parlais à chaque arbre ;

J'allais d'un tronc à l'autre et je les embrassais ;
Je leur prêtais le sens des pleurs que je versais,
Et je croyais sentir, tant notre âme a de force,
Un cœur ami du mien palpiter sous l'écorce.

. . . . . , ...

Et, de tout emportant quelque chère relique,
Je remplissais mon sein de feuillage roulé,
Du sable de la cour par ma mère foulé....

. . . .

Et je m'enfuis courant sans retourner la tête,

. . . .

Cette mélancolique rêverie du poète est-elle donc destinée à devenir une navrante réalité?...

20 mars 1862.

Baron de VILLE-D'AVRAY.

§ X

FIOR D'ALIZA

Opéra, paroles de MM. Michel Carré et Hippolyte Lucas, d'après un roman-poème de M. de Lamartine. Musique de Victor Massé.

La veille de la première représentation de... FIOR d'ALIZA, Lamartine a envoyé ces vers charmants... sous le voile *transparent* de l'anonyme... à Victor Massé :

« Ta couronne est guirlande autant que diadème.
« *Galathée* a fourni le myrte et le laurier ;
  « *Topaze*, l'œillet de Bohème ;
« *Jeannette*, l'aubépine. — Il ne manque au poème
« Qu'un chant, et qu'une fleur au bouquet : l'alizier,

* *

Quelle grâce dans ce bouquet poétique!—Anacréon, en cheveux blancs... et couronné de roses... n'aurait pas été plus aimable! — Ces fleurs sont les sœurs de *Picciola*... la fleur du prisonnier (1)! — Comme elles brillent au milieu des ruines de cette grande infortune... du poète des *Méditations!*—dans les splendeurs et la mélancolie de ce couchant nuageux!

Spectacle attendrissant... de la sérénité d'une belle âme, au milieu des orages! — d'un divin sourire qui rayonne sous les larmes !

JACQUES FERNAND.

10 février 1866.

(1) *Picciola !...* — Par Saintine.

★

ADOLPHE THIERS

FRANCE

Fidèle à ces trois mots : « DIEU ! LIBERTÉ ! PATRIE !
— Le nouveau Washington de la Démocratie !

JACQUES FERNAND.

ADOLPHE THIERS

A L'ILLUSTRE HISTORIEN ! AU GRAND CITOYEN !
AU PATRIOTE !
AU PREMIER PRÉSIDENT DE LA RÉPUBLIQUE FRANÇAISE !
AU LIBÉRATEUR DU TERRITOIRE !

On a souscrit SEIZE MILLIARDS pour son emprunt
national de CINQ MILLIARDS ! ! !

Par la persévérance de ses sages conseils, il a fondé
la République légale... en unissant, comme Cavour, les
deux centres de l'Assemblée nationale et les modérés
de la gauche.

JACQUES FERNAND.

1ᵉʳ Janvier 1876.

DIEU! PATRIE!... ET LIBERTÉ

Devise de Georges Washington.

Devise de Thiers,

Le nouveau Washington de la Démocratie!

M. Thiers a dit à l'Assemblée nationale :

« Je ne suis pas un de ces grands noms historiques...
« — JE SUIS UN PETIT BOURGEOIS, choisi par vous... » —
Le Poëte et la France lui répondent :

Qui sert bien son pays n'a pas besoin d'aïeux !

M. Thiers serait un ANCÊTRE. — Son nom sera gravé dans l'Histoire.

D'une vieillesse avancée, et brisé par des infirmités douloureuses, — je ne croyais pas vivre assez long-temps pour assister à cette Libération du territoire ! — Mais, grâce à M. Thiers, j'aurai cette joie ineffable !— J'entrevois déjà la *Terre promise*, la France libre, in-dépendante !

« Et mon dernier regard a vu fuir les Romains . »

Aussi, avec une vive reconnaissance, je m'écrie de nouveau...

« M. THIERS A BIEN MÉRITÉ DE LA PATRIE ! »

Jacques Fernand.

18 mars 1873.

---

30 Mars 1873. — M. Reynach, banquier à Paris, élève à **108** millions **400** mille francs, l'économie pro-duite par cette anticipation du solde des cinq milliards, — comparativement aux estimations primitives (intérêts, **70** millions **600** mille francs. — Entretien des troupes allemandes **37** millions **785** mille francs). — Des résul-tats, si importants, complètent très-heureusement les avantages politiques et moraux de la **Libération du territoire !**

Comme Washington, M. Thiers vient d'assurer l'Indépendance nationale !

Comme Washington, il va fonder la République... (la *forme* qui **nous** *divise le moins*... a-t-il dit **avec** raison).

» Fidèle à ces trois mots: Dieu ! Liberté ! Patrie!
« Le nouveau Washington de la Démocratie,
« Citoyen toujours pur... et patriote ardent,
« Doit compter sur l'appui du cœur reconnaissant !
« — D'un peuple franc et libre étoile radieuse !
« — Guide sûr des écueils d'une mer orageuse ! »

18 Mars 1875.

GEORGES WASHINGTON

ÉTATS-UNIS

Fidèle à ces trois mots: *Dieu ! Liberté ! Patrie !*
Modèle glorieux de la Démocratie !

JACQUES FERNAND.

★　　★

WASHINGTON ET THIERS

Dans son discours du 26 février 1874, aux Délégués des Français (de New-York), M. Thiers semble approuver la pensée de notre article : **Washington et Thiers.**

« L'exemple de Washington que vous citez doit être notre modèle à tous, principalement à ceux qui gouvernent ou qui gouverneront la France. Pour moi, je serai heureux et fier d'avoir accompli seulement une part de cette tâche glorieuse. J'espère qu'elle ne sera pas infructueuse et qu'elle aura des continuateurs. Tant qu'il me restera des forces je les consacrerai à mon pays. Et je vous dis sans illusion : J'ESPÈRE, OUI. J'ESPÈRE. »

AU BON GÉNIE DE LA FRANCE!

L'ALSACE ET LA LORRAINE

LUI SERAIENT RENDUES... GRACE A M. THIERS!!!

L'on connaît la vieille amitié qui lie M. Thiers à Gorshakoff. Ils viennent d'avoir de longs et fréquents entretiens sur les bords du lac de Genève.

Après son voyage en Suisse... Gorshakoff a visité Bismark et Guillaume.

De ces conférences, résulterait un congrès européen, qui donnerait : Constantinople à la Russie, — l'Egypte à l'Angleterre, — les provinces allemandes de l'Autriche à l'Allemagne, — les provinces slaves à l'Autriche,

L'ALSACE ET LA LORRAINE A LA FRANCE

Ainsi *elles* nous seraient rendues !... grâce à l'influence de Thiers sur Gorshakoff !

Thiers a délivré notre territoire des armées allemandes ! Il nous a conservé Belfort ! il nous rendrait nos deux provinces ! ! ! Et nos provinces seront rectifiées !

Ce cri de reconnaissance s'échappe de nos cœurs :

A MONSIEUR THIERS

AU BON GÉNIE DE LA FRANCE

11 décembre 1875.

P.-S. — Janvier 1876. — Noble patriotisme ! Aux élections générales, Thiers ne veut être nommé que par BELFORT, qui l'acclame avec enthousiasme et reconnaissance ! — Il sera le représentant de BELFORT, resté français, grâce à son énergie et à son habileté !

BERRYER
L'ORATEUR MODÈLE

Une des gloires de la France !
— Aimé, admiré par tous les partis.

JACQUES FERNAND.

A BERRYER

A L'ORATEUR MODÊLE PAR LA PENSÉE
L'ATTITUDE, LE GESTE
ET LE REGARD... L'ACCENT!

AU GRAND CITOYEN! AU PATRIOTE!
AU CŒUR FIDÈLE ET CHEVALERESQUE!
A L'HONNÊTE HOMME!
VIR PROBUS, DICENDI PERITUS!

Légitimiste convaincu, il a vécu quarante ans sous le même toit avec *Marie*, républicain honnête comme lui... convaincu comme lui... noble et touchant exemple de tolérance politique!

Marie était avocat... et longtemps député comme Berryer, presque du même âge.

JACQUES FERNAND.

1er janvier 1876.

27.

BERRYER

. . . .

. . . .

Berryer aurait été indigné de cette pusillanimité, qui veut bâillonner le Président de la République ! — Berryer, l'émule chevaleresque et loyal de Thiers ! — Berryer, dont les grandes journées étaient illustrées par ces luttes oratoires, si retentissantes, contre son rival d'éloquence ! ! ! — Berryer, qui allait serrer la main de Thiers, après le combat, voulant montrer son estime pour cet adversaire si digne de lui ! — Que les temps sont changés !

Il n'y a plus de Berryer !

———

Dans son discours du 4 mars 1873, M. Thiers confirme ainsi son éloge sur BERRYER :

« Je me rappelle encore ce noble, généreux et élo-
« quent BERRYER, qui savait aimer ceux qui ne
« partageaient pas son opinion — et qui, en retour,
« en était aimé... (*C'est vrai ! très-bien !*) — Je le vois
« encore, lui qui était une des créatures les plus hon-
« nêtes que j'aie connues. . . . . »

VICTOR COUSIN

MEMBRE DE L'INSTITUT

LE NOUVEAU PLATON !

VICTOR COUSIN !

A L'ILLUSTRE AUTEUR DU LIVRE

« LE VRAI, LE BEAU, LE BIEN »

Il y a là des pages qui rappellent les plus belles pages de Platon !

Hommage de reconnaissance.

JACQUES FERNAND.

A VICTOR COUSIN

Cousin ! Maître chéri ! de tes leçons savantes (1)
J'analyse, en tremblant, les feuilles éloquentes !
—Tu raffermis ma Foi ! —« Le *Vrai*, le *Beau*, le *Bien*, »
Sublime résumé d'un plus long Entretien !
— Mon esprit s'illumine !... et ma reconnaissance
Célèbre en toi l'honneur, la gloire de la France !
—Dans un touchant accord s'entendent, grâce à toi,
Philosophe et Chrétien... la Raison et la Foi !

P, S. — Les huit vers ci-dessus terminent le chant :
« Dieu ! la T.-S. Trinité » imprimé dans notre tome V.

Ce chant a motivé les observations du cardinal Donnet.

Nota. — Mgr le cardinal Donnet, archevêque de Bordeaux, nous a écrit une lettre très-honorable et très-bienveillante, pour notre *personne morale*... et sur notre volume (première édition... 1872) ; — mais avec cette réserve : « Le mystère de la T.-S. Trinité est impéné-« trable... Adorons-le, sans chercher à l'expliquer. »— Nous nous inclinons, avec respect, en présence d'une autorité si grave de la Théologie. Jacques Fernand.

(1) Victor Cousin, Professeur de Philosophie, Membre de l'Institut, auteur du Livre : « Le Vrai, le Beau, le Bien. »

ISIDORE GEOFFROY SAINT-HILAIRE

A ISIDORE GEOFFROY SAINT-HILAIRE!

AU DIGNE FILS

DE L'ILLUSTRE ÉTIENNE GEOFFROY

Il a noblement porté le fardeau d'un nom si glorieux dans les sciences : — à des ouvrages scientifiques très-remarquables il a joint d'autres titres à notre reconnaissance : — comme fondateur de la Société et du Jardin d'Acclimatation ; — comme propagateur de l'extension de nos produits alimentaires (viande de cheval, etc., etc.).

Les souffrances du cœur ont abrégé sa vie !
— Nous avons pleuré notre Ami de collége,
    Notre Ami de l'âge mûr !
— Il n'a pu survivre à une femme adorée...
    A l'Ange de son foyer ! ! !

JACQUES FERNAND.

1er Janvier 1876.

ISIDORE GEOFFROY SAINT-HILAIRE

SOUVENIRS DE C. VANIER. ÉDITEUR DE CET AIMABLE SAVANT

REGRETS DE JACQUES FERNAND

Le 1ᵉʳ janvier 1869 j'écrivais à M. C. Vanier :

Mon cher collaborateur,

La maladie ne m'a pas permis de contrôler les épreuves... de notre tome IV. — Vous avez accepté toute la responsabilité.—Je vous remercie de vos peines et de votre sympathie.

Ce surcroît de travail a été un auxiliaire utile dans la crise douloureuse que vous traversez — une diversion forcée... à votre deuil... de la compagne si chère de votre vie !

Cette responsabilité a été légère pour vous. — Déjà vous avez exécuté des ouvrages plus importants — surtout un des livres les plus remarquables d'Isidore

Geoffroy Saint-Hilaire... membre de l'Académie des Sciences (1).

Et les lettres d'Isidore, que vous conservez comme des Reliques... révèlent son estime affectueuse... et sa reconnaissance de vos aimables relations.

Isidore Geoffroy Saint-Hilaire était mon ami, mon camarade de collége (collége Henri IV), — comme Ferdinand de Lesseps... et Ferdinand d'Orléans. — De Lesseps, que j'ai exalté... le duc d'Orléans, que j'ai pleuré dans mes chants! (2).

Je regretterai toujours Isidore, cet excellent compagnon de mon enfance... cet ami sympathique de mon âge mûr !

On admirait le savant ! — On l'aimait plus encore...

(1) Les *Anomalies de la Nature*, œuvre capitale du plus haut intérêt. — Nous remercions M. Jacques Fernand de nous donner l'occasion de rappeler ici les relations presque quotidiennes que nous avons eues longtemps avec M. Isidore Geoffroy Saint-Hilaire ce savant illustre enlevé trop tôt à la science, et que regrettent tous ceux qui l'ont connu. — Jamais professeur ne fut plus aimé. — Dans chaque élève il avait un ami sincère et dévoué. Et comment n'en aurait-il pas été ainsi ! Doux, honnête, plein d'aménité, il n'avait pas cette sécheresse qu'on trouve généralement chez le professeur.— On pouvait dire de lui : Le savant aimable.—Chargé de l'exécution de l'ouvrage cité plus haut, nous avons été à même de juger des rares qualités d'Isidore Geoffroy Saint-Hilaire, qui sut porter avec distinction le poids du grand nom de son illustre père.— La science est héréditaire dans cette famille. — Le fils d'Isidore marche sur les traces de son père. — Nous sommes heureux et fier de l'estime toute particulière dont nous honorait le savant qui emporte avec lui des regrets universels. C. VANIER.

(2) Dans le tome IV — pages 221 à 235.

quand on vivait dans son intimité ! — Il aimait beaucoup ses amis... et la vie de famille ! — Ses sœurs .. ses enfants... et sa femme qu'il adorait... embellissaient le foyer de son père et de sa mère... dont la mort seule l'a séparé !

La simplicité de ses manières le rendait accessible à. tous ! — Elle était au niveau de son mérite ! —Le vrai mérite est toujours simple... et bienveillant !

Le fils d'Etienne Geoffroy Saint-Hilaire ! — c'était un nom difficile à porter ! — Isidore a été digne de son père ! — Il a vulgarisé les grandes vérités... découvertes par Étienne ! — les principes immortels qui font loi dans la science ! — Il a achevé le glorieux Monument élevé par l'illustre rival de Georges Cuvier!

Vous partagez mes regrets, mon cher collaborateur, et vous trouverez ressemblant mon portrait d'Isidore !

Croyez à la reconnaissance... à la sincère amitié... de

JACQUES FERNAND.

Post-Scriptum du 16 décembre 1875

Madame veuve Etienne Geoffroy a survécu à son fils et à madame Isidore. — Elle a passé quatre-vingt-dix ans. — Elle est entourée des soins de son petit-fils Albert, directeur du Jardin d'Acclimatation, de sa petite-fille et de ses arrière-petits-enfants. — Elle habite le Jardin des Plantes, à Paris. — En voyant ses cheveux blancs, sa physionomie austère et vénérable,

on se croirait en présence d'une de ces illustres ma-
trones de Rome. — Elle semble la prêtresse de ce
sanctuaire d'où sont sortis ces beaux livres d'Etienne et
d'Isidore, admirés du monde savant. — Elle est l'ange
gardien de cette maison hospitalière qui a reçu pendant si longues années, avec une amabilité si bienveillante — les plus illustres personnages de la France et
de l'étranger!

VICTOR HUGO

Speravit anima mea !

VICTOR HUGO

Speravit anima mea !

Ses contemporains ne peuvent le juger, ni ses
œuvres.

La postérité seule sera un juge impartial. Ses contemporains ont été profondément émus... de ses deuils...
si douloureux ! — toutes les opinions se sont confondues dans un attendrissement universel !

VICTOR HUGO

ABOLITION DE L'ESCLAVAGE

Victor Hugo a dit :

« Faire mourir John Brown... c'est Caïn tuant Abel,
« — c'est plus, — c'est plus encore ! Washington
« égorgeant Spartacus ! ! ! »

Ces belles paroles résument admirablement notre poème de l'ESCLAVAGE !

John Brown était le *Précurseur*... de l'affranchissement des noirs, — et Lincoln — le *Rédempteur !*

Rédempteur... et *martyr*, à la fois comme le crucifié !

P.-S. — Ces paroles de Victor Hugo nous rappellent notre vers... de la PATRIE CÉLESTE !

« Auprès de Washington... rayonne Spartacus

FERDINAND DE LESSEPS

FERDINAND DE LESSEPS

GRAND CANAL DE SUEZ

PROPAGANDES 1869-1870-1871

LE BARON DE BARANTE

MEMBRE DE L'ACADÉMIE FRANÇAISE

✠ 21 novembre 1866

A. DE LAMARTINE

LE GRAND CANAL-LESSEPS

LE GRAND CANAL-ORIENTAL

DE SUEZ !

A Ferdinand de Lesseps

. . . .
Je retrouve fidèle un ami de Collége [1] !
J'ai pu chanter sa gloire... et n'ai plus qu'à mourir !
— Donné par toi, Lesseps ! du rêveur solitaire
Ton portrait ressemblant consolera les yeux [2] !
—Pour toi, mes premiers vœux, en ouvrant la paupière ;
Et mon dernier regard, en remontant aux Cieux !

27 Mai 1861.

JACQUES FÉRNAND.

[1] Collége Henri IV, à Paris.
[2] Portrait photographié par Disdéri.

Réponse à l'Anglais

*

LE

GRAND CANAL-LESSEPS

LE GRAND CANAL-ORIENTAL

DE SUEZ

A Ferdinand de Lesseps

A BORD DU PAQUEBOT EN PARTANCE POUR ALEXANDRIE.

MARSEILLE, 20 MAI 1861 [1]

Ego sum vitæ.

Sous le ciel enflammé de l'Egypte féconde,
Kléber, cédant au charme, à l'ascendant fatal,
Disait... en embrassant son jeune général...
« Vous êtes grand comme le monde! »

*

Vers ces bords glorieux t'emporte la vapeur!
— Avec toi, de Suez toute notre espérance!
— Je t'embrasse, ô Lesseps! ami de mon enfance...
  Grand par le génie et le cœur!

*
* *

Que d'obstacles divers... à ta foi, ton courage!
— Mais en vain le climat... les envieux rivaux!
— A Moïse autrefois la mer ouvrait ses flots!
  Le sable va t'ouvrir passage!

*
* *

L'Anglais ose te dire : « Impossible! Jamais! »
— Du grand œuvre montrant la marche progressive,
— Tu réponds fièrement à sa voix agressive :
  « Impossible... n'est pas français! »

*

Oui, vainement l'Anglais ², s'attelant par derrière,
S'efforce d'arrêter ton beau char triomphal!
— Des peuples exaltés j'entends le Festival...
  Et, pour toi, l'ardente prière!

*
* *

Vois ces lettres de feu : « Dans ces temps orageux,
« Notre France a produit de mâles caractères,
« De grands et nobles cœurs... et d'illustres carrières ! »
        Ces mots te peignent à mes yeux !

*

Ton cœur saignait encor d'une douleur récente !!
Suez le raffermit ! — Ainsi la trempe au fer !
— O douleur ! pain des forts ! — Dans ce calice amer
        Rayonne la Croix triomphante !

*

Barcelonne et Suez prouvent ta fermeté !
— Le canal se poursuit, grâce à ton énergie !
— Féconde le sillon, ouvert par ton génie...
        Où germe l'Immortalité !

*
* *

« Beau jour ! nous disais-tu, dans ta vive éloquence,
« Jour solennel ! celui qui dore de ses feux
« Notre premier Navire, aux Armes de la France [s],
« Dans le nouveau canal entrant majestueux...

« Pavoisé des couleurs des Peuples de la Terre ! »
— De Paix universelle emblème fraternel
Et civilisateur !... Jour de pure lumière !
Des cœurs reconnaissants souvenir immortel !
— Le Navire s'avance !... et notre canon tonne !
— Vers toi tous les regards ! — De l'immense progrès,
Gloire à Dieu ! gloire à toi ! — La fanfare qui sonne,
De ton deuil de famille adoucit les regrets ! !

*
* *

Gigantesque travail ! étonnante merveille,
Digne d'un sol si riche en merveilleux travaux !
— Non l'asile des Morts... Mais la Vie !... Il éveille
    Même les Morts dans leurs tombeaux !

*

Le canal des Deux-Mers baigne les Pyramides !
— D'Égypte les vieux Rois, sous le roc endormis,
Du silence arrachés, se lèvent tout surpris...
    Admirent ses rives humides !

*

Ce que les Pharaons avaient en vain rêvé [1]...
Ce qu'avait même osé leur vaste intelligence...

Est bien là, sous leurs yeux, rêve réalisé...
    Grâce au Progrès, à sa puissance !

Grâce à ce digne fils de Méhémet-Ali[5],
Dont le noble concours brise tous les obstacles...
Dont la haute raison... du grand œuvre accompli...
    A prévu les futurs miracles !

Et le sphinx de granit, se ranimant soudain,
Contemple de ces Eaux la fête solennelle !
— Il devine... et sourit à l'Enigme nouvelle
    De ce trait d'union divin !

Colomb, par son génie, a découvert un Monde !
— Suez doit relier trois Mondes éloignés[6] !
— Trait d'union sublime !... et plus l'esprit le sonde,
Plus il en voit jaillir les célestes clartés !
— Trait d'union charmant, et talisman magique,
Abrégeant la distance... et rapprochant les cœurs !...
Attirant, retenant, d'un lien sympathique,
Mille peuples divers, de mœurs et de couleurs...

Mêlant et confondant de la famille humaine
Les intérêts, les arts, les aspirations !

*
* *

O spectacle enchanteur de la Fête prochaine !
— Des peuples réunis nobles ovations !
— Oh ! des Blancs et des Noirs la fraternelle étreinte !
— Grâce à l'OEuvre accompli... sur l'étrange chemin,
Par Dieu même tracé, comme l'on voit l'empreinte
De la grande Unité de tout le genre humain !
— Le Monde moral marche, ainsi que la Nature !
L'Union des Deux-Mers est l'Union des cœurs !

*
* *

D'un Avenir divin, solennelle ouverture !
— Et pour toi, de Lesseps ! les vœux et les honneurs !
— Sur les bords radieux, qui regardent la France,
Apparaît ta statue[7]... au loin, en pleine mer
Visible... et des marins la joie et l'espérance !
— Tu signales du doigt, sous un ciel pur et clair,
De ce nouveau parcours la glorieuse entrée !
— Soudain, à ton aspect, les hourras et les chants,
Et des canons grondants la joyeuse bordée...
De l'équipage entier saluts reconnaissants !

— Commerce et nations, Dieu seul est Protecteur !
— O Suez ! quel progrès ! progrès rapide, étrange
Véhicule puissant et régénérateur !

*
* *

De Lesseps et Colomb grandiront d'âge en âge !
— Et ces deux noms jumeaux, comme au ciel constellé,
Rayonnent réunis, sur ta plus belle page :
    LIVRE D'OR DE L'HUMANITÉ !

*
* *

Ici, mon cher Lesseps, de plus douces étreintes !
— Marseille, grâce à toi, multipliant ses ports,
D'avance te bénit !... Sourde aux jalouses plaintes,
Marseille ouvre ses bras, t'accueille avec transports !
— Par toi glorifiée... et fière... notre France
T'acclame et t'applaudit... Vers toi volent nos cœurs !
— Lesseps ! embrasse encor l'ami de ton enfance !
Il chérit ton triomphe... il pleura tes douleurs !

*
* *

A Dieu, qui te bénit... qui m'aime et me protége...
Grâce ! oh ! grâce et merci ! — Je me sentais vieillir...

29

O Seigneur ! vous semez les grands cœurs, les génies ;
Par eux vous jalonnez et l'espace et le temps !
— Et ces Prédestinés des Saintes Harmonies,
Du Poème divin notent les nouveaux chants !
— Mais seul vous êtes grand ! — Suscités par vous-même,
Colomb et de Lesseps... vos deux Ambassadeurs !...
Du progrès continu, toujours le but suprême,
Marquent tous deux l'étape... et féconds bienfaiteurs,
Ouvrent sillons nouveaux, perspectives nouvelles !

Grâce à toi, de Lesseps, aux brumes d'Occident,
Le soleil d'Orient darde ses étincelles !
— Tout se livre et se mêle au rapide courant !
— Le pauvre Noir se sent plus près de l'Homme libre,
Le Blanc touche ses fers... et veut l'égalité !
Ils s'embrassent tous deux... Le cœur seul bat et vibre
— La Richesse circule... aussi la Liberté !
— La Chine te comprend, céleste Tolérance,
Et veut suivre ta Loi, ton conseil si touchant !
— L'Inde redit ce mot, ce grand mot d'espérance :
« NATIONALITÉ ! !... » — l'écho de l'Occident !
— Chacun maître chez soi !... partout le libre échange,

Je retrouve fidèle un ami de Collége[8] !
J'ai pu chanter sa gloire... et n'ai plus qu'à mourir !

*

Sa gloire ! la chanter ! — Achille, sans Homère,
N'aurait pas ébloui l'univers étonné !
— Mais vos œuvres sont là, Bienfaiteurs de la Terre !
— Suez est un Poème... et l'Immortalité ! !

*

Donné par toi, Lesseps ! du rêveur solitaire
Ton portrait ressemblant consolera les yeux[9] !
— Pour toi, mes premiers vœux, en ouvrant ma paupière.
Et mon dernier regard, en remontant aux cieux !

NOTES.

[1] Mon entrevue avec Ferdinand de Lesseps, dans la soirée du 19 mai, chez le Dr Bertulus... et son gendre, M. Éveillard (avec le commandant de *Sainte-Marie*). — Nos adieux le 20 mai 1861.

[2] Comme l'Empire de Charles-Quint, l'Empire Britannique ne voit pas le Soleil se coucher; — mais il n'est pas compacte... Point d'unité! Ses fractions sont éparpillées... *disjecta membral*... — Sa décadence n'est pas dans le canal de Suez... mais dans l'esprit de NATIONALITÉ, qui soulève les Indes, les Iles Ioniennes, le Canada, etc.. — Sa chute n'est pas dans le canal de Suez, mais dans la vapeur, qui peut, à l'aide d'une nuit propice, débarquer toute une armée à la porte de Londres! — L'Angleterre ne serait plus, si la vapeur avait ainsi transporté tout le camp de Boulogne en 1805! — La prospérité future de l'Angleterre n'est pas dans l'anéantissement du canal de Suez... mais dans son alliance intime avec la France, qui déjà l'a sauvée à Inkermann!...

[3] Ce premier navire doit être nommé : FERDINAND DE LESSEPS.

[4] L'origine du projet de Ferdinand de Lesseps date de son séjour à Alexandrie (au consulat)... et de sa lecture de l'*Histoire des Pharaons*.

[5] Sajid-Pacha, vice-roi d'Égypte.

[6] Le Sud-Est et le Sud... etc., de l'Afrique; — le Sud-Ouest et tout le Sud... etc., de l'Asie — avec l'Europe.

[7] Comme le colosse de Rhodes... et Borromée sur le lac de Côme, et Riquet, sur le canal du Midi. — Gloire à Riquet, il a rendu à la France le service que Lesseps rend au monde... et à la Civilisation, en rapprochant les peuples... — Le canal de SUEZ semble le prolongement gigantesque du canal du Midi, qui réunit aussi deux mers. — Ces deux canaux réunissent l'océan Atlantique et le grand Océan!

[8] Collége Henri IV, à Paris.

[9] Portrait photographié par Disdéri.

✠　✶

VIRGINIE DÉJAZET

Décédée à Paris, le 4 décembre 1875
✠ A 78 ans... 72 ans au théâtre ! !
Début à 6 ans.

Esprit charmant ! excellent cœur !— Populaire pendant sa longue carrière théâtrale... elle reste populaire après son décès. — Une foule immense accompagnait le char funèbre.

De tant de grâce, d'un esprit si vif et si fin... que reste-t-il parmi ses contemporains ? — Un souvenir ému !... un regret universel !... et les larmes de tant de malheureux qu'elle a secourus par son talent et de sa bourse ! — Ces larmes et les prières de la reconnaissance lui ouvriront le ciel (1).

Vienne une génération nouvelle... Virginie Déjazet ne vivra plus que par les chants de Béranger !—*Lisette* sourira toujours au Poète !

Vanité des vanités ! que deviennent les plus belles *voix*, les plus beaux talents dramatiques ? Ils vont où vont toutes choses ! — « feuilles de roses et feuilles de « lauriers ! » si la poésie, la peinture ne les immortalise pas ! !

Décembre 1875.

JACQUES FERNAND.

(1) « Les *Deux sœurs de charité*, » par BÉRANGER. « *Lisette et Sœur grise*, » par JACQUES FERNAND (ci-après).

Envoi des vers (**BÉRANGER MALADE**)

A LAMARTINE

1ᵉʳ janvier 1862

Cher Maître,

J'ai lu, dans vos *Entretiens familiers*, une page d'un vif intérêt, et qui m'a profondément ému. — Vous nous montrez Lamartine et Béranger, traversant ensemble la foule parisienne... INCOGNITO. — Ce dernier mot doit être rayé. — La Gloire doit toujours avoir son rayonnement... *incessu patuit Dea.* Horace et Virgile, traversant le Forum, auraient toujours été reconnus. Nos Parisiens ont respecté cet *incognito.* — Mais, pour tous ceux qui ont eu le bonheur de se trouver sur le passage de ces deux amis, de ces deux noms si glorieux et si populaires, de ces deux visages bien-aimés, dont les traits sont gravés dans nos cœurs... et dont les images décorent nos foyers, — pour tous, cette double apparition restera comme un touchant souvenir ! — D'ailleurs, le cœur a ses pressentiments... et il aurait deviné ces deux amis dans l'ombre qui les voilait.

Malheureusement l'un d'eux, notre Béranger, est très-souffrant. — Cette nouvelle a circulé tristement dans la foule. — Je viens de lire une lettre du pauvre malade, qui confirme la réalité de ses douleurs... tout en laissant luire un rayon d'espérance.

— Dans les premiers moments de trouble, le silence était trop naturel; — mais l'espérance a grandi avec la prière, et l'émotion, succédant au trouble, l'Inspiration m'a dictée ces vers.

Le cœur seul a parlé ; mais ces vers sont-ils dignes de Béranger? — et surtout est-il prudent de les mettre sous ses yeux ?

— Votre amitié vous guidera, cher Maître, mais au moins vous apprécierez la sincérité d'un bon mouvement, si vous craignez d'inquiéter un malade; — s'il en était autrement... ces vers lui sembleraient l'écho des sentiments universels... la prière de tous!

Cette prière monte au Ciel pour les deux amis, désormais inséparables dans tous les cœurs. — J'y joins l'hommage de ma sympathie respectueuse et de ma reconnaissance filiale. — Bénissez-moi, cher Maître! et recevez mes vœux pour cette nouvelle année !

Jacques Fernand.

1ᵉʳ Janvier 1857.

ENTREVUE DE LISETTE ET DE BERANGER

Depuis longtemps Virginie Déjazet désirait être présentée à Béranger. — Elle savait que celui-ci vivait très-retiré à Auteuil, ne recevant que quelques intimes; ce qui lui faisait craindre de ne pas être reçue.

Désir de femme est un feu qui dévore.

Elle s'adressa donc à un ami de Béranger, qui fut heureux d'être agréable à *l'aimable Fée.* — On fit alors le complot de forcer la consigne, par ruse, afin d'arriver jusqu'à notre ermite.

A un jour fixé, tous les deux se rendirent à Auteuil. L'ami se fit annoncer, laissant sa compagne dans une pièce voisine. Après les compliments d'usage, notre introducteur annonça à Béranger la visite de Déjazet, qui sollicitait la faveur de lui être présentée. — Pris à l'improviste, il était difficile à notre poète de ne pas accueillir favorablement la demande de la charmante et inimitable interprète de ses œuvres. Et puis, quand on s'appelle Déjazet, on a droit à ses entrées partout. — A sa grande joie, elle fut admise avec cette douceur et cette urbanité qui caractérisaient celui que nous regrettons.

La conversation, un peu froide d'abord, s'anima, et se changea en un feu roulant d'esprit et d'abandon. —

C'est alors que Déjazet, de cette voix enchanteresse que nous lui connaissons, demanda à Béranger s'il lui avait entendu chanter la *Lisette* (elle savait bien le contraire). Sur sa réponse négative, elle lui proposa de la répéter pour lui seul, et, quittant promptement châle et chapeau, elle chanta avec tant d'âme cette jolie composition de Frédéric Bérat, que le bon vieillard, ému jusqu'aux larmes, ouvrit ses bras à notre artiste. Elle s'y précipita, et il la tint embrassée quelques instants.

Cette scène intime fut délicieuse pour tous les deux et pour celui qui l'avait préparée. — Telle fut l'entrevue de Déjazet avec Béranger.

C. Vanier.

1er Janvier 1862.

LISETTE ET SŒUR GRISE (1)

A VIRGINIE DÉJAZET

Que Béranger appelait sa BONNE FÉE

Air de la Treille de sincérité.

Dieu lui-même
Ordonne qu'on aime,
Je vous le dis, en vérité :
« Sauvez-vous par la charité ! »

*

Avec les Amours et les Anges,
Béranger voit monter aux cieux
Deux Sœurs, dignes de louanges !...
Rêve charmant, mystérieux ! (*bis*)
— Réelle et piquante surprise !
En toi, Déjazet, tour à tour,
Je revois Lisette et Sœur Grise...
Et, près de toi, l'Ange et l'Amour !

(1) Relire... *Les Deux Sœurs de charité* (de Béranger).

*

        Dieu lui-même
        Ordonne. .   .   .   .

*
* *

La charité remplit ton âme...
Et, sous des couronnes de fleurs,
Ta douce main, ô tendre femme !
Du malheureux sèche les pleurs.! (*bis*)
— Oui, si ta parole étincelle
De mille éclats éblouissants...
Le bon cœur à nous se révèle
Par mille traits attendrissants.

*

        Dieu lui-même
        Ordonne. .   .   .   .

*
* *

Fille d'Eve, comme sa mère,
Lisette, en riant, séduisait...
Charmant notre exil sur la Terre !...
Grâce, esprit, tout nous enivrait! (*bis*)
— Et pour nous rendre à la Patrie,
A notre Père bien-aimé,
Sœur Grise va prier Marie
D'ouvrir le ciel, pour nous fermé !

*

Dieu lui-même
Ordonne. .   .   .   .

*
* *

Dans ma sombre et pénible vie,
Tu souriais, joyeux rayon !
De ta verve chaque saillie
Me relevait de mon sillon ! *(bis)*
Oui, grâce à toi, de l'existence
Le fardeau semblait moins pesant !
De ma vive reconnaissance,
Vers toi, s'exhale un libre chant !

*

Dieu lui-même
Ordonne qu'on aime,
Je vous le dis, en vérité :
« Sauvez-vous par la charité ! »

JACQUES FERNAND.

14 Mai 1857.

LA CHANSON

Musique de Louis Jorez, de Bruxelles.

A BÉRANGER

2 Mai 1857

« Dieu fit, dit-on,
« L'amour et le vin bon :
« Car il aime la terre ! »
— Pour ses enfants, notre père
Fit mieux encor...
Oui, mieux encor !
— Et ce trésor...
Charmant mystère !...
C'est la chanson !...
Folie et raison !...
C'est la chanson !

*
* *

Tant de peines dans la vie !
Tant de peines, pauvre cœur !

. . . .

— Mais, en chantant, l'on oublie !...
Et l'on croit même... oui, l'on croit au bonheur !
Chanter !... chanter ! ah ! c'est la vie !
Allez, douce et belle chanson ! — Allez !
— Allez et consolez
Le malade en sa chaumière...
Les cœurs brisés... peine et misère...
Tous les malheureux de la terre !
Allez, douce et belle chanson ! — Allez !
— Allez et consolez !

*
* *

Souvent l'amour a son cruel martyre !
Et trop souvent le vin a sa fureur !
Pour apaiser un douloureux délire...
Et tout accès qui répand la terreur :
— De la chanson la divine harmonie...
En variant ses mobiles accords...
Sait attendrir les plus fougueux transports !
Sait endormir la brûlante insomnie !

*

Allez, douce et belle chanson ! — Allez !
— Allez et consolez
Le malade, etc.

*
* *

Pour exalter... rajeunir l'espérance...
Ah ! que faut-il... aux cœurs, hélas ! flétris !

— A ce vieillard, un air de son enfance !
Aux exilés, un refrain du pays !
Pour consoler ces martyrs de la gloire...
De l'esclavage... ou de la pauvreté...
Que leur faut-il ? — Un cri de liberté !...
Un mot du cœur !... un beau chant de victoire !

*

Allez, douce et belle chanson ! — Allez !
      — Allez et consolez
    Le malade en sa chaumière...
    Les cœurs brisés... peine et misère...
    Tous les malheureux de la terre..
— Allez, douce et belle chanson ! — Allez !
      — Allez et consolez !

*
* *

Tu me berçais aux jours de mon enfance...
Tu me berçais, m'endormais en chantant !
— Si, grâce à Dieu, je berçais ta souffrance...
Je la berçais, l'endormais par mon chant !...
Ah ! trop heureux de pouvoir, bonne mère !
Chanter longtemps, Ange mystérieux !
— Et tu croirais.. hélas ! loin de la terre...
M'entendre encor, en t'éveillant aux cieux !
M'entendre, hélas ! loin de moi !... dans les cieux !

    2 mai 1857.

ÉPILOGUE

DEUIL DE LA CHANSON

MORT DE BÉRANGER

✠ JUILLET 1857

Pauvre chanson ! quelle pâleur mortelle !
Douleur muette... et longs habits de deuil !
Les yeux là-haut, la patrie éternelle !
A deux genoux, près du sombre cercueil !
— O cœurs brisés ! malheureux de la terre !
Vous pleurez tous, tous notre Béranger !
Dans vos sanglots, quelle tendre prière
Pour votre ami, pour votre chansonnier !

5 août 1857.

ENVOI DE LA CHANSON

A JULES JANIN

**Et réponse à ses vers sur les SONNETS HUMOURISTIQUES
de JOSÉPHIN SOULARY (de Lyon)**

Imprimés par le *bon* Imprimeur Louis Perrin.

———

Renoncer à la poésie !
A ton art, ces tristes adieux !
—Lorsque ta chère fantaisie
Chante des vers si gracieux

*
* *

Pour toi, la chaîne est si légère !
Pour ton esprit vif et charmant,
Cet art si doux est sans mystère !
— Reprends ta lyre ! Un nouveau chant !

*
* *

Chante pour le pauvre, ton frère,
Le bel hymne de charité !
Chante les charmes de la terre,
L'amour, les vers, la liberté !

*
* *

Chante des mondes l'harmonie..
Les fleurs, le printemps, la beauté...
Du bon Dieu la grâce infinie,
La souriante majesté !

Jacques Fernand.

EXTRAIT DE DEUX LETTRES DE JULES JANIN

A JACQUES FERNAND

Et titres des pièces de vers qui ont motivé ces lettres, et qui reçoivent d'elles un relief réel.

———

Jules Janin a reçu, le 4 juillet 1857 les chants iv et v: *Béranger malade...* *Envoi à Lisette* — et les paragraphes iii, iv et vi : *Lisette et sœur Grise.. La Chanson... Envoi de la Chanson,* — et la lettre du 4 juillet répond á ces vers.

1ᵉʳ Juillet 1857.

Monsieur Jacques Fernand,

Vous êtes un poète, et vous êtes un brave bomme ! Hier, en rentrant chez moi, à minuit, j'ai reçu votre heureuse et charmante *Chanson* (§ xv à xvi)... et justement cette chanson en vers, je l'avais écrite en prose pour le feuilleton de lundi, le feuilleton de demain (5 juillet 1857, *Journal des Débats*) (1). — Certes, vous parlez le véritable langage de la chanson, l'amie et la camarade in... des rimes ardentes et clémentes; cependant je me félicite de m'être rencontré avec vous, et d'avoir prononcé presque à la même heure le nom de

———

(1) Lire aussi ce feuilleton *(La Chanson)* dans le Recueil littéraire de Jules Janin.

Béranger... ce que vous dites si bien vous-même...
Je suis heureux de ces deux rencontres avec un galant
homme, avec un bel esprit tel que vous.

Hélas! notre grand Poète, ce grand homme, cet enfant des libertés anciennes!... hélas! il se meurt!! Le
docteur Trousseau, mon camarade et mon ami, m'écrivait avant-hier : « Béranger n'a plus que quarante-
huit heures! » Cependant un peu de mieux se manifestait hier!

Quelle perte immense! irréparable! horrible!

Je suis, Monsieur, tout à vous, de tout mon cœur,

Jules Janin.

Et le 21 juillet 1857, Jules Janin a reçu les chants vi
et vii : *Mort de Béranger... Tombe de Béranger...* et
le 8 v : *Deuil de la Chanson;* — et la lettre du 21 juillet
répond à ces vers.

Cher Monsieur,

J'ai reçu vos deux lettres, j'ai lu vos vers; je vous
remercie et je les conserve en souvenir de la perte irréparable que nous avons faite du plus honnête et du
philosophe poète lyrique de la France....

Adieu, je suis tout à vous.

Jules Janin.

JULES JANIN

Membre de l'Académie française.

Plusieurs volumes ont consacré ses titres littéraires et son entrée à l'Académie ;— mais surtout ses innombrables feuilletons au *Journal des Débats*, etc., ont rendu sa réputation universelle, — feuilletons charmants, pétillants de verve et d'esprit... cachant, sous la grâce de la forme et de l'élégance, une grande érudition. — Sa passion pour Horace, Virgile, etc., se reflète dans son style.

Toutefois, ses plus beaux titres à l'estime des nobles cœurs... ce sera sa fidélité à ses opinions... ce sera son discours, si noble, si généreux, si touchant... sur la tombe de Béranger. — Il y avait là un courage réel et patriotique... à parler avec une aussi libre éloquence... en 1857 !!! ,   JACQUES FERNAND.

1er janvier 1876.

L'ESPRIT, LE RIRE ET LA CHANSON

La chanson est le dessert du pauvre.

*(Vaudeville ***)*

Dieu veille, prévoyant et bon,
Sur notre long pélerinage...
Et, pour compagnon de voyage,
Nous donne... Esprit... Rire... et Chanson.

CHARLET

LE BÉRANGER DU DESSIN ET DE LA PEINTURE

(NOTE DE JACQUES FERNAND)

Les contemporains de Charlet citaient toujours avec éloges la compagnie Charlet (garde nationale)... la compagnie Dupuget (et plus tard le bataillon) comme dignes de marcher de front avec les plus belles compagnies de l'armée.

Nous avons reçu de M. C. Vanier, l'ami de Charlet, une chansonnette d'Isidore Dubos :

> **« A notre commandant Charlet,**
> **« Le Béranger de la caricature. »**

Nous n'approuvons pas ce dernier mot : *caricature*, ni le mot : *charge*. — Si Béranger revit dans Charlet, c'est par le lyrisme, le patriotisme élevé, communicatif et remuant si bien la fibre populaire ; c'est par le tact délicat, par la mise en scène si ingénieuse et si touchante, par le piquant et le sel de l'esprit gaulois, par la profondeur de la pensée !

— Les grenadiers de Charlet rappellent, par le grandiose de l'attitude et de l'expression, le *Guide* et le *Cuirassier* de *Géricault* — Les horreurs de son tableau du

Désastre de la Bérésina font frissonner... et l'on pense à *Gros* et à son tableau de cette sanglante *Bataille d'Eylau*.

Dans les deux toiles, quel aspect sombre et désolé !

Cette neige rougie par le sang des blessés et des cadavres ! les visages crispés par la douleur, ces fantômes livides comme la mort ! — On reste saisi et glacé !

— Charlet rappelle souvent aussi Callot, qui a buriné avec une si haute philosophie, avec tant d'énergie, les horreurs de la guerre et ses victimes... ses martyrs !... Callot, si digne émule de Ribera, de l'*Espagnolet !*... lorsqu'il représente les mendiants et toutes les misères, les souffrances de l'humanité !

Certes, il y a des leçons profondes, une grande moralité dans certaines *charges* ou *caricatures* de Charlet, mais là n'est pas sa vraie gloire ! — nous le nommons avec raison — le Béranger du Dessin... et de la « Peinture. »

Les « *Enfants* » de Charlet, rappellent ce poème digne du Corrège et de l'Albane :

Chers enfants, dansez, dansez,
Votre âge
Échappe à l'orage ;
Par l'espoir gaîment bercés,
Dansez, chantez, dansez !

— Les grenadiers de Charlet rappellent le *vieux Sergent*, le *vieux Caporal...* et tant d'autres poésies lyriques de notre poète national. — Son tableau de la *Bérésina*

fait frissonner comme le cheval *tout sanglant du cosa-
que*...

« Hennis d'orgueil, ô mon coursier fidèle ! »

P.-S. — M. C. Vanier m'a écrit encore, en m'en-
voyant le beau portrait de Charlet, qui fait honneur au
burin de Bisson-Cottard (gravé pour notre poème).

« Moi qui ai connu Charlet, je trouve ce portait bien
« ressemblant. — Je reconnais sa spirituelle et fine
« physionomie.—C'est un agréable et doux souvenir. »

P.-S. — Charlet rappelle Géricault, Gros et Callot...
par l'énergie et la profondeur de la pensée grandiose.
— Nous ne parlons que de la pensée... de la conception
seulement. — Nous ne parlons pas ici de l'exécution.
Nous ne cherchons nullement à comparer des tableaux
de chevalet à ces toiles immenses de Gros et de Géricault.

JACQUES FERNAND.

BÉRANGER

PAR J. PEYCHEZ

M. J. Peychez, dans une belle et noble défense de l'illustre chansonnier, s'écrie, dans sa juste indignation...

... Hé quoi ! Béranger, ce champion des idées populaires, cet admirable poète, cet artiste qui a appliqué des formes si exquises à la pensée, *cette étoffe de tout le monde*, Béranger ne serait QU'UN RIMEUR N'AYANT CONNU LA VIE QUE SOUS LE POINT DE VUE LE PLUS VULGAIRE !

« Béranger, cet amant de l'indépendance, cet homme digne des jours antiques, modeste, simple comme tout ce qui est grand, qui, après leur génie, enviait aux écrivains du siècle de Louis XIV cette espèce d'obscurité dont put s'envelopper leur existence.... »

M. Peychez a extrait des Poésies de Béranger ces vers qu'il a mis sous son portrait dans le *Propagateur de la Bastide* :

> On parlera de sa gloire
> Chez le peuple bien longtemps !
> L'humble toit, dans cinquante ans,
> Ne connaîtra pas d'autre histoire.

LE CHEVALIER D'ASSAS
✠ Tué à Clostercamp au service de la France!

. . . . Auvergne, à moi! » — Ce cri
Toujours retentira, glorieux, d'âge en âge!

. . . .

Auvergne, grâce au ciel, entendit le mourant!!

. . . .

Du cri de Clostercamp, salut, nobles échos!

JACQUES FERNAND.

LE CHEVALIER D'ASSAS

✠ TUÉ A CLOSTERCAMP

Sur un pont fameux — seul — par son mâle courage,
Horatius Coclès arrêta l'ennemi !
—Mais d'Assas est plus grand !— « Auvergne à moi ! »
Toujours retentira, glorieux d'âge en âge !
— L'armée applaudissait le Romain triomphant !
Le soleil radieux éclairait sa victoire !
— Et d'Assas expirait dans son obscure gloire !
— Auvergne, grâce au ciel, entendit le mourant !!!

* *

Avec un juste orgueil, la Suisse offre à la France
Le Héros de Sempach... martyr pour son Pays...
Ouvrant aux Fédérés, dans les rangs ennemis,
Un passage sanglant... vers leur indépendance !
— D'Assas et Winkelried ! par la gloire, jumeaux !
A vous salut ! — Salut, ô lances immortelles !
Aux yeux du patriote, éternellement belles !
—Du cri de Clostercamp, salut, nobles échos !

    Janvier 1863.

30.

Nous aurions pu chanter dans nos vers Léonidas e
ses trois cents, des thermopiles ; Décius et Curtius, les
modèles héroïques de notre d'Assas ! — Ces beaux
noms de l'antiquité font toujours battre les cœurs !

Mais Winkelried, ce Décius de la Suisse, nous rappelle le champ de Sempach, que nous avons visité naguère avec une émotion profonde ! — Et ces vers à la
gloire du héros de Sempach marquent, pour ainsi dire,
une étape de notre pèlerinage dans ce pays de la liberté !

Nos vers à Jeanne Darc sortent aussi de l'album de
nos souvenirs les plus chers.

Nota, le 22 janvier 1863. — *Post-Scriptum*. — Nous
avons placé à la fin de ce volume les preuves historiques de ce cri immortel: « A MOI, AUVERGNE ! »

Ces documents nous ont été donnés par M. le marquis d'Assas, qui est trop fier, trop jaloux de la gloire
de sa famille, de la gloire de la France, pour laisser
sans réponse les négations erronées de ce cri sublime
du chevalier ! — L'authenticité de cet héroïsme patriotique est justifié par ces documents.

M. Edouard Fournier, qui a nié cette vérité historique dans son ouvrage intitulé : *L'Esprit* dans l'histoire,
sera heureux de connaître ces documents, ces preuves
authentiques ; — et son patriotisme éclairé rendra jus-

tice au chevalier d'Assas... Il lui rendra son titre glorieux à notre admiration, ses droits à la reconnaissance nationale.

P.-S. Lisez ces preuves historiques, pages 311 à 321 de notre tome Ier, et les pages 266 à 268 de notre tome II : Décret 1791, de la Convention... qui accorde une pension à la famille d'Assas.

LOUIS D'ASSAS... POETE

Auteur de la Vénus de Milo, etc., etc.

✠ JANVIER 1859

Tu Marcellus eris

Près du noble Héros, dors, aimable poëte !
— D'un double rayon brille... et sur vous se reflète ;
— O spectacle touchant !... à nos yeux attendris,
    Deux martyrs de la gloire,
Dans le même tombeau, sous le ciel endormis !
    — Ainsi resplendit, dans l'Histoire,
    Sous le myrte et le laurier,
Près du nom de Marceau, le nom d'André Chénier

JACQUES FERNAND.

LOUIS D'ASSAS

POÈTE

Au portrait du chevalier d'Assas, nous joignons celui du poète, mort si jeune aussi ! — et avec l'auréole de la gloire... des regrets les plus touchants ! — *Tu Marcellus eris !...* ce cri douloureux de Virgile retentira sur toutes les tombes des poètes, des artistes, des héros qui tombent à la fleur de l'âge, donnant tant d'espérances, comme le chevalier Louis d'Assas !

La physionomie énergique du poète prouve qu'il aurait aussi tenu vaillamment une épée... et qu'il aurait été digne de ce beau nom de sa famille, si la France lui en avait donné l'occasion glorieuse !

Le poète guerrier aurait chanté avec tout l'élan de son patriotisme :

O ma France chérie !
Ta sainte voix nous crie:
« Mourir pour la Patrie,
« Est le sort le plus beau, le plus digne d'envie!
« C'est donner notre vie
« Pour l'immortalité!

MORT DE LOUIS D'ASSAS

Poète, auteur de la VÉNUS DE MILO, etc., etc.

☩ JANVIER 1859

A M. LE MARQUIS D'ASSAS

> La terre est un exil! La patrie est au cieux!
> JACQUES FERNAND.

> *Tu Marcellus eris.*

D'Assas, à Clostercamp, affrontait la fureur
    Des baïonnettes étrangères!
Et, par un cri sublime, il sauvait notre honneur!

— Comme le chevalier... aux piques meurtrières
    Louis aurait ouvert son cœur...
Digne d'un si beau nom, par ses vertus guerrières!

*

Comme au feu des combats, sur un lit de douleur,
    Et sans l'ivresse du carnage,
Il faut du combattant l'héroïque vigueur!
—Louis a de Bayard la force et le courage!
    Et, chrétien résigné, sans peur,
Il voit venir la mort... de sang-froid l'envisage!

*
* *

Si jeune ! et rêvant l'idéal !
Le front rayonnant de génie,
De grâce... et du signe fatal
Des martyrs de la Poésie !
— Les yeux levés vers ce beau ciel,
Il en aspirait l'harmonie...
Et montait jusqu'à l'Eternel,
Dans sa divine rêverie !

*
* *

Mais d'un mal étrange et subit
Il sent la morsure cruelle !
Languit sous l'étreinte mortelle !
S'affaisse... et console... et bénit !
— Son dernier regard cherche encore,
Dans les rayons de son couchant,
Le pur idéal qu'il adore...
Et du cygne le dernier chant !

*

Ainsi se penche et s'étiole
    Une jeune fleur,
Par le ver mordue au cœur !
    Et sa corolle
Se fane et tombe... de langueur !

*
* *

Du poëte, ô sombre agonie !
Pleure, ô douce rêverie !
O tendre mélancolie !
— O mort ! tout doit fléchir sous ton niveau !
— Sans pitié pour ton génie !
Et de la Poésie
Eteignant soudain le flambeau !
— Sans pitié pour la jeunesse,
La brillante promesse
De ce beau nom si glorieux !
— Sans pitié pour la grâce élégante,
La verve étincelante,
Mille dons charmants des Cieux !
— Du sépulcre béant... profondeur infinie l
O Mort ! ô Mort ! je m'incline... et je prie !

**

Mais la mort ! c'est le sommeil !
C'est la porte de la vie !
Pour lui, Seigneur, pour tous, doit sonner le réveil !

*

En attendant le jour d'éternelle lumière,
Jour où ton dernier voile, adorable mystère,
Tombera devant lui !... paix au divin rêveur,
Le charme de la terre est son consolateur !

**

Près du jeune héros, dors, aimable poète !
— Un double rayon brille... et sur vous se reflète.
— O spectacle touchant !..·. à nos yeux attendris,
           Deux martyrs de la gloire,
Dans le même tombeau, sous le ciel, endormis !
           — Ainsi resplendit dans l'histoire,
           Sous le myrte et le laurier,
Près du nom de Marceau, le nom d'André Chénier !

*
* *

O Vigan ! ô d'Assas ! — Je visitais naguère
De ces grands souvenirs le pieux sanctuaire !
Du héros immortel cherchant partout les traits,
De sa gloire si pure, heureux, je m'enivrais !

*

Sous le saule attristé du morne cimetière (1),
A l'ombre de ces vieux et si beaux châtaigniers,
O Louis ! je répands et larmes et prière !
—Ces pleurs, hélas !... hélas ! ne sont pas les premiers !

Juin 1859.   JACQUES FERNAND.

(1) En visitant les cimetières du Vigan, nous avons remarqué le tombeau d'une famille de catholiques et de protestants. — Le caveau s'étend sous un mur mitoyen, qui sépare les deux cultes. — Le père et le fils reposent dans le cimetière protestant... la mère et la fille dans le cimetière catholique. — Mais le caveau, se prolongeant sous le mur, forme une seule salle... et ces cœurs, qui s'aimaient tant et qui étaient si bien unis dans la vie, ne sont pas séparés dans la mort (ni dans le ciel)!... — Bel exemple de tolérance. L'amour est une lumière divine ! — Aimons-nous !... Tous nous sommes frères par le sang et par l'âme !

A TOUTES LES GLOIRES DE LA FRANCE !

Le titre de ce chapitre, de notre tome II, réunit ces trois noms : Le chevalier d'Assas. . Louis d'Assas... et Ferdinand de Lesseps. — Un militaire illustre, un poëte... un ingénieur, comme Riquet... et dont l'entreprise gigantesque de Suez semble la continuation grandiose de cet autre canal des Deux-Mers, qui réunit l'Océan à la Méditerranée. — Le Canal-Riquet et le Canal-Lesseps réunissent ainsi l'Océan Atlantique et le Grand Océan !

Comme la France est grande... et féconde... en génies sublimes, en talents divers, en caractères et en dévouements héroïques, en esprits aimables et charmants !

Parcourons ces belles galeries historiques de Versailles... où Louis d'Assas devrait figurer, auprès du chevalier... où Ferdinand de Lesseps devrait figurer, auprès de Riquet ! — Eblouis de tant d'illustrations, de toutes ces gloires de la France, nous la saluons, avec une juste fierté, de ce beau titre :

LA GRANDE NATION !

Salve, magna parens rerum !

Et certes, la fierté nationale s'exalte plus, dans ces galeries de Versailles... qu'au pied de la colonne de la place Vendôme ! — Nous admirons Hoche et Marceau... tous les génies, tous les braves qui ont chassé l'étranger, qui ont sauvé la Patrie ! — Mais ce bronze de la colonne plonge dans une mer de sang... dont une grande partie est le prix de conquêtes inutiles, évaporées comme la fumée des champs de batailles ! — Mais ce bronze, comme la *colonne Trajane,* est le symbole de la gloire du Dictateur, qui se drape dans le linceul de la Liberté !

A Versailles, la *salle de* 1792 proclame l'égalité de tous les citoyens d'un pays libre ! — Et cette salle est entourée de toutes les gloires artistiques et littéraires, que la Liberté vivifie et fait briller d'une splendeur nouvelle·!

P.-S. Le Vigan ! — L'aspect général de cette forêt de châtaigniers, un peu sévère par un temps gris et nuageux... est magnifique par un coucher du soleil splendide illuminant ces beaux arbres !

Et, non loin de ce tableau du Poussin, ou de Claude Lorrain... les riantes contrées, des Bergers de Florian, font un beau contraste avec cette scène grandiose !

Le chevalier de Florian était à la fois un brillant

officier, comme le chevalier d'Assas, — un poëte charmant, comme Louis. — Et son buste est à Versailles. — La double gloire de Florian brille sur deux têtes de la noble famille du Vigan ! — C'est une étoile double ! — Deux marbres doivent la représenter dans notre Musée national.

PORTRAIT DE JEANNE DARC

— Il est placé dans le poëme ci-après —

MARIE ET FERDINAND D'ORLÉANS

JEANNE DARC

VERSAILLES — ORLÉANS !

Fêtes nationales... mai 1855

Vers envoyés au Maire d'Orléans, — à Mgr Dupanloup, évêque de cette ville,—pour les fêtes en l'honneur de Jeanne Darc.

Mgr l'Evêque d'Orléans a bien voulu nous envoyer, en échange de nos vers, un exemplaire de son éloquent Panégyrique de la vierge de Domremy.

Extrait de notre lettre au Maire d'Orléans.

« . . . . . Les plus humbles et les plus modes-
« tes doivent répondre à l'appel de votre belle Cité. Le
« nom de Jeanne Darc fait palpiter tous les cœurs...
« et tous doivent apporter leurs offrandes sur cet autel
« de la Patrie... payer le tribut de reconnaissance à ces
« magnifiques, à ces touchants et divins souvenirs!
« Honneur aux nobles inspirations, qui ont dirigé ces
« belles fêtes nationales! »

Jeanne fut simple bergère, comme Geneviève... et,

comme elle, Jeanne sauva la France ! — Son indépendance et sa nationalité !

O Geneviève ! de Paris la sainte patronne ! — O Jeánne ! héroïne et martyre pour la Patrie !—O naïves et douces bergères, de Nanterre et de Vaucouleurs... les inspirées du ciel ! Anges gardiens de cette belle France, qui vous vénère et vous aime !... à vous nos cœurs et notre reconnaissance éternelle !

JACQUES FERNAND.

LES COMPAGNONS DE JEANNE DARC

Ce n'est pas Jeanne Darc seule qui a chassé l'Anglais ! — Elle a été l'étincelle divine qui a électrisé les patriotes... les chefs et les soldats ! — Exaltons la mission céleste de Jeanne !... Elle a prouvé que Dieu protége la France ! — mais, auprès de ce grand nom, il faut inscrire les noms de tous les chefs qui ont tenu si ferme l'oriflamme.

> « . . . . Cet étendard céleste
> « Qui nous fut apporté par l'Ange des combats ! »

Nous voudrions inscrire aussi les noms de tous les soldats qui jetaient ce vieux cri de guerre : « *Montjoie et saint Denis !* »... et repoussaient l'Anglais jusqu'à la mer !

31.

Jeanne Darc a été l'âme de ces élans qui ont sauvé la France... comme Pierre l'Ermite a été l'âme des croisades qui ont sauvé le tombeau du Christ ! — Mais rendons hommage aux autres chefs... et à tous ces enfants du peuple, héros inconnus... et souvent martyrs de leur patriotisme !

De même, en glorifiant d'Assas... glorifions les braves qui sont morts avec lui pour l'honneur de notre drapeau.   JACQUES FERNAND.

MORT DE BAYARD... LE CHRÉTIEN PATRIOTE

En mai 1864, nous étions en mer — dans une jolie barque... et des plus légères.

Nous remarquons le nom de Bayard, et nous disons au pêcheur qui nous conduit... « Êtes-vous du Dauphiné ? » — « Non ; — mais j'ai vu, à Grenoble, la « statue du chevalier. » — Nous ajoutons : « Et tous « les noms des hommes d'armes de sa compagnie sont « gravés sur le piédestal... J'ai vu à Briançon, un des-« cendant de ces hommes d'armes. »

« Le Chevalier, sans peur et sans reproche, était un vrai « patriote.—Il n'y a pas de scène de pur patriotisme... « plus belle et plus touchante, que celle de ses derniers « moments.

« Blessé à mort, le dos appuyé sur un tronc d'arbre…
« il contemplait son épée, dont la pointe était fixée en
« terre et qui, ainsi renversée, représentait une croix.
« — Bayard, qui venait de sacrifier sa vie à la Patrie,
« comprenait trop bien le sacrifice du Crucifié, expi-
« rant pour la salut de l'Humanité ; — ses espérances
« d'une vie meilleure s'exaltaient, à la pensée de son
« propre dévouement !

« Aussi quelle belle et noble réponse il fit au conné-
« table de Bourbon, qui s'approchait du mourant… et
« lui témoignait de la pitié :

— « Ce n'est pas moi qu'il faut plaindre… dit le che-
« valier… mais c'est vous… Vous avez combattu con-
« tre votre pays !… et moi, je meurs pour lui ! »

« Et il rendit son âme à Dieu… modèle éternel du
« vrai patriote… et du soldat chrétien ! »

*
* *

Le pêcheur s'animait à ce récit ! — Et sa mâle physionomie s'exaltait ! — Le vieux marin rajeunissait…
et il se croyait encore sur le vaisseau de l'Etat, où plus
d'une fois il versa son sang pour la France !

« Que c'est beau ! » — s'écria-t-il.

*
* *

Quelle belle Histoire de France… et toute populaire,
si l'on concentrait ainsi. dans un seul foyer, toutes ces

étincelles de patriotisme qui jaillissent des grands noms de Bayard, de Jeanne Darc, de d'Assas, des généreux martyrs de Calais et de tant d'autres !

Et si l'on répandait ces grandes leçons historiques dans les écoles primaires, dans les colléges et les écoles d'adúltes !

P. S. — Bayard... mourant pour son pays, en jugeant son propre sort moins à plaindre que celui du connétable victorieux, mais traître à la France... Bayard, le chevalier d'Assas et Jeanne Darc élèvent notre histoire à la hauteur des plus belles pages de l'Antiquité... de l'Histoire moderne ! — Léonidas et ses trois cents, Horatius Coclès, Décius et Curtius, Winkelried, le Héros de Sempach... ne sont pas plus grands que notre d'Assas !

Jeanne Darc représente, avec une gloire ineffaçable, l'intervention de Dieu dans ce beau drame de l'Humanité !... Pour la France, elle est l'Ange gardien ! — Aux yeux de l'Anglais, elle est l'Ange exterminateur !

Et si elle languit dans un cachot, si elle meurt sur un bûcher... c'est pour faire briller la part glorieuse de l'Humanité dans cette *Divine Comédie !* — Les ailes de l'Ange ont disparu... la femme apparaît, chargée de chaînes et au milieu des flammes !... L'attendrissement dramatique fait couler des pleurs !

Le Martyr pour la Patrie, ou pour la gloire de Dieu...

en montant sur le bûcher, sur l'échafaud, se rapproche des cieux !

« FILS DE SAINT LOUIS, MONTEZ AU CIEL ! »

Bayard expirant, en présence de son épée renversée et formant la croix, est le plus beau type du chrétien-patriote, qui meurt pour son pays... et dans les bras de Dieu ! .

P.-S. — C'est une idée toute patriotique ! cette inscription, sur le piédestal de la statue de Bayard, — du nom des hommes d'armes de sa compagnie. Cette inscription est un titre de gloire pour les descendants de ces hommes d'armes, et j'éprouvai une émotion respectueuse en voyant un de ces descendants. Certes, . un chef comme Bayard, — électrisait tous ces braves ! mais tous étaient dignes de leur capitaine.

P.-S. Ouvrez les biographies.—Dans presque toutes celles des hommes qui avaient l'âge des volontaires de 1792, vous voyez ces jeunes gens, devenus depuis des hommes illustres dans les sciences, dans les arts, dans les lettres, dans la magistrature ou le barreau, etc. — vous les voyez s'engageant spontanément, et partant pour la frontière ! — Ces détails intimes, retrouvés sans cesse dans les biographies font pénétrer jusqu'au cœur de la France ! — Vous comprenez l'énergie irrésistible de ces jeunes volontaires qui sacrifiaient tout pour expulser l'étranger ; de cette génération à grands caractères !

Ainsi Romiguières, l'avocat illustre de Toulouse ; — ainsi Biot, l'astronome, ainsi tant d'autres ! — Il y avait des brigades entièrement composées d'artistes, de savants, de littérateurs. — Beaucoup se retirèrent du service quand la France enfin respira librement ! Ils n'étaient partis que pour secourir la patrie en danger ! — Là encore on sent la pureté de ce patriotisme qui s'était dévoué au salut public, et qui retournait, comme Cincinnatus, à la charrue, ou à l'atelier, ou au barreau, ou à l'Observatoire, ou... sans briguer honneurs ou récompenses !

Et l'on accuse les Français de légèreté ! Leur histoire est remplie de ces dévouements sublimes, dans toutes les crises de ce pays ! C'est le patriotisme qui sauva la France du temps de Jeanne Darc, et dans tous les temps de notre histoire ! mais cette gaîté est le charme de caractères fortement trempés, qui comprennent le devoir, le dévouement, et qui en tout mettent cet entrain, cet élan, garanties du triomphe. Leur devise est toujours : « *Aide-toi, le ciel t'aidera !* » C'est la devise des nobles cœurs, — et ils savent s'aider !

L'ARC DE L'ÉTOILE

Contemplez le groupe admirable... *le Départ* des patriotes de 1792 ! — Cette tête énergique de femme qui les appelle aux armes ! — on entend sa voix tonnante ! elle électrise et entraîne. — Sa main tendue vers l'horizon... et ses yeux hagards, injectés de sang, montrent l'étranger qui envahit la France... l'horreur de ces hordes sauvages ! — Quelle noble et mâle fierté de ces patriotes ! quel élan ! quel enthousiasme !

A LA FRANCE!

LA PATRIE!

« Dieu et ma Patrie ! »
Devise de Washington.
« Qui sert bien sa Patrie, a droit d'entrer aux Cieux ! »
JACQUES FERNAND.
Ciel et Patrie !
PIERRE LE GRAND.
(*L Étoile du Nord*).

La Patrie ! — tout a été dit sur ce grand mot ! — quel que soit le trouble de nos divisions intérieures !... si l'ennemi nous menaçait d'une invasion nouvelle... tous les cœurs battraient à l'unisson ! toutes les âmes tressailleraient du même enthousiasme ! toutes les mains se rapprocheraient dans une étreinte fraternelle ! Il n'y aurait plus qu'un seul cri : « *A la frontière !* »

Tous les Drapeaux des partis s'abaisseraient ! Il n'y aurait plus qu'un seul Drapeau : le Drapeau de la France !

Comme les Volontaires de 1792... les pères et les fils, les jeunes et les anciens, tous les patriotes en-

tonneraient le chant immortel du *Départ!* Tous vole-
raient à la défense de la Patrie menacée... L'Héroïsme
chasserait l'Étranger du sol sacré de la grande Nation!

Dieu et Patrie!
Patrie et Liberté!,

*
* *

Nous avons chanté les Volontaires de 1792. — Nous
voulons réunir à ces souvenirs encore palpitants, de
l'Héroïsme populaire... les images patriotiques de
Jeanne Darc et du chevalier d'Assas, tués au service
de la France!!!

Nous voulons ainsi fondre le Passé, le Présent dans
une glorieuse Unité, — rapprocher les cœurs et les
âmes dans un seul et même amour : l'amour de la
Patrie!

Mais, pour comparer l'enthousiasme populaire du
Passé et l'enthousiasme du Présent, sous l'Oriflamme et le Drapeau blanc fleur de lys, — comme
sous le Drapeau tricolore...

Certes, il y avait la même exaltation, le même élan
dans ces volontaires de 1792, entonnant le *Chant du
Départ*, la *Marseillaise* des Batailles.

Et dans ces populations innombrables des Croisades,
qui volaient aux combats... en s'écriant: « *Dieu le veut!
Dieu le veut!... Montjoie et saint Denis!* »

Vienne encore l'étranger ! soudain et partout l'enthousiasme des croisades, des patriotes de Jeanne Darc... et de 92 ! partout même cri : « Aux armes ! à la frontière ! vive la France ! »

> « Jamais en France,
> « Jamais l'Anglais
> « Ne régnera !...
> « Non jamais ! »

— Ni l'Anglais ! ni d'autres !

*
* *

Voici quelques vers inspirés par l'amour de notre Patrie... sur ces deux grandes et belles figures de notre histoire : Jeanne Darc et d'Assas *(voir à leur article)*.

P. S. — Les deux Dampierre, Léon et Regnault, l'artiste... et tant d'autres !... et les francs-tireurs ont noblement répondu à l'appel de la France, dans cette douloureuse invasion de 1870 ! — Gloire immortelle et reconnaissance de la Patrie à ces généreux martyrs !

LES PORTRAITS

DE

Marie-Amélie,
Louise, reine des Belges,
Marie d'Orléans,
Ferdinand d'Orléans.

Devaient être groupés ici, et figurer ensemble dans cette galerie nationale, mais les deux premiers ont déjà paru dans les pages précédentes de ce tome VI voir l'*Odyssée de l'Exil!*) — et les deux autres vont paraître dans le poëme ci-après (Marie et Ferdinand d'Orléans). — Au *verso* de cette page... lire la dédicace à Ferdinand, duc d'Orléans.

A la fin de l'ouvrage, sous le titre de galerie nationale, nous grouperons les noms de tous les portraits qui y seront insérés.

A FERDINAND, DUC D'ORLÉANS

Regrets douloureux à notre camarade
du Collége Henri IV.
— Regrets universels de la France !
— S'il avait vécu...
nous n'aurions eu ni coup d'État...
ni troisième invasion !!!
Progrès continu... sans secousse !
Nous n'aurions pas eu la forme républicaine,
mais nous aurions
toutes les libertés anglaises
et l'égalité démocratique...
tous les bienfaits de la République
moins le nom.

1er janvier 1876.

JACQUES FERNAND.

S. M. L'IMPÉRATRICE CHARLOTTE

De tes récents malheurs la France est attendrie!

2 Novembre 1867.

 ★

A S. M. L'IMPÉRATRICE CHARLOTTE

J'ai pleuré, dans mes chants, le trépas de ta mère...
Et l'exil d'Amélie... Ange aimé de la Terre !
— Marie et Ferdinand !... Ces morts si regrettés
Ont fait vibrer ma lyre, en accords désolés !
— De tes récents malheurs la France est attendrie !
— A ces noms douloureux Charlotte est réunie !
— Bientôt je vais les joindre, en remontant aux Cieux !
— Pour toi, près du Seigneur, je vais prier comme eux !

JACQUES FERNAND.

2 Novembre 1867.

MEXIQUE

LETTRE DE JACQUES FERNAND
A SA MAJESTÉ MAXIMILIEN Ier

EMPEREUR DU MEXIQUE

---

30 Janvier 1866.

Sire,

Une crise fort grave menace l'édifice que vous élevez avec tant de courage et de persévérance! — et dont l'impératrice Charlotte a été, jusqu'à ce jour, l'Ange Gardien.

Les États-Unis, délivrés de la guerre civile, regardent, avec anxiété, cet Empire nouveau, fondé près de leurs frontières, sous l'influence et avec le concours d'une puissance européenne, — maintenu debout, grâce à ce concours armé !

La France est sur le point de se retirer — et de vous confier, Sire, à vos propres forces, — conformément au traité, qu'elle a signé avec vous-même — et parce qu'elle vous croit raffermi... depuis le jour où expirait le temps légal de la présidence de Juarez.

Si le départ de l'armée française vous expose à des inquiétudes, surexcitées par l'opposition des États-Unis — et même par les secours armés de cette puissance, à vos adversaires ;

Souvenez-vous de cette grande leçon du père de l'Impératrice... de Léopold le Sage ! — Les partis belges, dans la fièvre de leurs luttes intestines, se retournaient contre le Roi... et semblaient l'accuser des troubles du royaume. — Léopold réunit les chefs de ces partis... et leur dit :

« Je suis venu en Belgique pour répondre à votre
« appel. — Si je ne vous conviens plus... dites-le fran-
« chement. Vous n'avez pas besoin d'une révolution
« pour me faire partir. Je suis désintéressé des splen-
« deurs du trône... et je le quitterai, sans regrets, ne
« pouvant plus vous être utile. »

Ces nobles paroles apaisèrent l'irritation des partis, et tous s'empressèrent de suivre les bons conseils du Roi.

Sire, vous pouvez imiter un si noble exemple.

Vous devez reconnaître deux faits, qui empêcheront toute conciliation sérieuse avec les États-Unis :

1° Vous n'êtes Empereur que par l'épée de la France — et cette intervention d'une puissance européenne blesse la politique extérieure des États-Unis.

2° Les suffrages mexicains, qui ont confirmé votre élévation à l'empire, ont été provoqués, sous la pression étrangère, avant l'expiration du temps légal de la présidence de Juarez ! — Ils resteront ainsi entachés d'une certaine illégalité... aux yeux des États-Unis et de nombreux Mexicains.

Vous pouvez faire disparaître cette tache originelle d'illégalité, — anéantir ces souvenirs fâcheux de l'intervention étrangère, qui vous a élevé sur le trône.

Il faut ici éviter deux excès : — agir... ni trop tôt, ni trop tard.

Trop tôt : ce serait du donquichotisme ! — trop tard, ce serait inutile.

Tout le succès repose sur le sens et le tact politiques, — sur le pressentiment motivé d'une catastrophe plus ou moins prochaine, — sur le choix délicat de l'heure convenable !

Vous avez l'exemple de Léopold à suivre — et de l'habileté de sa conduite.

Malheureusement vous n'avez pas d'enfants !... seuls ils donnent une valeur à ce velours qui recouvre le trône — et dont vous êtes désintéressé ! — Vous auriez une charmante et glorieuse retraite à Miramar... où vous suivrait l'estime due aux grandes pensées... aux nobles aspirations, aux efforts généreux, pour relever et régénérer tout un peuple, épuisé par une longue anarchie !

Mais vous ne songeriez à cette douce retraite... qu'après avoir dit aux Mexicains :

« Je suis Mexicain, comme vous, — j'annule l'œuvre
« d'une puissance étrangère.... et les élections, faites
« avant l'expiration légale de la présidence de Juarez.
« — Je me présente comme votre compatriote, sans
« aucune protection extérieure, et n'ayant que mes
« œuvres mexicaines et mon dévouement patriotique
« à vous offrir. — J'attends la décision d'élections nou-
« velles, indépendantes de toute influence étrangère. —
« Si vos suffrages m'élèvent au pouvoir suprême... je
« ne serai plus votre Empereur... ou votre *Président* (1),
« que par la volonté nationale, libre de toute pression.
« — Les États-Unis respecteront cette manifestation de
« votre libre volonté. — Le Mexique, bien consolidé par
« cet assentiment patriotique, sera plus grand et plus
« prospère ! »

Sire, si vous avez une mission providentielle, —
comme le disait hardiment l'Impératrice, — en écartant
ainsi les craintes de ceux qui redoutaient le *vomito*, pour
elle et pour vous, — la voix du peuple sera la voix de
Dieu ! — *Vox populi, Vox Dei !*

J'écris ces lignes, sous l'influence de mon admiration pour la grandeur de votre noble entreprise et pour
l'énergie de votre caractère, — sous l'influence de mes
souvenirs respectueux... de l'aïeule et de la mère de
l'Impératrice Charlotte !   JACQUES FERNAND.

(1) **Président...** comme **Washington !** — et l'auréole de
ce nom immortel, brille autant que l'éclat des couronnes !

L'AMOUR INFINI!

DIEU!... PATRIE!... HUMANITÉ!

Quatrième partie de ce poème

PATRIE!... ET LIBERTÉ!

LA FRANCE!

TROISIÈME SÉRIE

SOUVENIRS ET REGRETS!!!

SOMMAIRE

A Louis Jorez, de Bruxelles.

A C. Vanier, éditeur de mes six volumes.

La vie est un combat!

Adieux à la France!!!

Poésie mystique! — Où vas-tu ? A Dieu!

L'unité de ce poème: « L'AMOUR INFINI ! »

Annexe de cette deuxième série de la quatrième partie du poème: « L'Amour Infini ! »

LA FRANCE!

SOUVENIRS ET REGRETS!!!

Nous voulions concentrer dans un espace plus res-
treint ce poëme... de... l'*Amour Infini !* mais plus nous
avancions... plus nos souvenirs si chers se multipliaient
et nous ne pouvions résister à cet entraînement si naturel, de placer dans ce reliquaire de notre cœur tous
ces noms bien-aimés qui nous faisaient tressaillir !

En ce moment solennel, où nous écrivons nos dernières pages, nous nous recueillons, nous évoquons
nos douces apparitions du passé, et nous les fixons ici
avec une douloureuse sympathie, — heureux si nous
pouvons transmettre à l'avenir ces noms honorables,
dignes de l'estime et du respect de tous !

JACQUES FERNAND.

1er janvier 1876.

PREAMBULE

SOUVENIRS ET REGRETS!!!

J'aborde avec un attendrissement profond ce chapitre intime du cœur, — ces reliques du foyer domestique.

Longtemps j'ai balancé — je me demandais si je pouvais exposer à la lumière de la publicité... ces souvenirs qui étaient encore dans la demi-teinte du Sanctuaire.

Je me suis enfin décidé... en relisant ces pages — je ne parle pas ici du poëme de... « *Marie et Ferdinand... d'Orléans...* » qui est un poëme national.

Je pense à ces amis de mon père... au général Chapelle, à l'amiral Fleury... qui étaient si modestes... et qui aimaient tant l'ombre de la vie privée ! — Mais pourquoi ne pas les présenter à tous ceux qui adorent la gloire de la France ?

Ces amis de collége... étaient les amis du foyer paternel ; — mais leur vie a été, tout entière consacrée à la Patrie, dévouée à sa défense ! — Ces révélations honorent ces officiers et le pays ! — Le collége même est déjà le premier pas de la vie publique — et ces camarades qui ont formé ces liens d'amitié, les ont noués au grand jour !

Ce début de l'amiral Fleury qui est lancé dans les airs, par l'explosion de son vaisseau... à *Trafalgar*... et qui rejoint à la nage un autre vaisseau français, — ce *Passage de la Bérésina*, qui est un des titres si touchants et si admirables du général Chapelle — cet autre titre si beau, si bien mérité par lui... de « *Saint-Vincent de Paul de l'artillerie...* » et qui lui a été donné sur son cercueil, par un de ses frères d'armes. — Tous ces souvenirs appartiennent à la France... et la font tressaillir !

Je devais finir par ces tristes adieux, à tous ceux que j'aimais... à tous ceux que j'aime... avant mes « *Adieux suprêmes à la France!!!* » — Et ce dernier cri du cœur a été déchirant ! — car j'allais m'éloigner à la fois... et de cette mère bien-aimée... et de tous ces souvenirs sacrés qu'elle protège... et de tous mes amis qui respirent encore sous notre beau ciel !!!

M. C. Vanier est un de ces derniers. — En serrant la main de mon cher collaborateur de vingt ans, je sens couler mes larmes.

1er janvier 1876.   JACQUES FERNAND.

AMBROISE FIRMIN DIDOT

LE DIGNE SUCCESSEUR

DES ESTIENNE ET DES ELZÉVIRS

La gloire de la Typographie Française
l'Illustration des Deux Mondes

AMBROISE FIRMIN DIDOT

Depuis quelque temps que d'illustrations
disparaissent !
La France semble inépuisable :
Il en reste toujours qui surnagent.

JACQUES FERNAND.

Paris, 23 février 1876.

. . . .

. . . .

J'ai à vous annoncer la mort de M. Ambroise Firmin
Didot, le doyen des imprimeurs de Paris. Il était officier de la Légion d'honneur et membre de l'Institut. Il
est mort au bel âge de quatre-vingt-six ans. Ce savant
éditeur, helléniste des plus remarquables, avait fait de
grands voyages en Grèce, en Turquie, et dans toute
l'Asie Mineure. On lui doit presque tous les progrès
effectués dans la typographie depuis le commencement
de ce siècle ; il a particulièrement trouvé et répandu
plusieurs types de caractères. Certains ouvrages imprimés sous sa direction resteront des merveilles typographiques.

Nous reproduisons l'article du *Monde illustré*.

Le 22 janvier s'est éteint, à Paris, l'homme qui personnifiait en quelque sorte l'art typographique en France.

Ambroise Firmin Didot descendait d'une célèbre famille d'imprimeurs français, dont l'origine remonte à François Didot, né en 1689, famille dans laquelle se sont perpétuées les savantes traditions des Estienne, des Elzévirs et des Manuce. Écrire l'histoire de cette famille, ce serait entreprendre celle de l'art typographique dans notre pays. Force nous est donc de nous en tenir au fils de Firmin Didot, imprimeur du roi, l'inventeur de la stéréotypie, le frère de Pierre Didot, l'éditeur de ce Racine en trois volumes que le jury de l'exposition de 1801 proclamait « la plus parfaite production typographique de tous les pays et de tous les âges. »

L'homme remarquable que la France vient de perdre était tout à la fois graveur, fondeur de caractères, typographe, libraire, traducteur et écrivain. Dirigé dans ses études par son père, il se trouva, dès son enfance, en rapport avec les hommes les plus distingués.

En 1814, il se rendit en Angleterre pour juger des progrès de la papeterie et de l'imprimerie, et, le premier, introduisit en France la presse en fonte inventée par lord Stanhope. D'Angleterre, il gagna Constantinople, avec l'ambassade de France, revêtu du titre d'attaché d'ambassade, et s'enferma au gymnase de Cydonie, ville de l'Asie Mineure, pour s'y perfectionner dans la connaissance du grec, puis visita les terres classiques de l'Orient et parcourut la Grèce, la Turquie, l'Asie Mineure, la Syrie, la Palestine et l'Égypte et revint en France, en 1827, diriger les affaires de son père avec son frère puîné, M. Hyacinthe Didot.

M. Firmin Didot prit aussi une part active à la vie politique de son pays. En effet, on le vit membre du Conseil municipal de Paris pendant quatorze ans, de la Chambre de commerce et du Conseil des manufactures.

A tous ses titres, ajoutons celui de bibliophile, et sur ce point nous ne pensons pas qu'il ait eu de rivaux. Entre autres trésors enfouis dans sa bibliothèque, nous citerons le fameux Missel ayant appartenu à Juvénal des Ursins, qu'il céda, après longues hesitations, à la ville de Paris, et qui fut brûlé lors de l'incendie de l'Hôtel de Ville; les pièces de Racine, publiées après chaque représentation ; des incunables, des manuscrits de toute beauté; le livre d'heures de Bussy de Rabutin, etc., etc. On estime cette superbe bibliothèque à plus de deux millions.

Parmi les ouvrages dus à sa plume, nous trouvons les *Notes d'un voyage dans le Levant,* une *Traduction de l'histoire de Thucydide;* plusieurs opuscules, tels que la notice sur le *Missel de Jacques Juvénal des Ursins, Dissertation sur Joinville, Essai sur la Typographie.*

M. Firmin Didot était né en 1790. Il y a quelques années, il ajoutait à son bagage littéraire une *Étude sur
Jean Cousin*, curieux travail qui éclaire à la fois la vie
et l'œuvre du célèbre peintre du seizième siècle. Il a
travaillé jusqu'au dernier moment, et, quelques heures
avant sa mort, il corrigeait encore des épreuves.

Firmin Didot imprima un livre qui n'eut aucun succès — l'auteur accusa la typographie. — Didot lui ré-
pondit tranquillement : « *Un bossu n'est jamais content
de son tailleur.* »

✠ ✶

29 février 1876.

AMBROISE FIRMIN DIDOT

La mort du doyen des typographes français, M. Ambroise Firmin Didot, a eu, non-seulement en France, mais encore à l'étranger, un douloureux retentissement. La plupart des journaux d'Europe ont payé un juste tribut d'éloges à la mémoire de ce grand industriel qui était aussi un de nos savants les plus distingués.

Élève de Boissonade et de Coray, M. Didot savait le grec comme peu de gens le savent en France. Dans sa jeunesse, dit le *Journal de Genève*, il avait fait un voyage et un séjour en Orient pour y ressaisir, sur les lieux mêmes, quelque chose de l'esprit de l'antiquité.

C'était un philhellène convaincu.

En 1827, il publiait une brochure qui fit sensation sur les devoirs de l'Europe à l'égard de la Grèce qui luttait pour sa liberté. Il méritait mieux encore des philhellènes en publiant, avec son frère, Hyacinthe Didot, d'abord leur édition du « Thesaurus linguæ græcæ », ce monument qu'Henri Estienne avait élevé à Genève

33.

aux lettres grecques, enrichie de toutes les acquisitions de la science moderne, et ensuite leur belle collection des auteurs grecs, revus par les meilleurs critiques, et accompagnés d'une traduction latine qui en facilite l'accès.

On doit à M. Ambroise Firmin Didot lui-même plusieurs œuvres intéressantes : une traduction de Thucydide, œuvre de jeunesse dont il avait entrepris récemment et dont il n'a pu finir la révision, des morceaux détachés sur les Estienne, deux excellents livres, l'un sur les Alde, paru récemment, l'autre sur Jean Cousin, qui date de quelques années, enfin des Notes de voyage dans le Levant, un Essai sur la réforme orthographique, qui fit grand bruit à l'époque de sa publication et bien d'autres ouvrages qu'il serait trop long d'énumérer ici.

Les Hellènes n'ont pas oublié les services rendus à leur pays par ce patriote, qui établit à Hydra la première typographie grecque, après la guerre de l'indépendance. Une des rues d'Athènes porte le nom de M. Didot.

Ambroise Firmin Didot était l'homme des Deux Mondes, — une illustration connue en Amérique et appréciée comme en Europe.

MARIE ET FERDINAND

D'ORLÉANS !!!

POÈME

PAR

JACQUES FERNAND.

Aux familles, qui les pleurent !

Aux Artistes ! Au Collége Henri IV !

A l'École Polytechnique !

SOMMAIRE DU POÈME

PORTRAITS :

Jeanne Darc.
Statue équestre de Jeanne Darc.
Princesse Marie.
Ferdinand d'Orléans.
Marie-Amélie.

A MON FRÈRE!

Je te dédie ce Poème. — Il réveillera tes plus doux souvenirs de jeunesse. — Il fera revivre à tes yeux, une famille vénérée… et si bienveillante, pour toi ! — notre Camarade du Collége Henri IV — ton condisciple… et ami… de l'Ecole Polytechnique.

L'ami… et non le courtisan ! — Libre, indépendant, tu as toujours conservé ta dignité ! — Tu peux t'abandonner à tous les regrets d'une amitié sincère. — Nous n'avons été, nous ne serons, l'un et l'autre, que les courtisans du malheur !

Laeken, 2 novembre 1855.

✠ ★

A Charles-Jacques Guérard,

PROFESSEUR DE MATHÉMATIQUES

DU DUC D'ORLÉANS.

AU CAPITAINE D ARTILLERIE

Adolphe Munster.

OFFICIER D'ORDONNANCE

DU DUC D'ORLÉANS

Souvenir affectueux... et profonds regrets!!!

Laeken, 2 Novembre 1855.

JACQUES FERNAND.

＊ ＊

CHANT PREMIER

MARIE ET FERDINAND

D'ORLÉANS!

✠

« Patrie et Jeanne Darc! — Collége... égalité! »

Hélas! je vois toujours ces deux têtes charmantes!
O sourire enchanteur! Regard doux et profond!
Marie et Ferdinand!... Etoiles rayonnantes,
De notre sombre Ciel... autre abîme sans fond!

＊ ＊

Soudain Marie en proie aux flammes furieuses!
— Ferdinand, trop heureux!... et dans l'Éternité
Lancé fatalement! — Convulsions affreuses,
Du Volcan entr'ouvert, sous notre royauté!

*
* *

D'un si pur sacrifice... ô touchantes victimes !
— De nos destins fixés... tout votre noble sang
N'a pu changer le cours ! — De ces hauteurs sublimes,
Confondez, dans vos vœux, pauvreté, titre et rang !

*
* *

Pleurés de tous... vos noms sont unis par la France,
A Jeanne... renaissant, pour la Postérité !
Au Collége... du Peuple et du Prince alliance !
— Patrie et Jeanne Darc ! — Collége... égalité !

*
* *

Hélas ! je vois toujours ces deux têtes charmantes !
O sourire enchanteur ! Regard doux et profond !
Marie et Ferdinand ! Etoiles rayonnantes,
De notre sombre Ciel... autre abime sans fond !

Laeken, 13 Juillet 1853.

JEANNE DARC

... JEANNE PARUT... ET SAUVA LA PATRIE !

D'après le chef-d'œuvre de la Princesse Marie.
statue placée à Versailles

J'entends la grande voix d'un évêque inspiré,
Montrant le doigt de Dieu, qui calme nos Tempêtes...
Et l'Ange de la France, aux cieux transfiguré !

☆

JEANNE DARC

STATUETTE-MODÈLE

PAR S. A. R. MARIE D'ORLÉANS.

STATUE ÉQUESTRE DE JEANNE DARC.

On lit dans le *Moniteur du Loiret* :

« Tout le monde connaît la statue en pied de Jeanne Darc par la princesse Marie d'Orléans ; mais peu de personnes savent que la princesse avait modelé une statuette de Jeanne Darc à cheval.

« Le musée historique qui se forme dans notre ville par les soins de la Société archéologique de l'Orléanais, vient de s'enrichir d'une épreuve en plâtre de cette statuette. C'est un don de la reine Marie-Amélie. Du vivant de la princesse Marie, cette statuette n'était pas sortie de son atelier, où quelques privilégiés seuls avaient été admis à la voir.

« Après sa mort elle n'a été exposée nulle part, elle n'a été exécutée ni en marbre ni en bronze ; il n'en existe qu'un très-petit nombre d'épreuves en plâtre, et on doit féliciter d'autant plus les conservateurs du Musée d'archéologie d'avoir obtenu l'une de ces épreuves, qui ne saurait être mieux à sa place qu'en la ville d'Orléans.

« Jeanne Darc, montée sur un cheval caparaçonné, porte le costume des chevaliers du quinzième siècle.

De la main droite elle tient son épée abaissée, son regard s'arrête sur un Anglais blessé mortellement et renversé sous les pieds de son cheval. A cette vue Jeanne éprouve une émotion qui se trahit sur son visage et dans la pose de son corps; c'est la lutte entre l'effroi de la jeune fille à l'aspect du sang et la résignation courageuse de l'héroïne inspirée.

« Ce sujet a été traité avec le même talent que la statue en pied devenue si populaire. On y retrouve la grâce et l'inspiration qui ont fait de la princesse Marie un interprète si éloquent de Jeanne Darc, et qui lui ont valu le haut rang qu'elle occupe parmi les sculpteurs modernes. »

(Note communiquée par M Eugène C..... X.)

L'authenticité de la statue équestre modelée par la princesse Marie d'Orléans est constatée par les détails historiques de la reine Marie-Amélie, qui en a donné un exemplaire pour la bibliothèque d'Orléans, et un autre qui existe à Eu. La gravure que nous insérons est l'œuvre de M. Trichon, artiste distingué, qui a gravé une grande partie des portraits de nos six volumes.

L'Editeur.

CHANT II

JEANNE DARC

Statue... Chef-d'œuvre de la Princesse Marie.

VERSAILLES-ORLÉANS

Fêtes Nationales 1855.

Marie et Jeanne Darc ! ô gloires immortelles !
— Jeanne, tu nous sauvas ! — Revis, grâce à ta sœur !
— A vos deux noms unis, louanges éternelles !
— Honte aux bourreaux flétris ! A toi, France, âme et cœur,

.*.
* *

De ta sœur, noble émule... avec éclat, Marie,
Comme elle, tu servis ton Pays bien-aimé...
Elle, par son épée... et toi, par ton génie !

.*.
* *

Par des essais divers elle avait préludé !
Ainsi, le jeune aiglon, en mesurant l'espace,

De l'aire s'élançait, faible et timide encor !
Et bientôt plus hardi, d'un vol que rien ne lasse,
Il fixe le soleil, libre dans son essor !

* *

Oh ! sous vos feux brûlants, Beaux-Arts et Poésie,
Sa pensée a mûri... d'une sainte douleur
Profondément émue... et longtemps recueillie !

* *

Mais quel rayon divin, sur ce beau front rêveur !
Et quel ardent regard !... Par la mélancolie
Il est voilé soudain ! — O pouvoir créateur !
De sa Jeanne, les traits !... et leur douce harmonie !

* *

Noble artiste ! Marie, exaltant notre honneur,
Du marbre fait jaillir Jeanne Darc tout armée !
— Ce chef-d'œuvre nouveau s'échappe de ses mains...
Aux regards éblouis de la terre charmée !

* *

La beauté resplendit dans ces traits surhumains !
— La grâce dans la force !... Au plus ferme héroïsme.

La touchante candeur de l'Inspiration
Se mêle, humble et modeste !... Ardent patriotisme !
Angélique douceur et résignation !
— Schiller a reconnu sa féconde épopée !

*
* *

Devant Dieu, s'inclinant... Jeanne baisse les yeux,
Rêveuse.— Et sur son cœur, se presse son épée !
—Pour la France, elle est prête à remonter aux Cieux !

*
* *

Soudain elle s'anime.!
Et, se transfigurant,
Son visage sublime
Brille tout rayonnant
D'une clarté céleste !
— Son cœur a palpité !
Un doux regard l'atteste...
Sur Marie arrêté.

*
* *

Ouvre-toi, Temple auguste, ô glorieux Versailles !
De deux règnes l'orgueil. — A la fille des champs,
Place, fier Connétable ! — Et vous, par cent batailles

Illustrés, ennoblis... Capitaines vaillants,
Place ! Jeanne parut... et sauva la Patrie !
— Et la fille des Rois, la tenant par la main,
La guide près de vous ! — Place ! place à Marie !
— Ton cœur est ton génie !... Ah ! ton ciseau divin
Venge enfin son martyre... effaçant les souillures
De ses vils détracteurs ! — Il venge le Pays !
— Et le Pays vous doit... Auréoles si pures
De ces mille beaux faits, à nos neveux transmis...
O Jeanne ! son salut ! O Marie ! une gloire !
— Pour ces doux souvenirs, il est reconnaissant !
— Souvenirs immortels... et lustre de l'Histoire !

*
* *

Orléans ! de Versaille écho noble et touchant !
Réponds à son appel, par l'éclat de tes fêtes,
Par l'éloquente voix d'un Évêque inspiré,
Montrant le doigt de Dieu, qui calme nos tempêtes...
Et l'Ange de la France, aux cieux, transfiguré !

Mai 1855.

———

Nous venons de prononcer le grand nom de Versailles !...
Versailles, devenu le palais de la Nation !... ouvert à nos jeunes et à nos vieilles gloires... à toutes les gloires de la
France ! — Belle pensée patriotique ! Pensée de fusion de
toutes nos dates, de tous nos souvenirs historiques ! symbole

de notre magnifique Unité, l'âme et la force vivifiante de notre pays!

Au nom de la France, place à Marie dans les galeries de Versailles, place à l'Artiste-Patriote, à cette *Gloire* nouvelle, à cette Gloire charmante!... et si attendrissante par les catastrophes successives qui l'ont enlevée, si jeune, à ses affections... aux beaux-arts!

La princesse Marie aurait été la Reine des Artistes... même si le sang Royal n'avait pas coulé dans ses veines! — Elle a donc aussi une place marquée au milieu de tous ces Artistes qui, par leur présence, embellissent notre Musée national!

Dans ces Galeries historiques, il y a tant de visages bronzés par les batailles! On ne saurait trop bien accueillir la grâce de la Femme, quand elle est une des illustrations de la France, — pour tempérer cet ensemble un peu trop sévère de casques, d'armures, de physionomies guerrières et imposantes!

*
* *

« Marie d'Orléans, dit Victor Hugo, mettait le nom
» de sa race parmi les Artistes... comme Charles d'Or-
» léans l'avait mis parmi les Poëtes. — Elle avait fait
» de son âme un marbre qu'elle avait nommé *Jeanne*
» *Darc.* »

*
* *

Nous avions crayonné, dans notre *Album*, d'autres souvenirs artistiques de la princesse Marie ; nous les réunissons ici aux vers que nous avions détachés pour les fêtes de Jeanne Darc.

LA PRINCESSE MARIE

PRINCESSE PAR LE SANG... REINE PAR LE GÉNIE
DES ARTISTES DE LA REINE...

Oh que Marie est belle... et sa blouse royale,
Uniforme charmant de l'Artiste inspiré !
Et le simple atelier.,. de sa vie idéale...
Hors de l'ennui des Cours... sanctuaire adoré..

Dans ce Versailles ouvert aux Gloires de la France..
— Aux princes, comme au peuple, entière égalité
— Près de Jeanne, Marie a son droit de présence
— Ensemble montrons-les à la Postérité

JACQUES FERNAND.

CHANT III

LA PRINCESSE MARIE D'ORLÉANS

Place à l'Artiste, dans le Musée de Versailles! dans ce temple
de toutes les Gloires de la France!

PRÈS DE JEANNE DARC

— Par elle, renaissant, pour la Postérité! —

Princesse par le sang, reine par le génie!

DES ARTISTES LA REINE!!

Hélas! je vois toujours son image charmante!
— O souris enchanteur! Regard doux et profond!
-- Du ciel pur des Beaux-Arts, étoile rayonnante!..
Sa Béatrix!...

* * *

— O mort! sombre abîme sans fond!
— Soudain Marie, en proie aux flammes furieuses (
Et rendue à sa mère... en ces mains si pieuses
Languit... et meurt! Hélas! belle encor en mourant!

(1) Une lampe placée par la Princesse Marie trop près des
rideaux de son lit... mit le feu à ces rideaux... et la Princesse
fut enveloppée par les flammes, en 1839.

*
* *

Noble par le talent, comme par la naissance...
Par un divin chef-d'œuvre illustrée à jamais,
Marie ! à toi, salut ! — Digne fille de France,
Son plus doux souvenir ses plus amers regrets !

*
* *

Riche des dons du ciel, Artiste de génie...
Par ton art, tu servis ton pays bien-aimé !
— Ton éclat rejaillit sur ta chère Patrie !
— Et cet éclat d'un jour, hélas ! inanimé !

*
* *

Oh ! que Marie est belle !... et sa blouse royale,
Uniforme charmant de l'Artiste inspiré !...
Et le simple atelier... de la vie idéale...
Hors de l'ennui des Cours, sanctuaire adoré !
Plus brillant que tout l'or de la vieille Lutèce !

*
* *

Oh ! que Marie est belle !... et l'ovale si pur !
Ce profil délicat, vrai type de la Grèce !

Et cet ardent regard d'un triomphe futur
Le présage certain!... Par la mélancolie,
Rêveuse et créatrice, il est voilé soudain!
— De sa Jeanne les traits!... et leur douce harmonie!

* *

De splendides vitraux, dessinés de sa main,
Et sombres cathédrale et royales chapelles
S'illuminent! — Sur tous, étincellent au jour
Des noms chéris du peuple, à son drapeau fidèles!
Au monde révélant sa foi, son tendre amour
Pour la France... toujours sa plus chère famille!

* *

Aux talents de Joinville elle unit ses talents :
Et par eux modelé, se tord, s'agite et brille
Un groupe audacieux de rudes combattants!
— Ils courent l'un sur l'autre... et lance contre lance...
Et visière baissée! — En braves chevaliers,
Ils se heurtent... aux cris de cette foule immense!
— Leur choc résonne au loin! et leurs fougueux coursiers
Poitrail contre poitrail, et tête contre tête,
Rejaillissent en l'air, partageant leur fureur!

* *

Ainsi, par ce tournoi, des Français digne fête,
Par ces essais divers, préludait son ardeur !
— Ainsi, le jeune Aiglon, en mesurant l'espace,
De l'aire s'élançait... faible et timide encor !...
— Et bientôt, plus hardi, d'un vol que rien ne lasse,
Il fixe le soleil... libre dans son essor !

* *

Oh ! sous vos feux brûlants, Beaux-Arts et Poésie,
Sa pensée a mûri... de Gœthe, de Schiller,
Des poètes de France, incessamment nourrie !
— De nos gloires surtout son cœur était si fier !
Son idéal constant fut sa chère Patrie !

* *

Pour nos malheurs passés, quelle sainte douleur !
— Céleste émotion... si longtemps recueillie !

* *

L'artiste patriote exalte notre honneur...
Du marbre fait jaillir Jeanne Darc tout armée !
— Ce chef-d'œuvre nouveau s'échappe de ses mains,
Aux regards éblouis de la terre charmée !

*
* *

La beauté resplendit dans ces traits surhumains !
— La grâce dans la force ! — Au plus ferme héroïsme,
La touchante candeur de l'inspiration
Se mêle, humble et modeste !... Ardent patriotisme,
Angélique douceur... et résignation !
— Schiller a reconnu sa divine épopée !

*
* *

Devant Dieu s'inclinant... Jeanne baisse les yeux,
Rêveuse... et sur son cœur se presse son épée !
— Pour la France, elle est prête à remonter aux cieux !

*
* *

Comme elle, vers les cieux, ce grand et beau Génie,
S'est envolé !... près d'elle, à jamais rayonnant !

*
* *

O Geneviève ! ô Jeanne ! ô toi, noble Marie !
Trois Anges de la France... et sur elle veillant !

*
* *

O doux pays d'amour ! Toujours brille une femme,
Ta force et ton salut... tes consolations...

Et ta grâce et ta gloire... Ange Gardien... ton âme!
Toujours règne une femme, en tes Dévotions !
— Notre-Dame de France... et Dame-des-Victoires.
Partout la *Bonne-Mère!*... Au sommet des clochers,
Au chevet riche ou pauvre... et dans nos oratoires !

De tous les yeux pleurée!! — Oh! pour elle, priez!

Dans ce Versaille, ouvert aux Gloires de la France...
— Aux princes, comme au peuple, entière égalité!
— Près de Jeanne, Marie a son droit de présence[1]!
— Ensemble montrons-les à la Postérité!

Hélas! je vois toujours son image charmante!
— O souris enchanteur!... Regard doux et profond!
— Du ciel pur des Beaux-Arts, étoile rayonnante,
Sa Béatrix !...

   O mort! sombre abîme, sans fond!!

La ken, 13 juillet 1853.

---

[1] Dans ce Musée National de Versailles, elle doit figurer
comme une des Gloires de la France! — Elle est la Reine des
Artistes!

★

FERDINAND D'ORLÉANS !

PRINCE ROYAL

Aimable compagnon des jeux de mon enfance,
De ce bienheureux temps mon plus cher souvenir,
Ferdinand ! à jamais regretté de la France !
Ton passé présageait un si bel avenir !

JACQUES FERNAND.

CHANT IV

FERDINAND D'ORLÉANS !
1842

____

« *Tu Marcellus eris !* »
« Je n'ai fait que passer, il n'était déjà plus ! »

Aimable compagnon des jeux de mon enfance,
De ce bienheureux temps mon plus cher souvenir,
Ferdinand ! à jamais regretté de la France !
Ton passé présageait un si bel avenir !

— Que d'autres, remontant les cordes pindariques,
Déplorent des États les douloureux destins !...
En toi, je pleure, ami, les élans sympathiques,
Ce baume adoucissant de tous les maux humains,
La céleste amitié ! le cœur tendre et fidèle,
D'un caractère égal la piquante gaîté,
De notre esprit français le séduisant modèle,
La modeste candeur, la franche loyauté !
Je cherche à distinguer, sous un voile de larmes,
Du camarade aimé les traits doux et touchants ;

De ses plus jeunes ans ces ineffables charmes,
De leur mobilité ces longs enchantements,
Ce transparent miroir, grâce de sa belle âme,
L'angélique sourire ! — Et, dans cet expressif,
Ce limpide regard... du génie est la flamme !

— Et, plus tard, sous un air martial et pensif,
Ces beaux traits raffermis de la verte jeunesse,
L'austère modestie et la simplicité,
Ces nuances d'esprit, de raison, de tendresse,
De fine intelligence et d'active bonté !
De l'ovale parfait, de ce mâle visage,
Les suaves contours, les purs linéaments,
De force et de douceur le gracieux mirage,
Et ce piquant mélange, aux attraits séduisants,
Cette désinvolture et la svelte élégance
De sa taille élancée... et, dans son maintien,
Cette exquise noblesse et rare bienveillance,
L'air, le ton gentilhomme... et de l'homme de bien !

— Et, de sa triste fin, à l'heure solennelle,
Ce type de Raphaël, par la mort embelli !
D'une sainte pâleur cette grâce nouvelle !
Oh ! entre terre et ciel, le bel ange endormi !
Par l'amour maternel ses paupières fermées !
Ses blonds cheveux, lissés, sur le front, en bandeau,

Ce front décoloré !... de brûlantes pensées,
Ardent naguère encor ! — Au-delà du tombeau,
Je vois poindre l'espoir !... une clarté divine !
Sur les lèvres de l'ange, un sourire si doux !
Devant ce grand mystère, avec foi, je m'incline...
Et, moi-même immortel, j'adore, à deux genoux !

— O regrets douloureux, dont j'aime l'amertume !
Illusions du cœur, qui vit de son passé !
De mes premiers printemps catalogue posthume !
Livre d'or effeuillé ! Du rayon éclipsé
Je concentre en moi-même une trop chère empreinte !

*　*　*

Oh ! que j'aime à te suivre, et des yeux et du cœur,
Dans nos jeux, nos travaux... dans la jeunesse, éteinte ;
De notre cher collége !... où tout était bonheur !
Où la réalité s'embellit d'espérance !

— Hier, encor, ami, triste... je souriais
Aux jours si regrettés de notre heureuse enfance !
Dès l'aurore, à pas lents, ému, je visitais
Ces vieux murs et ces cours... la vieille tour gothique !
Vestiges du passé... Nos plus chers souvenirs,
Vivants se réveillaient par un pouvoir magique !

Témoins de nos ébats, de nos trop courts plaisirs,
Je me sens rajeuni... grâce à votre influence !

— De tes débuts je vois les charmants embarras,
Attrayante candeur de naïve innocence !
Charme toujours nouveau de tous les premiers pas !
Cet air timide et doux, réserve naturelle
De ta grandeur, soudain exposée au grand jour
Du rayon populaire... une clarté nouvelle !

— De l'aile maternelle, auguste nid d'amour,
De sa tiéde chaleur, de sa vive caresse,
Dans le vide, isolé... délicat, frêle enfant,
Tu semblais d'un ami rechercher la tendresse...
Et, sur moi, tes regards, attachés un instant,
Fixèrent de mon cœur la jeunesse inconstante !
Ah ! vers toi je sentis cet élan fraternel,
Divin ravissement de l'amitié naissante !
A ce mélancolique, à ce touchant appel,
Même les endurcis auraient rendu les armes !
A cet entraînement qui pouvait résister !

— De tes beaux yeux d'azur, je vois glisser des larmes !
Et tu presses la main, qui les a fait couler !
D'un sourire mouillé, pardonnant l'imprudence
Du joueur maladroit... de pleurer tout surpris !

— Oh ! prélude touchant, de l'auguste clémence,
Brûlant le souvenir d'un ingrat compromis !...
Désarmant les fureurs de la lutte sanglante !
Affreux troubles civils ! où, même les vaincus...
Devenaient tes amis... de ta grâce indulgente,
De tes soins fraternels, de tes larmes... émus !
Tu maudissais la lutte ! elle est contre nature !..
Aspirant poudre et guerre en pays étranger !...
Brisé, ton cœur saignait d'une grave-blessure !
Les yeux au ciel ! et prêt... à tout concilier !
De ton aïeul Henri, la palpitante image !
De ses hautes vertus, le fidèle miroir !
D'un riant avenir le plus certain présage !

— Henri trace à tous Rois la règle et le devoir.
Il oubliait le trône, à la voix paternelle !
Et prolongeait le siége, en nourrissant Paris !...
Il relevait Sully... regrettant Gabrielle !...
Et tous deux, s'embrassant, exaltés, attendris,
Noblement partageaient la palme que leur donne
L'histoire, qui ne sait quel était le plus grand,
De l'ami, pardonné... de l'amant, qui pardonne !
Et sans distinction, les place au premier rang !

— Notre collége aussi comptait ses jours de luttes !
Mais, vaincus et vainqueurs, tous se donnaient la main !

Gaîment ils échangeaient leurs triomphes, leurs chutes!
La veille, un rude échec!... succès, le lendemain!

— Proclamé lauréat... pour ta juste victoire,
Que de fois de tout cœur, applaudi par nous tous!
Comme le grand Condé... de cette jeune gloire!
Heureux, fier, à bon droit!... et soudain, devant nous,
A ta mère, à tes sœurs... si doucement émues!
A ton père... de joie et d'orgueil rayonnant,
Tu portais ta couronne!... et, longtemps confondues,
Vos âmes s'élançaient vers l'avenir brillant!...
Couronne... préférable aux couronnes d'épines,
Dont l'éclat... si trompeur!... pare la royauté,
Et souvent cache mal, sous des formes divines,
Les cruelles douleurs du front ensanglanté!...
Ce laurier, toujours vert, illumine la vie!
Il rajeunit le cœur, rafraîchit le penser ;
Jamais il n'est souillé des baves de l'envie!...
Il n'a pu... de la foudre... hélas! te préserver!

* * *

Oh! que j'aime à te suivre, au sortir du collége!
Malgré folle jeunesse, et ses entraînements,
Déjà, maître de toi, ta raison te protége!
D'un professeur chéri, les chiffres transcendants [1],

Avec art démontrés, à ton intelligence,
Ouvrent les profondeurs de vastes horizons !
Et l'amitié, la grâce et la reconnaissance,
Changent les froids calculs en aimables leçons !
Élève et professeur, de la gaîté française,
Pour trouver l'*inconnu*, provoquent le secours;
Et l'esprit, plus lucide, allégé, plus à l'aise,
De ces difficultés poursuit mieux les détours.

— Déjà, par tes efforts, de la haute science
Atteignant les sommets, tu t'asseois sur les bancs
De l'École, à jamais la gloire de la France [2] !
Et nos savants futurs te comptent dans leurs rangs !...
Même tout hérissé de barres et de nombres,
Tu charmes des docteurs la jeune austérité...
Et d'un malin souris éclairant les fronts sombres,
Tu dérides, parfois, leur grave majesté,
Par ton piquant esprit, tes fines réparties !

— Sous le simple uniforme, en modeste artilleur,
Dans nos rangs confondu... par tes vives saillies,
Égayant le bivac... tu vois, avec bonheur,
Un ami de collége, ou de la grande école,
Comme toi, patriote et soldat-citoyen...
Et de l'égalité, toi, le vivant symbole,
Tu resserres ainsi le fraternel lien !

35.

— Même sérénité, sur le champ de bataille,
Dans les sables d'Afrique, et sous les murs d'Anvers !
Longue marche forcée, et boulets, et mitraille,
Tout est fête, pour toi, dans ces devoirs divers !...
Consolant le soldat, tu lui rends l'espérance !
Et ta joyeuse humeur ranime sa gaîté !
En te voyant, séduit, il croit revoir la France !
L'Arabe s'adoucit, charmé par ta bonté !
Les échos de l'Atlas redisent ta louange !
Elle résonne encor dans les Portes-de-Fer !
L'on suit avec respect les vestiges de l'ange,
Sur le sol africain... du guerrier l'on est fier !

— Ah ! toujours et partout cette belle alliance,
De la grave raison, de l'aimable enjoûment,
De profonde pensée... et légère apparence,
De grâce et de bon sens, d'esprit, de jugement !
Et toujours et partout, tu plais à tous les âges !...
Aux vieillards indulgents, par ta maturité,
A nos plus jeunes fous, à nos plus jeunes sages,
Par ces aspects divers... charmante nouveauté !

— Mieux encor ! ton bon cœur, si dévoué, si tendre !
D'amis vrais et nombreux gagne le dévoûment !
Onze ans, déjà ! Seigneur, ont passé sur sa cendre !
Et toujours la douleur s'exhale en gémissant !

* * *

Sous faciles dehors, un ferme caractère !
Et la simplicité de tout homme d'honneur.
Plus que la flatterie, a le droit de te plaire !
La digne indépendance, à ton généreux cœur
Sourit, et seule obtient ta juste confiance !
A ta profonde estime, elle a titre assuré !
Ah ! nul autre ne peut suppléer à l'absence
D'Adolphe, notre ami, par toi-même pleuré !

— La charité discrète et la foi de sa mère !...
Au bonheur de famille, il donne les instants,
Que lui peut accorder le sacré ministère,
Imposé, par Dieu même, à ceux qu'il veut puissants !
Il rend grâces au ciel, de sa double largesse,
De ces sublimes dons, faits à l'humanité,
De ce double trésor... deux titres de noblesse...
A l'homme, libre arbitre ! au peuple, liberté !

* * *

Souple et flexible esprit, passant, avec aisance,
Des salons, éblouis de mots étincelants,
Sur les bancs de l'école, où sa noble présence
Rayonne, pur éclat, juste orgueil des savants !...

Après l'étude aride, où sa raison domine,
Après rude campagne, altérant sa santé,
Vers la source des arts, avec joie, il s'incline.

— Grâce à joyeuse verve, à la vivacité
D'élégant badinage et d'humeur vagabonde...
De Joinville-Marie égalant les succès...
Son facile crayon, sur la pierre féconde,
De la lithographie exalte les progrès...
Et l'esprit, égayant les charmes artistiques,
De Gulliver-Alcide esquisse les travaux :
Mirages enchantés de lorgnettes magiques!
Surgissent, à nos yeux, deux mondes tout nouveaux!

— Doublement créateur, renaissant de lui-même!
Il joint l'art du graveur au bel art du dessin.
Il veut perpétuer un plus touchant poème:
Et l'on voit, palpitants, jaillir de son burin,
Ces compagnons du pauvre, appuis de son ménage,
L'âne, son serviteur... et le chien, son ami!
De son fardeau, trop lourd, le premier le soulage!
L'amitié du second... des peines c'est l'oubli!

— Le burin, le crayon, la plume et la parole !
Devant les nobles Pairs, orateur libéral !...
Patrie et liberté ! son fidèle symbole !...

Des soldats exaltés, entraînant général,
Il enflamme l'ardeur !... De souvenirs de guerre
Historien brillant, il les ranime aux yeux !.
Il sait, à chaque page, intéresser et plaire !
Bulletins et discours, et récits glorieux
A la postérité rediront son génie !

— Mais qui peindra jamais... d'une allocution,
D'un mot spirituel, la fine répartie !
Et sa voix pénétrante, et sa vibration
Dans le cœur de la foule... aux lèvres suspendue !
La piquante saillie... un regard séduisant...
Et l'accent expressif d'une parole émue !

— Dans les graves conseils, toujours sage et prudent,
Toujours il défendait, de sa vive éloquence,
Le progrès continu de notre liberté,
Le généreux pardon, la céleste clémence !

— Profond tacticien !... par lui-même inventé,
Par l'Europe imité ! l'exercice magique
De nos sombres chasseurs... nos chasseurs d'Orléans,
Leur tir sûr et rapide, et leur pas gymnastique !
Vincennes tressaillait de ses nobles enfants !
Des évolutions merveilleuse prestesse !
Fantassin dégagé de tout vain attirail !
Sa carabine au loin proclamant son adresse !

***

Pour les plaisirs, ardent... comme pour le travail :
Mais toujours, du devoir observateur fidèle,
Dans la juste limite il sait les maintenir...
Et, pour lui, le travail est jeu, fête nouvelle,
Le charme de l'esprit, le repos du plaisir !

— Si, parfois, à la chasse, image de la guerre,
Fatigué de calculs, il les doit délaisser...
Il dévore l'espace... et, dans le grand mystère
De problèmes nouveaux, il vient se délasser !

— Il fend, avec vigueur, les vagues écumantes...
Avec aisance, il guide un coursier indompté...
Il a tous les talents, les grâces séduisantes !
De Henri, la bravoure et l'esprit... la bonté !
Et du roi chevalier, les aimables faiblesses,
L'élégance... et le goût, pour les arts et les vers,
Qu'il protége, en ami, prodigue de largesses !

— Oh ! le charme puissant de ces attraits divers !
« De l'Europe, il était le premier gentilhomme ! »
Disait un Prince auguste, en s'essuyant les yeux !
« Par son mérite seul, il s'élevait, grand homme ! »
Disait un autre Prince, en regardant les cieux !

* * *

Ah! pour nous sauver tous, de nos profonds abîmes,
On croyait voir du ciel un ange descendu!...
Mais, déjà, remonté vers ces hauteurs sublimes!

— Qui dira la stupeur de ce peuple éperdu!
La France... au cœur frappée... et se voilant la face
De sa famille en deuil... tout espoir expiré!...
Par la tendre amitié... que rien... rien ne remplace!
Pour lui-même chéri!... pour lui-même, pleuré!

— S'il avait pu régner!... d'une main vigoureuse,
Il aurait dirigé le gouvernail glissant,
Le souffle populaire et la vague orageuse,
Pilote habile, instruit, et surtout prévoyant!

— Hors de cette tutelle, à courir trop hâtée,
Dans le gouffre béant, du Despotisme heureux,
L'ardente Liberté, soudain précipitée,
Vers ce modérateur, lève, en mourant, les yeux!

— Renversant tout obstacle à sa course restreinte,
Dans sa fougue étourdie, un torrent effréné
Partout jette l'effroi!... sa désolante empreinte
Sillonne de terreur le vallon consterné!...

A ses fureurs offrez, dans un espace immense,
Un champ plus étendu… vous prolongez son cours…
Partout vous répandez la joie et l'abondance,
En le ralentissant par ces adroits détours !

— Trop tôt développés, par la chaleur factice,
Pâles et languissants, végètent fruit et fleur…
Le soleil, plus fécond, mûrit, sans artifice :
Seul, il donne l'éclat, le parfum, la saveur !

* * *

Hélas ! il a vécu !… Tous ces aînés de France,
Fils d'Empereurs, de Rois… depuis Louis le Grand…
Toujours, si près du trône, ont trompé l'espérance !
Dans l'exil… dans la mort… ce cortége descend !
Oh ! du sombre avenir, lueur mystérieuse !
De notre lendemain sinistre avant-coureur !
Qui pourra déchiffrer l'énigme glorieuse !
Abîme ! qui pourra sonder ta profondeur !

* * *

D'une âme, sainte et pure… en cette crise extrême[4]…
La tendresse, effarée, égarée un instant,
Du juge souverain craignait l'arrêt suprême !

—De mondains intérêts encor tout palpitant,
Ferdinand, loin de nous, allait soudain paraître...
Par la foudre lancé !... devant ce tribunal,
Où vient se réfléchir, tout ce qu'il doit connaître !
Où, du Roi, le sujet est le frère et l'égal !...

—Le juge est notre Père !...Ah! demeurons sans crainte.
Sa justice indulgente éclate à tous les yeux !
D'une tache, légère, il efface l'empreinte !
Qui sert bien sa patrie, a droit d'entrée aux Cieux !

* * *

O Reine vous pleurez !... Des larmes maternelles...
Je recueille la trace... en priant... à genoux !
Du Christ ainsi les traits furent transmis fidèles !
Ah! ce voile de deuil sera sacré pour nous !

Laeken, 13 Juillet 1853.

NOTES.

[1] M. Guérard, son Professeur de Mathématiques.
[2] L'École Polytechnique.
[3] Adolphe Munster, Capitaine d'Artillerie..., et son officier d'ordonnance.
[4] S. M. la Reine Marie-Amélie.

S. M. LA REINE MARIE-AMÉLIE

CHANT V

ENVOI A SA MAJESTÉ

LA REINE

MARIE-AMÉLIE

De mes chers amis, autrefois,
Une discrète bienveillance
Sut respecter l'indépendance,
Dans l'auguste Palais des Rois!

— Et tous, au collége, à l'école,
Hélas!... amis de Ferdinand!...
Pour nous, souvenir palpitant!
D'égalité touchant symbole!

— Au même collége, élevé,
Partageant leurs jeux, leur étude,
Je gardai la douce habitude
D'un sentiment trop éprouvé!

Heureux ! grâce à la Providence !
Heureux ! si du cœur les tourments
Etaient suspendus par les chants
De la sainte reconnaissance !

— Ah ! vos beaux noms, par moi chantés,
Rayonnent !... Louise ! Amélie !
Et vos noms... Ferdinand, Marie !
Chers à la France... et regrettés !

JACQUES FERNAND.

Laeken, 13 juillet, 1853.

CHARLES JACQUES GUÉRARD
FONTAINE, architecte
CHARLES THOMAS
ADOLPHE MUNSTER
ÉMILE DOULCET

Nous réunissons ces cinq noms regrettés et qui honorent la France !

Les trois premiers sont inscrits parmi les plus anciens amis de notre famille. — Munster, beaucoup plus jeune, était aussi de nos intimes. — Doulcet était de nos proches parents.

M. Guérard, notre cher professeur de mathématiques pendant deux années, nous a tenu devant le tableau, la craie à la main. — L'unité de caractère, la fidélité inébranlable aux principes et aux convictions, lui ont gagné l'estime de tous. — Nous sommes heureux de pouvoir payer notre tribut de reconnaissance à ce maître si aimable, à ce compatriote si honnête et si loyal, si sévère pour lui-même et si charmant pour les autres, si dévoué, et qui laisse de si vifs regrets !

Lancé dans le grand monde, où il était reçu avec la plus haute estime et la sympathie la plus affectueuse, il avait toujours conservé cette simplicité du professeur, si douce et si encourageante pour ses élèves, qui devenaient ses amis. Et que d'élèves distingués! Plusieurs ont déjà laissé les regrets les plus douloureux! Le duc d'Orléans et Munster, son officier d'ordonnance; Emile Doulcet, officier d'ordonnance du duc d'Aumale, et pleuré par le général Pélissier, qui prononça quelques paroles touchantes sur sa tombe! Que d'autres camarades d'école qui ont précédé ou suivi notre cher maître!

M. Guérard était neveu de M. Fontaine, architecte, qui a laissé de si beaux souvenirs de talent, de probité, — caractère antique, — mais dont la gravité était tempérée par la grâce et l'amabilité la plus spirituelle. — Tout le monde connaît les œuvres de Percier-Fontaine, deux noms si bien associés pour la gloire artistique de notre époque (et surtout l'on admirait ce bel escalier du Louvre qui, ce me semble, a disparu dans les constructions nouvelles). — Nous relisons la notice de M. Cuvillier-Fleury. — Son portrait de M. Guérard est d'une telle ressemblance, que nous l'ajoutons à nos souvenirs.

Voici la note de M. Cuvillier-Fleury, insérée dans le *Journal des Débats* du 16 mai 1863, et que m'a transmise mon frère, élève aussi de M. Guérard, et son ami intime. — Comme élève de l'École polytechnique et comme élève de l'Ecole des mines, mon frère a su faire honneur aux leçons de notre cher professeur. — Comme moi, il juge la note de M. Cuvillier-Fleury très-exacte et bien méritée. Les princes dont il avait été le professeur, avaient en lui un ami véritable, éloigné de toute vue personnelle. — Ils déploreront cette perte.

CHARLES-JACQUES GUÉRARD

Les obsèques de M. Guérard (Charles-Jacques), examinateur en chef de la marine, mort à Paris, le 12 mai 1863, à l'âge de soixante-cinq ans, ont été célébrées aujourd'hui dans l'église Saint-André-d'Antin, au milieu d'une nombreuse affluence de ses amis et de personnes appartenant aux rangs les plus distingués de la société parisienne (1). M. Guérard s'y était fait une place des plus honorables par la loyauté de son caractère, le charme de son commerce, par les qualités les plus aimables et les plus sérieuses. Longtemps professeur de mathématiques, il s'était donné mission de préparer les candidats à cette École polytechnique dont il avait été lui-même un des élèves les plus renommés. Sa méthode supérieure, dans ce professorat difficile, lui avait assuré une nombreuse clientèle, où les noms les plus illustres se trouvaient réunis aux plus modestes. M. Guérard n'achetait par aucune complaisance con-

(1) MM. Thiers, Duchâtel et de l'Aubépin, de Vatry, Ségur, Cazenave, Morin, son camarade, etc., etc. — L'église était pleine, — et le plus grand nombre n'avait pu entrer... Plusieurs étaient loin de Paris à cette époque.

traire à ses devoirs cet empressement dont il était l'objet. Homme du monde le soir, il était franchement professeur le matin. Nous qui l'avons vu si souvent, la craie à la main, devant l'inflexible tableau, nous avons le droit de dire que sa sévérité n'épargnait personne. Mais une bienveillance naturelle se mêlait à ce zèle du devoir et en tempérait la rigueur. M. Guérard était un de ces maîtres qui comptent le nombre de leurs amis par celui de leurs élèves. C'était beaucoup dire, car il avait conservé, pendant le long exercice de son professorat volontaire, cette vogue sérieuse qui ne s'accorde qu'au vrai talent.

A cette mission qu'il s'était donnée, M. Guérard avait joint, jusqu'à la fin de sa vie (1), si prématurément brisée, l'exercice de fonctions publiques où sa rare expérience de l'enseignement lui assurait une autorité considérable. L'ancien professeur de la rue Gît-le-Cœur était un examinateur excellent, qu'on redoutait un peu, qu'on aimait beaucoup. Dans l'accomplissement de cette tâche délicate, il savait mêler à la rectitude de l'esprit, qui ramène l'aspirant au point véritable de la question, l'aménité indulgente du langage qui le rassure et l'encourage:

M. Guérard avait ainsi gagné, avec la fière indépendance d'un travail assidu, et à la sueur de son front, on peut le dire, une fortune honorable. Il avait la réputa-

(1) Erreur! — Il avait donné, en 1848, sa démission d'examinateur de la marine.

tion d'un homme rangé ; et, de fait, il l'était, sans que rien, dans sa brillante existence, donnât l'idée d'une mesquine épargne. Il n'accordait rien à la vanité stérile, mais il avait la vraie générosité, celle du cœur. Ainsi le vit-on, en 1848, après la chute des princes dont il avait été quelque temps le maître, et dont il était resté l'ami, accourir à Londres, un des premiers, ses titres de rente en main, et les mettre à la disposition du roi malheureux. Un pareil trait peint un homme. Il résume aux yeux des honnêtes gens, et sans acception de partis, ce qu'il y avait de dévouement fidèle, de générosité simple et expansive dans cette bonne et aimable nature.   CUVILLIER-FLEURY.

P.-S. — Charles-Jacques Guérard, élève de l'École Polytechnique, défendit Paris, en 1814 (ainsi que tous ses camarades). — Le siége terminé, il renonça à la carrière militaire, — brisa son épée, — et devint professeur de mathématiques, préparant ses élèves pour cette grande école, pour Saint-Cyr et la marine.

P.-S.— Charles Thomas était aussi neveu de M. Fontaine, l'architecte (comme M. Guérard) ; — l'imagination vive, — le cœur excellent, — ami d'Armand Carrel... il était l'associé de Bastide... en agitations politiques... et en affaires commerciales.—Souvent, dans les troubles, il avait été arrêté ; — mais Louis-Philippe cédait aux sollicitations de MM. Fontaine et Guérard.

— 1848 mit fin à cette vie agitée... Charles Thomas se maria... et Bastide devint ministre des affaires étrangères sous la présidence de Lamartine.

P.-S. — Dans la vie privée, Charles Thomas était un honnête homme, loyal, ayant les sentiments de la famille, dévoué aux siens et à ses amis. — Nous l'avons cité dans cette revue intime, — parce que sa vie *militante*, dans nos troubles politiques, a mis en pleine lumière... la clémence de Louis-Philippe, la bonté active du duc d'Orléans, le dévouement sans bornes de MM. Fontaine et Guérard à leur parent.

P.-S. — Adolphe Munster, capitaine d'artillerie, entré le premier à l'École polytechnique, après dix mois d'études seulement, entré le premier à l'École d'artillerie de Metz, et sorti de Metz le premier, — Munster était un des plus dignes représentants de ce corps si distingué de notre artillerie. — Au mérite le plus remarquable, il joignait le plus beau caractère ; — et si le duc d'Orléans l'avait choisi comme officier d'ordonnance, c'est qu'il était déjà cité dans son arme comme un homme de grand avenir. — Dans Munster, il y avait un Drouot. Même simplicité antique, même dignité personnelle, que l'on respectait à la cour, comme partout ; même sang-froid et même capacité. L'expérience aurait achevé la ressemblance ; mais il est mort en Afrique, comme Emile Doulcet, capitaine d'état-major, comme tant d'autres de nos chers camarades : *Tu Marcellus eris !*

P.-S.—Le duc d'Orléans regretta beaucoup Munster... et Emile Doulcet, ses officiers d'ordonnance. — Et, comme signe de deuil, pendant quelque temps, il ne voulut pas les remplacer.

P.-S. — Munster était le répétiteur du duc d'Orléans lorsqu'ils étaient élèves de M. Guérard, qui avait organisé ces répétitions volontaires.— Rien de plus charmant que ce contraste de l'attitude et digne de Munster... et de l'aimable familiarité du prince et des membres de la famille royale pour habituer le prince aux examens publics.

LE GÉNÉRAL BEDEAU *(le Balafré)*
ET LE DUC D'ORLÉANS

« Après un rude et long combat, Bedeau s'avançait
« à la tête de son régiment. — Il avait une large cica-
« trice au front, — et le sang, coulant le long de son
« visage, tombait sur le sable et traçait un rouge sillon.
« — Au lieu de se faire panser, il voulait achever à
« son poste cette glorieuse journée. — Le duc d'Or-
« léans, qui marchait à sa rencontre, le trouva si beau,
« si martial, si chevaleresque avec cette balafre et
« cet héroïsme d'énergie, qu'il l'embrassa sur le champ
« de bataille ! » *(Extrait d'un récit de nos affaires d'A-*
frique.)

Les pages 191 à 194 de notre tome II sont consacrées au général Bedeau, au caractère si pur et si loyal
du *Balafré.* — Fidèle à ses convictions, il supporta
l'épreuve de l'exil avec résignation. Il servait encore
la France et l'honorait en montrant à l'étranger un de
ses fils les plus distingués, si ferme dans ses principes... et conservant, dans les souffrances de l'exilé,
cette sérénité si calme et si douce !

—Le général avait la foi... et son regard se dirigeait
vers la patrie céleste !

P.-S. — Que d'autres beaux caractères que nous aurions encore à joindre aux noms de Guérard et de Bedeau ! — L'étude de ces caractères, honnêtes, énergiques et fidèles aux principes, retrempe et fortifie les âmes ! — On pourrait ajouter bien des pages à Plutarque !

LE GÉNÉRAL MARCEAU

SON FRÈRE VEUF... ORATORIEN
SON NEVEU... CAPITAINE DE VAISSEAU
FERRAND... CAPITAINE DE VAISSEAU
LES DEUX FRÈRES JULIEN

RAYMOND DE CUERS, CAPITAINE DE FRÉGATE
ET RELIGIEUX DU SAINT SACREMENT

DOCTEUR ÉVARISTE BERTULUS, MÉDECIN
DE LA MARINE ET DE L'ACADÉMIE DE MARSEILLE

Nous avons été lié avec le neveu de Marceau. —
C'est aussi une belle figure historique.

Marceau était un élève distingué de l'Ecole Polytechnique. — Ebloui de la gloire du général... il ne voulut
pas suivre la même carrière; — il chercha dans la
marine une gloire nouvelle ; — les occasions de mettre
en relief son mérite lui ont fait défaut.—Que d'hommes
supérieurs, dans notre marine, comme dans notre
armée, n'ont pas eu le bonheur de mettre en lumière
leur valeur réelle ! — Aussi quand un camarade

s'éloigne pour une mission importante, ou pour une campagne qui promet de la gloire... ceux qui ne peuvent le suivre ne calculent jamais le temps, la distance, les séparations, les privations et les souffrances, les épidémies et les autres dangers ! — Ils ne voient que l'occasion d'actions d'éclat — et tous disent : « Est-il heureux ! »

*
* *

Mais la marine appréciait Marceau et le reconnaissait comme un de ses meilleurs officiers... un des plus instruits et des plus capables.

Lorsque la vapeur vint disputer à la voile la prééminence, Marceau fut désigné pour étudier la vapeur. — Il fut envoyé à Indret, pour diriger les constructions des machines qui devaient être installées sur les vaisseaux de l'État. — Il fut un des premiers introducteurs de la vapeur dans la flotte.

*
* *

Affaibli par les maladies qui sévissent dans nos colonies lointaines — il ne put continuer longtemps ce nouveau service.

Le Poëte aurait dit de lui : « *Tu Marcellus eris !* »

Marceau a porté dignement un beau nom, si difficile à soutenir.

Il est mort capitaine de vaisseau.

* *

Dans ses dernières années, Marceau fut entraîné par la parole apostolique d'un évêque-missionnaire... de passage à Toulon.

Son ardeur religieuse l'exalta au point de le faire songer à la vie monastique.

Mais de sages conseillers lui firent comprendre qu'en restant dans la marine il donnerait à tous un bon exemple. — Et sous l'uniforme, il se montra digne des premiers héros du Christianisme.

* *

Un fait analogue se passa en Angleterre. Une actrice, qui aurait marché l'égale de Rachel et de Mme Ristori... voulut aussi quitter la scène et entrer dans les ordres religieux. — Mais son directeur lui montra la puissance du bon exemple, même parmi les artistes, — et cette actrice, comme beaucoup d'autres, contribua surtout à la réhabilitation des comédiens, qui ont eu tant de peine à se faire place dans le Monde. — Mme Ristori a détruit aussi beaucoup de préjugés — ainsi que Rose Chéri, dont la vie a toujours été exemplaire, et qui est morte victime de sa tendresse maternelle, de son dévouement à ses devoirs... en veillant ses enfants atteints d'une maladie qu'elle savait contagieuse ! (Rose Chéri, la femme de M. Montigny, directeur du Gymnase, à Paris. — Le théâtre de Scribe !)

*
* *

Après avoir passé quelque temps avec Marceau, à Toulon et à Hyères — nous allâmes à Bordeaux, où demeurait son père, le frère du général. — Nos visites étaient fréquentes ; et le bon, le vénérable vieillard, malgré l'auréole de son nom, était d'une admirable modestie. — Son mérite personnel se manifestait dans ses conversations si élevées, et d'une raison si pure, d'un sentiment religieux.... si tolérant !

*
* *

Malheureusement la Mort suspendit nos relations. — Le capitaine Marceau vint à Bordeaux. — Avec un vieil ami de son père (1), nous l'accompagnâmes au cimetière. — Et là, il nous pria de surveiller l'exécution du plan qu'il nous traça pour le tombeau.

Nous acceptâmes cette pieuse mission. — Et pour la dernière fois nous serrâmes la main du capitaine.

*
* *

Ferrand était l'ami, le collègue de Marceau. — Tous deux sont morts... avec le grade de capitaine de vaisseau.

(1) Ce vieil ami était M. *Escande,* qui soigna le père de Marceau avec le dévouement le plus affectueux jusqu'à la dernière heure. — Cet excellent homme est mort presque aveugle.

Ferrand était fort instruit — et d'une imagination poétique brillante, — qu'il tenait de sa mère. . Espagnole distinguée... et d'une physionomie remarquable.

**

Marceau, Ferrand... deux nobles cœurs ! deux nobles esprits ! deux beaux caractères !

Les circonstances n'ont pas été assez favorables, pour mettre en lumière toute leur valeur personnelle.

Mais la France les compte, comme tant d'autres inconnus de la Postérité... pour des hommes d'élite. — Et elle se sent plus forte, quand elle se voit entourée et soutenue par de si nobles défenseurs !

P.-S. — Nous venons de parler des heureux, que les occasions mettent en lumière.

Mais cette lumière n'éclaire souvent que des catastrophes... et des cadavres !

Le climat d'Afrique a tué notre ami *Adolphe Munster,* capitaine d'artillerie, officier d'ordonnance du duc d'Orléans, — officier du plus grand avenir, et qui aurait rappelé le général Drouot. Il était entré le premier à l'Ecole Polytechnique, le premier à Metz. — Il était sorti de Metz le premier. — Esprit net, sang-froid, énergie, caractère ferme et digne : — comme Drouot, il était taillé à l'antique.

**

Nous avons encore perdu deux amis, qui étaient partis, heureux de pouvoir se distinguer !

Mais à Saint-Jean d'Ulloa, illustré par l'amiral de Joinville... le climat a tué notre jeune *Julien*, aspirant de marine, sous les ordres du Prince ! — Que d'espérances donnait cet aspirant, si vif, si intelligent, et d'une physionomie charmante !

Son frère... le commandant *Julien*, a été tué, devant Sébastopol... en tête de son bataillon... et donnant l'exemple à tous !

Une balle au front ! — Mort glorieuse ! — Mais sa mère, déjà inconsolable de la perte de l'aspirant de marine... a succombé sous l'étreinte de cette nouvelle douleur !

P.-S. Le comte Raymond de Cuers, capitaine de frégate, puis religieux du Très-Saint Sacrement, a réalisé ce que désirait Marceau. « Après vingt campagnes « glorieuses, il s'est présenté dans la chapelle de « l'Œuvre de la Jeunesse — devant une nombreuse « assistance. — Il était en *grand uniforme*, paré *de ses* « *décorations*, dont il a été *honorablement dépouillé* « pour revêtir l'humble soutane de novice, et devenir « soldat dans une autre armée, quittant ainsi l'épée « pour la croix. — Il serait difficile de peindre l'émo- « tion des assistants à la vue de cet acte public de « profonde humilité. »

Je lis ces lignes touchantes dans la biographie de Raymond de Cuers, par le docteur Bertulus, qui l'accompagna dans presque toutes ses campagnes. — Le docteur et le capitaine de frégate étaient des amis d'enfance,—tous les deux nés à Toulon,—de deux familles très-honorables, — et voisines l'une de l'autre.

Raymond de Cuers est le fondateur... de l'œuvre de l'exposition et de l'adoration perpétuelle du Saint-Sacrement — jour et nuit. — Cette œuvre devait être créée par un marin: c'est le service du *quart*, à bord de nos vaisseaux, appliqué à l'adoration perpétuelle de l'Eucharistie, c'est le service diurne et nocturne du quart dans une église.

P.-S. — J'ai lu avec une vive émotion cette Biographie si touchante du capitaine R. de Cuers.—Le docteur Bertulus a écrit d'autres ouvrages très-remarquables par le style et l'élévation des pensées *spiritualistes (1).* Je suis heureux de lui témoigner ici ma reconnaissance — car il a eu la bonté de lire mes cinq volumes, et de me dire qu'ils étaient « *l'œuvre d'un honnête homme,* » bel éloge dans la bouche de ce savant docteur dont les ouvrages et la vie proclament l'honnêteté si pure et si délicate. — Son mérite l'a fait nommer membre de l'Académie de Marseille. — La légende de la Biographie de Cuers est une belle parole si digne de ce brave capitaine ! Gloire a Dieu ! et en avant a la rescousse contre ses contempteurs !

(1) Le spiritualisme des ouvrages du médecin Bertulus se résume dans ces mots: « *mens agitat molem,* » c'est la légende d'un de ses livres.

SILVELA père, littérateur jurisconsulte
SILVELA fils, magistrat, ministre espagnol.
M. et madame **FIGUERA** das Vargas.
MORATIN... le *Molière* espagnol.
PINHEIRO... savant diplomate portugais.

La famille SILVELA-FIGUERA et MM. Moratin et Pinheiro ont, pendant longues années, été réunis à notre
famille, sous le même toit. — Ils aimaient beaucoup la
France, et l'estime affectueuse que tous méritaient à un
si haut titre... nous décide à les inscrire dans notre reliquaire. — Voici les lignes que nous écrivions dans le
tome II de nos œuvres, pages 204 et 205 !

« Il nous est doux de rendre ici hommage à M. Silvela
fils, à ce magistrat distingué, hélas! mort si jeune !
cet hommage sera une consolation pour cette excellente,
cette aimable famille Silvela-Figuera, exilée si longtemps
à Paris et qui a trouvé, au milieu des nôtres, une seconde patrie ! — Le père de M. Silvela était lui-même
un légiste très-profond, un littérateur spirituel, d'une
éloquence pathétique, surtout dans le geste, le regard et
l'accent; ce qui constitue le véritable orateur. — Il repose au Père-Lachaise, à Paris, auprès de son ami Mo-

ratin, exilé comme lui, et qui s'est assis longtemps à son foyer. — Moratin a reçu le glorieux surnom de... *Molière espagnol!* — Sous le même toit, un autre ami, et proscrit comme eux, M. Pinheiro, savant diplomate portugais. — Tous les trois ont monté longtemps ensemble le même escalier de l'exil... mais il n'était pas si dur que celui de Dante... grâce à l'amitié qui les réunissait, grâce à l'affectueuse hospitalité parisienne !

« Dans cette vallée de larmes, il ne reste plus que la fille de M. Silvela... caractère vraiment supérieur, esprit élevé, charmant à la fois... par la grâce et l'énergie ; à la hauteur de toutes les situations, dans la prospérité ou dans l'épreuve.

« Mariée à M. Figuera das Vargas (qui a la même fermeté, le même courage, la même foi en un monde meilleur)... elle est douce envers l'adversité, comme *Madame* l'était envers la mort... Elle est la lumière et la consolation... comme son mari est la force et le soutien de ce pèlerinage si douloureux depuis la mort de leur fille bien-aimée Mariquita !!! »

P.-S. M. Silvela fils, à son retour de l'exil, a été nommé magistrat ; — puis il a été ministre. — Il est mort en Espagne, après avoir quitté le ministère avec tous ses collègues.

LE GÉNÉRAL CHAPELLE
ARTILLERIE

Il était camarade de mon père — au collége Duplessis — à Paris.... Il passa, dans ma famille, au même foyer, les années de sa retraite. — Années paisibles et charmantes pour l'intimité des deux amis ! — Il repose, auprès de mon père... dans le caveau de ma famille.. au Père-Lachaise, à Paris.

Il était de l'expédition de Saint-Domingue — et de la campagne de Russie (1812).

Après la désastreuse retraite de Moscou... il subit, à Dresde, en 1813, un long siége... d'une année. — Les assiégés n'avaient plus que quelques rats (accidentels) pour nourriture — tous les chevaux avaient prolongé de maigres rations. — La famine et des ordres supérieurs obligèrent la garnison à se rendre! (avec tous les honneurs de la guerre signés dans une convention). — Prisonnier... ainsi que tous ses camarades... le commandant Chapelle ne revint en France qu'après la signature de la paix... et l'échange des prisonniers.

Colonel, à Toulon, pendant longues années, il fut inspecteur de l'artillerie... des ports du Midi.

L'heure légale de la retraite sonna pour lui — et nommé général — il passa de longues et agréables années dans ce Paris, qu'il aimait tant !... où son enfance et sa jeunesse s'étaient écoulées.—Sous le toit de mon père, il était entouré, avec une affection respectueuse, des soins de ma famille, et des égards de tous nos amis, qui étaient les siens. — Sa mort fut aussi douce que sa vie active avait été pénible et laborieuse. — Il s'affaissa, dans une baignoire — il expira sans douleur — c'était comme un évanouissement prolongé — il rendit à Dieu sa belle âme, si pure, si digne de retourner auprès de ses frères d'armes, martyrs pour la Patrie ! Caractère antique, comme Adolphe Munster, comme Drouot, il pourrait figurer dans le cadre des hommes illustres de Plutarque — et comme eux, il avait la passion littéraire.

Cet officier, si dévoué au Devoir, si simple, dans sa vie privée et dans sa vie militante... adorait les chefs-d'œuvre du siècle de Louis XIV et ceux du règne de Richelieu.

— Dans toutes ses campagnes, il avait une charmante petite bibliothèque d'Elzévirs in-32 (Corneille, Racine, Boileau, Molière, Lafontaine, etc., etc.).

P.-S. — Le général a laissé à ma famille une longue lettre, que lui écrivait mon père... après la naissance de son fils aîné (1805), — hélas ! décédé depuis quelques années. — C'est toute une révélation de supériorité morale, de délicatesse exquise de sentiments !.. Cette lettre honore les deux amis !

Le fait le plus saillant de sa vie : c'est le *Passage* de la Bérésina (1812).

— Plus loin, quelques lignes.

Après 1813, se trouvant seul Français, avec plusieurs officiers *Allemands*, à table d'hôte — il entendit ces étrangers, qui vilipendaient la France ! — Il se leva, souffleta l'un deux ! — Et tous se précipitèrent sur lui, le jetèrent au bas de l'escalier.... et le laissèrent pour mort... couvert de nombreuses blessures ! ! !

Terrassé par cet assassinat... épuisé par la perte de son sang... il ne put se relever, qu'après une très-douloureuse convalescence !

Pendant les longues années de son commandement à Toulon.... il fut constamment le protecteur des veuves de ses frères d'armes et des jeunes orphelins. — Il obtenait des pensions, pour les veuves... après des démarches, des pétitions... des sollicitations persévérantes.

Il était le répétiteur volontaire des orphelins — les préparait aux examens publics et les faisait entrer à La Flèche... à l'Ecole Polytechnique... à Saint-Cyr... dans les Écoles de la Marine.

Aussi un de ses frères d'armes prononça, sur son cercueil, ces belles et nobles et touchantes paroles :

CHAPELLE !... LE SAINT-VINCENT-DE-PAUL DE L'ARTILLERIE !!!

JACQUES FERNAND.

Post-Scriptum

Bibliothèque des Mémoires du dix-neuvième Siècle, à la Librairie Frédéric Henri, galerie d'Orléans, 12, Palais-Royal.

Les Pontonniers Chapelle et Chapuis, pages 129 à 147, série de 1789 à 1815

LE PASSAGE DE LA BÉRÉSINA

du 25 au 29 novembre 1812

ET RAPPORT DE CHAPELLE ET CHAPUIS

Le général Eblé a seul dirigé cette opération du *passage*... dont le succès est dû à son active prévoyance, à son sang-froid et à cet esprit d'ordre qui le distinguait éminemment.

Chapelle était colonel d'artillerie, chef d'état-major du général Eblé ; — Chapuis était le second commandant au bataillon des pontonniers ; — tous deux ont, en cette qualité, pris la part la plus active aux opérations du passage de la Bérésina. — Leur *Rapport* fut imprimé, en 1844, par Dufaure, 21, rue de la Paroisse, à Versailles. — Il rectifie bien des idées fausses. — Il est tout à l'honneur de nos armes.

Ce *Rapport* dit expressément ·

« Ce grand fait de guerre prévint des périls bien au-
« trement grands que ceux dont on a gardé la mé-
« moire. — Non seulement jamais ponts ne furent
« aussi promptement établis que ceux de la Béré-
« sina, — ni dans des conditions aussi désespérées —
« mais leur passage put être effectué par toute notre
« artillerie, sauf deux ou trois pièces, ainsi que par

« toutes les troupes ayant conservé quelque ordre de
« marche.

« Les pontonniers et les sapeurs ont construit les
« ponts avec un zèle et un courage au-dessus de tout
« éloge.

« Les pontonniers ont seuls travaillé, dans l'eau,
« malgré les glaces. — Ils y entraient souvent jus-
« qu'aux aisselles, pour placer les chevalets.

« Trois ruptures obligèrent les pontonniers à re-
« commencer une partie du travail, malgré leur ex-
« trême fatigue. La voix de la patrie, celle de l'hon-
« neur, — et leur attachement pour le général Eblé...
« purent seuls les déterminer à de nouveaux labeurs,
« si pénibles !

« Animés et soutenus, par la présence et l'exemple
« du général Eblé, les pontonniers ont montré un dé-
« vouement et une persévérance... sans bornes, dans
« ces réparations des ponts, dont ils furent seuls
« chargés. — Sur plus de cent qui ont travaillé, dans
« l'eau, on n'en a conservé qu'un très-petit nombre.
« — Les autres, deux jours après le départ, ne pou-
« vaient plus suivre — on ne les a plus revus — quel-
« ques-uns sont restés sur les bords de la Bérésina et
« ont disparu. »

Ici une description effrayante de l'encombrement
des ponts... et des malheurs horribles qui en résul-
tèrent.

« Sous les ordres du général Eblé, cent cinquante
pontonniers firent une espèce de *tranchée* à travers
« une multitude de *cadavres d'hommes et de chevaux...*
« de voitures brisées... pour faciliter le passage du
« 9e corps.

« Le général Eblé avait sauvé l'armée deux fois —
« services immenses dont l'éclat était encore doublé
« par ses vertus et son austère probité. — Il ne con-
« nut pas le décret qui le nommait premier inspec-
« teur général de l'artillerie. — Le 30 décembre, il
« mourait de fatigue à Kœnigsberg, peu de jours après
« la mort du général Lariboissière, mort aussi d'épui-
« sement. »

P. S. — Le général Eblé avait les larmes aux yeux,
en voyant l'héroïsme de ces braves pontonniers! Chapelle et Chapuis partageaient cette émotion profonde !
— On ne peut élever plus haut le dévouement patriotique!

P. S. — Souvent la force de la douleur obligeaït des
pontonniers à sortir de l'eau glacée. — Ils étaient pris
de vertige, tournoyaient un instant et mouraient!
D'autres les remplaçaient, attendant le même sort!
Martyrs volontaires pour le salut de l'armée!!

P. S. — Ma mère était le secrétaire de la Rédaction
de ce Rapport. — Elle a coopéré au classement des
pièces et des notes et à leur coordination. — Sa haute

raison et son esprit si lucide, ont précisé le style convenable au sujet. (Les lettres de ma mère rappelaient madame de Sévigné. — Elle avait même son écriture allongée, celle de presque tous les écrivains du grand siècle).

P.-S. — Nous avons parlé des veuves et des orphelins, dont le colonel Chapelle était le Saint-Vincent-de-Paul (à Toulon).

Nous avons connu intimement les fils de Julien, officier supérieur. — Ils venaient, à Paris, avec leur mère — pour visiter M. Chapelle, dans sa retraite, au foyer de notre famille. — Il avait obtenu une pension pour la veuve — et placé le fils aîné à La Flèche, le plus jeune dans la marine. — L'aspirant nous a rendu sa dernière visite, avec son nouvel uniforme. — Il est mort au service, après une courte maladie ! — Charmant jeune homme, qui promettait beaucoup. — Son frère est mort, à Sébastopol, d'une balle au front, en tête de son bataillon. — Il était commandant. — Leur mère est morte de douleur !

L'AMIRAL FLEURY

L'Amiral Fleury était aussi camarade de mon père... au collége Duplessis, à Paris (comme le général Chapelle).

Tous les trois sont restés intimement liés, jusqu'à la dernière heure. — Quelques années avant son décès, l'Amiral venait dans notre famille. — Il était heureux de serrer la main de mon père. — Et les souvenirs de la jeunesse du collége avaient toujours le même charme.

L'Amiral était fils du célèbre acteur, Fleury, sociétaire de la Comédie-Française (et qui a laissé de charmants mémoires).

Ses débuts dans la marine furent extraordinaires. — A Trafalgar, le vaisseau, où il combattait, fit explosion — et plusieurs marins sautèrent en l'air. — Cinq retombèrent dans l'eau, nagèrent vers un autre vaisseau français, qui expédia des canots — et ils furent admirablement accueillis et soignés, à bord. — Fleury était un de ces cinq nageurs.

Dans la suite Fleury s'éleva encore plus haut... jusqu'au titre d'Amiral !

Il avait une physionomie très-fine et spirituelle, — une conversation très-aimable et enjouée.

APRÈS QUARANTE ANS D'ABSENCE ! ! !

DEUX AMIS DE COLLÉGE

Par un beau soleil, en 1875, mon frère entrait dans un wagon — Il était seul — Un instant après, entre un second voyageur. — « Oh! c'est toi! » s'écrient-ils ensemble tous les deux... « après une si longue « séparation!... Oui, c'est bien la même physionomie! « le même regard! la même voix! » et ils se serrèrent cordialement la main! — L'ami de mon frère était un camarade du collége Henri IV (et aussi mon ami... tous les trois du même collége.) Ils ne s'étaient pas vus depuis quarante ans! L'ami était entré à Saint-Cyr, en sortant du collége — et mon frère à l'école polytechnique. — L'officier, après les guerres d'Afrique, d'Italie, de Crimée, est devenu général — mais il y a gagné aussi de douloureux rhumatismes — et il a pris sa retraite. — Mon frère avait à la campagne un autre ami de jeunesse, ayant fait les mêmes campagnes, et devenu aussi général — mais encore en service actif et dans l'artillerie. — Il réunit les deux officiers pendant trois jours. — Trois jours de bonheur réel pour ces frères d'armes, et leur amphytrion. — Toujours, la parole aimable, enjouée.

L'ancien condisciple de Henri IV demandait souvent de mes nouvelles, à mon frère. Je lui écrivis avec un empressement sympathique — et sa réponse fut charmante et toute cordiale.

Quarante ans de séparation ! Comme ces empreintes de la jeunesse restent ineffaçables ! — Comme en se retrouvant, on oublie toutes les peines du présent ! — comme on rajeunit ! — L'eau du Lethé, et l'eau de Jouvence ne sont pas plus efficaces !!!

Les trois amis, mon frère et les deux officiers se revoient souvent — et c'est un bonbeur inaltérable pour eux !!!

M. MÉRIMÉE

PÈRE DE PROSPER M... LE LITTÉRATEUR

Pendant plus de trente années, chaque dimanche, M. Mérimée est venu s'asseoir au foyer et à la table de ma famille. — Homme aimable et d'un esprit très-fin... très-répandu dans la société parisienne, il avait une conversation charmante et très-variée. — On connaissait tout Paris intime en l'écoutant.

Il était l'ami de Béranger, de Manuel, de Benjamin Constant, de Jacques Laffitte — et de la famille Davilliers, etc., etc.

Il était peintre... et savant chimiste.,. Il resta quelques années à Rome, et en rapporta son tableau, si connu grâce à la gravure :

« L'INNOCENCE ! »

« Une jeune fille qui présente à un serpent sa robe
« relevée... et remplie de fleurs.— Le serpent qui se
« dresse et penche déjà la tête vers cette corbeille
« fleurie. »

Madame Mérimée était aussi peintre de talent... (d'une simplicité antique et d'un esprit supérieur).

J'écris surtout ces lignes pour relever le courage si ferme, et vraiment stoïque de M. Mérimée mourant. Depuis quelque temps il sentait les progrès de la maladie qui devait le séparer de sa famille et de ses amis. — Il exigea de son médecin la théorie de cette maladie, de tous les degrés successifs de ses progrès, et pour ainsi dire l'heure fixée de la séparation suprême. — Il a fini comme Georges Cuvier: — tous les deux ont compté successivement les jours qui leur restaient à vivre — même les heures — et la sérénité de leur âme était vraiment admirable. — La mort de Socrate n'a pas été plus belle, plus calme! — comme la conscience de l'honnête homme... et croyant à l'immortalité de l'Ame... doit être pure de toutes taches,.. pour la maintenir dans une paix si profonde, une sécurité si parfaite!

Nous avons pleuré ce vieil ami, si fidèle, et qui était comme de notre famille. Notre amitié n'était égalée que par notre profonde estime et notre respect.

ÉTIENNE GEOFFROY SAINT-HILAIRE

SANCTUAIRE DE LA FAMILLE

Au Jardin-des-Plantes, à Paris

Madame veuve Etienne Geoffroy — âgée de quatre-vingt dix ans — est comme la prêtresse vénérée de ce Sanctuaire de la Science... si brillant autrefois par ses illustrations... maintenant désert... et ne conservant plus que des souvenirs funèbres (1).

Madame Isidore Geoffroy en était jadis la grâce et le charme... et la gravité des savants subissait son influence.

*
* *

Étienne Geoffroy dominait ces réunions, de toute la supériorité de son génie. — Comme le bon et vieil Homère, il sommeillait quelquefois (*bonus dormitat Homerus*). — Mais comment résister à cette nécessité impérieuse? — Comme Aristote, il avait un réveil-matin — il travaillait, dans son lit, avant le chant du coq. —

(1) Depuis quelque temps la fille d'Isidore Geoffroy s'est installée, avec sa jeune famille auprès de son aïeule — et lui prodigue tous les soins de la tendresse filiale — (Pauline Geoffroy). Les arrière-petits-fils rajeunissent ce vieux foyer.

C'est la seule ressemblance exacte, entre ces deux savants illustres.

Aristote avait une immense érudition — mais il abordait tous les sujets — une véritable encyclopédie — son génie était universel — mais nécessairement superficiel ; — son traité d'*Histoire naturelle* est comme le catalogue de tout ce qui était connu dans son temps.

Mais les ouvrages d'Étienne Geoffroy sont bien supérieurs ! — Étienne se concentrait dans sa spécialité — il creusait, creusait toujours — et il appréciait mieux ainsi le *Plan divin*.

A de telles profondeurs, on peut avoir des vertiges — mais l'on a aussi des éclairs sublimes ! — Des étincelles jaillissent... et d'autres penseurs en font des foyers de lumière !

Aristote a fait la topographie de son temps. — Étienne Geoffroy est le précurseur de l'Avenir !

*
* *

Un savant aussi universel qu'Aristote, mais plus profond : c'est Ampère — car il creusait toujours..... comme l'ingénieur des mines, qui ouvre des puits, çà et là... pour connaître les secrets... de l'abîme.

Dans Ampère... il y avait de l'Aristote et de l'Archimède réunis !

Étienne Geoffroy laisse plus de germes... que l'Avenir fécondera.

*
* *

Georges Cuvier aurait pu rivaliser avec Étienne Geoffroy — sa création nouvelle du *Monde des Fossiles* le plaçait déjà très-haut — mais il est resté incomplet — il n'a pas rendu tout ce qu'il aurait pu donner.... égaré par cette ambition funeste, qui le fit descendre, des hauteurs de la Pensée et de la Science, dans les détails de l'Université... du Conseil d'État... et de la Politique militante. — Conseiller d'État, conseiller de l'Instruction publique... Défenseur des projets de lois ministériels, dans les deux chambres (Pairs et Députés), il a trop négligé sa gloire de savant et de penseur.

Dans la célèbre lutte de Georges Cuvier... et d'Étienne Geoffroy Saint-Hilaire, à l'Académie des sciences... Gœthe, ce Génie si profond, écrivit à Étienne Geoffroy, qu'il était de son avis... et pour sa Théorie.

*
* *

Isidore Geoffroy suivait la ligne lumineuse... de son père — en publiant son bel ouvrage de TÉRATOLO-GIE... en prouvant qu'il n'y avait pas de monstres dans la *Nature*... mais de simples déviations, etc... etc... Il a négligé la science pure, et le glorieux exemple d'Étienne... pour être utile à l'humanité, en propageant les idées d'*Acclimatation* et de *Domestica-tion* — en créant la Société et le Jardin d'Acclimatation, à Paris — et les Annexes de ce Jardin, placées dans le Midi de la France (à Hyères, à Cannes, etc.), Annexes fort utiles pour les animaux et les végétaux des plus chaudes régions, qui s'habituent pendant plusieurs années au climat de notre Midi — puis ils sont transportés à Paris, sans danger.

Certes, dans cette transformation d'Isidore Geoffroy, il y a un sacrifice réel de sa passion héréditaire pour la science... un admirable dévouement pour le bien-être progressif de l'Humanité, de l'Avenir !

*
* *

De tous ces illustres Penseurs, que reste-t-il ? Les Étincelles divines qui ont jailli de leurs méditations profondes ! — Et les vérités sublimes qui nous ont été transmises par ces savants d'élite, sont les inspirations du Créateur, qui peu à peu nous laisse entrevoir quelques parcelles du plan divin. — La vue subite de l'ensemble complet nous éblouirait. — Et dans ce grand drame de l'Humanité, le labeur continu des générations successives est le principe même de leur existence. — La récompense de ce travail persévérant de la pensée... sera la contemplation de toutes les merveilles rêvées par elle, et qui apparaîtront au-delà de notre tombe ! — La Mort : c'est le Réveil ! —

La Mort c'est le Réveil !... c'est la Vie dans sa plénitude !

P.-S. Albert Geoffroy Saint-Hilaire a été nommé Directeur du *Jardin d'Acclimatation* (Paris, Bois de Boulogne) et de ses Annexes (Midi).

Albert Geoffroy est sous tous les rapports digne de cette Direction si importante. — La Société d'Acclimatation a voulu montrer sa Reconnaissance à son fondateur, à Isidore Geoffroy, le père d'Albert.

POST-SCRIPTUM

En 1793, Étienne Geoffroy Saint-Hilaire arracha des prisons de la Terreur, plusieurs savants et plusieurs professeurs distingués... la nuit, à l'aide d'échelles et de cordes. — Il les sauva tous à ses risques et périls.

En 1848, Etienne Geoffroy Saint-Hilaire aida Mgr de Quelen, Archevêque de Paris, à sortir de l'hôpital de la Pitié. — Il le conduisit, la nuit, dans sa maison du Jardin-des-Plantes et pendant quinze jours, l'archevêque resta, incognito, à ce foyer hospitalier. — La famille Geoffroy lui prodigua les soins les plus respectueux. — On transforma une salle en chapelle, où il disait la messe, chaque matin — et la reconnaissance de l'Archevêque se manifesta de la manière la plus touchante.

S. S. le Pape Grégoire XV, informé par nous, lors de notre séjour à Rome, de ces deux faits admirables (en 1793 et en 1848), nous remit une parcelle des reliques de saint Louis, pour Madame Isidore Geoffroy

(Louise), avec un parchemin constatant l'identité de cette parcelle. — Il bénit toute la famille Geoffroy Saint-Hilaire. — Il manifesta une vive émotion pour ces deux actes de noble dévouement.

LA VIE EST UN COMBAT !

Dans ma lettre du 5 février 1876, à mon cher collaborateur, M. C. Vanier... j'ai écrit ces mots : « *La coupe enivrante de la poésie !* »

L'inspiration poétique est une noble ivresse, même divine ! — Elle dégage du fardeau de la vie... et fait oublier ses peines.

Elle a aussi des échos... d'une émotion profonde :

Par une belle nuit d'été... à la douce clarté de la pleine lune... je revenais lentement au foyer.

Soudain, à quelque distance, j'entends une voix jeune et vibrante, chantant mes premiers vers (du poëme : « *Patrie et Liberté !* »

> La vie est un combat ! — et c'est là notre gloire !
> L'Homme est plus grand... et son éclat
> Plus vif rayonne... après une victoire !
> — La vie est un combat !

Peu à peu cette voix s'éloignait... mais toujours chantant ce refrain énergique. — J'étais heureux de surexciter ainsi l'ardeur de ce jeune homme... et je pensais à l'influence de ces chants sur son avenir ! — Ainsi les chants des poëtes exaltaient les héros de l'Antiquité !

* *
*

Dieu nous aime... comme cette mère héroïque... qui disait à son fils : « *Ne reviens qu'avec ton bouclier... dessus... ou dessous !* — Dieu aime le courage dans la lutte... et non l'abandon de soi-même, la défaillance, la lâcheté ! — Il a voulu des caractères stoïques dans les épreuves — et il a multiplié les épreuves.

> « Incedo per ignes »
> » — Impavidum ferient ruinæ ! »

Dieu nous a ainsi témoigné une grande estime .. et il a voulu nous rendre de plus en plus dignes de son amour. — L'estime seule le vivifie.

Nota. — Je ne parle pas ici des souffrances du cœur. — Le stoïcisme, qui veut étouffer ces douleurs, est condamné par Dieu même. — Car il a dit... « C'est Rachel qui pleure ses enfants ; elle ne veut pas être consolée. »

✠   ★

MA MÈRE!!!

Je ne puis résister aux exigences impérieuses de mon cœur... qui veut insérer dans ce reliquaire de mes *souvenirs et de mes regrets..*, ces lignes écrites le 1er janvier 1876, par la *lectrice* de ma mère. — Dans ses dernières années, sa vue avait faibli — et tous les jours, sa *lectrice* intelligente lui lisait les ouvrages d'élite, de sa riche bibliothèque, ou les plus importantes nouveautés que son libraire choisissait avec un goût exquis. — Il me semble que les lignes ci-après prouvent l'heureuse influence de ces lectures sur celle qui les a écrites.

« . . . .

« . . . . . . mais il y a un point sur lequel je serai
« toujours d'accord avec vous... — c'est quand vous
« me parlez de madame votre noble mère.

« Comme vous le dites fort bien, monsieur, j'étais le
« mieux placé, pour bien juger son mérite. — Car,
« excepté les personnes de sa famille, c'est moi, je
« crois, qui ai le plus vécu près d'elle — d'autant plus
« que ses maladies fréquentes l'obligeaient à m'avoir

« jour et nuit. — J'ai donc pu apprécier mieux que
« tout autre, sa bonté, son esprit!... son courage dans
« les souffrances... son indulgence pour nos défauts.
« — Je l'ai vue, jusqu'à la fin, s'occuper du bonheur,
« du bien-être, des affaires de tous. — Et je pouvais
« ajouter (1) au trait charmant de son esprit que vous
« me citez, des traits non moins charmants de son
« excellent cœur. — Mais je m'arrête, monsieur, car
« on sent tout cela mieux qu'on ne l'exprime, — et
« c'est nous affliger, vous et moi, sans remède, hélas! »

A LOUIS JOREZ, DE BRUXELLES

Professeur de chant au Conservatoire d'Anvers

Ecole Jorez... ECOLE DUPREZ

Mon cher collaborateur,

Je ne puis quitter à jamais la France sans me rappeler mon premier exil — et l'aimable hospitalité de
votre excellente famille. — Grâce à elle... et à votre
amitié sympathique.... ce n'était plus l'*escalier de
l'étranger*, si pénible à monter... que j'avais à gravir,
je me croyais au milieu des miens, quand j'étais assis
à votre foyer !

(1) Je citais cette observation profonde de ma mère:... « *** a
laissé plus de vide... qu'il n'occupait de place » — Pascal n'aurait
pas mieux dit.

Voici la vingtième année de votre *collaboration...*
si charmante, grâce à votre esprit toujours jeune et
enjoué ! — Je n'oublierai jamais le relief et la valeur
que donnaient, à ma faible poésie, les accords si remarquables et si applaudis de votre musique ! (1) —
Tous ces doux souvenirs aggravent l'angoisse d'une
séparation que les infirmités d'une vieillesse avancée
rendent nécessaire.

Avant mon départ, si prochain... je vous donne la
bénédiction du vieillard — elle portera bonheur à votre
famille et à vous.

Je souhaite la continuation d'une prospérité, toujours croissante, à votre... ÉCOLE JOREZ qui a déjà produit tant d'élèves distingués, célèbres dans le monde
artistique... et qui est la noble et glorieuse rivale de
L'ÉCOLE DUPREZ !

5 février 1876. JACQUES FERNAND.

A C. VANIER, éditeur de mes six volumes

A vous aussi, mon cher collaborateur, je veux serrer la main, avant de m'éloigner de notre France. —
Je veux vous exprimer tous mes regrets de notre séparation, après vingt années de collaboration, si douce,
grâce à votre aimable caractère, à votre bienveillance !

(1) Le *Retour de l'Hirondelle,* etc., etc.

Ces six volumes sont imparfaits! Cependant Dieu m'a donné là une preuve de sa bonté paternelle... je dirai même de son estime. — Il a voulu embaumer mes souffrances morales... en m'inspirant des propagandes actives, pour les peuples malheureux, pour nos frères martyrs de l'Esclavage, pour le Génie sacré par la noble misère! — Il m'a encouragé en me relevant à mes propres yeux, par le succès de ces Propagandes, par l'adhésion de cœurs généreux et d'esprits supérieurs. — Il a même approché de mes lèvres cette coupe enivrante de la Poésie, qui transforme et agrandit l'intelligence. — Il m'a fait ainsi entrevoir ce que j'aurais pu faire... et mon droit à de plus hautes aspirations... si la maladie n'avait pas altéré ma santé.

Trente-six convulsions, en vingt-quatre heures!!! dans ma plus tendre enfance! — Et de tels assauts répétés plusieurs fois! — Après une de ces crises si violentes, j'ai été laissé par ma nourrice... qui ne voulait pas garder un *mort* sur ses genoux!

Deux fois je dois la vie à ma mère! On voulait mouler mon visage, pour conserver l'empreinte de mes traits — On m'aurait étouffé. — Ma mère posa un miroir sur ma bouche. — Elle remarqua la vapeur de ma respiration qui ternissait ce miroir. — Elle m'a sauvé ainsi, en prouvant mon existence. — D'autres crises ultérieures ont encore aggravé mon état de santé.

Il ne faut donc pas juger quelques étincelles isolées, quelques lueurs fugitives. — Il faut comprendre que ces étincelles et ces lueurs révèlent un foyer de lumière plus intense… mais qui a été comprimé par la maladie et ses angoisses !

Vous avez toujours été très-indulgent pour ces six volumes — et vous avez ainsi adouci mes souffrances par vos encouragements à la persévérance de ces nobles labeurs. — Une autre consolation me reste encore.— Les juges sérieux ont reconnu dans ces pages l'empreinte de l'honnête homme.

Ce sixième volume sera aussi votre dernière composition de typographe. J'éprouve une émotion profonde, en pensant à cette retraite simultanée des deux collaborateurs de vingt-ans, à la solennité de ces adieux réciproques ! — Cette heure est grave, pour l'un et l'autre. — Le silence et le recueillement vont succéder à cette vie agitée. — Et nous allons nous préparer, sans trouble, à comparaître devant le Grand Juge. — Il est aussi notre Père et il sait que nous l'aimons de tout cœur — Il a dit : « J'aime qui m'aime. » — Je le prie de bénir votre Ernest et son frère Henri — Vos deux fils seront toujours honnêtes et dignes de vous. — Ils seront reconnaissants de tout ce que vous avez fait pour eux — Et leurs talents de typographes prouveront qu'ils sortent de la grande école des Didot et des meilleurs typographes.

5 Février 1876.

JACQUES FERNAND.

38.

P. S. — Remerciez M. D. Rossi, directeur de la *Revue du Var et de la Méditerranée.* — Il a bien voulu publier Poésies et Articles de nos précédents volumes et les quinze lettres de Lamartine. Il vient de nous offrir d'insérer encore d'autres articles dans sa *Revue.* — Souhaitez-lui de nombreux abonnés, que cette *Revue* mérite à tant de titres.

P. S. — Vous êtes l'éditeur et le collaborateur de nos six volumes. Vos conseils, d'un goût exquis ont modifié plusieurs de mes pages. Vos lettres et vos articles, insérés dans ces volumes, sont très-intéressants et très-remarquables.

ADIEUX A LA FRANCE!!! .

O ma belle France ! voici l'heure de mes adieux
suprêmes ! — J'ai le cœur serré par une émotion profonde. — Les larmes coulent de mes yeux.

Je viens de m'entourer de ton passé glorieux... et
de mes plus chers, de mes douloureux souvenirs ! —
Je les ai réunis dans un reliquaire... et je me concen-
trais dans ces affections.

O France ! je t'aime... comme j'aime Dieu... et ma
mère ! — Que cette séparation est déchirante !

La poésie et les larmes ont immortalisé les Adieux
de Marie Stuart ! (au *gentil pays de France*), — je sens
le même trouble, les mêmes défaillances du cœur !

* *

Avant de quitter cette terre... je vais jeter un dernier regard sur ce monde... dont tu es toujours la
Reine !

Mais quel frisson et quel vide,.. en quittant mon
clocher ! — L'immensité m'arrache à cette concentration, qui ravivait les battements de mon cœur !

J'aime l'humanité.— Mais cette affection expansive n'est plus cet amour concentré de la Patrie, notre seconde mère — ni cette intimité du foyer de la famille.

Je vais recueillir, dans ces dernières pages, toutes mes aspirations pour le bonheur de l'humanité — et mes chants pour ses faits et ses noms glorieux — et ce chant du cygne... sera mon cantique... à Dieu... qui dit : *« tout est bien. »*

« Quand l'Univers créé s'échappa de sés mains! »
» Magnificat anima mea, Domine! »

Dans cette création sublime, ô ma belle France, tu resteras pour moi... comme l'étoile polaire pour le marin... le guide de mes aspirations !

*
* *

Je retournerai bientôt dans cette Patrie Céleste dont tu es pour moi la plus douce image, sur cette terre, ô ma France bien aimée! — Je te laisse brisée par les revers et pâle de tes souffrances! — Là haut, je prierai Dieu pour ta résurrection, l'union de tes enfants, le bonheur de ton avenir !

10 Février 1876.　　　　JACQUES FERNAND.

P.-S. Le câble qui m'attachait à ton rivage est coupé! — Le vent gonfle mes voiles... — et ma faible nacelle s'éloigne trop vite ! — Adieu, France ! Adieu ! — La vie semble me quitter, ainsi que toi... et je vais m'évanouir ! — Adieu !

P. S. — A l'horizon, je distingue à peine les voiles blancs, agités par mes amis!... — La brume s'épaissit ! — Je ne vois plus rien ! ! ! — O mon Dieu ! soutenez-moi !... Protégez la France !

La terre est la nourrice !
La patrie est la mère !

O ma belle France !... Mère bien-aimée !... Adieu !... Adieu !... Adieu ! ! !

Post-Scriptum

Remerciez de ma part, je vous prie, messieurs les artistes qui ont si bien dessiné et gravé les portraits de nos six volumes — et dites-leur que nous les réunissons de nouveau dans ce sixième volume — ce qui est leur plus bel éloge.

Je vous ai envoyé deux médailles d'or, pour vos fils, Ernest et Henri — élèves typographes — qui débutent si heureusement, sous votre direction, dans la composition artistique de notre tome VI. — Qu'ils conservent religieusement ces médailles d'honneur, et leur date — comme encouragement pour l'avenir. — Leurs noms et le mien sont réunis, ainsi que le motif de mon envoi. — Ils se rendront dignes de ce souvenir... et de leur père.

POÉSIE MYSTIQUE

Où vas-tu ? — A Dieu !

Musique de ***

A M. LE BARON DE BARANTE
Membre de l'Académie Française

Où vas-tu, petite voile blanche ?
— De ci, de là, Zéphyr te penche...
Te penche et te balance. — Où vas-tu ?
— Mon cœur palpite... et tout ému !
— Petite voile, où vas-tu ?
Dis, où vas-tu ?

Si frêle et si légère !
Et si grand le danger !
— Là-bas, ô téméraire !
Rien pour te protéger !

— Sur cette mer immense,
Vienne un vent furieux !
Pour toi, nulle espérance !
Et tu n'as que mes vœux !

*

Où vas-tu, petite voile blanche?
— De ci, de là . . . .

. . . .

*
* *

Le soleil te colore,
T'illumine... et sourit!
— Tout rit, chante et se dore
Sous l'azur qui bleuit !
— Mais de l'orage sombre,
Déjà ce gros point noir !
— Et déjà s'étend l'ombre...
Et l'embûche du soir !

*

Où vas-tu, petite voile blanche ?
— De ci, de là . . . . . .

. . . .

*
* *

La brume nous sépare,
Et je suis là, tremblant !
— Ainsi, quand il s'égare,
La mère, pour l'enfant !
— Mais tu sors du nuage
D'un tendre souvenir,
D'un ami, douce image,
Tu me fais tressaillir !

*

Où vas-tu, petite voile blanche ?
— De ci, de là . . . .

. . . .

*
* *

Dans les plis de sa robe,
Sur toi déjà fermée,
L'horizon te dérobe
A mes yeux attristés !
— Ah ! vogue avec prudence
— Petite voile, adieu !
— Et surtout confiance
En la grâce de Dieu !

*

Où vas-tu, petite voile blanche ?
— De ci, de là, Zéphyr te penche...

Te penche et te balance. — Où vas-tu?
Mon cœur palpite et tout ému !
  — Petite voile, où vas-tu ?
    Dis, où vas-tu ?

* *
*

  « Où vas-tu ? »
  — A mon cœur ému,
Dans la brume vaporeuse,
Une voix mystérieuse
Répond tout bas... « A Dieu ! »

*

   A Dieu !
   A Dieu ! !
  — Dans le Saint Lieu
J'entre... et levant les yeux... « O céleste assistance !
  « O Seigneur !... Seigneur !
« Des peines, des regrets... et de toute souffrance
  « O seul baume et seule espérance !
  « O Suprême consolateur ! »

JACQUES FERNAND.

L'UNITÉ DE CE POEME!

L'Amour Infini!

OU VAS-TU? — A DIEU!

Ces quatre pages de vers mystiques ont déjà terminé la IIIe partie de ce poëme. — Ils terminent cette IVe partie. — Ils termineront la VIe et dernière.

Ils sont ici comme un écho — et à la fin du poëme, ils seront comme l'écho final.

Ces échos, ainsi répercutés, de distance en distance... relient entre elles les diverses parties et manifestent l'Unité de l'ensemble de ce poëme.

Ainsi les refrains des chansons de Béranger... et des chants patriotiques... que la foule répète, après chaque strophe.

Ainsi les chœurs des tragédies antiques reliaient entre eux les actes de chaque tragédie et manifestaient son *unité*.

★
★ ★

Et cette *unité* qui est l'*Amour Infini*, n'est-elle pas visible, sensible, dans toutes les pages de ce poëme ? L'Amour les inspire toutes.

Et cette *unité*, n'est-elle pas encore dans ces mots : « *Où vas-tu ? — A Dieu !* » — Ce poëme entier est mon testament. Je le signe, au moment de quitter ce monde, dont la séparation est si douloureuse ! — car le cœur y laisse des lambeaux ! — Mes *Adieux à la France...* à ceux qui m'aiment... précèdent mon départ suprême. — Je n'ai plus qu'à réunir mes aspirations pour le bonheur de l'Humanité et la séparation sera déchirante, mais profondément résignée, embaumée par l'amour de notre père, qui est aux cieux !

« Où vas-tu ? — Je vais à lui ! Je vais à Dieu ! — et près de lui, je reverrai tous mes amis, qui m'attendent, tous ceux qui restent encore sur cette terre, et qui me rejoindront là Haut ! — Ma foi et mon cœur me l'affirment !

Annexe de cette 2ᵉ série de la 4ᵉ partie du poëme
« L'AMOUR INFINI ! »

Le Propagateur du Var et de la Méditerranée.
Directeur : M. D. Rossi.

Nous avions terminé cette 2ᵉ série de la IVᵉ partie du poëme : « L'AMOUN INFINI ! » — Soudain l'article suivant apparaît à nos yeux (en feuilletant notre tome IV). — C'est comme une invitation providentielle ! — Notre reconnaissance pour le directeur de cette excellente *Revue*, M. D. Rossi... nous décide à le réimprimer ici. (Notre reconnaissance... pour l'insertion dans cette *Revue*... de quelques-unes de nos poésies... et des quinze lettres de Lamartine à J. Fernand).

Sous une direction aussi distinguée, le *Propagateur du Var* mérite des abonnés de plus en plus nombreux — et les pauvres, qui sont les privilégiés de son inépuisable charité, béniront ces abonnements progressifs.

Voici notre article du 1ᵉʳ janvier 1869 ; et, ce que nous écrivions il y a sept ans, nous l'écrivons avec la même sincérité, ce 10 février 1876 :

*
* *

« Nous sommes heureux de rendre ici un hommage
« bien mérité à l'œuvre de M. Rossi, Directeur du
« *Propagateur du Var et de la Méditerranée.*

« 22,000 francs donnés en sept ans, aux Pauvres !
« — 1,600 francs fournis aux familles atteintes du
« choléra ! — rendre aux Abonnés plus qu'ils ne don-
« nent ! n'est-ce pas renouveler le miracle des cinq
« pains ? — Et tout cela grâce au dévouement, au
« désintéressement sans bornes de M. Rossi ! — grâce
« aussi… Mais il ne nous est pas permis de révéler
« le nom de l'Ange de Charité qui anime cette œuvre
« bénie de Dieu !

« Il est impossible de mieux pratiquer cette belle
« maxime de Sénèque, imprimée sur la Couverture du
« *Propagateur du Var :*

> « Partout où il y a un homme,
> « Il y a lieu à un bienfait (1) »

« Nous appelons, de tous nos vœux, la publicité de
« cette œuvre si méritoire ! — Les Journaux de Paris
« et des Départements devraient la propager. — Et les
« éloges qu'ils donneraient au *Propagateur du Var,*
« seraient des services réels rendus à l'Humanité. »

1er Janvier 1869.

(1) Devise du *Propagateur du Var.*

L'AMOUR INFINI!

DIEU!... PATRIE!... HUMANITÉ

Cinquième partie de ce poème

L'HUMANITÉ!

LA FRATERNITÉ UNIVERSELLE!

LA TOLÉRANCE UNIVERSELLE!

DEUX SÉRIES

1° PHILOSOPHIE RELIGIEUSE

2° FAITS ET NOMS HISTORIQUES

Cette cinquième partie paraîtra dans le tome VII

AVIS AU LECTEUR

Ce tome VI a déjà plus de 600 pages. — Les deux dernières parties de ce poème... (V° et VI°)... exigent de longs développements. — Il est nécessaire de les imprimer dans un volume supplémentaire, dans le tome VII, qui paraîtra en 1877.

*\
* *

Mais la mort peut interrompre notre travail. . . . . MANENT INTERRUPTA ! — Nous voulons laisser entrevoir ici le... PLAN GÉNÉRAL... de ce Poème : (L'AMOUR INFINI !) — et son but réel.

Nous ajoutons les sommaires des deux dernières parties (V° et VI°) et quelques notes. — Les sommaires révéleront tout le tome VII.

GLORIA VICTIS !

PRÉAMBULE

> « Les pauvres... tous ceux
> « qui souffrent... sont
> « les bien-aimés de mon Père.
>
> Jésus

A. M. C. Vanier, éditeur de ces sept volumes

Mon cher collaborateur,

Je suis tout brisé par les émotions... de mes « ADIEUX A LA FRANCE !... » aux affections, aux souvenirs concentrés... à mes amis... à tout ce que j'aime ! — Et je sens le frisson d'un vide glacial !

Cependant les jours me sont comptés ! — Et je dois me hâter d'achever mon testament littéraire... en réunissant ici mes aspirations pour le bonheur de l'humanité souffrante — surtout pour la suppression du hideux ESCLAVAGE et du SERVAGE ! — pour la délivrance des peuples opprimés !

39.

*
* *

« Væ victis !!! — Paroles horribles ! qui ont trouvé leur écho, dans ce cri sauvage de Bismark :

« La force prime le droit !!! » — Langage du loup ! — Mots affreux ! que repoussent la civilisation et la justice !

*
* *

GLORIA VICTIS !!!

« honneur au courage malheureux ! »

« Dieu et mon droit ! »

Ces nobles paroles me réveillent !... — Et je me sens ranimé pour le bon combat !

Avant de quitter cette terre, je veux réunir ici mes propagandes pour les esclaves et les vaincus !

« Et mon dernier regard se fixera sur eux ! »

Pour eux tous, je prierai dans cette Patrie céleste... où l'on ne voit ni *vaincus*... ni *esclaves* !... où l'on ne voit que des *Frères* ! — Patrie universelle, où l'on ne voit plus d'étrangers ! — Jusqu'à mon dernier soupir, je combattrai pour tous ceux qui souffrent !

La Vie est un combat ! — et c'est là notre Gloire !

— L'Homme est plus grand !... Et son éclat
Plus vif rayonne... après une Victoire !

— La Vie est un combat !

*
* *

Mon cher Collaborateur, vous partagez mes aspirations ! — Comme vous avez partagé mes émotions douloureuses... dans mes « ADIEUX A LA FRANCE ! »

Réunissons-nous encore pour la bonne cause ! — et, en Avant !

> « La Vie est un Combat !
> « Aide-toi !... Le Ciel t'aidera !

JACQUES FERNAND.

1er mars 1876.
LES CENDRES.

Iᵉʳ *POST-SCRIPTUM*

LES CENDRES

> « Memento, quia pulvis es,
> « Et in pulverem reverteris !
> « Remember ! — Souviens-toi ! »

Oui, nous sommes poussière !... et nous retournerons en poussière ! — Mais de cette poussière jaillira l'Ame immortelle !... et elle s'envolera vers cette Patrie... où l'Auréole brillera sur les Vaincus..... et sur les Martyrs de l'Esclavage !

Gloria Victis !

Gloire aux vaincus ! — Gloire aux trois cents patriotes des Thermopyles !... à ces Martyrs de l'Indépendance nationale !

Comme la liste serait longue... de ces victimes héroïques... de siècle en siècle !

Gloire à Spartacus et à ses fidèles ! — Gloire à John Brown, le *Précurseur* de l'Affranchissement des Noirs ! — Gloire à Lincoln, le Rédempteur !

Gloire à nos derniers Patriotes, de 1870-1871 ! — Aux deux Dampierre ! — A Regnault, l'Artiste-Soldat ! — à tant d'autres... à ces nombreux inconnus, que Dieu vient de bénir... et d'accueillir au Ciel !

IIᵉ POST-SCRIPTUM

SPARTACUS ! — JOHN BROWN !

Spartacus ! — John Brown ! — Jésus a proclamé l'abolition de l'Esclavage... en nous disant : « *que nous sommes tous frères.* »

Victor Hugo, pénétré de ce grand principe, de l'Evangile — Rédempteur... a écrit de belles pages... aux Etats-Unis, qui allaient condamner à mort John Brown ! — L'on entendra, dans tous les siècles, ce cri d'indignation généreuse :

« Faire mourir John Brown!... c'est Caïn tuant
« Abel! — C'est plus encore! c'est Washington égor-
« geant Spartacus! »

J'avais dit, dans mon chant, de la PATRIE CÉLÈSTE DES
AMES :

« Auprès de Washington rayonne Spartacus! »

Première série de cette cinquième partie :

L'HUMANITÉ !

FRATERNITÉ UNIVERSELLE !

PHILOSOPHIE RELIGIEUSE, TOLÉRANCE!

1° Le Règne Humain.
2° Esclavage... et Servage ! — le Prolétariat !

Nota. — Les deux chants du *Règne Humain*, — les huit chants... d'*Esclavage et Servage* — les Annexes — et les portraits d'Isidore Geoffroy, Saint-Hilaire, de John Brown, de S. A. Mohammed-Saïd-Pacha, d'Abraham Lincoln — de S. A. Ibrahim, vice-Roi d'Egypte — paraîtront dans le tome VII.

LA FRATERNITÉ UNIVERSELLE !
LA TOLÉRANCE !

> Tous frères... par Adam... et par Jésus !
> Le Régne Humain... une seule famille !
> « Dieu fit l'homme à son image ! »

Les Noirs, comme les Blancs... Chrétiens... fils d'Israël...
Mon cœur les aime tous, ainsi que l'Éternel !...
Je les embrasse tous dans une même étreinte !

· · · · · · · · · · · · · · · · · · · ·

A LOUIS JOREZ... DE BRUXELLES

Là-haut je te précède !... Et mon Ame est ravie !
— Ni Belges, ni Français ! — Pour tous, même Patrie !
— Et l'Amour Infini du Père bien aimé,
Nous réunira tous dans la Fraternité !

JACQUES FERNAND.

1ᵉʳ Janvier 1876.

Deuxième série de cette cinquième partie :

L'HUMANITÉ !

FRATERNITÉ UNIVERSELLE !

TOLÉRANCE UNIVERSELLE !

FAITS ET NOMS HISTORIQUES
GLORIA VICTIS !

Nota. — Les chants — de la Pologne, de Venise, de la Crète, de Strasbourg — et les portraits de Washington, de Daniel Manin, l'AME de Venise, d'Ary Scheffer, du Père Gabriel (Crète), — de Frédéric VII (Danemark) et les Annexes des Poèmes, divers articles... paraîtront dans le tome VII.

SOMMAIRE DE CETTE DEUXIÈME SÉRIE

Georges Washington. — Vers et Portrait.
Les rois — le Peuple-Roi! — 1871.
Venise! — Daniel Manin — Ary Scheffer.
La Crète et Candie — le Père Gabriel, martyr!
Strasbourg!!! — 1870.
Circassie — Fénians.
Danemark — Hanovre.
Frédéric VII le Sage — Danemark.
Léopold Ier le Sage — Belgique.

La Varsovienne! — Musique de P. Delaruelle.
La Crète et Candie. — Musique de Ch. Delisle.
Le Retour de l'Hirondelle, etc. — Musique de L. Jorez.
42 portraits — gravés par MM. Trichon, Bisson et Cottard.

L'AMOUR INFINI!

DIEU!... PATRIE!... HUMANITÉ!

Sixième partie de ce Poëme.

DIEU!

L'AMOUR INFINI!

Deus est charitas!
Dieu est tout amour!... l'amour même!

SANCTUS... SANCTUS! SANCTUS!

L'Ame Immortelle!!!

De la lumière!... de la lumière! de la lumière

« Où vas-tu?... A Dieu! »

Cette sixième partie paraîtra dans le tome VII.

SOMMAIRE DE CETTE SIXIÈME PARTIE

La présence réelle ! Poésie mystique.
La tolérance !
Les cimetières.
Fosse commune ! ! ! — Hideux charnier ! ! !
Fosses temporaires ! — Pétition.
Exhumations forcées (cinq ans ! ! !) — Désolation ! ! !
Crémation ! — contre nature .. et Foi chrétienne !
L'Ame immortelle !
De la lumière !... de la lumière !... de la lumière !
Où vas-tu ? — A Dieu ! — Poésie mystique.

Ces articles paraîtront dans le tome VII.

TOME VII

Résumé des Vᵉ et VIᵉ parties du poème :

« L'AMOUR INFINI ! »

UNITÉ DE CE POÈME
« L'AMOUR... QUI EN EST L'AME! »

Dans la Vᵉ partie... j'ai constaté l'UNITÉ du RÈGNE HUMAIN — une seule famille de frères !

J'ai plaidé, avec passion, pour l'abolition de l'ESCLAVAGE... que condamne la Fraternité universelle, proclamée par l'Évangile — Rédempteur !

J'ai plaidé, avec attendrissement, pour les vaincus de la Pologne... pour Venise... la Crète et Candie... etc., etc. *Gloria Victis!!!* — Mon cœur m'entraînait à ces propagandes pour les misères et les douleurs des vivants !

*
* *

Dans la VI° partie... je plaide pour la paix des morts ! — pour l'adoucissement des angoisses maternelles et filiales ! si cruellement aggravées par l'égoïsme des villes ! — ces douleurs sont déjà si poignantes dans les séparations de ceux qui s'aiment ! ! ! — Aussi, je plaide, avec persévérance, avec énergie... pour la suppression... 1° de la Fosse commune... ce hideux charnier ! ! ! 2° des Fosses temporaires... 3° des Exhumations forcées... Et, en attendant, la supression absolue, comme transition obligée, je sollicite l'Exhumation forcée, après vingt ans, ou quinze, au lieu de cinq ! ! ! Mon cher collaborateur, M. C. Vanier, a partagé de cœur et d'action ces propagandes ardentes... pour les vivants et les morts !

*
 * *

Dans cette VI° partie, je sonde les profondeurs de l'amour divin !... et de l'immortalité de l'âme ! ! !

La Présence Réelle... (qui est l'essence du catholicisme)... est la manifestation sublime de l'Amour Infini ! — son expansion la plus touchante et la plus sympathique !

Jésus n'a pu nous quitter... après avoir passé trente-trois ans... avec nous... ses frères ! — Il a voulu rester à jamais parmi nous... et en nous !

La Multiplication des pains était... comme le premier indice... qui faisait pressentir ce divin mystère !

*
* *

La Tolérance découle directement de l'Amour Infini ! — Je ne vois que des frères... parmi ceux qui ne partagent pas mes Croyances. — et je répète cette divine parole :

« Mon Père, pardonnez-leur ! — Ils ne savent « ce qu'ils font ! »

*
* *

L'Immortalité de l'Ame découle aussi directement de l'Amour Infini ! — Dieu, qui est l'Amour même, n'aurait pu créer des affections aussi intimes, aussi profondes... que les affections maternelles et filiales... pour les anéantir à jamais !... pour produire, en les brisant ainsi... et sans espérance... des tortures aussi horribles !... et sans adoucissement ! ! ! (Plus on est puissant, plus on est bon !)

Les séparations, si douloureuses !... ne sont que temporaires ! — elles ne peuvent être supportées qu'en levant les yeux vers la Patrie céleste, où tous les exilés reviendront !

Je ne cite pas ici les autres preuves de l'immortalité de l'âme... tirées de la justice divine... de la conscience... du sacrifice volontaire de sa vie... pour sauver ses semblables... ou la Patrie, en danger !

*
* *

Oui, l'âme est immortelle ! — je ressens encore l'émotion profonde, causée par les admirables lignes de Plutarque... sur la mort de Caton ! — Avant de se frapper il lisait et relisait les pages magnifiques de Platon... sur l'Immortalité de l'ame !

Comme Platon et Caton — comme Delille,

dans un chant sublime, en face des bourreaux de 93... je m'écrie :

« Oui, l'âme est immortelle ! »

***

De la lumière !... de la lumière !... de la lumière !
O mon âme !... élance-toi, loin
de cette nuit trompeuse de la tombe !
O mon âme ! ouvre tes ailes !
— Vers les voûtes éternelles...
Envole-toi !

***

Ou vas-tu ? — « A Dieu ! »

Poésie mystique — c'est là mon dernier chant !... le chant du Cygne !

« Où vas-tu ? » — Où puis-je aller, après mes adieux... à ma France bien-aimée... à mes amis... à mon clocher... au foyer maternel... à tout ce que je chéris si tendrement ! ! !

« Où vas-tu ? — à Dieu ! — Le refuge de toutes nos douleurs ! — le baume de toutes nos souffrances !

A Dieu ! — notre Père, qui a dit cette parole

si douce: « J'aime qui m'aime — et qui va m'ouvrir ses bras... comme à l'Enfant Prodigue !

A Dieu ! — entouré déjà de tous mes chers absents... qui vont tressaillir... en me voyant près d'eux !

16 avril 1876. — Paques !
Le grand Jour de la Résurrection !

Jacques Fernand.

P.-S. — L'Unité de ce poème se révèle à chaque page... grâce à l'Amour qui l'anime ! — grâce au retour de ces vers mystiques qui reparaissent successivement dans trois Parties — comme les chœurs antiques, revenant à la fin des actes de la tragédie.

« Ou vas-tu ? — A Dieu ! » Ces mots pourraient servir de titre général. — C'est l'heure suprême de ce départ solennel, et sans retour ! — et je réunis ici toutes les feuilles de mon Testament littéraire. — Ces deux derniers mots pourraient encore servir de titre.

POST-SCRIPTUM.

Lamartine, mon maître bien-aimé, manifestait hautement ses espérances immortelles : lorsqu'il faisait graver ces trois mots divins :

Speravit anima mea!

sur le fronton du monument funèbre... qui renferme les cercueils... de sa mère... de sa femme... de sa fille!... tous les lambeaux de son cœur déchiré!!! — son espérance est réalisée dans les cieux! — Il est à jamais réuni à celles qu'il a tant pleurées!

SOMMAIRE

DES CINQUIÈME ET SIXIÈME PARTIES

Cinquième partie

L'humanité ! Fraternité. — Deux séries : 1° Philosophie
  religieuse ; 2° Faits et noms historiques
AVIS AU LECTEUR
Gloria Victis. — Préambule.
Gloria Victis !... « Honneur au courage malheureux ! »
« Dieu et mon Droit. »
Ier Post-Scriptum. — Les Cendres.
Gloria Victis ! — IIe Post-Scriptum.

Première série de cette première partie

L'HUMANITÉ ! — Fraternité universelle ! Philosophie
  religieuse, tolérance ! 1° Le Règne humain ; 2° Esclavage... et Servage ! Le Prolétariat.
La fraternité universelle. — La tolérance

Deuxième série de cette cinquième partie

L'HUMANITÉ ! — Fraternité universelle ! Faits et noms
  historiques.

Sixième partie

La présence réelle ! — Poésie réelle !
La Tolérance !
Les Cimetières. — Fosse commune ! ! ! Hideux charnier.
Fosses temporaires. — Pétition.
Exhumations forcées (cinq ans ! ! !) Désolation ! ! !
Crémation ! — contre nature... et Foi chrétienne !
L'âme immortelle !
De la lumière !... de la lumière !... de la lumière !
Où vas-tu ?.. à Dieu ! — Poésie mystique.

A DIEU !

HOMMAGE DE CE POÈME !

« Et pax hominibus bonæ voluntatis !

HOSANNA !

GLOIRE A DIEU !

GLORIA IN EXCELSIS !
Gloire au plus haut des Cieux !

NOEL ! NOEL !
La Bonne Nouvelle !

JACQUES FERNAND

« GLORIA, IN EXCELSIS DEO !
« ET PAX HOMINIBUS BONÆ VOLUNTATIS ! »

40.

LA MESSE DE MINUIT !

> N'attendons pas le jour pour louer l'Eternel !
> *La Juive* (SCRIBE et HALÉVY).

L'Étoile qui guida les Bergers et les Mages,
Guide, vers le saint Lieu, mon cœur et mes hommages !
—Les doux NOELS de l'orgue…et les vœux et les chants !
Montent vers vous, Seigneur !… tout parfumés d'encens

* *

Oh ! l'AMOUR INFINI ! — Trois fois sainte, l'Hostie,
Ouvrant aux Exilés là céleste Patrie !
— Dieu !… Père…. et frère encor… de notre Humanité !
— A lui, tout notre amour ! et pour l'Éternité !

NOEL ! NOEL !

LA BONNE NOUVELLE !

TABLE

Deuxième partie de ce poème.

L'HUMANITÉ — LA GRANDE FAMILLE HUMAINE! LA FAMILLE UNIVERSELLE. —

§ III de la IIᵉ partie

Quatrième partie de ce poème

Première série de la quatrième partie

Deuxième série de la IVᵉ partie de ce poème

L'AMOUR INFINI !

DIEU !... PATRIE !... HUMANITÉ !

Cinquième partie de ce poème (1)

L'HUMANITÉ ! LA FRATERNITÉ UNIVERSELLE

DEUX SÉRIES

(1) Cette cinquième partie paraîtra dans le tome VII.

FIN DE LA TABLE.

PORTRAITS CONTENUS DANS CE VOLUME

———

Une galerie de 45 portraits français et étrangers formera un album placé à la fin du tome VII.

APPENDICE

SOUVENIRS DE RECONNAISSANCE !

SOMMAIRE

APPENDICE

SOUVENIRS DE RECONNAISSANCE !

ARTICLES DES JOURNAUX ET REVUES.

Extrait du *Propagateur du Var*.

Un beau volume venait de paraître, lorsque l'année 1876 touchait à son déclin.

L'auteur ? Jacques Fernand, l'ami de Lamartine, le poète du cœur, le poète des souvenirs, le poète des exilés, des martyrs, des grandeurs déchues. Quel en est le titre ? Il suffit de le citer pour en concevoir toute la grandeur :

L'AMOUR INFINI ! — Dieu ! Patrie ! Humanité ! (1)

Chaque reine peut y trouver l'histoire de ses larmes ; chaque peuple le récit de ses péripéties ; chaque héros, celui de ses douleurs.

(1) Ce titre est attrayant, et fait naître le désir de lire l'ouvrage.
(*l'Éditeur.*)

Les grands événements inspirent au poète de nobles accents. En présence du Lion national qui chassa
les Hollandais en 1830, il s'écrie :

« Sous les ardents rayons d'une vive lumière,
« Lion belge, rugis !... libre enfin et foulant
« Les fers par toi brisés... avec bruit secouant
« Ta puissante crinière... »

Jemmapes et Waterloo ne pouvaient laisser indif-
férent notre voyageur à la recherche des fortes émotions. On lira plus loin ces strophes émues et vi-
brantes.

Les grandes villes de la Suisse, de l'Italie... oc-
cupent une large part de cette odyssée, et nous devons à notre généreux ami, de faire connaître les
touchantes paroles, les sublimes inspirations qu'elles
ont éveillées en lui. Nous nous défendons ici de les
effleurer; nous risquerions d'affaiblir ces impressions
traduites avec l'accent de l'âme.

Mais il est deux hommages que nous avons hâte de
reproduire tout d'abord, l'un adressé à un sympathique
ami, Louis Jorez, qui plus d'une fois a accueilli notre
poète dans ses foyers. C'est pour lui qu'il s'écrie :

« Près de vous, de l'exil j'oubliais la souffrance,
« Sous votre toit si cher, je revoyais la France ;
« Et, lorsque je montais votre doux escalier,
« Ce n'était pas pour moi celui de l'étranger. »

Ces vers seuls suffisent pour faire deviner le cœur
dévoué, la grâce parfaite de l'aimable hôte, ingénieux

pour adoucir les peines que fait naître toujours l'absence de la patrie.

Aux précieuses qualités de l'âme, L. Jorez joint un talent de compositeur en musique hors ligne, et c'est lui qui, par de suaves notes, a vulgarisé les plus tendres romances de J. Fernand.

L'autre hommage, auquel nous faisions allusion, est consacré au plus grand poète des temps modernes, à celui qui implora la grâce de John Brown et de l'infortuné Maximilien. Nous avons nommé V. Hugo (1). Mais la politique a d'inflexibles rigueurs, et toutes les âmes ne possèdent pas la fibre la plus caractéristique de l'homme, la *pitié*.

Il faut dire aussi que V. Hugo était égaré par un souvenir qui doit encore jeter du charme sur le crépuscule de sa vie, car rien n'est aussi doux *qu'une bonne action*. Barbès, un des moteurs des troubles du 12 mai 1839, fut accusé d'avoir tué le lieutenant Drouhau dans la mêlée. Condamné à mort par la Cour des pairs, il attendait stoïquement le jour où il devait monter à l'échafaud. Or, la princesse Marie venait de mourir et le comte de Paris ne faisait que de naître. V. Hugo jugea le moment favorable d'apitoyer le roi

(1) C'est à peine si nous avons besoin de rappeler ici que John Brown fut un des premiers *abolitionistes* de l'Amérique. Rien ne saurait mieux le peindre que les paroles de sa digne veuve : « Pendant 30 ans mon mari a porté le joug des opprimés sur son propre cou, et son grand cœur a souffert toutes les souffrances des esclaves. » Ayant succombé dans la lutte en 1859, pris par les Virginiens — partisans de l'esclavage, — il subit la mort avec le courage d'un martyr chrétien. *Washington a tué Spartacus*, s'écria notre grand poète.

Louis-Philippe **sur** le sort du condamné en lui faisant parvenir, la veille de l'exécution, les vers suivants :

« Par votre ange envolée ainsi qu'une colombe,
« Par ce royal enfant, doux et frêle roseau,
« Grâce encore une fois, grâce au nom de la tombe,
        « Grâce au nom du berceau. »

Louis-Philippe n'était pas un tigre des Andes; il pensa que ni la tombe ni le berceau n'avaient besoin d'être maculés de sang, et il pensa juste. Mieux vaut pardonner que venger; et Barbès fut sauvé.

S'il faut juger de la puissance des vers par l'effet produit, les vers de V. Hugo sont sublimes de sentiment ! En face de tant de moucherons qui s'amusent à piquer le talon du colosse, en se huchant sur des hémistiches lourdement cadencés, J. Fernand a eu raison de dire de lui :

« Ses contemporains ne peuvent le juger, ni lui ni
« ses œuvres. La postérité seule sera un juge impar-
« tial. »

Il ne nous reste qu'à exprimer toute notre gratitude à l'auteur de l'*Infini*, ainsi qu'à l'excellent Ch. Vanier, l'éditeur de ses ouvrages; ami des lettres autant que des pauvres, tous deux nous honorent de leurs chaleureuses sympathies, car tous deux ont demandé à être inscrits au nombre de nos membres fondateurs; tous deux s'intéressent vivement au succès de notre œuvre.

Cependant une pensée vient nous attrister en écri-

vant ces lignes ; elle jaillit des adieux que J. Fernand
adresse à son frère bien-aimé, adieux trop poignants
pour les taire ici :

> Guide heureux et béni de ta jeune famille,
> Reste longtemps encor près de ton cher foyer !
> — Regarde, dans le ciel, notre étoile qui brille !
> — Pour les tiens et pour toi, là-haut je vais prier !

Ces suprêmes accents sont suivis d'autres adieux à
ses meilleurs amis... La souffrance étreint notre sympathique Mécène qui sent la vie s'échapper.... Mais
espérons que cette douloureuse séparation sera encore
retardée de longtemps : c'est le souhait le plus ardent que nous formons ici pour l'homme qui fut toute
sa vie amour et dévouement.

D. Rossi.

JEMMAPES ! — WATERLOO ! — 1792-1815.

Jemmapes ! Waterloo ! Deux grands noms ! deux grands faits,
— Caratères sanglants, imprimés à jamais !
— Deux sphinx mystérieux, nous révélant l'énigme
D'un drame gigantesque, émouvant et sublime !

Jemmapes ! Waterloo ! — Deux phares lumineux,
Par leur rapprochement redoublant tous leurs feux,
Sur cette sombre mer, dans cette nuit obscure,
Éclairant et guidant l'humanité future !

Jemmapes ! — Dans les airs, l'ardente Liberté
Rugit le cri de guerre ! — A ce cri redouté,
L'Étranger fuit au loin. — La France, rajeunie,
Fraternise en chantant les chants de son Génie !

Waterloo ! — Désespoir !... Oh ! de l'ambition
Calice douloureux, sombre expiation !
— La patrie en grand deuil !... Dans un homme incarnée,
Elle tombe avec lui... pleure encor, mutilée !

De sa base mouvante, et par degrés trops lents,
Lion de Waterloo, sans cesse tu descends !
Si l'abîme, sous toi, s'entrouvrait !... Si la foudre,
Te frappant droit au front, te réduisait en poudre !

« Dieu le veut ! » s'écriaient dans leurs divins transports,
Les peuples entraînés vers les célestes bords,
Où Jésus expirant invoqua notre Père
Pour l'homme, qu'il nomma du nom si doux de frère !

« Dieu le veut ! » s'écriaient les peuples prosternés,
Les mains pressant les mains ! De joie aux nouveaux-nés
Les mères souriaient ! et, sous l'azur qui brille,
Dormirait désormais une seule famille ! (1)

Quel poème, de Jemmapes à Waterloo ! Et quelle
leçon ! — Comme le Géant grandissait... mais, semblable à ces nuages, qui prennent des formes démesurées... et s'évaporent. — Lui-même, dans le *Mémorial de Sainte-Hélène*, il se compare, avant la campagne
de Russie, à Bacchus revenant des Indes !! — Et le
rêve s'est évanoui, sous la neige de Moscou !! — Et

(1) La grande famille européenne vivrait en paix.

comme le rêve s'était prolongé... la réalité a frappé un deuxième et dernier coup... à Waterloo !

J. Fernand.

Nous nous permettons de reproduire ici la page qui clôt le VIe volume de l'*Amour infini*, par J. Fernand :

Le *Propagateur de la Méditerranée et du Var,* directeur : M. D. Rossi.

Nous avions terminé cette 2e série de la IVe partie du poème : « L'Amour Infini ! » — Soudain l'article suivant apparaît à nos yeux (en feuilletant notre t. IV). — C'est comme une invitation providentielle ! — Notre reconnaissance pour le Directeur de cette excellente *Revue*, M. D. Rossi... nous décide à le réimprimer ici. (Notre reconnaissance... pour l'insertion dans cette *Revue*... de quelques-unes de nos poésies... et des quinze lettres de Lamartine à J. Fernand.)

Sous une direction aussi distinguée, le *Propagateur du Var* mérite des abonnés de plus en plus nombreux — et les pauvres, qui sont les privilégiés de son inépuisable charité, béniront ces abonnements progressifs.

Voici notre article du 1er janvier 1869 ; et, ce que nous écrivions il y a sept ans, nous l'écrivions avec la même sincérité, ce 10 février 1876 :

« Nous sommes heureux de rendre ici un hommage
« bien mérité à l'œuvre de M. D. Rossi, Directeur du
« *Propagateur de la Méditerranée et du Var.*

« 40,000 francs donnés en huit ans, aux pauvres !
« — 1,600 francs fournis aux familles atteintes du
« choléra ! — Rendre aux abonnés plus qu'ils ne
« donnent ! n'est-ce pas renouveler le miracle des
« cinq pains ? — Et tout cela grâce au dévouement,
« au désintéressement sans bornes de M. Rossi ! —
« grâce aussi... Mais il ne nous est pas permis de ré-
« véler le nom de l'Ange de Charité qui anime cette
« œuvre bénie de Dieu !

. . . .

« Nous appelons, de tous nos vœux, la publicité
« de cette œuvre si méritoire ! — Les journaux de
« Paris et des départements devraient la propager. —
« Et les éloges qu'ils donneraient au *Propagateur du*
« *Var*, seraient des services réels rendus à l'huma-
« nité. »   J. FERNAND.

1ᵉʳ janvier 1869.

(*Propagateur de la Méditerranée et du Var*, 1877.)

A la suite de son article si bienveillant, M. D. Rossi
a bien voulu faire imprimer nos vers sur *Jemmapes*
et *Waterloo*, 1792-1815, qu'on peut lire dans ce
tome VI, pages 54, 55, 56 (*Odyssée de l'Exil !*) — Les
numéros du *Propagateur* de février et mars 1877
publient également notre article pages 57, 58, 59, 60,
qu'on peut lire dans ce volume sous le titre : *Excur-*
sions, Genève, Berne, Fribourg, le Mont-Blanc, etc.

Extrait du *Courrier du Berri* du 14 septembre 1877.

L'AMOUR INFINI ! DIEU ! PATRIE ! HUMANITÉ !

Poème en six parties, par Jacques Fernand.

Tel est le titre d'un splendide volume illustré qui vient de paraître chez M. C. Vanier, libraire-éditeur, 1, rue du Pont-de-Lodi, Paris.

Patrie et Liberté. — L'Odyssée de l'exil. — Le Vaisseau de Dieu. — Le Règne humain. — Remember. Le Temps et l'Éternité.

Cette annonce ne nous est parvenue qu'après la publication de la 15ᵉ édition de l'ouvrage.

Extrait de l'*Étoile* (1).

Voilà, assurément, un singulier livre qui restera

---

(1) Pendant la publication des quinze dernières éditions de *l'Amour infini*, *l'Echo du Cher* a reproduit cet article dans son numéro du 16 septembre 1877. Il commençait ainsi :

« Il vient de paraître chez C. Vanier, éditeur, 1, rue du Pont-« de-Lodi, la sixième édition d'un ouvrage de M. Jacques Fer-« nand, intitulé *l'Amour infini*, poésie.

« Ce livre mérite toutes les sympathies des hommes lettrés : « il renferme de très-belles pages.

« Le journal *l'Etoile* s'exprime ainsi sur ce livre, etc. »

(*Note de l'Éditeur.*)

fermé pour le lecteur superficiel, mais dans lequel tout individu qui sait lire et qui pense trouvera cette étincelle si rare, spéciale aux philosophes, aux poètes, aux moralistes ; enfin, il saisira ce rayon divin, privilége des prédestinés aux grandes joies intellectuelles, et surtout aux grandes douleurs.

Chaque feuillet du livre qui nous occupe marque une étape douloureuse de ce long calvaire qui conduit par des sentiers ardus les hommes d'intelligence à l'immortalité, et ce nom inconnu qui les signe est assurément un masque agrafé sur la figure d'une personnalité.

— Il y a des cris du cœur, des élans de reconnaissance, des glorifications, des larmes ; il y a le culte de la patrie, des grands hommes, et un immense amour de l'humanité dans ces strophes qui semblent sans lien et dans cette prose qui paraît sans unité ; mais cependant une pensée puissante réunit ces pages, les vivifie, les élève, les illumine.

L'Amour infini est divisé en quatre parties. La première se nomme l'*Odyssée de l'Exil* ; la seconde, l'*Humanité* ; la troisième, *Dieu* ; la quatrième, *Patrie*.

— La cinquième partie du livre est composée d'une série de poésies dédiées à tous les grands hommes de l'humanité ; ce sont des hommages offerts par un honnête homme et un homme de cœur à de grands citoyens.

Puis le livre se ferme sur ces lignes :

« O ma belle France ! voici l'heure de mes adieux suprêmes ! — J'ai le cœur serré par une émotion profonde. — Les larmes coulent de mes yeux. — Je viens de m'entourer de ton passé glorieux et de mes plus chers, de mes plus douloureux souvenirs ! — Je les réunis dans un reliquaire — et je me concentre dans ces affections.

« O France ! je t'aime, comme j'aime Dieu et ma mère ! »

De telles paroles disent plus qu'un pompeux éloge.

A. Andréï.

12 novembre 1876.

Extrait du *Journal des Postes*.

S'il est un livre étrange pour ce temps de productions littéraires à la recherche du succès par le scandale, c'est bien celui de M. Jacques Fernand.

Voilà un livre qui ne flatte aucune passion, dont l'intérêt ne repose ni sur un crime ni sur un vice, et qui cependant fera, lentement peut-être, mais sûrement, son chemin ; il aura sa place dans toutes les bibliothèques honnêtes, parce qu'il enseigne l'amour de la patrie et de Dieu, parce qu'il n'émet que de grandes pensées et qu'il glorifie les grands sentiments. Tous ceux qui ont le cœur haut placé ne liront pas sans émotion ces pages écrites par le cœur; tous ceux qui ont souffert y trouveront une consolation, amère quelquefois, mais toujours très-grande. Nous ne saurions trop le recommander, c'est l'œuvre d'un patriote, c'est l'œuvre d'un poète, c'est l'œuvre d'un honnête homme.   E. Ozanne.

1er décembre 1876.

Extrait de *La Revue de la Jeunesse.*

L'Amour Infini mérite toutes les sympathies du public lettré. Les bibliophiles s'empresseront de posséder cet ouvrage qui, comme les précédents volumes, se recommande par une rare exécution typographique. D'un autre côté, les esprits sérieux, indépendants, qui recherchent la lecture des philosophes et des moralistes, se plairont à retrouver dans ces pages l'écho fidèle de leurs principes et de leurs aspirations.

L'Amour Infini est moins une œuvre d'art qu'une œuvre de conscience. C'est avant tout l'œuvre d'un honnête homme. Contemplateur, partisan du progrès et des idées libérales, l'auteur y noté ses intentions, ses aperçus, ses croyances avec cette latitude et cette loyauté qui signalent le désintéressement. On sent que, par caractère et par position, il est étranger à tout esprit de parti comme à toute influence mercantile. Sans réticence, sans timidité, il expose ce qu'il croit vrai, il approuve ce qu'il croit bon. Ajoutons que la majeure partie de cet ouvrage a été composée dans l'exil. Proscrit volontaire, M. J. Fernand a raffermi ses convictions dans les pays libres, dont il examinait les lois et la constitution. On aime à rencontrer de tels hommes, et leurs écrits sont animés de sentiments trop louables pour ne pas attirer quelque attention.

L'Amour Infini comprend quatre parties principales : *L'Odyssée de l'Exil. — L'Humanité. — Dieu. — Patrie.* Ces quatre grandes classifications comprennent à leur tour une multitude de chapitres des plus variés, soit en prose, soit en vers, qui contribuent à imprimer à l'œuvre le cachet d'une macédoine. Tout se réunit dans ce vaste cadre, depuis les réalités jusqu'à l'imagination : récits de voyages, événements historiques, glorifications des grands hommes, souvenirs du passé, espérances dans l'avenir, poésies sentimentales, discussions scientifiques et littéraires, aspirations religieuses où se combinent les révélations de Jean Reynaud et les douces persuasions de Richard Cobden. Il se peut qu'au premier coup d'œil on ne saisisse peut-être pas bien le plan général, l'ensemble de la composition, mais pour celui qui ne perd pas de vue l'idée dominante, l'idée inspiratrice, ces matériaux, malgré leur diversité, forment un tout parfaitement homogène. L'auteur a pu dire avec raison : « Cette unité qui est *l'Amour Infini* n'est-elle pas visible, sensible, dans toutes les pages de ce poème ? L'amour les inspire toutes. »

On ne lira pas sans émotion les lignes consacrées aux bienfaiteurs de la patrie et de l'humanité. Il y a là de telles effusions de tendresse, des cris du cœur si chaleureux et si sympathiques, un enthousiasme si légitime, si convaincu, si communicatif, que l'on sent tressaillir en soi toutes les fibres de l'admiration pour ces grands noms, étrangers ou français, anciens ou contemporains, qui ont bien mérité par leur génie ou leur dévouement. M. J. Fernand, qui a été en relation intime avec plusieurs personnages illustres, nous transmet des détails des plus intéressants sur Silvio Pellico, Lacordaire, Louis Jorez, de Barante, Lamartine, Jeoffroy-Saint-Hilaire, Lesseps, J. Janin, Mérimée, etc.

Terminons cette analyse par une citation. Le lecteur sera plus à même de juger du style et des données de l'auteur : « Artiste, j'aime l'ensemble des grands voyages, les horizons, les points de vue. Rêveur, j'aime les généralités, les perspectives des destinées humaines. Habitué à l'isolement, je me dégage de toutes les influences qui voudraient me dominer, et je ne demande qu'à Dieu seul sa tutelle, ses inspirations et sa lumière. Aussi la liberté individuelle est l'essence même de ma vie, la rêverie, mon idéal !

Raphael G. Damedor,

Auteur des Poèmes spiritualistes.

Janvier 1877

Extrait de *l'Indépendant de l'Oise*

Nous ne partageons pas toutes les idées de l'au-
-teur; mais si nous différons d'opinion sur quelques
points insignifiants, nous sommes parfaitement d'accord sur tout le reste. — *L'Amour Infini* est l'œuvre
d'un homme de cœur, d'un véritable patriote, tout
dévoué à la liberté. — « J'aime la France autant que
j'aime Dieu ! » Cette exclamation est sublime ! Elle
peint l'homme. — Il a défendu et aidé de toutes ses
forces le grand citoyen, l'illustre poète : j'ai nommé
Lamartine, dont il était aimé et estimé. Il a défendu
la Pologne, la Crète, Candie; tout ce qui souffre a
ses sympathies et son dévouement. — M. Jacques
Fernand n'est pas seulement un véritable poète, c'est
aussi un homme politique, qui se tient à l'écart. Il
suffit, pour s'en convaincre, de lire sa lettre à Maximilien, qui a payé de sa vie le funeste honneur de
monter au trône ! — Les excellents conseils de
M. Jacques Fernand étaient d'un sage et profond politique, dont, pour son malheur, l'infortuné prince n'a
pas tenu compte.

L'Amour Infini sera, pour le lecteur sérieux, un
sujet de méditation.   Henri Clay.

Extrait du *Monde thermal.*

M. Jacques Fernand, dont nous venons de recevoir
un gros volume de poésies illustrées, aurait pu inti-

tuler son livre : *Souvenirs et Regrets*. *L'Amour infini*
est un recueil d'impressions personnelles ressenties
durant une longue carrière et qui ont débordé dans
l'âme du poète. Celui-ci communique au public des
émotions et des pensées qui ne peuvent avoir qu'un
but : élever le niveau intellectuel et moral de ses lecteurs. Dans cette œuvre quelque peu mystique, où
l'amour s'étaye à la fois sur la religion et la philosophie, on sent battre un cœur d'homme qui pourrait
répéter fièrement la devise :

Nil humani a me alienum puto.

18 janvier 1877.

Extrait du journal *l'Orchestre*.

L'AMOUR INFINI ! par Jacques Fernand,

Édité par C. Vanier, rue du Pont-de-Lodi, 1 (1).

J'ai là, devant moi, un livre de près de huit cents
pages, que l'on m'a envoyé. Je vous avoue qu'au premier abord ce volume... volumineux m'a légèrement
effrayé ; mais, ma foi, je me suis mis tout de même à

---

(1) Mes remerciements bien sincères à mon bon et sympathique ami M. Adolphe Namnan, qui a inséré *sept fois* consé-
cutives le remarquable article de M. Félix Savard, auquel
j'adresse aussi l'assurance de ma gratitude.

le lire, et voilà qu'arrivé à la fin, j'ai trouvé qu'il était trop court.

Il a pour titre : *l'Amour infini !* L'auteur, M. Jacques Fernand, y a jeté, tantôt en bonne prose, tantôt en bons vers, ses souvenirs et ses pensées. Il en a fait une sorte de trilogie qui comprend Dieu, la Patrie et l'Humanité, — triangle sublime !...

Dans ses voyages, il a toujours étudié le côté philosophique de ce qu'il voyait ; ses amitiés ont été profondes ; ses dévouements, sans bornes. Son cœur a tous les épanchements ; son âme, tous les enthousiasmes. Il écrit sans parti pris, sans haine, et ce qui le rend fort entre tous, c'est qu'il a la foi.

Ce livre, curieux à plus d'un titre, étrange parfois dans ses rapprochements, mais toujours intéressant, parce qu'il est toujours sincère, ce livre, dis-je, a été très-artistement édité par M. Vanier, un lutteur aussi, celui-là, un de ces hommes que le travail a fait sortir purs de toute tache de ses creusets ardents. M. Vanier est l'ami de M. Fernand ; celui-ci a eu la pensée, celui-là l'a propagée. Tous deux se sont compris, tous deux ont marché fièrement de compagnie dans la voie lumineuse qui mène au bien et dont tant d'autres se détournent.

Rien de plus touchant que cet ouvrage ; il l'est d'autant plus que l'auteur n'y cache rien de ce qu'il pense ; le Devoir, voilà sa règle ; le Vrai, voilà sa force ; le Bien, voilà son but. Ce livre est tout franchise comme il est tout honnêteté.

L.-Félix SAVARD.

7-13 août 1877.

Extrait du journal *l'Orchestre*.

Nous venons de recevoir la onzième édition de l'*Amour infini*, le beau poème de M. Jacques Fernand, si intelligemment édité par M. C. Vanier, 1, rue du Pont-de-Lodi.

Nous avons rendu compte de cette œuvre multiple et considérable ; nous ne pouvons donc aujourd'hui qu'en signaler de nouveau le succès, que justifient pleinement, du reste, le talent viril et l'honnêteté persistante du sympathique auteur.

L.-Félix SAVARD.

19 septembre 1877.

LETTRES

A MONSIEUR EUGÈNE C...X

PROFESSEUR DE MATHÉMATIQUES

Dourgne, 25 novembre 1876.

Mon cher Eugène, j'ai reçu les tomes V et VI des œuvres de M. Jacques Fernand que tu as bien voulu m'envoyer. Je t'en remercie cordialement. — Ces beaux livres m'ont fait le plus grand plaisir. J'y ai trouvé des détails très-émouvants . . . .

. . . .

Mon attention s'est portée tout naturellement sur le duc d'Orléans, que j'ai eu l'occasion de voir bien souvent, puisqu'il suivait les cours de l'École : promotion de 1828, 1829 et 1830.

Mon camarade et moi nous examinions avec un vif intérêt ce jeune prince, à la physionomie douce, intelligente et éminemment sympathique, devant qui s'ouvraient les plus belles perspectives, et dont la mort prématurée causa, dans toute la France, une si vraie et si profonde douleur! Aussi M. J. Fernand a pu dire avec juste raison :

Ferdinand! à jamais regretté de la France,
Ton passé présageait un si bel avenir!

Le duc d'Orléans, bien facilement accessible à tous, était doué d'un excellent caractère, qui ne s'est jamais démenti . . . .
. . . .

M. Jacques Fernand a pu dire avec juste raison :

Sous le simple uniforme, en modeste artilleur,
Dans nos rangs confondus, par tes vives saillies,
Égayant le bivouac.... Tu vois avec bonheur
Un ami de collége ou de la grande école,
Comme toi, patriote et soldat citoyen,
Et de l'égalité, toi, le vivant symbole,
Tu resserres ainsi le fraternel lien !

Tout cela est très-vrai et très-bien dit : le duc d'Orléans était un homme charmant et un prince accompli . . . .
. . . .

La princesse Marie, cette artiste inspirée, est également regrettée de tous, et, comme son frère, elle a été enlevée à sa famille, au printemps de la vie, après avoir doté la France d'un immortel chef-d'œuvre.
. . . .

J'ai regretté qu'à côté de cette statue, on n'ait pas

mis la statue équestre que la princesse Marie avait exécutée peu d'années avant son mariage pour sa famille et quelques amis intimes. . . . .

. . . .

On a très-vivement critiqué la statue équestre de Jeanne Darc, que l'on vient de placer à Paris. J'ai trouvé chez moi une de tes lettres et le dernier numéro des *Guêpes*, dans laquelle tu me disais : « On « vient d'inaugurer la statue équestre de Jeanne Darc. « Le cheval est lourd, massif; la statue de l'héroïne « sans caractère. Pourquoi n'a-t-on pas chargé un « sculpteur de reproduire purement et simplement « l'admirable statue équestre de la princesse Marie? »

Alphonse Karr, dans ses *Guêpes*, après avoir donné une très-belle description de la statue de la princesse, terminait son article (cette coïncidence me frappa) par la même conclusion et dans des termes à peu près identiques. Le chef-d'œuvre inédit de la princesse Marie figurerait très-bien dans l'album qui doit accompagner le tome VII des œuvres de Jacques Fernand. — Les articles sur Lamartine, les lettres de cet homme de génie, de cet honnête homme m'ont vivement et bien péniblement impressionné. — Ainsi, cet homme illustre entre tous, après avoir, par un travail surhumain, payé TROIS MILLIONS en huit années, ne devait plus que 600,000 francs. La Providence ne lui a pas accordé deux années de santé pour s'acquitter envers ses créanciers, et la France, qu'il avait charmée et consolée par ses sublimes poésies; la

France, qu'il avait sauvée en 1848, ne lui est pas venue en aide ! ! ! C'est profondément triste.

En ouvrant les deux volumes au hasard, on rencontre de belles pensées gracieusement exprimées :

Pour nous, mourir, c'est vivre ! au ciel, à la lumière,
Nous montons, oubliant les douleurs de la terre !
J'y verrai mes amis, comme moi, tous heureux !
Qui meurt pour sa patrie, a droit d'entrer aux cieux !

————

La terre est un exil ! La patrie est au ciel
Jeanne parut... et sauva la patrie !

————

La mort est l'amnistie de la vie !

Dans les poésies de M. J. Fernand : *Echos du cœur*, j'ai remarqué l'*Hospitalité*, le *Vieux Curé de village*, la *Grand'mère* et *le Petit Enfant,* etc. — En résumé, je le répète, ces livres m'ont fait le plus grand plaisir, et, lorsque tu en trouveras l'occasion, tu voudras bien remercier MM. Fernand et Vanier de leur envoi.

. . . .

Adieu, bonne santé ; ton frère,

C.....X,
Ingénieur retraité.

A MONSIEUR JACQUES FERNAND

AU VRAI POÈTE !.... ET POÈTE VRAI !

Dourgne, le 2 décembre 1876.

Je ne saurais trop vous remercier de la lettre si gracieuse que vous m'avez fait l'honneur de m'adresser le 19 novembre dernier. Immédiatement après l'avoir reçue, je me suis empressé de relire, car j'avais déjà lu, les vers que vous avez bien voulu m'indiquer sur le duc d'Orléans et sur la reine Amélie; sur sa fille Louise, reine des Belges, et sur l'infortunée impératrice Charlotte, — ces saintes femmes qui, ainsi que vous le dites si bien, ont été si aimées, si respectées, si regrettées en France et en Belgique!

Dans les tomes V et VI de vos œuvres, vous adressez souvent vos vers à la mémoire du duc d'Orléans, et je le comprends, car ce prince n'était pas seulement aimé et distingué entre tous, mais, en outre, il résumait en lui les destinées de la patrie. — Aussi vous dites, avec juste raison, tome VI, page 56 :

. . . .

. . . .

. . . .

— S'il avait vécu...
nous n'aurions eu ni coup d'Etat...
ni troisième invasion ! ! !
Progrès continu... sans secousse !
Nous n'aurions pas eu la forme républicaine,
mais nous aurions
toutes les libertés anglaises
et l'égalité démocratique...

. . . .

. . . .

C'est parfaitement vrai, et je vous prie de croire que mes sentiments sont conformes aux vôtres, car, depuis 1842, j'ai répété, très-souvent, que la fatale catastrophe du 13 juillet de cette année, avait privé la France d'un prince qui aurait assuré à notre malheureuse patrie de longues années de paix et de vraie liberté.

En ce qui concerne la statue équestre de la princesse Marie, si vous vous décidez à la placer dans votre album du tome VII, je crois qu'elle ne doit être suivie d'aucune dédicace. Il suffit de mettre au bas du dessin : Projet de statue équestre exécutée par S. A. la princesse Marie. — Alphonse Karr écrivait, le 22 mars 1874, dans ses *Guêpes* :

« On vient d'ériger, sur une des places de Paris, une statue équestre destinée à conserver la mémoire légendaire de la famille d'Orléans.

« Je regrette qu'on n'ait pas songé à une chose : Un jour que je visitais le château d'Eu, je vis sur une cheminée, une petite statuette, ouvrage de la princesse Marie, fille de Louis-Philippe, qui était morte quelque temps auparavant.

« Cette statue n'est pas celle que l'on connaît, et qui a été reproduite à un si grand nombre d'exemplaires; dans celle dont je parle, « la pucelle est à « cheval, elle vient de frapper de sa hache un Anglais « qui est étendu devant les pieds du cheval. — Elle « est à la fois glorieuse et saisie d'épouvante de son « premier meurtre ; elle retient d'une main son cheval « qui s'arrête, elle ne veut pas qu'il marche sur l'en- « nemi vaincu; son autre main laisse pendre sa hache « teinte de sang pour la première fois. — Son atti- « tude, son visage expriment à la fois l'orgueil, l'hor- « reur, l'étonnement. »

J'aurais voulu qu'on choisît cette statue pour le monument élevé à Jeanne Darc.

Cette simple note fera connaître l'œuvre, et sera de nature à prévenir des difficultés de la part des journaux de tous les partis.

La lecture de vos œuvres, Monsieur, a ravivé dans mon esprit le souvenir des premières et des meilleures années de mon existence. Je vous renouvelle mes remercîments pour la bonne pensée que vous avez eue de les faire accepter à mon frère, et je vous prie de vouloir bien accepter l'expression de mon sincère et entier dévouement.

C. X...x,
Ingénieur en chef retraité.

MONSIEUR GOUNIOT-DAMEDOR

A MONSIEUR CHARLES VANIER.

Paris, 5 novembre 1876.

Monsieur et ami, je vous remercie du volume que vous avez eu la bonté de m'envoyer. — Tout d'abord mes compliments sur le soin scrupuleux et attentif qui a présidé à l'exécution typographique . . . . . .

. . . .

Un mot seulement. — C'est l'œuvre d'un homme convaincu. Que l'auteur jette un regard rétrospectif sur sa vie, qu'il offre un pieux hommage aux gloires de la patrie et de l'humanité, ou qu'il s'élève des détails charmants d'une poésie facile aux questions graves et sévères de la littérature, de la philosophie, de la politique, on n'en reconnaît pas moins à chaque page, à chaque ligne, une conviction profonde, loyale, désintéressée. Ce livre est bon ; il parle au cœur, il parle à la pensée.

J'ai remarqué, çà et là, de ces phrases puissantes qui s'incrustent dans la mémoire, comme autant d'aphorismes. — Le moraliste dit au malheureux : « Regarde en haut ! » — Pas une tache de sang sur la robe blanche de la Liberté ! — L'ossuaire de la bataille n'est souvent que le piédestal d'un soldat heureux. — La vieillesse du pouvoir absolu devient une calamité pour la Nation, un énorme fardeau pour le vieillard qui tient le sceptre. — Le self-government, qui est l'avenir de tous les peuples, aura toujours deux formes apparentes : la République et la Présidence élective et temporaire.

M. J. Fernand appartient à ces nobles esprits dont le nombre décroît chaque jour, et qui partagent les idées philanthropiques de l'abbé de Saint-Pierre, de Brigt, de Richard Cobden. La paix perpétuelle ! La fraternité universelle ! La fusion des races dans un amour infini ! Utopie, utopie sans doute, mais si belle, si poétique, si séduisante, que la raison pardonne à l'imagination.

Cet ouvrage, au reste, caractérise parfaitement l'auteur. On peut le considérer comme le dépositaire fidèle de ses généreuses impressions. Partisan de la liberté individuelle comme toutes les natures contemplatives, ami du progrès et de l'ordre social, M. Jacques Fernand se révèle au lecteur comme un de ces rares patriotes qui ont préféré l'exil volontaire au sacrifice de leur indépendance. Vingt ans il a bu goutte à goutte les amertumes de l'isolement et de la séparation. Il a connu, par expérience, ce qui manque à la terre étrangère pour constituer une patrie . . . . . .

. . . .

. . . .

Un des chapitres qui m'ont le plus intéressé, et

qui, certes, doit éveiller en vous plus d'un vif et touchant souvenir, c'est celui qui est consacré à Lamartine, notre Virgile national. Comme l'auteur, vous avez eu vos entrées franches et intimes auprès du grand poète, vous avez lu ses lettres et il lisait les vôtres, vous avez été initié à toutes les angoisses de cette âme martyre, alors qu'il demandait à un travail sans relâche sa libération financière. En adepte fervent, combien de cœurs n'avez-vous point ralliés à la souscription de ses œuvres ! Honneur à tous les Lamartinistes qui contribuèrent de leur plume et de leur dévouement à consoler l'infortune du Maître ! . . . . .

. . . .

Agréez, Monsieur et ami, etc.

Raphaël GOUNIOT-DAMEDOR,
Auteur des *Poésies spiritualistes*.

Le Cercle littéraire des Elèves de rhétorique
de Marseille

A JACQUES FERNAND

1er juin 1877.

. . . .

...Nous venons de lire votre généreux poème :
l'*Amour Infini!*

Ce bel ouvrage nous a inspiré le désir de posséder
au moins, dans notre bibliothèque commune, une
partie de vos œuvres précédentes.

Rassemblant tout notre courage, nous avons sollicité de votre bienveillance l'envoi des volumes dont
les titres figurent à la deuxième page de ce tome VI.

Croyez à notre respectueuse admiration pour votre
noble caractère.

Pour tous les membres du Cercle :

Paul ROMAN, *Président.*
Alfred GIRARD, *Secrétaire.*

Marseille, 40, rue Sainte.

Deuxième lettre du Cercle littéraire
de Marseille

8 juillet 1877.

« ... Merci de l'envoi de vos œuvres précédentes.
« — L'*Amour Infini* élève et fortifie l'âme. — Nous
« admirons votre enthousiasme pour tout ce qu'il
« faut aimer : DIEU ! la PATRIE ! l'HUMANITÉ ! — Nous
« suivrons vos patriotiques conseils. — La France,
« IMMORTELLE ! se relèvera par le Travail, la Liberté,
« la Foi !... »

« *P. S.* — Nous plaçons vos œuvres près *de nos*
« *livres*... les plus aimés : près des poésies de
« Lamartine, votre ami. »

ÉMILE CARREY, député de Seine-et-Oise,

A Jacques Fernand.

16 juin 1877.

. . . .

Avec mes remerciements, je vous adresse le tribut d'éloges dont est digne votre poème *l'Amour infini.*

Les pages que j'ai lues de cet ouvrage élèvent et fortifient l'âme, ce qui est un besoin en tous temps. Toutes les pensées en sont élevées, nobles et généreuses. Je ne puis qu'applaudir à votre œuvre. Malheureusement, je suis obligé de suspendre cette lecture. Je dois être tout à la crise politique qui nous menace.

En échange, je vous prie d'accepter mon dernier ouvrage : *Le Pérou...*, et l'expression de ma haute et sympathique considération.

Émile CARREY,

Député de Seine-et-Oise.

Paris, 13, rue de Turin.

43.

Jacques Fernand au duc d'Aumale

Monseigneur,

Pendant mon absence, vous avez bien voulu faire connaître à mon cher collaborateur... M. C. Vanier... « votre approbation des sentiments exprimés dans « mon poème : l'*Amour Infini !* »

Un ami dévoué du duc d'Orléans, un camarade de la grande Ecole (polytechnique) a été aussi touché de mes vers — sur votre frère si regretté ! — sur la princesse Marie — et la sainte reine Marie-Amélie — sur sa fille, la reine des Belges... et ces mots ont résumé son appréciation :

« AU VRAI POÈTE !... AU POÈTE VRAI ! »

Ce dernier mot est l'expression exacte de la réalité,

Ce n'est pas le flatteur... ce n'est pas le courtisan qui a écrit ces vers. — Je n'ai courtisé que le malheur. — Indépendant par caractère... par mes passions littéraires et artistiques... par l'aisance que désirait Horace, j'ai passé ma vie dans les voyages, et les infirmités d'une vieillesse avancée me font aimer la retraite. D'ailleurs, je n'ai chanté que les MORTS... et les EXILÉS — moi-même exilé volontairement depuis 1852.

C'est l'ami de collége qui a suivi, du cœur, le prince que la France adorait ! — Il nous aurait épargné les vingt années de l'Empire, et cette troisième invasion si désastreuse!!! — Comme la France, je l'ai pleuré!... ainsi que sa sœur, l'artiste illustre, une des gloires qui rayonnent à Versailles! — ainsi que sa mère, notre sainte reine!

Le torrent du temps emporte les débris du passé! — Mais si mes vers surnageaient... ils offriraient à l'histoire de l'avenir les portraits exacts de ces nobles caractères... leurs photographies morales — au défaut du mérite littéraire... Cette exactitude leur donnerait une valeur réelle.

Je finis cette trop longue lettre, — et, au moment de continuer mon voyage de santé... je m'incline avec respect, monseigneur.

Jacques Fernand.

Jacques Fernand à M. D. Rossi

Directeur du : *Propagateur du Var et de la Méditerranée*

« ... Je vous remercie d'avoir réimprimé dans le
« numéro de mai 1877 de votre propagande les pages
« de l'*Odyssée de l'Exil*, racontant ma visite à *Silvio*
« *Pellico*.

« Cette visite est un des souvenirs les plus touchants
« de mes voyages.

« Les pages qui racontent ma visite au cimetière
« de Fribourg (Suisse), à la cathédrale, à *Moser*,
« pleurant sur les orgues ses six enfants enterrés
« près de lui !... Ces pages m'attendrissent toujours
« quand je les relis.

Juillet 1877.

LETTRE DE M. FERDINAND DENIS,

BIBLIOTHÉCAIRE DE SAINTE-GENENIÈVE,

A MONSIEUR JACQUES FERNAND.

Monsieur,

Je connaissais depuis longtemps diverses portions de votre ouvrage intitulé : *L'amour infini! Dieu! Patrie! Humanité!* poème. J'avais été à même, par vos diverses offrandes à la Bibliothèque confiée à mes soins, d'apprécier les sentiments généreux dont vous vous êtes senti animé en écrivant votre livre. Vous avez réuni vos divers essais, vous les avez complétés en y joignant une iconographie multiple qui facilite singulièrement l'entente de votre texte ; vous avez rendu un double service à ceux que ces sortes de matières intéressent. Je viens vous remercier aujourd'hui du double exemplaire qui m'est parvenu en votre nom et dont le dernier m'était destiné.

Je vous offre ici l'expression de ma gratitude et vous prie de croire à mes sentiments très-distingués.

FERDINAND DENIS.

P. S. — Cette lettre ne nous est parvenue qu'après la publication de la 15e édition.

(L'Éditeur.)

APPRÉCIATIONS ET OPINIONS DE DIVERS

Voici un beau volume, avec ce titre si heureux : « L'Amour Infini ! » (Louis Jorez, de Bruxelles, compositeur de la musique de l'*Hirondelle*.)

... A Jacques Fernand... au poète ! A l'honnête homme par excellence... (Le poète Charles Soullier, auteur de la belle *Ode à la Paix*.)

... Je vais lire à mes élèves des pages de votre poème : « *L'Amour Infini* » (Gagnon, directeur de la *Revue du XIXe siècle*.)

Le docteur Bertulus à Jacques Fernand : « ... Vous êtes poète et honnête homme ! ... » Et envoi de la biographie de son ami... de Cuers, fondateur de l'Adoration perpétuelle, et de ses œuvres de philosophie religieuse. — *Mens agitat molem*. — Légende toute spiritualiste.

Visite de M. Sabligny, directeur de la *Revue de la Jeunesse*, à C. Vanier.... « Quel dévouement au « grand Lamartine ! Quel beau caractère d'homme ! ».

... M. Damor : Mon cher monsieur Vanier, quand vous écrirez à M. Fernand, ne m'oubliez pas ; dites-lui que c'est toujours avec un nouveau plaisir que je rel s son livre. »

A la fin d'une visite, Messieurs C...X chargèrent M. Charles Vanier de transmettre à M. Jacques Fernand les paroles suivantes :

— « Veuillez assurer M. J. Fernand, LE VRAI POÈTE ! ET POÈTE VRAI ! de notre profond respect et de notre vive sympathie... »

Ces bonnes paroles, de personnes si honorables, sont des titres d'honneur... la récompense de longues années de travail et de respect de soi-même.

TOLÉRANCE RÉCIPROQUE

DES CROYANCES ET DES OPINIONS

EN ALGÉRIE.

Nous avons envoyé des exemplaires de notre poëme « *L'Amour Infini* » au général Chanzy, gouverneur de l'Algérie, à Mgr l'archevêque d'Alger, à MMgrs les évêques de Constantine et d'Oran, au journal de l'Algérie « *L'Akhbar*... »

Dans l'intérêt de notre propagande de Tolérance... des Croyances religieuses et des Opinions politiques... et des *Couleurs*. — Propagande utile à la paix de cette noble terre d'Afrique !

Voici quelques citations de notre poëme, qui en résument l'esprit et les tendances :

Les noirs, comme les blancs... chrétiens, fils d'Israël..
Mon cœur les aime tous... ainsi que l'Éternel !
Je les embrasse tous, dans une même étreinte !

. . . .

. . . .

Là-haut je te précède ! — Et mon âme est ravie !
— Ni Belges ! ni Français ! — Pour tous, même patrie !
— Et l'Amour infini... du père bien-aimé...
Nous réunira tous, dans la fraternité !

« Dieu le veut ! » s'écriraient les peuples prosternés,
Les mains pressant les mains ! — De joie aux nouveaux-
Les mères souriraient ! — Et, sous l'azur qui brille, [nés,
Dormirait désormais une seule famille !

De l'amour infini, découle la Tolérance. — Je ne vois
que des frères... dans ceux qui ne partagent pas mes
croyances. — La persuasion seule peut modifier les
convictions sincères.

Ces citations prouvent les tendances de notre poëme
... à la conciliation des esprits et des cœurs. —
Nous enverrons des exemplaires de ce poëme à tous
ceux qui sympathiseront à ces aspirations généreuses — et notre propagande sera féconde !

Jacques Fernand.

10 février 1877.

A MONSIEUR D. ROSSI

DIRECTEUR DU

Propagateur de la Méditerranée et du Var.

CRÉATION — CATÉCHISME

24 février 1877

MONSIEUR,

Je reçois, avec une satisfaction réelle, votre brochure de GÉOLOGIE.

Mais, avant de la lire, je reste stupéfait, en voyant sur la COUVERTURE, cette colonne formidable de vos œuvres scientifiques... et littéraires... poétiques; — vous êtes une véritable encyclopédie.

J'ai toujours éprouvé la sympathie la plus vive pour l'union de la science et de la poésie. — Gœthe est un type de cette union; — grâce au poète, la science est aimable.

**

CRÉATION.

Ici, je m'adresse au savant.

Ce que j'admire dans la CRÉATION... c'est la SIM-PLICITÉ — cachet de la vraie grandeur ! — C'est l'UNITÉ dans la VARIÉTÉ !

La terre est une vapeur !

Une vapeur... condensée, liquéfiée, solidifiée !
De même, pour toutes les planètes.
On parle de la fin du monde. — Elle ne peut être prochaine, — car Dieu ne fait rien en vain. — Il a créé la terre... comme domicile de l'homme ; — et il a dit au patriarche : « Tes descendants seront aussi nombreux... que les étoiles du ciel... et les grains de sable de la mer. » — Et il a créé un domicile assez vaste, pour toute cette population de l'AVENIR. — Or, les trois quarts de la terre ne sont pas encore habités.

Mais si cette fin du monde arrivait, elle serait aussi simple que la création.

La Terre retournerait à son état primitif.

Elle se liquéfierait, s'évaporerait... et cette vapeur se perdrait... dans l'infini.

« Tu es vapeur et tu retourneras en vapeur. »

De même pour les autres planètes !

*
*

CATÉCHISME.

Je peux encore soumettre cette réflexion à l'encyclopédiste. — J'écrirais : « Le CATÉCHISME A DES ENSEIGNEMENTS SUBLIMES ! »

— Il dit : « DIEU QUI N'A NI COMMENCEMENT... NI FIN. »

C'est aussi profond que cette pensée de Pascal ; « l'Infini est un cercle..., dont la circonférence est partout... et le centre nulle part ! »

C'est aussi profond... et beaucoup plus simple... mis, autant que possible, à la portée des enfants, — peut-être plus intelligible..., — grâce à la simplicité de la forme... et, par cette seule raison, décisive ; « c'est que les deux CONTRAIRES paraissent..., et sont logiquement impossibles. »

Il me semble, Monsieur, que je vous révèle ainsi ma reconnaissance, — en vous prouvant que votre brochure scientifique a éveillé en moi des souvenirs qui me sont chers !

JACQUES FERNAND.

779.4.7 Paris-Imp. PAUL DUPONT, 41, rue Jean-Jacques-Rousseau.

ŒUVRES DE JACQUES FERNAND

SOMMAIRE DES CINQ PREMIERS VOLUMES

TOME Ier

PATRIE ET LIBERTÉ !
Lamartine — d'Assas — Pologne !
L'Amour infini !
Poème en trois parties : DIEU ! PATRIE ! HUMANITÉ !

TOME II

L'ODYSSÉE DE L'EXIL !... PATRIE ! 1re partie.
La Tolérance ! — Canal de Suez, Lesseps — Venise !
Danemark ! — Circassie ! — Pologne !
D'Assas ! — Livre d'or des Lamartinistes !

TOME III

LE VAISSEAU DE DIEU !... HUMANITÉ ! 2e partie.
Passagers. — Odyssée du Ciel !
La Patrie des Ames !... DIEU !... 3e partie.
Livre d'or des Lamartinistes !
Vie de Jules César — Chimie céleste !
Fosses temporaires !!! Fosse commune !!!

TOME IV

LE RÈGNE HUMAIN ! — FRANCS-TIREURS.
Saisons de la Vie ! — Poésies diverses.
Esclavage ! Servage ! Prolétariat !... **John Brown !**
Crète ! Pologne ! Fenians... **A. Lincoln.**
Lamartine — Barante — Marie et Ferdinand d'Orléans.
Charlotte — G. Washington — Suez-Lesseps.

L'Unité universelle! — Infini et Splendeur de la Création
Annexes du poème : L'Amour infini!
Fosses temporaires ! ! ! Fosse commune ! ! !

TOME V

REMEMBER !... LE TEMPS ET L'ÉTERNITÉ !
Dieu ! La très-Sainte-Trinité !
La Crète et Candie ! — La Pologne ! — Crète et Pologne !
La Crète ! — Candie ! — Les Nationalités !
La Pologne ! — La terre des croix et des tombeaux !
La famille, trilogie ! — La vie, trilogie !
Les trois grâces, trilogie. — Biographie de J. Fernand.

REMEMBER! SOUVIENS-TOI, poème en trois parties.
Poésies diverses, par J. Fernand.

LE TEMPS ET L'ÉTERNITÉ, poème en deux parties,
La vie, trilogie. — Les Trois Grâces, trilogie.
Poésies diverses. — Mes tristes !
A la France ! — Consolations poétiques.
Neutralité de la Belgique.
Bénédictions ! Souvenirs et reliques du cœur !
Poésie et prose des Lamartinistes.
Les Cimetières.
A DIEU ! HOMMAGE DE CE POÈME !
La Messe de minuit !
LAMARTINE... L'HONNÊTE HOMME !

———

WASHINGTON ET THIERS. — BERRYER
Brochure in-8° de 24 pages, avec portraits.

HISTOIRE DE FRANCE

PAR ANQUETIL

DEPUIS LES TEMPS LES PLUS RECULÉS

Jusqu'en 1848

PAR GERMAIN SARRUT

République. — Consulat. — Empire. — Gouvernement de Juillet

Deuxième République. — Coup d'État.
Second Empire. — Défense Nationale. — Commune. — Présidences.
16 Mai. — Exposition 1878.

PAR THÉODORE LABOURIEU

Édition illustrée

PAR TONY JOHANNOT, PHILIPPOTEAUX, JANET LANGE, CÉLESTIN NANTEUIL, COPPIN

Si c'est un axiome juridique, « que nul n'est censé « ignorer la loi, » c'est un axiome social que nul ne doit ignorer l'histoire de son pays. — Y a-t-il une lecture plus attachante, plus variée, que celle des quatorze siècles de l'Histoire de France? Nous ne le croyons pas. — La relation des graves événements qui se sont succédé depuis vingt-huit ans manquait à cet important ouvrage et le rendait incomplet. Cette lacune a été comblée par un écrivain qui a marqué dans ces dernières années par ses publications historiques et biographiques remarquables.

Cette nouvelle édition, en préparation en ce moment, formera deux volumes d'environ 150 livraisons, ornées de plus de 300 gravures historiques et de portraits d'hommes célèbres, et paraîtra deux fois par semaine par livraison à 10 centimes et par série de 5 livraisons à 50 centimes tous les vingt jours.

LES NOELS BOURGUIGNONS

DE BERNARD DE LA MONNOYE (GUI-BAROZAI)

MEMBRE DE L'ACADÉMIE FRANÇAISE

Suivis des

NOELS MACONNAIS, DU P. LHUILLIER

(LE PARRAIN BLIAISE)

Publiés pour la première fois avec une traduction littérale en regard du texte patois; précédés de notices sur la Monnoye et Lhuillier; suivis d'un coup d'œil sur les Noëls en Bourgogne,

PAR F. FERTIAULT

2e édition, 22e du patois, retouchée et augmentée de documents nouveaux, illustrée de 24 dessins par les premiers artistes. Un fort volume broché : 3 fr. Sur vélin superfin : 10 fr.

HISTOIRE CHRONOLOGIQUE DU VÊTEMENT

JADIS ET AUJOURD'HUI

SUIVIE DE

L'ART DE SE VÊTIR AU XIXe SIÈCLE

Un gracieux volume in-18, orné de 24 dessins inédits, représentant les costumes d'hommes depuis nos premiers pères jusqu'à nos jours.

PRIX · 1 FR. 25 CENT. *franco.*

LES DÉBUTS DE L'ENFANCE.

MÉTHODE

S'adaptant à tous les genres d'épellation, à l'aide de laquelle l'enfant apprend à lire promptement et sans efforts ; — contenant en outre des maximes, fables et historiettes à la portée du jeune âge ; — le nom du cri des animaux, celui de leurs principaux organes et de leurs habitations dans l'état sauvage et dans l'état privé ; — les éléments du système métrique (poids et mesures) ; — la division du temps ; — avec des tables d'addition et de multiplication, prières, poésies religieuses, etc., etc.,

PAR C. VANIER

Membre honoraire de la Société des instituteurs de la Seine, de la Société historique et artistique de Suez, etc., etc. — 7e édition, entièrement refondue, illustrée, in-18 cartonné, 50 c. — 60 c. *franco.*

Extrait du rapport fait à la Société pour l'Instruction primaire sur LES DÉBUTS DE L'ENFANCE

La disposition et la distribution des matières contenues dans ce petit livre en justifient complétement le titre. — On ne saurait préparer l'enfance à recevoir les bienfaits de l'instruction élémentaire par des préludes plus simples et plus en rapport avec les premières aspirations de l'intelligence, se dégageant peu à peu des langes de l'instinct.

Après avoir arrêté l'attention de l'enfant sur les diverses formes des lettres de l'alphabet, prises isolément, M. Vanier divise les exercices d'épellation en dix-huit leçons, qui comprennent successivement les mots d'une, deux, trois et plusieurs syllabes, jusqu'à la septième leçon, où l'auteur introduit la connaissance et l'application des accents. La neuvième leçon indique les différents signes du pluriel ; la dixième leçon les initie aux signes orthographiques, et, progressivement, dans les leçons suivantes, aux différences de la prononciation, d'après la construction apparente des mots.

L'enfant arrive ainsi à connaître et à vaincre les difficultés du langage, sans avoir eu la fatigue de les discuter. — Ce qu'on pourrait appeler la seconde partie du livre est consacrée à des sujets de lecture courante : maximes, sentences, historiettes. — Le choix qu'a fait M. Vanier pour cette partie de l'ouvrage fait honneur à son goût et l'on peut dire aussi à son cœur, car il est tel de ces sujets qui n'est bien certainement qu'un touchant épisode de son foyer domestique. — Le sentiment général qui ressort de ces différents récits est celui d'une morale simple et vraie, indépendante de ces formules comminatoires qui compromettent les premières tendances du cœur, sous le prétexte de les diriger.

On oublie trop souvent, dans la première éducation, que l'enfance recèle des initiatives précieuses qu'on étouffe, sans s'en douter souvent, sous le poids d'une masse de règles de convention. Il est donc très-important qu'en toutes choses, relatives au premier âge, les débuts soient l'objet d'une attention et d'un soin particuliers. — M. Vanier a complété son petit livre par des notions très-élémentaires sur l'histoire naturelle, l'arithmétique, le système métrique, la division du temps, etc. ; détails intéressants qui piquent la curiosité des enfants et sur lesquels il est toujours bon d'appeler leur attention, afin qu'ils sachent de bonne heure se rendre un compte vrai des choses qui frappent leurs regards, et des propos qu'ils entendent.

Enfin, dans le cercle modeste où il est renfermé, cet ouvrage nous a paru devoir rendre des services réels dans les débuts de l'enseignement, soit dans les écoles, soit dans les familles. Nous proposons en conséquence à la Société le dépôt dans la bibliothèque et des remercîments à l'auteur. (*Journal d'éducation populaire*, novembre-décembre 1865, 50e année.)

F.